The Innkeeper's Song

Peter S. Beagle

旅店主人之歌

彼得．畢格 著 ◆ 聞若婷 譯

獻給帕德瑪·赫瑪迪（Padma Hejmadi）
最終，直到永遠。

如果我們只是好友，只是有共同技藝和語言的同事，同屬於一張餐廳桌布方寸之地的子民，
達耶努[1]——那也足夠了——達耶努
然而我們卻真的結為連理，在我心裡，這道盡了恩典的真諦。

1 達耶努（dayenu）是猶太文，「這已經足夠了」的意思。

《旅店主人之歌》媒體好評

「在一個生動鮮明的魔法世界裡，以優美文字說出愛與失去的故事。」——《紐約時報書評》

「畢格藉由不同的視角構築出一個繁複多面的奇幻故事，探索生命、死亡與愛的本質。……畢格以素雅的文筆描繪出眾多主角與配角間時時變動的關係，而這些角色正是這個感動人心的故事不可或缺的元素。」——《出版家週刊》

「備受崇敬的重量級作品《最後的獨角獸》作者畢格，在他為數不多的作品集中又添加了這本美妙的奇幻小說。……現實主義是很好，但怪事仍然會發生，唯有魔法能解釋這些事。這是一個溫柔、浪漫、情感豐沛的故事。」——《書單雜誌》

「畢格運用多人視角來講述愛與死亡的故事，甚至探索超越這兩者之外還有什麼。此作文筆細膩不說，更是豐富而讓人浮想聯翩的奇幻故事，勢必廣受喜愛。」——《圖書館期刊》

「美妙而驚奇連連的小說……一本傑作。」——《華盛頓郵報書香天地》

「夕陽西下時三位佳人翩然來到：
其一膚色棕如麵包，
其二膚色黝黑，行姿如水手款擺，
其三則如白晝之月般蒼白。

白女人戴著一個綠寶石戒指，
棕女人在一隻狐狸頸上拴著銀絲，
黑女人帶著一支玫瑰木杖，
裡頭藏著劍，別想瞞過我的目光。

她們占了我房間，她們門上門，
她們唱的歌曲我前所未聞。
我的乳酪和羊肉她們消滅得開懷，
還喊著要酒，以及馬廄男孩。

她們吵了一回、哭了兩遍——
她們的笑聲迴蕩在鄉間，
天花板搖撼、灰泥飛濺，
狐狸吃光我的鴿子，只有兩隻倖免。

她們在晨光中騎馬遠去，
白女人像個女王，黑女人像個修女，
棕女人用歌聲唱她淫靡的歡快，
而我得找個新的馬廄男孩。」

——〈旅店主人之歌〉

序幕

從前從前，南方有一座位於河畔的村莊。村民種植玉米、馬鈴薯以及藍綠色的甘藍菜，還有一種黃褐色的攀緣植物果實，儘管其貌不揚卻美味可口。每逢雨季，所有屋頂都會漏水，有些漏得特別厲害；大部分的孩子瘦巴巴的，牛和豬倒壯實得很，不過村子裡沒有誰真的挨餓。這裡有麵包師傅也有磨坊主，可謂相得益彰，此外空閒時間多到恰好挑起足夠的歧見，因而蓋起兩座各自為政的教堂。有一種特別的樹只生長在這個地區，拿這種樹皮泡茶可以退燒，若把樹皮切成薄片再搗碎，則能製成有如綠色影子的染料。

村裡有兩個孩子，一個男孩和一個女孩，兩人的出生時間只隔了幾小時，他們從小就相愛，許下承諾要在十八歲那年的春天成婚。但是那年的雨下得特別久，春天遲遲不來，河面甚至結了冰，這是爺爺奶奶那一輩才見過的事。天氣總算暖和起來的時候，這對愛侶走到磨坊底下的小橋上，他們已經將近半年沒去過那個地方了。午後的陽光照得他們瞇眼、打顫，他們聊著織布的事，那是男孩的營生，也聊著不該邀請誰來他們的婚禮。

那一天，女孩掉入河中。冬雨使一長段護欄腐朽了，於是當女孩笑著倚在護欄上，它便被女孩的體重壓垮，河水向上吞沒她。女孩及時憋住氣，但來不及尖叫。

村子裡會游泳的人寥寥無幾，男孩是其中之一。女孩的頭還沒浮出水面，男孩已躍入水中，有一會兒工夫，女孩用一條手臂摟著男孩，男孩最後一次氣喘吁吁地貼著女孩的臉頰。然後一根滾動的圓木把他倆分開，男孩游到岸邊時，女孩已不知所蹤。河流輕而易舉地吞噬了她，就像吞噬他們許久以前從橋上用來打水漂的小石頭。

村裡每個人都出動來找女孩。壯丁乘著他們的獨木舟和小圓舟，撐著篙在河上慢慢地來回逡巡一整天，有如一群憂傷的蜻蜓。婦女拖著漁網沿著河岸兩側吃力行走，此外只要不是年紀太小，所有孩子都踩在淺水處，唱誦大家都知道能使溺水屍體漂到岸邊的歌謠。但他們一直沒找到女孩，當夜幕降臨，大家都各自回家了。

男孩留在河邊，悲傷讓他麻痺到不覺得冷，淚水讓他目盲到沒發現天色已暗得伸手不見五指。他哭到掏空自己，只剩下嗚咽和抽搐，還有一個微弱的、質疑的聲音，即使他終於在樹根粗糙的懷抱中睡著，這聲音仍持續響著。他想死，而在夜風中有如新生兒一樣又弱又濕的他，確實可能在早晨來臨前就如願以償。但後來月亮升起，歌聲開始了。

在那座村莊裡，一直到今天，還有很多老人一講起那個歌聲，就彷彿他們自己曾被那歌聲喚醒似的，而實際上在那一晚，連他們的曾祖父母都還只是搖籃中的寶寶呢！那一晚，村裡沒有人沒醒來，所有人莫不帶著驚奇走到門口，不過幾乎沒人敢跨出門外；但人們總是說，每個人聽到的音樂都不同，來處也不一樣。據說，補鞋匠的兒子頭一個甦醒，他恍惚間確信父親前一天吊起來刮乾淨的兩張沼澤山羊皮，正在鞣皮棚屋裡唱著美得讓人心酸的搖籃曲。他把老父親搖醒，老人跳起身，發誓聽到死去的妻子和兄弟在他的窗戶底下，像士兵一樣輪流咒罵他。俯瞰小鎮的山坡上有個牧羊人醒過來了，不是被橫衝直撞的謝克納斯獸吼聲給吵醒的，而是被自己羊群所發出的叛逆嘲弄聲給驚醒；麵包師傅也醒了，他完全不是被聲音喚醒的，而是鼻腔湧入一股甜美的香氣，他的土製烤爐從未飄散如此美妙的味道。從不睡覺的鐵匠覺得聽見可怕的獵月者來向他索命，他們騎著豬鼻馬，用飢餓嬰兒般的嗓音尖叫出他的名字；男孩的師傅是織布工，她夢見自己從未想像過的布樣，於是在睡夢中走到織布機前，閉著眼睛、面帶微笑，一直織到天亮。另外，還聽說年紀小到不會說話的孩子，在搖籃裡坐起來，用沒人聽得懂的話發出渴慕的呼喚；擠牛奶女工和餵鵝的女工匆匆趕到葡萄藤架底下，她們相信情人在那裡召喚她們會面，而寂靜的市場中則擠滿動作笨拙、毛色灰白的獾，牠們後腿直立起來不斷轉圈跳舞。那天晚上出現了後來再也沒人見過的星星，每個當時並不在場的人都記得清清楚楚。

而那男孩呢？在河邊冰冷的睡眠中哭泣的男孩呢？他竟是被死去情人逗弄和撫慰的笑聲給喚醒的，那笑聲近到當他坐起身時，他的臉頰還留有女孩鼻息的溫度。然後，除了他之外沒有第二個人愚蠢到看見這一幕：一個騎在馬背上的黑女人。那匹馬站在河裡，跗關節[2]以下都浸在湍急的雪水中，看起來不太開心，但那個黑女人輕易就控制住馬兒不亂動。男孩離得夠近，看出女人的穿著如同西南方那些凶惡的山地人，上衣和綁腿都是粗硬的皮革材質，其堅韌的阻力能讓砍上身的刀劍詫異。然而她本人倒是手無寸鐵，只在前鞍橋上掛著一支手杖。她顴骨部位寬而高，下巴窄，眼睛像映在水面上的月光一樣是金色的，正自顧自地唱著歌。她在唱歌是肯定的，但她究竟唱了什麼，還有她的真實歌聲聽起來如何，就連那座村莊的人都始終不敢妄言。至少成年人是不敢說的，孩子們在玩遊戲時仍會唱誦他們所稱的〈黑女人歌謠〉，但若是被父母聽到，馬上就要挨耳光。那首歌謠是這樣唱的：

從黑夜到白晝，從石頭到天空，
蝴蝶、毛毛蟲，
睡著、醒著、死了、瞎了，
來找我呀，來找……

2 馬的跗關節（hock）是後腿中間的關節。

以現在來說當然是胡說八道，不過也許在當時不是，因為就在男孩眼前，馬兒立足處的水變得像仲夏的蛙塘一樣平坦無波，月亮在騰湧的河流中像一大片平靜的蓮葉浮在水面上。不久之後，男孩的情人便從那第二個月亮中升起，已經溺斃的女孩站在黑女人面前，頭髮滴著的水汩汩而下，睜大的空洞雙眼中充滿河流的黑暗。黑女人的歌聲一直沒有間斷，不過她從馬鞍上彎下腰，取下食指上的戒指，戴到女孩的食指上。黑女人做了這件事之後，溺斃女孩的眼睛便神奇地甦醒了，男孩看出來了，出聲呼喚她。女孩渾然未覺，只是朝黑女人抬起雙臂，黑女人將她拉上馬背坐在自己身後。男孩不停地呼喚──現今在那個地區，有一種以他為名的小型棕綠色鳥類，這種鳥在夜裡會急切地啼叫，聽起來幾乎就像「露卡莎！露卡莎！」──但再多的呼喚也只換來黑女人用金色眼睛深深地看他一眼，然後黑女人就調轉馬頭走向河對岸。男孩想跟過去，可是他全身無力，還沒走到水邊就倒下了。等他好不容易再站起來，他只能看見情人戒指的一抹綠光，只能聽見兩個女人合唱的遙遠歌聲。於是他再次倒地，就這樣躺到天亮。

但他並沒有睡著，過了一會兒後也不哭了，當太陽開始升起，讓他的手臂和腿恢復溫熱，他坐起來抹了抹沾滿泥巴的臉，仔細思考。如果說他還是個孩子，像孩子一樣喜歡絕望且難以承受的悲痛，他倒也不乏孩子那種被絕望啃噬時，仍固執保有的精明。不久後他便起身，慢吞吞地走回村莊，直接回到他和叔叔嬸嬸同住的茅草屋，自從七年前瘟疫大流行，奪走他雙親和弟弟的性命，他就一直與他們住在一起。全家人都在沉睡，他包起屬於自己的東西：毛毯、最好的一件上衣、第二雙鞋子以及一把刀子，刀子是用來切他覺得帶走也算公平的少許麵包和乳酪。他是個正直的男孩，自尊心也很強，他這輩子從未向任何人拿取超過他最基本需求的東西。他的女朋友為此開他玩笑，說他死腦筋、固執，甚至是不近人情（這一項他始終難以理解），但他天生如此，而十八歲的他仍是如此。

因此他偷走鐵匠那匹栗色小母馬，也就是全村最好的馬，內心其實非常痛苦。他把自己為婚禮存的所有錢都留在小母馬的馬廄裡，外加一張字條，然後便牽著馬輕輕走到河邊那條路。他回頭看了一眼，及時看到煙囪裡飄出煙霧，村裡的兩位教士就住在那根煙囪底下，彼此融洽得要命。他們總是起得很早，才有更多時間唇槍舌戰，他們的爐火總是最早生起的。這就是騎著偷來馬匹的男孩，此生見到他家園的最後一眼，順帶一提，男孩的名字叫提卡特。

馬廄男孩

我是第一個看到她們的人，或許是這整片地區的第一個。本來應該是梅琳奈莎先看見她們，但我還在試著道歉時，她就跑進樹林了。我從來就不懂跟梅琳奈莎正確相處的方式，也許根本就沒有吧。我很懷疑自己有沒有學會的一天。

當然，在那個時間，我並沒有什麼理由待在馬路上。時間已經很晚了，太陽都下山了，該讓馬兒們睡覺了。我要為親愛的卡石說句公道話：沒人能說他不善待動物。我隨時都可以把最高級、最敏感的馬交到他手上，也可以把心愛的瞎眼廢物狗託付給他，但不包括孩子。就我所知，我的名字叫羅賽斯，在我們的家鄉話，這個詞代表小有價值的東西，是可以添進一樁不划算的交易來安撫對方的甜頭。我的名字是卡石取的。

回頭來說梅琳奈莎吧。梅琳奈莎的意思是「清晨的氣味」，而我們兩人這一整天忙著幹活時，我都追著那股氣味跑，逗弄她、糾纏她（我承認），直到她半推半就地答應擠完奶後，要在蜜蜂樹旁跟我幽會。現在這棵樹上沒有蜜蜂，牠們老早就整群飛走了，不過梅琳奈莎仍叫它蜜蜂樹。我覺得這一點讓我瘋狂心動，就像她那由額頭向後披散的秀髮一樣。

嗯，好吧。我發誓我只是輕輕摸了摸她的秀髮，甚至都還沒吞吞吐吐地講出我第一個謊言，她就又跑掉了（老實說，我根本沒料到她會來，她先前從沒說話算話），她像隻飛蛾鑽到樹木之間溜走，我手裡只留下她的淚水。我一開始很生氣，後來則緊張不安：我絕對來不及在卡石注意到我曠工之前偷偷回到旅店，而儘管那個胖子的拳頭大部分都有失準頭，少數命中目標的幾拳還是力道驚人的。因此我仍然站在馬路中央，絞盡我貧乏的腦汁想編出一套說詞，希望卡石若是心情好可能會信，這時我聽到三匹馬的聲音。

那道沒人敢喝的小泉水再過去有個彎道，她們就從彎道後方現身——騎在馬上形成緊密隊形的三個女子。一個是黑女人，一個像梅琳奈莎一樣是棕色皮膚（不過沒她漂亮），第三個膚色淡到用「白」來描述她根本沒有意義。百合、屍體、鬼魂——如果這些東西是白的，那麼勢必有別的形容詞來指稱這女人的膚色。對於瞠目結舌站在馬路上的我來說，她的皮膚反映出她體內某種東西的顏色，那東西擁有明亮而猛烈的生命力，不停地衝撞和燃燒，絲毫不顧慮她的軀體，不在乎也不憐憫。連這女人的馬都很怕她。

黑女人稍微騎在前面帶隊。她在我面前勒住馬，默默地坐著一會兒，用又長又大的雙眼打量我。若是能用煙煉出黃金，那就會類似她眼睛的顏色。至於我，我像傻瓜一樣站著，連下巴都合不攏。我現在知道別的地方有不同的文化了，不過在我的家鄉，女人是不會在沒有男伴護送的情況下騎馬外出的，不管有幾個女人結伴同行都一樣。而菈兒是我這輩子見過的第一個黑女人——我是後來才知道她全名的，不過始終沒能唸對。黑男人我見過，常看到，他們多半是旅行的商人，偶爾也有個詩人，在市場裡吟詩作對來謀生，不過從來就沒有女的。我跟大部分人一樣，相信世上根本沒有黑女人。

「願妳的道路充滿陽光。」我好不容易才擠出問候。我幾年前變聲了，不過那時候已經聽不出來。

「你也是。」黑女人回答。我必須羞愧且誠實地說，當我聽到她會說我的家鄉話，我的嘴巴又再度張大。要是她發出狗吠聲，或是拍動雙臂並且像老鷹一樣尖叫，我還不會那麼驚訝。她說：「小子，這附近有沒有旅店或客棧之類的地方？」她自己的嗓音低沉而粗啞，不過即使如此，話語還是起伏有致，挾帶著碎浪濺開的聲響。

「旅店，」我嘟囔道，「噢，對，妳指的是旅店。」後來菈兒說，她確信她們那股愛惡作劇的運氣故意帶她們找上一個奇葩，一個四處閒晃的紅毛小子。我說：「對，是有這種地方——我是說，有一間旅店。我是說，我在那裡工作。馬廄工，羅賽斯。那是我的名字。」我嘴巴裡的舌頭感覺像馬毯，為了把這些話說出口，我咬到舌頭兩次。

「有房間嗎？給我們住？」她指著她的兩個同伴，又指著她自己，仍小心翼翼地和一個白痴交談。

「有，」我說，「噢，有啊，當然有。房間很多，最近生意有點清淡——」卡石會宰了我，

「馬廄也有很多空位，還有熱騰騰的飼料喔。」這時我看到棕女人的鞍袋動了動、歪向一邊，咧開一角，恰似我可憐又愚蠢的嘴巴，於是我又重複說了好幾遍「熱騰騰的飼料」。

先是出現咧著嘴笑的尖口鼻，黑鼻頭判讀著風的訊息，然後是紅褐色的面罩和俐落箭頭般的雙耳。喉嚨和胸膛白中帶金，肩膀顏色比面罩深——當時牠露出鞍袋的部分只到肩膀，肌肉的動作在牠的毛上投射出許多小小的陰影。我見過許多狐狸，大部分都是陷阱裡的屍體，或已經只剩一口氣，不過從未見過被裝在鞍袋中隨行的狐狸，就像是鬥雞或是負責獵捕的**舒克里**；更絕對沒見過有狐狸像這樣回望著我，好像牠知道我的名字，我真正的名字，我自己都不知道的那個名字。我說：「卡石，旅店老闆，我的主人。卡石不會同意的。」

「我們且瞧瞧生意有多清淡吧。」黑女人說。她用手勢示意我騎上她其中一個同伴的馬背，微笑著看到我生根般釘在地上，我這時才開始感到害怕，又羞愧得全身發熱。但我才不要跟狐狸共用馬鞍，而哪怕要我朝那個燃燒的白女人跨出半步，都是強人所難。菈兒的笑意加深，眼角都往上翹了。「那就跟我一起吧。」她說，我忙不迭地爬到她背後，緊抓不放的姿勢活像我從未騎過馬。她的皮革裝束散發疲倦和海洋的氣味，但在那之下是菈兒自己的味道。我說：「騎將近五公里到十字路口，然後往西走不到兩公里。」那天剩下的時間，我沒再想起梅琳奈莎。

旅店主人

我叫卡石。我不是個壞人。

我也不算是什麼好人，不過就我這一行來說，還算是童叟無欺。我也一點都不勇敢，不然我大可以去當士兵或水手之類的。而要是我能寫歌，哪怕只是有人假我之名寫的、講述那三個女人的亂七八糟作品，我就能當個作曲家了，或是吟遊詩人，因為我勢必不適合做別的行當。但我適合做的就是我正在做的事，我正在過的所有生活。旅店主人卡石。胖卡石。

現在大家都在傳一些關於我的蠢話，都是因為那些女人來過這裡。都是因為那首歌。現在我成了神祕人物，一個不知從何而來的男人；現在我果真被當成一個老兵，曾走遍世界，看過可怕的事，做過可怕的事，為了躲避過去而改名換姓過不同的生活。真是蠢斃了。我是旅店主人卡石，就和我父親一樣，就和他父親一樣，而我唯一見過的異地就是夏然—澤克那裡的農地，我是在那兒出生的。但我已經在這裡生活了將近四十年，經營「距鐵與彎刀」[3]

3 距鐵與彎刀（Gaff and Slasher）的店名指的是鬥雞用的兩樣輔助用具，距鐵可加裝在鬥雞的雞距（雄雞蹠骨後上方凸出像腳趾的部分）上，彎刀則為弧形的細長刀片，可固定在鬥雞的腿上攻擊對手。

也有三十年的光陰了，他們明明就知道，每一個人都知道。一群蠢蛋。

那小子帶那些女人回來，自然是為了折磨我，不然就純粹是為了讓我無暇注意他開小差，跑去找那個腦子跟蝴蝶差不多的梅琳奈莎。那小子能嗅出不尋常的氣味，他至少從我身上學到這一手，他知道那三個女人沒有表面上看起來那麼簡單，也知道我不想跟那種人物扯上關係，不管她們出手有多大方。平常那一群要去林賽提集市的酒醉農夫已經夠會惹麻煩了。那小子就只需要指引那三個女人去東邊十公里以外的女修道院就天下太平了，我們都稱呼那些人為影子修女。可是他偏不，他非得帶她們來**我的**大門不可，連同狐狸什麼的。狐狸。那隻該死的狐狸也編入了歌曲。

她們騎進我的前院時，我正親自擦亮玻璃和陶瓷器皿，因為這地方沒有誰能讓我放心交辦這項工作。我聽到聲響，走出門，仔細打量她們一眼，然後說：「我們客滿了，馬廄和客房都滿了，抱歉啦。」我說過了，我既不勇敢也不貪心，只是個這輩子都在打理旅店供陌生人住宿的男人罷了。

黑女人朝我微笑。她說：「我聽說不是這樣。」我很久很久以前聽過這種口音，而那樣說話的人所住的地區，跟我的店門隔著兩座大海。那小子從她的馬鞍上滑下來，刻意讓馬隔開我和他，算他機靈。黑女人說：「我們只需要一個房間。我們有錢。」

這我並不懷疑，雖然她們三個看起來風塵僕僕、疲憊不堪，任何稱職的旅店主人憑直覺就能知道這種事，正如同他看得出麻煩上門來，要求睡在他的屋簷下、吃他的羊肉。況且，那小子害我說謊了，而我可是個頑固的人。我說：「我們是有幾個空房間，但都不適合妳們住，去年冬天雨水滲進牆壁了。試試女修道院吧，或是到鎮上去，那裡有十幾間旅店可以挑。」不管你怎麼看我，我跟你說，我那時候說謊是對的，有機會的話我還是會這麼做。

但再來一次我會把謊言編得更高明些。黑女人笑顏依舊，不過她的雙手彷彿神經質地抽搐，撥弄著掛在馬鞍上的那支長木杖。玫瑰木材質，很漂亮，我們這個地區沒有生產那樣的東西。弧形的握柄扭轉了四分之一圈，於是一段零點六公分寬的鋼鐵便愉快地朝我眨了眨眼。她的目光始終沒往下瞟，只是說：「你有什麼房間我們都接受。」

哼，結果事實真的是這樣嗎？當然，那支劍杖一出，事情便有了結論，不過我又試了一回，就某方面來說，是為了挽救我的誠信，雖然你是不會了解的。「馬廄的狀況連**謝克納斯**都會嫌棄，」我告訴她，「屋頂會漏水，稻草很潮濕。要讓妳們的好馬住進那些隔間，我都抬不起頭。」

我想不起她的回應，倒不是說這有什麼差別啦。我之所以想不起來，第一是因為當時我忙著狠狠瞪那小子，恐嚇他別再說半個字，第二是就在下一秒，那隻狐狸便從棕女人的鞍袋裡扭身而出，跳下地，啣著一隻抱蛋母雞的脖子直朝北方揚長而去。我狂吼一聲，愚蠢的狗和僕役紛紛趕過來，那小子卯起來追，好像不是他本人帶著那隻畜生來謀殺我的母雞似的，接下來，沒一會兒工夫院子裡就揚起一大團無用的塵土和喧鬧。白女人差點被她的馬甩下來，這我倒是記得。

那小子還敢鬼鬼祟祟地回來，我不得不佩服他。棕女人說：「母雞的事很抱歉，我會賠你錢。」她的嗓音比黑女人輕盈，比較柔和，帶了點滑音和飄忽感。南方腔調，不過不是在那裡出生的。我說：「妳說得很有道理。那隻母雞還很年輕，在任何市場都值二十枚銅幣。」我的開價高了三分之一，不過非得這麼做不可，否則別人不會尊重屬於你的任何東西。再說，我覺得我看見一條明路，可以為這樁蠢事解套。我對她說：「要是再看到那隻狐狸，我會宰了牠。我不在乎牠是不是寵物，我的母雞也是寵物。」這個嘛，最起碼梅琳奈莎很喜歡那隻母雞，她們兩個一拍即合。

棕女人看起來慌亂又生氣，我希望她們乾脆把那二十枚銅幣甩在我臉上，然後騎馬離開，將她們的危險一併帶走。可是黑女人仍看也不看地把玩著劍杖，並說道：「你不會再見到那隻狐狸，我向你保證。現在我們想看看房間。」

看來只能這樣了。那小子把她們的馬牽走，而我的門房加提．吉尼（孩子們都叫他「濁眼加提」）把她們的少許行李搬進屋，我則帶著她們走上二樓，進到我通常保留給製革工人和毛皮商人的房間。我早已料到沒那麼容易蒙混過關，因此當黑女人揚起一眉，我馬上帶她們去另一個房間，那個從塔吉納拉來的女人在這個房間接客，住了一季，我忘了她叫什麼了。

這是對比法，你懂吧，大部分的人看過前一個房間後，就會毫不猶豫接受這一間了。向你信奉的神明發誓你沒使過這類手段，這頓飯就算我請客，公平吧？

黑女人和棕女人打量房間，然後望著我，可是我始終不知道她們打算說什麼，因為那時候白女人衝著我來——我的意思是她真的衝到我面前，就像那隻狐狸攻擊抱蛋母雞。自從她們三人來了之後，她就沒說過半個字，只有安撫她那匹緊張兮兮的馬。到那一刻為止，我幾乎沒辦法向你說明關於她的任何事，只能說她戴了個綠寶石戒指，還有她坐在馬鞍上的姿勢，看起來好像原本習慣騎在犁馬的裸背上。可是現在，她的速度比那隻狐狸更快（至少我還看到那隻狐狸移動），她瞬間已離我只有三十公分，像火一樣低聲說：「這房間有死亡，死亡然後瘋狂然後又是死亡。你竟敢帶我們來這裡睡覺？」她的眼睛是泥土般的棕色，是一雙和我母親一樣的平凡鄉下人眼睛，與我見過的大部分眼睛差不多。我始終覺得她的眼睛看來十分奇怪，因為眼周的臉龐是那麼那麼蒼白，像是在燃燒。

顯然她跟求偶期的**德鷸**一樣瘋狂。我不會真的說我怕她，不過她知道的事，以及她為什麼會知道，確實讓我感到害怕。在我買下「距鐵與彎刀」之前，它惡名遠播，因為在這個房間曾出過一樁命案——順帶一提，在酒窖裡還有另一場殺戮。還有，沒錯，當那個來自塔吉納拉的女人住在這房間時，曾出了一些不好的事。她有個恩客是名年輕士兵，那士兵發起神經，想用十字弓殺死那女人——要我說，他本來就是個神經病。雖然距離很近，士兵仍失手了，他跳出窗戶，折斷了愚蠢的脖子。對，當然啦，你知道這故事，周圍三個地區的每個人都知道，否則胖卡石哪能用這麼便宜的價錢買下這間店？但從這蒼白孩子的口音聽來，她是南方人，也許來自格雷納克港，也許不是，而且再怎麼說她都不可能知道事發地點是哪個房間。她不可能認得出這房間。

「那是很久以前的事了，」我回應她，「而且後來整間旅店都經過懺悔赦免，然後淨化，又再次懺悔赦免。」我說這話時語氣本該諂媚些，但我沒有，因為想到那些尖聲唉唉叫的教士坑了我多少錢。我花了足足兩年時間，才把他們那些喧鬧小神明身上的臭味，從窗簾和床單上清除。只要我有臭蟲的判斷力，應該當下就要藉著我的憤慨和受傷的情緒，把那些女人趕走——可是沒有，我說過我是個頑固的人，有時候我會在奇怪的方面執迷不悟。我告訴她們：「我願意讓出我自己的房間，好讓各位滿意。我看得出各位女士住慣了旅店中最好的房間，不會介意價位高一點。我就睡這一間吧，反正我以前也常睡。」

最後這一句實在是愚蠢又惡劣，我自己也討厭這房間，寧可跟馬鈴薯或木柴睡在一起。不過反正我就是這麼說的。白女人原本想再說什麼，但棕女人輕觸她手臂，黑女人說：「我想這樣就行了。」我越過她望向後方，看到那小子站在門口，嘴巴張得像雛鳥一樣大。我朝他丟了支燭台，砸個正著，一路追著他下樓梯。

提卡特

到了第九天，我開始餓得難受。

我帶的食物實在太少了。我是如此肯定在第一天太陽下山前就能追上她們，逼那個黑女人把我的露卡莎還給我，我怎麼會想到要多帶食物呢？我到今天仍不敢置信，自己甚至考慮到要帶一條毛毯，讓我倆開心騎馬回家時可以保暖。**她在水裡待了那麼久，一定凍壞了。**我心裡就只有這個念頭，整整九天，就只想著這件事。

當然，現在我知道，就算當初偷了十二匹馬（說得好像村裡有那麼多馬），並且在馬背上放滿食物、水和衣物，也不會有任何差別。因為我始終沒追上她們，始終沒把差距縮小到半天的騎程內，儘管我的母馬在奮力嘗試的過程中耗竭了牠勇敢的心臟。那兩個女人始終沒比地平線更近，始終沒比我的拇指更大，始終沒比她們繞過的城鎮中、煙囪飄出的煙更實在。我偶爾會經過謹慎撥散的營火餘燼，因此她們勢必也有睡覺的時候，但不管我是休息或徹夜趕路，隔天清晨她們總是遠遠超出我的視線範圍，要到中午我才會在最遠的山坡旁看到最細微的動靜，岩石間有個影子抽動一下，距離遠到像是漫過路面的水流。我從未如此孤單。

不過飢餓有個作用，它會讓你不去思考孤單和悲傷這類事情。一開始飢餓的感覺很痛，然而你很快就會開始做夢，而且是很仁慈的夢，也許是我做過最甜美的夢。那些夢並非如你所猜想，全是關於食物和飲料，大部分其實是年老的我與我心愛的女孩在家裡，兒孫環繞膝下，由於橋的護欄斷掉時，我用手臂緊緊摟住她，以至於多年之後她身上仍留有印記。我也夢到我父親，以及當年教過他的我的師傅，我夢到我年紀很小，坐在一堆鋸木屑和刨花木屑間，把玩一隻死老鼠。這些夢都非常親切，我愈來愈努力不要醒來。

我不記得自己最早是什麼時候注意到有第二匹馬的足跡的。地面堅硬、布滿石礫，而且路況愈來愈差，我經常花上一天甚至更久的時間，才勉強在移位的石塊處找到一兩個馬蹄刮痕，除此之外一無所獲。但那勢必是我開始做夢一陣子之後的事，因為我想到露卡莎終於有自己的馬可以騎了，不禁高興得又哭又笑。我們兩個小時候，她要我承諾有朝一日會買匹真正適合淑女騎的馬給她，不是那種跟公牛沒什麼兩樣的犁馬，而是秀氣、彷彿會跳舞的馬，那種馬對當時的我來說，就和現在的她一樣遙不可及，而且在我們的生活中大概也像給豬戴手鐲一樣浪費錢。不過我向她許下諾言——那似乎是很微小的要求，只要她開口，要我把眼睛挖給她我都願意。我們當時是七歲或八歲，我已深愛她。

要是我頭腦清醒的話，一定會納悶在這個荒郊野嶺，第二匹馬是打哪兒來的，還有牠背上載的真的是露卡莎，抑或另有其人。用歌聲讓我的女孩從河底站起來的女人，大概也能輕易召喚一匹馬。可是為何現在要添一匹馬？畢竟她們共騎一匹馬也走了這麼遠的路，而那馬顯然一點都不嫌累。不過到了那時候，我走路的時間與騎馬的時間不相上下，我抱著母馬低垂的脖子，求牠不要死，求牠再活久一點，再撐半天、半里路就好。你分不清我和牠究竟是誰拖著誰在前進，而我也無法告訴你，因為我在空氣裡游泳，為石頭說給我聽的笑話發笑。有時候會有動物，像是淺色的大蛇、長著鳥臉的孩童，有時候沒有。有時候，趁著黑女人沒注意，露卡莎會騎在我肩膀上。

在第十一天，或第十二天，也可能是第十五天，我的母馬在我身下倒斃了。我感覺到牠死了，勉強爬開而沒有被牠的骨頭壓扁。要是我有足夠的體力，會好好埋葬牠，然而事實是我想吃掉牠，可是我連切開馬皮的力氣都沒有。於是我向牠道謝，請求牠原諒，第一隻食腐鳥朝牠伸出爪子時，我撲上去扭斷那隻鳥的脖子。那隻鳥吃起來像浸滿血的灰塵，不過我坐在馬旁邊，在其他食腐鳥的目光下邊嚼著鳥肉邊咆哮。即使在我走開以後，牠們也好一陣子沒碰我的馬。

鳥肉讓我又撐了兩天，並且讓我的頭腦清醒了一些，至少足以醒悟我到底身在何方。北荒，不是沙漠，但幾乎和沙漠一樣可怕。舉目所及，大地都破碎不堪，一切都粉碎、破裂或搖搖欲墜。這裡有人拋了一大把巨石擋住去路，最小的石頭也比騎在馬背上的人還高；這裡有一道乾涸已久的河床，裡頭甚至長出了皺巴巴的小樹；那裡亂七八糟的土堆落石原本可能是一座山，後來遭到巨大的利爪抓爛。沒有馬路，連手推車走的窄路都沒有——如果你夠聰明，會小心挑選路線穿越這個區域，並向眾神之神祈禱你不會摔斷腿或掉進坑洞永遠出不來。然而像我這樣餓瘋了的狀態，你會安詳無畏、哼著小曲跌跌撞撞前進。我夢到自己的死亡，這保障了我的安全。

其中一個夢裡有個老人，他有雙明亮的灰眼睛和雪白的八字鬍，鬍鬚末端彎進嘴巴，身上穿著褪色的深紅色外套，有點像軍服。在我的夢裡，他騎著黑馬馳騁而來，把身子伏得很低，幾乎和馬兒貼著臉頰，我能聽到他在對馬兒說悄悄話。他們飛速經過我時，老人直視我的臉一會兒。我在他眼裡看到強烈的笑意，我想我這輩子都不會再見到同樣的眼神。那股笑意喚醒了我，讓我重新體認到眼前的痛苦，亦即我即將在失去露卡莎的情況下，孤零零地死在北荒，於是我倒在地上哭泣、對那老人發出嘶吼，直到我又睡著了，真的睡著了，像嬰兒一樣趴著睡。我夢到有另外一群馬經過，巨大的獵犬騎著牠們。

我醒轉時，太陽已落得很低，天空變得濃稠而柔軟，一陣似有若無的微風在吹拂。睡眠和雨意讓我感覺體力增強了一些，我繼續上路，直到來到一個地方，這裡的地面由四面八方向內凹陷：不是山谷，只是個布滿石礫的淺坑，坑底積了一灘死水。而他們就在那底下，那些獵犬，他們找到獵物了。

他們有四個人，由匕首造型和他們的短髮研判，他們是米爾戴西人。我以前只看過兩次米爾戴西人——他們很少來南方，這是好事。他們把那個穿紅外套的老人圍在中間，揍得他不停轉圈，粗暴地把他推向同伴，直到他眼睛上翻，站立不住。他們踢得他滾來滾去，他蜷成一團有如布球，那四人從頭到尾一直咒罵他，告訴他：就一個蠢到敢偷米爾戴西馬的人來說，真正的苦頭還在後面。倒不是說我懂米爾戴西話，而是他們的動作已經清楚說明一切。當事馬就站在一旁，韁繩鬆垂，用蹄子扒著石頭找薊草吃。那是一匹毛髮蓬亂的小黑馬，幾乎像幼馬，是米爾戴西人號稱已經繁殖上千年的那種馬。這種馬會吃任何植物，而且耐力十足。

那些米爾戴西人沒看到我。我緊靠在一塊大石頭後面，努力思考。我很同情那老人，但我的憐憫似乎和其他感覺一樣沉靜而遙遠，甚至是飢餓感，甚至是自知死亡將至的了悟。然而我的馬已經死了，那裡還有另外四匹米爾戴西馬，都像小黑馬一樣等在一旁、沒被拴住，而我確實知道我需要其中一匹，因為我有地方要去。我想不起我要去什麼地方，或是為什麼要去，但那很重要，比餓肚子還重要。因此我盡力擬了個計畫，觀察著那群米爾戴西人、老人和西沉的夕陽。

我對米爾戴西人的了解就和大家一樣——他們來自荒地，四處打家劫舍，從不投降，而且把他們的馬看得比自己的命還重，另外我還知道一件事，是我叔叔維安告訴我的。我叔叔年輕時曾跟著商隊旅行，他說米爾戴西人有獨特的信仰，而且很虔誠。他們相信太陽是一位神明，認為要是不用鮮血賄賂太陽神，祂就不會每天早上都回到天空中。通常他們會用專為此飼養的動物獻祭，不過太陽神更喜歡人類的血，於是有機會的話他們就會用人來獻祭。如果我叔叔說得沒錯，這群人會在太陽碰到最遠那些山丘的一刻殺死老人。我緩緩繞過大石頭，有如隨著陽光延伸的陰影。

那些馬都在看我，不過即使我已經離得很近了，牠們也沒發出半點聲音。我不像某些人一樣對馬特別有一套，我猜大概是我的瘋狂氣息讓牠們把我當成親朋好友吧。維安叔叔說米爾戴西馬很像狗，忠心、有時候凶悍，不容易受到驚嚇。我想要祈禱他說錯了，不過我沒有祈禱的時間。那群米爾戴西人背對著我，準備要進行獻祭。他們已經停止毆打老人，甚至不再嘲弄他，看起來就和我們村裡那兩個教士在為嬰兒賜福或祈雨時一樣嚴肅。他們先將某種黃色物質抹在老人雙頰，然後用指尖在黃色物質上畫記號，動作一絲不苟。接著他們又用另一種東西把老人的嘴巴塗黑。

老人靜靜地站著，沒說話，也沒掙扎。其中一個米爾戴西人在唱歌，歌聲高亢而刺耳，還顫抖得活像即將被宰的人是他似的。同樣幾個音不斷重複。他停止唱歌時，太陽和山丘頂之間只有一絲微風。

唱歌的那個米爾戴西人從另一人手裡接過一把長刀。他把刀亮給老人看，讓他仔細端詳，指著刀身、刀柄，然後又是刀身，好像我的老師試著讓我理解某個圖樣織出來的實際樣子。

要是我再看到那把刀，我能認得出來。

我老早就挑中的那匹馬是灰色的，像兔子的毛色。牠讓我摸牠。那個米爾戴西人又開始唱歌，我騎上灰馬，然後大喊大叫、揮舞手臂，要嚇跑其他的馬。牠們面露詫異，似乎對我有點失望，用後腿踏步，瞥向主人，牠們的主人現在才張口結舌地轉過身來，跟馬一樣陷入沉默，不過其中兩人已經拔出投擲用的小斧頭。根據我維安叔叔的說法，米爾戴西人能用這種武器擊落夜晚的鳥。

突然決定受驚的是那匹黑馬，牠直立起來、尖嘶、狂奔，撞倒那個唱歌的米爾戴西人，又踏過長刀的主人，後者原本衝過去要救同伴。另外兩人撲上去想抓住韁繩，但黑馬從他們旁邊衝過去，奔向同伴尋求慰藉。只可惜現在那些同伴也染上了恐慌，好像那種情緒是綁在黑馬身上的火炬，害牠們的尾巴都著了火。我的灰馬躍向空中（從那天開始我便叫牠小兔），四足都離地，落地後便脫離我的掌控，直接跑回那兩個米爾戴西人的方向，他們擋住去路，手中快速掄著紅色小斧頭。我把身體平貼在小兔的背上，緊緊抓著牠，跟在河裡抱住露卡莎時一樣。我看不到那個老人。

其中一把斧頭咻地掠過我的鼻子，除了一撮灰色的鬃毛沒帶走任何東西。我完全沒看到第二把斧頭，但可憐的小兔發出讓人心碎的慘叫，轉往另一個方向衝去，就像兔子一樣。牠的右耳尖端被削掉了，鮮血向後灑在我手上。

我回頭看了一眼，及時看到那四個米爾戴西人都狂亂地追著自己的馬，其中兩人一瘸一拐，而他們的馬完全不打算聽話或恢復理智。然後，就在我仍回頭看時，有一隻手抓住馬鞍，另一隻手握住我的腰帶，只聽到一聲悶哼和喘氣聲，我差點被拉下地，而那老人已經坐到我身後，發出風一般的笑聲。「騎吧，小子，」他在我耳邊吼道，「現在快騎吧！」我感覺他轉身朝米爾戴西人大叫：「笨蛋，愚蠢的孩子，以為你們殺得了我！只因為我選擇跟你們玩一會兒，就以為你們逮住我了——」這時小兔飛越一道狹窄的溝壑，老人驚呼一聲緊抱住我，沒把他耀武揚威的話說完，讓我鬆了一口氣。如果他能保持安靜，也許我能假裝他不在。

但他連閉嘴五分鐘都做不到。等他抒發完米爾戴西人的愚蠢以及吹噓完自己如何逃離他們，便催促我讓小兔跑快一點，讓我們跟追兵之間拉開更長的距離。我不想跟他說話。我嘟噥說天色很暗，我們得小心前進，但他尖聲嘲弄我：「這些米爾戴西馬的腳上都有長眼睛，就算跑一整夜也不會跌倒半次。他們也是一樣。」他的嗓音讓我頭痛，不管他嘴裡怎麼說，他散發恐懼的氣息。

那些米爾戴西人一直沒逮到我們。我說不準他們是否跟著我們，因為我完全沒留意任何跡象，或是老人的嘮嘮叨叨，或是任何事，我全副心思都用在努力待在馬鞍上，以及更努力試著想起我為什麼要騎馬。我們或許仍在朝露卡莎與黑女人的方向走；我們也可能繞回我出發的方向。我的感官已在崩潰邊緣，除了勉強掛在馬背上，顧不了其他。除了不要摔下馬，沒辦法思考任何事。

老人救了我，這是毫無疑問的。當我睡著了歪向一邊，是他扶住我，也是他徹夜引導小兔通過那片四分五裂的大地，他想必一直都在我耳邊絮絮叨叨，毫不在乎我究竟是否聽見。我對那一夜沒有任何印象，沒有夢，什麼都沒有，直到我在一片堅硬的山坡地上甦醒，身上披著老人的紅外套，高掛的太陽照得我睜不開眼，小兔在頂我，想吃我手臂底下幾根帶刺的小樹枝。老人不知去向。

小兔脖子上掛著一只皮水袋，我取下來喝水，沒喝太多。我很虛弱，不過好像已經不瘋了。早晨的天空顏色很淺，幾乎是白的，空氣中有遙遠的冰雪氣味，像是從山脈後方呼出來的一口寒氣。我靠在小兔身上，越過北荒遠眺，我先前吃掉的那種鳥在那裡盤旋、順風滑翔，我對我的小灰馬說：「我不要死。這片土地上有水，我會找到的——這裡有獵物可打，有樹根可挖，否則米爾戴西人就不會住在這裡。我不要死。我要跟著露卡莎翻過山嶺，以及我得去的任何地方，直到再跟她說話、再摸到她。如果她不肯跟我回家——好吧，**那時候**我就可以死了，不過在那之前不行。」小兔啃著我破破爛爛的袖子。

牠比我先聞到那隻狐狸的氣味，等小兔嘶叫、搖頭，把耳朵甩得啪嗒作響，我才看到有隻狐狸神氣活現地沿著山坡朝我們跑上來，嘴裡叼著一隻癱軟的大鳥，體型有牠的一半。這隻狐狸很小，但健壯又俊俏，眼珠明亮無比。牠刻意等我把牠看了個仔細，然後才變身。

空氣波動了一下，僅此而已，就像是你會在火焰上方看到的現象，然後那個老人已站在眼前，一邊走向我一邊朝我遞出那隻鳥。小兔踏地、噴氣，跑開一小段距離，但我累到不覺得害怕。我說：「能變成狐狸的人，能變成人的狐狸，你是哪一種？」

他濃密的白色八字鬍讓狡猾的狐狸笑容變得柔和三分。「鳥肉可以化為我們，這才是重點。」他快活不已，好像從未落入米爾戴西人手裡，束手無策，被打得頭破血流，聽著自己的送葬曲。他坐到我身旁，開始拔羽毛。他臉上的祭祀用顏料已經不見了，紅潤顴骨處的瘀青也已開始褪色。他在幹活時不斷朝我微笑，而我也持續盯著他看。

「如果你以為我會伸出舌頭喘氣，」他語氣算是溫和地說，「我不會這麼做。我也不會把這隻鳥整個生吃下肚，連骨頭都咬碎。在這個形體中，我是和你一樣的人類。」

於是我笑了，雖然光是這樣就幾乎讓我癱倒。我告訴他：「我這樣的人類用牙齒撕開的肚皮，就和狐狸一樣多。」這不是實話，不過是我當下的真實感受。老人回答我：「這樣啊，那你可能很樂意幫我們生個火，因為人類在情況允許時是會把食物煮熟的。」他從腰間的小皮囊取出打火石和火鐮交給我。

伸手可及的範圍內就有枯木，雖然也不過是一小把的量而已，若非如此，我連這一點柴火都收集不了。光是掰斷引火用的小樹枝就花了我好長時間，等我把火生起來，老人已經將那隻鳥清理得乾乾淨淨。火的熱度幾乎不夠烤透整塊肉，但我們設法把肉弄熟，然後像文明人一樣一同用餐，不過我把最後一絲體力都用在克制自己了，以免在我那半隻鳥烤到半熟時就把它吞下肚，然後再把老人那份也吃掉。至於老人，他愉快地喋喋不休，問出我的名字（但始終沒透露他的名字），告訴我他和一位來自遙遠海邊的偉大女士是同伴。我問那女士是不是黑人，但他搖頭。「你可以說她的膚色是棕色，但絕對不是黑色。她名叫妮阿塔涅里，聰明過人。」

「你是為了她偷米爾戴西人的馬。」我說，「天啊，真希望我也有這麼忠心又勇敢的僕人。」

正如我所料，這句話惹毛他了。「我們是同志，平起平坐，你最好記住這點。小姐沒有派我跑腿——我自由來去，行事隨心所欲。」那一瞬間他真的生氣了，灰眼睛幾乎都變成黃色。「我不伺候人。」

「既然如此，對能夠隨心所欲用四足奔跑的你來說，哪裡會需要馬呢？」我希望他在憤怒中會比較大意，但他已經又築起防備，衝著我笑，故意從齒間伸出舌頭。「那只是我拿蠢笨的米爾戴西人取樂罷了。我對遊戲的定義跟你不同，這讓你很訝異嗎？」

「他們把你打個半死，」我說，「要不是我，他們會割開你的喉嚨。這算哪門子的取樂法？」

「我從來就沒有生命危險。」他回答我，雖然他嘴巴油油的又塞滿食物，還是盡可能擺出高傲的表情。「你製造的騷動確實發揮很好的干擾效果，不過完全是多餘的。這是我的遊戲。」

我說：「他們原本會殺了你，我救了你一命。」他難得沒說話，只是轉過頭，用眼角餘光看我。「不管是人是狐，你欠我人情，」我說，「你知道你欠我人情。」

他的八字鬍真的激動到豎起來，他用舌頭舔平。「這樣啊，你也欠我人情啊，小子，因為你肚子裡裝著我的食物和水。就算你真的救了我，也是瞎貓碰上死耗子，你心知肚明，但我是刻意幫你的，雖然我大可以丟下你不管，讓你繼續認真找死。我不為別人打獵，但我為你帶回獵物，所以不管用你或我的世界的標準來看，我們互不相欠。」接著他便一直保持沉默，直到我們把鳥肉吃完，將殘渣埋起來，以免讓米爾戴西人找到蛛絲馬跡。

「如果你想用腳掌洗臉，」這時我說，「我可以別過頭去。」我邊說邊打呵欠，因為這頓美食讓我立刻有了睡意。老人抱膝向後靠，打量我好久好久，動也沒動一下。他看起來就像老爺爺一樣慈祥和藹，不過我的心情勢必與那隻鳥生前最後幾秒雷同，感覺看到他時已經太遲了。

「你知道嗎，你永遠追不上她們的。騎米爾戴西馬追不上，騎任何馬都追不上。就算追上了，你也會深深地希望你沒追上。」

我沒問他在說誰，或他是怎麼知道的。我說：「那個黑女人肯定是個法力強大的巫師，因為我的露卡莎淹死了，而那女人讓她復活。不管那女人能對我做什麼可怕的事，儘管做吧，最好通通做兩遍才能確保把我解決掉。因為我會找到她，我會帶露卡莎回家。」

「一派童言。」他輕蔑地說，「那女人的法力並不比你多上分毫，但關於逃亡與跟隨，關於追蹤與匿跡，關於誤導獵犬追著自己的氣味團團轉，若是她說她不懂，那麼連我也不敢說行。而現在我的妮阿塔涅里小姐與她同行了——沒錯，你猜對了——跟這兩個人在一起，可憐的狐狸只能啃著腳掌，不要被她們的狡詐給汙染得太嚴重。放棄吧，小子，回家吧。」

「一派狐言。」我反唇相譏，一邊懇求自己別被說服。「跟你的小姐說，跟她們兩個說：露卡莎的男人來找她了。」我爬上小兔的背，穩穩地坐著，盡可能惡狠狠地向下瞪著老人，不過由於我突然一陣頭暈眼花，幾乎看不到他。「你去跟她們說。」我說。

老人一直沒有移動分毫。他不斷地舔自己的八字鬍，每舔一下都笑得更燦爛。他說：「要是我留一條痕跡讓你追蹤，你要怎麼回報我？」

那雙灰黃夾雜的眼睛和吠叫般的嗓音滿溢著揶揄意味，我簡直不敢相信我聽到什麼。「你要給我什麼？你現在仍然離死亡太近，最好別死要面子——你**知道**除非我幫你，否則你會永遠失去她們的行跡。把你脖子上那個項鍊盒給我吧，它很廉價，對你來說不算什麼損失，但我是不會白白幫任何人的忙的。我可以接受那項鍊盒。」

「這是露卡莎送我的，」我說，「這是我十三歲時的命名日禮物。」

老人嘴裡的牙像冰一樣閃爍著。「露卡莎，妳聽到了嗎？妳這個養豬的男朋友把妳的小東西看得比妳還重要呢。那麼祝你愉快了，小子，還有祝你好運。」他站起來，轉身要走。

於是我把項鍊盒丟向他，他頭都沒回便在空中接住。他說：「下來吧，你還不能趕路。在那裡睡一整天──」他仍然沒回頭，只是指著一處懸空的石架，表示我可以躺在那底下躲太陽，「月亮升起的時候開始朝北走，要讓那些山丘一直待在你的左方。不會有馬路可走，但會有一道痕跡。」

「通往哪裡的痕跡？」我質問，「她們要去哪，為什麼要帶露卡莎一起去？」老人開始往山坡下走，留我自己在原地生氣。我從小兔的馬鞍上滑下來，跑到他背後，伸手要扳他肩膀，但他迅速扭身，我沒碰到他。我說：「那你呢？至少告訴我吧。你現在並不是往北方走。」

紅潤的臉頰，潔白的八字鬍，頭髮跟帶走我的女孩的水一樣白得刺眼，看到我怕他，他咧著嘴笑到眼睛都瞇起來了。就連他的輕聲細語都很冷酷。「我要去弄到那匹黑馬啊，不然呢？」然後他又成了狐狸，沒多看一眼也沒道別便大步跑開，毛茸茸的尾巴像家貓一樣神氣活現地豎得高高的，直到他以為脫離了我的視線。但我一直目送他到很遠的距離，我知道他是什麼時候把尾巴放下來的。

菈兒

我一把戒指給那女孩，那些夢又出現了。我知道會這樣，但也沒辦法，都是因為另外一個夢，那個吾友傳給我的夢。女孩因溺水而發白，用她來不及活的生命中沒用過的力量吶喊，從河床上發出急切又絕望的呼喚，使得幾里外的我都因此而皮膚發痛，連腳底都痛。三天前的夜裡我接收到這個夢的時候，她還活著。

但這不算是噩夢，這只是吾友與我交談的方式，從我多年前認識他以來，他一直都是這麼做的。噩夢比較老，老得多，而且來自另一個地方。做噩夢於我來說就等於流經血──我，菈兒，菈坎辛──坎索菈，苗條、精瘦、無畏，水手菈兒，劍杖菈兒，獨行俠菈兒，在五湖四海、大街小巷神出鬼沒，尋求不為人知的樂趣。菈兒在夜裡會哭泣尖叫，從她十二歲起每晚都如此，直到吾友給了她那只綠寶石戒指，那是一位死去的女王給他的。

「妳做的夢夠多了。」那時他對我說，他編成辮子的鬍鬚裡藏著微笑，像是一隻小型野生動物。「不會再有夢了，不做夢了，我保證，除非是我傳給妳的，我確實可能傳給妳。妳留著這戒指，直到妳遇見比妳更需要它的人。時間到的時候，妳會知道就是那個人，到時候妳就不再需要我的戒指了。我保證我說的是真的，**查瑪塔**。」從一開始他便一直這樣稱呼我，而我仍然對這名字的意思一無所知。

唔，雖然他睿智無比，但他錯了，關於我的部分，而不是戒指。那些舊噩夢裡的所有人物，都蟄伏等候著我把戒指交出去的那一刻，在我終於必須睡覺時，眼皮都還沒闔緊，他們就一個個全跳出來嘶聲獰笑，蹲伏在我的心上。傑吉安，他的嘴像個熱騰騰的泥坑，傑吉安和他不知名的朋友，以及不到三小時前剛被他們從家中擄走的我。沙瓦克。殺了沙瓦克的妲拉妲拉，還有妲拉妲拉渾身沾滿他的血對我做的事。那個小男孩羅姆，我幫不了他，我幫不了他，我自己也很小。烏納瓦維亞，他穿著條紋睡衣，有好多把刀。假好心的艾德奇洛斯。

賣了我的碧絲瑪雅。

我不是女王，也從未自稱為女王，但這樣的說法跟隨著我。我從出生起就接受的養育，雖比不上女王，某方面而言卻又遠優於女王，讓我成為一個說書人、一個編年史家、一個記憶者。我們用的詞彙是**印巴拉提**，打從這個詞以及我們居住的城市存在以來，我家族的長女就一直是「凱敦的印巴拉提」。我九歲時已經能唱出凱敦市每個家族的歷史，既能用我學到的正式語言，也能用市井俚語，我的老師要是聽到後者會打我。要是我再開口講這兩種語言，還是能唱出那些家族史，以及每首戰歌、每個野獸故事、我們每個版本的建城史，以及我們熬過的洪水、乾旱和瘟疫。更別說還有想像所及的各種傳說，偉大的愛情以及不可思議的糟糕愛侶，永遠都在考驗對方的忠誠。我的族人浪漫得要命。

碧絲瑪雅。我的表妹，玩伴，摯友。我還來不及殺了她，她就因難產而死。我想殺她不是因為她找人把我擄去賣掉，而是因為她純粹出於孩童的無聊而做了這件事。要是我們愛上同一個男孩，或是因為我太霸道而吵得很凶（我**確實**欺負碧絲瑪雅，我忍不住要這麼做），或者她想取代我成為印巴拉提——嗯，我很懷疑這樣我就能原諒她了，不過至少我還能找到原諒的理由。可是她背叛我是因為尋求刺激這種莫名其妙的動機，還有想要錢買一隻寵物鳥。我夢到碧絲瑪雅的次數比其他人都多。

但我知道一種應付噩夢的方法，那是我認識**吾友**之前自己學會的，因為雖然我視死如歸，卻不願意發瘋。我在夜裡會說一個故事給自己聽，那是凱敦濱水區的老故事，說有個女船夫會說魚話，隨時都可以把魚叫過來，或是一聲令下就清空港口，讓孩童可以潛到水底去撿錢幣。這項天賦引來了大量追求者，不過他們並非真心喜愛她，通常她的眾多冒險故事能伴我度過月升至月落的時段，為我帶來類似安詳的心情。如果我還醒著，我知道一首沒完沒了的國王讚歌，充滿英雄、凱旋和盛筵，足以保護我到天亮。戒指更好，戒指讓我能真的睡覺，但這另一個方式也是個老朋友。

頭幾個晚上，那女孩沉睡得像死掉一樣（而她也確實死過），我則躺在那兒看著這個地區低垂潛行的繁星，用盡全力等著聽**吾友**發出第三次呼喚。第一個夢把我從情人的床上扯下來——就當時的情況來說，這樣也好；但第二個夢讓我醒來時難過地痙攣，因別人的痛苦而嘔吐，因別人的恐懼而發燒。我自認比任何人都了解無助的感覺，然而這次的夢裡有一股狂烈的絕望，我前所未見。我也無法想像，一個魔法師力量強大到能粉碎巨型戰船，好像那是撒進湯裡的餅乾（而他又善良到派海豚把船員送回家），竟會被逼得走投無路，要向當初他在雷姆丁碼頭魚簍下發現的裸身逃亡者求援。但他確實呼喚了，於是我在半小時內已坐上馬鞍，毫無準備便前往陌生的地域。有些人我欠他們一條命，有些人他們欠我一條命——而這個人把我的靈魂還給我。

我接收到第三個夢時，我們在北荒，那一晚我們走到馬路的盡頭。我從那男孩的呼喚得知女孩叫露卡莎，她到了那時候已經盡可能地恢復了原貌：一個俏麗、溫柔、天真的村莊姑娘，一輩子哪裡也沒去過，除了冥界之外。她對死亡沒有記憶，也不記得什麼以前的事——不記得名字、家人或朋友，也不記得那個仍然跌跌撞撞跟著我們的蠢男孩，他笨得就像一顆滾下山坡的石頭。對露卡莎而言，她的世界是從我的嗓音以及月亮開始的。

那天晚上，她就像個孩子，央求大人用同一套說詞一遍又一遍講她最愛的故事，要我再告訴她一次我是怎麼在她上方唱歌，然後讓她從河裡站起來。我疲憊又不耐煩地說：「露卡莎，那只是某個老人很久以前教我的一首歌而已。他通常都把這歌用在他的菜園裡。」

「我想學，」她堅持道，「它現在是我的歌了，我有權利知道。」她用鄉下人怯生生的狡猾表情斜睨我，補上一句：「我永遠都成不了像妳這麼厲害的巫師，不過也許我可以學個一兩招。」

「我也只會這些，」我說，「就幾件事，幾個把戲，而我還是花了一輩子才學會那一點點。安靜待著，我再跟妳說個騙徒之王齊維納基的故事。」我希望她趕快睡覺，讓我能思考若是第三個夢一直沒來，我該怎麼辦。但她過了好久才放棄要我教她那首歌。說真的，她跟那男孩一樣固執，雖然方式不同。那座村莊一定很不得了。

那一夜我整晚都沒睡，儘管如此，**吾友**還是來找我了。我跪在火邊添柴時，他從火焰中升起：一個顫抖的老人，渾身赤裸、傷痕累累，就像我當初被他發現時的狀態。他雙耳的珠寶都不見了——**左耳有四個，右耳有三個，我什麼都記得，吾友**——他的眼睛失去顏色，鬍鬚間的辮子和愚蠢的緞帶也不翼而飛。沒有戒指，沒有長袍，沒有手杖，最糟糕的是，他沒投射出影子，無論在月光下或火光下都沒有。在我的家鄉——我曾經的家鄉——大家相信若是看到沒有影子的人，代表你很快就會孤獨地死在一個糟糕的地方，這徵兆再明顯不過。雖然這是胡說八道，但我也相信。

然而我歡喜地迎向他，試著將我的斗篷披在他身上。斗篷當然掉在地上了，我的雙臂穿過他身體顫動的影像，不管他在哪裡受凍，都不是這裡。於是我對他說：「告訴我該怎麼做。」他看得到我，卻無法回答。因而他指向北荒那些像被打斷鼻梁的平緩山丘上方，繁星在那個位置漸漸泛白。一條緞帶般的光由他指尖迸出，顏色像他眼睛原本一樣綠：光帶飛出去跨越北荒，直直射進山脈之間，那些山距離遠到就算是白天也看不清楚。當他垂下手臂再次望向我，那蒼白而驚恐的表情讓我不禁別開頭，就算露出這副模樣的是他的幽影，我也不該看見。我說：「我會找到你。菈兒要來找你了。」

就算他聽見了，也沒有得到安慰。他隨著我的話消失了，但直到天亮後過了許久，他痛苦的氣味仍在我喉中灼燒，那條綠光痕跡逗留在山丘上方，直到露卡莎和我再次上路後仍沒有消散。我指給她看，可是她看不到。於是我心想，**吾友**只剩下足夠的力量召喚我，無法再向第二個人求救。

我記得那天我對露卡莎說了一點自己的事情，說更多的是我和她是為什麼、以及在哪裡產生羈絆的。儘管她很固執，倒還沒有提出什麼真正的疑問，只是用各種方式不斷地問：「**我現在活著嗎？我現在活著嗎？**」除此之外，她似乎對於坐在我身後，日復一日地穿越嚴酷又荒涼的土地頗為心甘情願，在這樣的地方，她或許寧可自己回到溺斃當下，安全地待在老家甜美的活水中。我告訴她我有個朋友身陷險境，急需幫助，我要趕過去救他。那時她首度露出了微笑，於是我看出那個村莊男孩一直在追尋的是什麼。她說：「那是妳的情人。」

「當然不是。」我說。這想法著實讓我大吃一驚。「他是我的老師，我在這世上求助無門時，他幫助過我。要不是他，我早就死得比妳還徹底了。」

「那個對蔬菜唱歌的老人。」她說，我點點頭。露卡莎沉默了一會兒，然後問道：「我為什麼跟妳在一起？我現在屬於妳嗎？就像那首歌屬於我？」

「亡者不屬於任何人。我既不能丟下妳不管，也不能留下來照顧妳，我還能怎麼辦？」我的口氣又凶又嗆，因為她讓我不安。「說到情人，打從我帶妳離開的那晚起，妳的情人就緊追著我們。也許妳想停下來等他，他想必非常關心妳，而我並不習慣與別人同行。」不論把**吾友**整得這麼慘的是什麼樣的力量，露卡莎都幫不上忙。為所有人著想，我都沒有理由繼續帶著她。「跟他回家吧，」我說，「生活在後頭，不在我們要去的地方。」

但她哭著說這兩條路對她而言都一樣未知，在這充滿陌生人的世界裡，她只認得死亡和我。於是我們一起繼續前進，她的男孩跟在後頭，愈來愈落後，但仍不放棄。雖然我心急如焚，但為了不讓我的馬操勞過度，我們還是開始輪流走路；而在那片醜惡的土地上，還有幾天我們兩人都下馬用走的。至於食物，如果必要的話，我可以只靠極少的糧食維持生命，這無法長久，但能撐一陣子，幸好是這樣，因為露卡莎的食量甚至超越了她那個年齡的健康孩子，她更像是要用吃到快吐了，來提醒自己確實在身體裡好端端活著。我自己也有過這樣的經驗，對食物還有其他的事情。

水。我還沒遇過我找不到水的地方，在我出生的那片土地上，就連兩歲奶娃都能像聞到香噴噴的晚餐一樣用鼻子找到水。這並沒有大家想像中那麼難，不過大部分人總是等到已經口渴得驚慌失措，無法冷靜思考任何事的地步，才會想到要找水。但是這片北荒是我見過最接近完全乾枯的土地，要不是有那道每晚亮度都減弱一些的綠色痕跡，偶爾跨越一縷涓細的地下水，那麼露卡莎和我可能會陷入大麻煩。實情是我們多半有足夠的水讓馬能走下去，讓我們的口腔和咽喉得以對抗灼熱的空氣。跟著我們的那男孩是怎麼活下來的，我實在不知道。

我們開始上山時，自然條件有了改善，不過並沒有好多少。水變多了，有鳥和兔子可以抓，還有一陣小小的風開始稍微施捨我們。可是從第一晚開始，我就再也不能看清綠色痕跡，露卡莎睡著時我憤怒地垂淚，因為我知道那條光絲仍在，仍試著帶我到**吾友**翹首以盼的地方，只是光線變得太微弱，連我的眼力都看不到。道路殘破不堪，且充滿岔路，朝所有可能的方向延伸：向上通往箱型峽谷，路上布滿落石而十分險阻；向下遠遠進入樹木稀疏的溪谷，彎來繞去地穿過綿延不絕的山麓丘陵，半數的丘陵都被昔日的山崩削去了，就我看來，任何一條都可能是正確的路，也可能每一條都是。我把命運交付給運氣，也寄託於「巫師的意念在世界上具有實體」這項事實：不管巫師是否有力氣讓你明白地看出來，但他們想告訴你的事確實**存在**，就像石頭或蘋果。我只能盼望**吾友**的道路到了白天會具體呼喚我，就像他的痛苦在夜晚具體呼喚我一樣。

我們進入山區後的第四天，妮阿塔涅里從暮光中走出來。她並不想偷偷摸摸的，我們在生火煮食前我已聽見馬蹄聲，等露卡莎在掩埋我們吃剩的殘渣時她才現身，儘管如此，她仍讓我出乎意料：前一秒還不在，下一秒就冒出來，像一顆星辰。我禁不起這樣的錯愕，不由得生起悶氣，直到感覺皮膚上有魔法的刺激，而且我盯著她時，看到我們之間的空氣非常輕微地顫動著。若是與魔法師生活在一起夠久，你免不了會培養出這種感應力，就像你跟鞋匠住在一起的話，也能說出陌生人的鞋子哪個部位會擠腳。這不是她自己的魔法，不管她是誰，她並不是巫師，但她身上絕對有某種魔咒，不過我說不準是什麼樣的魔咒。我也不是巫師。

她皮膚是棕色的，濃茶的顏色，眼睛細窄，眼角微微下垂，眼珠和暮光是同樣的色調。她比我高，骨架狹長，左撇子，肩膀很有力量，大概能用她帶的那把弓射出強勁的箭，不過準頭倒未必高明——若是你有我這樣的歷練，就會先注意到這些事情。至於其他部分嘛，她穿著騎裝，唯一的特色是似乎刻意為之的單調乏味：靴子、緊身格呢褲、短上衣、戴里角席德林斗篷——很常見的西方服飾，每件單品都不太搭。席德林的兜帽遮住她的頭髮，她似乎不急著拉開兜帽。她騎著一匹跟她一樣瘦長而健壯的花馬，身後還跟著一匹毛亂亂的小黑馬，比幼馬體型大不了多少，有一雙肉食動物般飄忽的黃眼睛。我從沒見過這樣的馬。

她一開始沒說話，只是讓馬兒站定並望著我們。她的態度沒透露出友善，倒也不顯惡意：除了那微微的魔咒氣息和一股危險的疲憊感，她沒洩露任何端倪。露卡莎快速走過來站到我身旁。我說：「汝見皆汝得。」這是我家鄉的問候語。我沒辦法完全戒掉使用這問候語，或許是因為這對我的出身而言意義重大。我的族人對物質性的東西很慷慨，甚至以此聞名，但他們會謹慎看守隱形的財產。總有一天我會直接停用這句問候語。

「Siri te mistanye。」她回應我，我的頸後驀然發冷。重點不是我聽不懂她在說什麼；重點是有點教養的人都有共識，有人問候你的時候，你應該用對方的語言回應。她的語氣挺客氣的，說話時也懂分寸地低下頭，但她這一手肯定是故意的，我有權向她提出挑戰，或是命令她離開。不過我太好奇了，不管我的頸後有什麼感覺，所以我忍下這口氣，只是問她叫什麼名字，並補充說要是通用語太難的話，我們也可以說班利語。班利語是一種貿易語言，是市場裡離鄉背井出來做生意的小販常用的混雜簡化語言。這時她對我微笑，確實地接收到了我奉送她的侮辱。

「我叫妮阿塔涅里。」她說，「泰琳之女蘿瑪狄絲之女。」於是我心想她一定是南方群島來的，不管她的服裝像不像，因為只有那裡的女人是以母親血緣傳承系譜。她的嗓音符合我的推論，比我的嗓音輕柔且舒緩，講起話來語調左右飄移，不像我是上下起伏。她說：「而妳是水手菈兒、夜行菈兒。這一位我不認識。」

「妳也不認識我。」我說。我旅行時會用兩個化名，我對她自稱其中一個。「妳為什麼把我認成那個叫菈兒的女人？」

「還會有哪個女人在這無情的地區走動？更別說是個馬鞍上掛著劍杖的黑女人？而且為

什麼要來這裡，在這隱蔽的山丘間，沒有路可以引導她——除非她是跟著一道夜晚的綠光，要去援助身陷困境的偉大巫師？」我張口結舌，她爽朗地大笑，揮揮手要我別說話。「而且妳可能沒想到，其實有不少人知道菈兒—坎辛—坎索菈——」她幾乎唸對了，「曾被魔法師收養為同伴與弟子，他叫——」

「那個魔法師的名字不可以提。」我說，這次換她沉默了。我說：「有人叫他『老師』；有人叫他『匿行者』；有人就只叫他『老人』。我叫他——這我自己知道就好。」我及時把話嚥回去，因為差點說出我稱呼他的方式而生氣，不過我也不確定說出來有什麼大不了。她的一邊嘴角微微抽動。

「我一向叫他『會笑的人』，妳跟他這麼熟，應該能了解原因。」我的頸後再次發麻，一時間我說不出話。那個魔法師總是暗自發笑，而且不常笑，但我始終無法克制自己跟著他一起笑。那是孩子般的笑聲，響亮又放肆，本身完全沒有力量，笑聲體現的是他的真心。那個笑聲抱住我，在那些人找到我、要來抓我時，比寶劍和惡龍都更有效地保護了我。凡是知道這一點的人，勢必都認識他。妮阿塔涅里將一條腿跨過馬鞍，揚起眉毛等待。

「下來吧，」我說，「歡迎妳留下。」她下馬時兜帽滑開來，露卡莎輕輕驚呼一聲，因為她看到那女人已經花白的濃密棕髮被胡亂剪過，東一束、西一卷，有些地方還像矛尖一樣扎出：看起來好似被千軍萬馬攪動的泥巴。我在露卡莎面前什麼也沒說，不急於一時，不過我認得出女修道院的剪髮方式。我甚至能憑外觀辨識出數種特定髮型，但不包括這一種。我不知道這是哪一間修道院的。

我們正幫忙她刷那兩匹馬、餵牠們吃東西時，那隻狐狸探出鼻頭鑽出鞍袋。妮阿塔涅里馬上用一條細銀繩拴住牠脖子，然後向我們介紹說狐狸是她的摯友，是她多年來的旅伴。露卡莎很看重這隻狐狸，央求走到哪都帶著牠，餵牠吃殘羹，還唱憂傷的搖籃曲給牠聽，而牠就咧著嘴癱靠在露卡莎懷裡。至於我呢，我端詳著那頭可怕的髮型，納悶什麼樣的修道院會允許修女在寢室裡養狐狸當寵物。妮阿塔涅里看著滿腹疑問的我，露卡莎則不斷要求讓狐狸今晚睡在她身旁。得到應允後，露卡莎得意地抱著狐狸到她的毛毯處：狐狸越過露卡莎的肩膀朝我們眨眼睛，於是妮阿塔涅里用她的語言對狐狸喊了一句話，語氣嚴厲而帶有警告意味。狐狸打了個呵欠，讓我們看到牠的白牙和傷口般殷紅的舌頭，然後閉上眼睛。

「牠不會傷害她的。」妮阿塔涅里說。她站在那兒用奇異的眼睛望著我，不久前那眼睛還是霧灰色的，隨著天光變淡，她的眼睛也轉為近似薰衣草色。她說：「那現在呢？」

「妳怎麼認識他的？在哪裡認識的？」這次她露出真誠的笑容，牙齒跟狐狸的牙有一點點像。「在跟妳一樣遠的地方、從跟妳一樣久以前認識的。唯一的差別是我知道他現在在哪裡。」

她靠在一塊大圓石上，等著我感激涕零地提議我們聯手行動。我說：「我們之間至少還有另一項差異：我並沒有逃離某間狂熱的修道院，不會有人為了領一筆賞金把我送回去履行誓約。妳可能是個很會招惹是非、同時也很惱人的同伴。」我這麼說有點賭運氣，不過有一瞬間，她高高在上的態度消散了，留下的表情像是她被綁在肢刑架上，只要轉輪再轉一圈就會讓她陷入瘋狂。我認得那種表情。我第一次看到，是在一個泥水窪的表面。

她的表情比嗓音先恢復鎮定。「我向妳保證，沒有人懸賞要抓我。世界上任何地方都沒有人希望我回去。」那個天生適合戰爭與冬天的修長身體靠在石頭上，甚至沒有抽動一下。她說：「那女孩可以騎我的馱馬，那樣我們的速度可以快一點。今晚我就告訴妳路線，妳就不再需要我了。然後妳可以決定要怎麼做。」

我們互相凝視半晌，靜靜地站著，我聽得到她呼吸，她也聽得到我呼吸，我們兩人都聽到露卡莎仍懶洋洋地在唱歌給狐狸聽。最後我說：「我對他從來就只有一種稱呼，那就是吾友。」

狐狸

棒棒棒，如果我想的話，我能一口氣偷光他們的馬，直接從他們毛茸茸又凹凸不平的蠢屁股底下偷走。那男孩不知道，沒人知道我真要發威時能做到哪些事。就看我何時高興了。他們不知道我是誰，不知道我喜歡什麼，為什麼喜歡，什麼時候喜歡。米爾戴西人、那男孩、黑女人、白女人、胖旅店主人，都一樣。只有妮阿塔涅里不同。

呵呵，我知道妮阿塔涅里的事，除了我沒人知道。妮阿塔涅里知道什麼事能讓我發笑，我知道什麼事能讓妮阿塔涅里發抖。我知道妮阿塔涅里為什麼睡在地上，不睡床上，而且睡不久，從來就睡不久。我睡在床上，睡得跟老鼠一樣香，但哪怕我是抖一下被露卡莎手臂壓住的耳朵，或是把尾巴甩到菈兒胸前，沒錯，妮阿塔涅里會立刻起身，動作比我更快，背貼著牆壁，拿出在月光下閃耀的匕首，屏息以待。有時候我整夜都為了好玩而這麼做，抓抓癢，伸懶腰，輕輕聞，每次妮阿塔涅里都會跳起來準備，做好準備。準備做什麼？

準備應付跟在後頭好久的那兩個男人？不是那男孩，誰在意那男孩？那兩個男人，矮小、輕盈，跑起來腳不沾地，一里又一里永不罷休。沒有長矛，沒有寶劍，只有牙，就像我一樣。

妮阿塔涅里知道他們跟著，但從未見過。可我看見了，聞到了，知道他們吃什麼，什麼時候休息，心裡想什麼，打算做什麼。我想知道什麼就知道什麼。

這讓我想笑，我們後頭這一路上有好多拉拉雜雜的獵捕和追蹤戲碼啊。那男孩趕上他的女友之後，又怎麼樣呢？我是認識他啦，那女孩可一點都不認得。那些跑步的男人追上妮阿塔涅里之後——嚯，**然後呢？**三個人都是最強的殺手，反正其中兩個死定了。如果妮阿塔涅里大開殺戒比較好，否則我就不能再坐在鞍袋裡，不能在寒夜中烤火。跟妮阿塔涅里在一起比較好。

在旅店這裡，有太多人大手大腳、莽撞冒失，沒人喜歡狐狸。樓上和屋頂上有甜美的鴿子，還有雞，那一大堆人的腳邊有美滋滋的小雞到處跑。妮阿塔涅里對我說：「你吃我的食物，跟我們待在一起，絕對別靠近胖旅店主人的鳥，絕對別讓任何人看到一根鬍鬚尖。」所以我躲起來，睡覺，等待，讓露卡莎餵我吃山藥和瓜果。有時候我會坐著不動，完全動也不動，並且朝內心深處奔去，迎向風和血和靜默，白日裡往東，黑夜裡往西，聆聽誰在跟蹤，嗅聞何事將臨。在塵土中、在野地間打滾，歡笑，動也不動地坐著。

「會有一條痕跡。」人形告訴那男孩，於是確實有了一條痕跡，但留下痕跡的是**我**，不是人形。呵呵，看我在旅途中由妮阿塔涅里身邊溜開，蹲在熱騰騰的石頭上；看我翹起一腿，撓撓身體，跳向前，再次蹲下，在岩石與山丘間為他留下我的記號，直接帶他來到胖旅店主人的大門。所以我履行了人形的諾言，而那男孩仍靠鼻子在追蹤我，他還有很長一段路要走，始終低頭察看。不過他很快就會來了，他也說到做到。很好。

我已經趁妮阿塔涅里沒看到時，化身成人形兩次了。親切的老先生，有一把大鬍子，坐在樓下的大房間，跟每個人聊天，多麼和善的老先生啊，他要去鎮上看孫子。等胖旅店主人走開之後，梅琳奈莎就端出好的麥芽酒來。旅店主人不喜歡人形，但梅琳奈莎喜歡。男孩羅賽斯、門房加提，他們喜歡紅潤的臉頰和明亮的老眼睛。他們拿酒給人形喝，坐在那兒問問題、講事情。說有個戲班子在馬廄裡過夜，有馬販來做買賣，有造船商要去戴里角。這兩次羅賽斯都講個不停，講到胖旅店主人自己的房間裡住了三個女人。三個人都好漂亮，真教人好奇，為什麼來這裡，有什麼目的？這兩次梅琳奈莎都走開了。

男孩羅賽斯始終渾然不覺，他說：「菈兒最好了，動作像行雲流水，散發海與香料混合的氣味。」我笑一笑，喝酒，什麼也沒說。

門房加提個子矮小，憤怒的小臉上有一隻眼睛混濁發白，他說：「妮阿塔涅里。妮阿塔涅里。所有女人中，就她不會踐個二五八萬，沒帶劍杖，優雅又端莊。她攻陷我的夢境。」

我不笑了，但把麥芽酒咕嚕下肚。人形說：「保持清醒、保持清醒，幸運的濁眼老兄。那個地方來的女人喜歡像你這樣矮壯的男人。保持清醒啊，哪天晚上她就會把你扛進樹林，就像你把陌生人的箱子扛上樓。」於是加提瞪著眼瞧，現在他隨時都盯著妮阿塔涅里。伺機而動。

這搞得妮阿塔涅里坐立不安。她問胖旅店主人濁眼加提是打哪兒來的，在這裡做多久了？旅店主人回答：誰管得著啊？妮阿塔涅里盯著他。旅店主人撂下一句「十八年」就走開了。妮阿塔涅里走到屋外，把一個接雨水的桶子踹翻。

已經十二天了，菈兒和妮阿塔涅里每天都出去，絲毫不顧可憐的狐狸，也絲毫不顧落單的露卡莎。她坐著等待，走到屋外，與戲子們說話，與梅琳奈莎說話，與我說話。還哭過一回。第十二天晚上，那兩個女人回來得很晚，羅賽斯都已經睡了，所以她們自己把馬兒送回馬廄。在房裡，我像幼貓一樣窩在枕頭上打瞌睡，看起來賞心悅目。露卡莎躺在我旁邊，並沒有睡著。

她們進到房間，步伐疲憊，散發憤怒氣味。菈兒說：「妳說妳知道。」

妮阿塔涅里說：「他在這裡。」

菈兒重重坐到床上，拔下靴子。「他不在鎮上，這我們確定。所以妳所謂的『這裡』是哪裡？」

妮阿塔涅里只說：「明天吧。每座農場、每間茅屋、每個山洞、每座牛棚，蓋住水溝的每張毛毯，我們都別放過。他在這裡。」

菈兒說：「要是他能對我們說話就好了。要是他能藉另一個夢來找我們，再一個夢就好。」她把靴子丟到屋角。

「他太虛弱了。」妮阿塔涅里說，「有太多痛苦、太多困難的時候，哪還有力氣創造什麼夢境、傳遞什麼訊息？」我從露卡莎的指縫間睜開一眼，看到妮阿塔涅里在修剪箭矢上的尾羽。她停了一下。我閉上眼。妮阿塔涅里的嗓音整個變了。「魔法師也會死。」

床鋪彈了一下，菈兒站起身，來回踱步，走到門邊，走到窗邊，樹枝「喀喀窸窸」地敲打窗板。「這一位不會死，不會這樣死去。有時候魔法師會死，是因為他們變得貪婪，因為心生恐懼，但這一位什麼也不想要，什麼也不怕，他笑看萬事。沒有力量能駕馭他。」

妮阿塔涅里口氣轉為尖刻。「妳這話沒根據。妳對他一無所知，就跟我一樣。告訴我他幾歲，告訴我他是哪裡人，告訴我他家裡有什麼人、他的老師是誰、他真正的家在哪裡。」箭飛出去，擲向菈兒的靴子。妮阿塔涅里說：「告訴我他愛的人是誰。」

菈兒深深吸氣，再吐出來。露卡莎坐起來旁觀，撫順我的毛。妮阿塔涅里說：「不，不是我們。他很和藹，他保護我們——應該說救了我們——他教導我們很多事，我們愛他，我們兩人都是。我們在這裡，這是應該的，因為**我們**愛他。但他並不愛我們。」她笑了，牙齒潔白，嘴唇繃緊。「妳自己也知道。」

沒有聲音，只有我在呼吸，懶洋洋的，好舒服。菈兒望向窗外，看到漂亮的母雞棲息在樹叢裡。菈兒說：「他愛某個人，某個知道他名字的人。」

妮阿塔涅里開始修整另一支箭。菈兒的語氣好輕。「妳看到他了。沒人能隔著大老遠對他做出那種事來。不論是誰毀了他的魔法，都深受他信任及鍾愛。一定是這樣。」

她們列出許多名字。男人、女人，甚至有些兩者皆非，住在火裡、泥裡的東西，誰在乎啊？但菈兒總是搖頭，而妮阿塔涅里說：「我也覺得不是。」有一次她們甚至笑起來，露卡莎輪番看著兩人，忘了撓我的耳朵。不過最後終於沒有名字可列了。菈兒說：「不是我知道的人。」

有人敲門。妮阿塔涅里像煙一樣迴旋升起，悄無聲息，備妥大弓。有個嗓音響起。「是我，羅賽斯，請開門。」她垂下弓，菈兒走到門邊。男孩站在那兒，看起來蓬頭垢面，手裡端著木頭大盤子。我聞到冷盤肉、香噴噴的乳酪、劣質的葡萄酒。他說：「我醒來聽到妳們的說話聲，妳們回來晚了，我想妳們可能沒吃晚餐。」他眼睛大得像葡萄，或無花果。

菈兒發出意味不明的聲響，半是嘆氣，半是笑，接著說：「謝謝你，羅賽斯，你真周到。」

他把木盤塞進菈兒手裡，說：「酒有點酸，卡石把最好的酒都鎖起來了。不過肉是昨天的，還很新鮮，我保證。」

妮阿塔涅里走上前，說：「謝謝你，羅賽斯。回去睡覺吧。」然後朝他微笑。男孩無法呼吸。雙腿往後退開一步，其餘身體則往房間裡多探了兩步。看到我在露卡莎的枕頭上，尾巴捲在鼻子上，發出細細的香甜鼾聲。他眼睛瞪得跟李子一樣大，說：「卡石。」語氣彷彿若有似無的打了個噴嚏。

露卡莎一把抱起我向後退。妮阿塔涅里說：「卡石不想看到狐狸，而他並沒有看到。」

菈兒說：「你也沒有。」她輕撫男孩臉頰，用指尖把他推出去，關上門。男孩在那兒站了很久，我聞得到。菈兒轉身，放下木盤。「真是個好孩子。他滿肚子疑問，而且真的很努力工作。」她停住，笑起來，搖著頭說：「我猜吾——我猜我們的朋友也用完全一樣的話形容過我們吧，說了很多次。對他愛的那個人說。」妮阿塔涅里繼續弄她的箭。

在這整段過程中，露卡莎都沉默不語。抱著我冷眼旁觀，未置一詞，但有某種東西沿著她的手臂、手掌傳到我身上，讓我的毛都豎起來，骨頭也在顫慄。現在她說：「今天。」

她們望向她。妮阿塔涅里說：「今天什麼？」

露卡莎說：「不是明天。妳們今天找到他了。」她站在那裡回望著，一臉固執，十分篤定。我在她臂彎裡轉身、打呵欠、伸腿。菈兒的語氣溫和而謹慎。「露卡莎，沒有，我們沒有找到他。他留給我們的痕跡在這地區就停住了，但我們這十二天以來已經搜遍所有地方，而妮阿塔涅里和我，我們是很厲害的獵人。甚至沒人記得見過他，沒有徵兆，沒有蛛絲馬跡——」

露卡莎打斷她。「那妳們就是去了他待過的地方——妳們去了發生過某件事的地方，不好的事情。」這下她們面面相覷。妮阿塔涅里微微挑起一眉，菈兒沒有。露卡莎看在眼裡，提高了嗓門。「在妳們身上，我聞得到。今天的某個地方有死亡氣息，妳們去過那裡，沾得滿身都是。」她顫抖得更厲害了，搞不好會把我摔下去。她說：「死亡。」

妮阿塔涅里略轉朝菈兒。「我們來的那天，在那個房間，現在又來了。她還有別的招嗎？」

菈兒：「這不是什麼招。」她嗓音很輕，金色眼眸變深到暗暗的青銅色。菈兒生氣了。她說：「她比我們都了解死亡，她能分辨死亡曾經過什麼地方。妳必須相信我說的話。」

妮阿塔涅里慢吞吞地說：「好吧。」然後一片沉默，所有人都安靜了。菈兒嚐了口酒，面露怪相，接著繼續喝。露卡莎拿了好幾片冷盤肉，一片給我，一片給自己，又一片給我。妮阿塔涅里說：「高塔。」

菈兒眨眼。「高塔。」然後她說：「喔，那個啊。一堆紅色岩石，我們除了蜘蛛、貓頭鷹和累積幾世紀的灰塵，什麼也沒瞧見。為什麼是那裡？」

妮阿塔涅里說：「為什麼它有幾世紀的灰塵？這地區其他建築都沒有老到能變成那種廢墟。為什麼只有一座高塔，而其他房子，**所有**房子，都像馬糞堆一樣又平又矮？」她聳肩。「我們總得從某個地方開始。」然後看向露卡莎。「她跟我們一起來，我們專屬的小尋亡者。」

露卡莎把我丟在床上，我耶，就這樣，當我是個枕頭。她直直走向妮阿塔涅里，幾乎踮起腳來盯著對方的眼睛，然後說：「我不屬於任何人，這是菈兒告訴我的。我不是個帽子，不是寵物狐狸，不是會出什麼『招』的人。我是妳的同伴，也是菈兒的同伴，也可能不是，如果妳們當我是同伴，從明天開始，妳們去哪我就去哪，就是這樣。」大家都張口結舌，包括我。露卡莎說：「因為我比妳們走了更遠的路才來到這裡。」

菈兒微笑，轉開身。妮阿塔涅里呢？我倆是好多好多年的交情了，似友非友，互為對方的祕密，行遍江湖，絕口不提，心照不宣。呵呵，妮阿塔涅里啊。過去只有一次，她如此呆若木雞，震懾不已，很久以前囉，那次我們兩人都差點翹辮子。她慢慢搖頭，坐下來，拿起大弓，說：「好吧，同伴們，我現在要上新的弓弦了，如果這不會也咬我一口的話，應該花五分鐘就能搞定。然後我就要去睡了，我們都該睡了，明天會很辛苦啊。」之後沒別的了。

露卡莎躺在床上，一如每晚一樣，悄聲對我說：「狐狸啊狐狸，你叫什麼名字？」我舔手腕內側，她發出疲憊的輕嘆，輕聲說：「他們叫我露卡莎，但我不知道。」一如每晚。

睡了。菈兒睡了。妮阿塔涅里傾身越過床鋪，用另外那種語言，我們的語言說話。她說：「聽我說，老人不准再去樓下喝麥芽酒了。」我眼睛閉緊緊。妮阿塔涅里說：「聽到沒。」

一大清早，她們就出門了，三個人一起。露卡莎親我鼻子，說：「要乖喔。」妮阿塔涅里看著我。靴子踩在樓梯上，走了。我把剩下的肉和乳酪吃掉，梅琳奈莎進來掃地時，我鑽到床底下，很安全的地方。梅琳奈莎把窗戶打開一點點後走了。樹枝在窗板上敲出「喀喀窸窸」、「喀喀窸窸」的聲音。

人類不知道狐狸是會爬樹的，只要動機夠強烈。松鼠就知道。

梅琳奈莎

事情是這樣的，當時我在追樹上的狐狸——我是說，那狐狸其實已經不在樹上了，因為牠早已跳下地，迅速瞟我一眼，然後從馬廄和我的菜園之間逃之夭夭。我正抱著一籃剛洗好的衣服，準備在太陽下曬，但我把籃子直接往腳邊一丟，就去追那隻畜生。牠殺了我的母雞——那隻母雞其實不是我的，不過牠的名字是我取的，我叫牠松娜，即使我沒有穀子給牠吃，牠也總是跟在我腳邊。而那隻狐狸殺了牠，要是有機會，我會殺了狐狸。我會下手的。

可是等我繞過馬廄，牠已經不見了，就這麼憑空消失。牠一定是急轉彎，鑽到澡堂底下，然後穿過澡堂後頭的野莓灌木溜掉了。羅賽斯已經被千交代萬交代，要把那地方擋起來——老是有青蛙跳出來嚇到客人，還出現過一兩次**塔拉奇**。羅賽斯有時候挺討人喜歡的，不過實在沒什麼責任感。

總之，我在那兒站了一會兒——為了松娜的事重燃怒火，牠是那麼乖巧的母雞——然後我想起濕衣服，便趕緊走回去，希望沒讓任何衣物掉到籃子外。感謝老天，沒掉出來，至少都是再沾上一點草汁也沒差的衣物。這個時節我喜歡把衣服晾在那棵**奈羅**樹上，這樣衣料就會染上花香，我正轉向那棵樹時，突然間他們就出現了，從果園裡走出兩個男人，好像他們是直接穿過田地，完全沒走大馬路。我馬上覺得他們很可疑。我不信任不走大馬路的人。

這兩個男人都矮小、瘦弱、棕色皮膚，穿著棕色衣服，在我看來他們幾乎一模一樣，只是其中一人嘴巴怪怪的，他說話時上嘴唇只有半邊會動。另一人的眼睛是藍的。他的眼睛讓我害怕，我說不出原因。

我動也不動地站著，假裝沒看見他們。以前有老鷹在上空盤旋時，我的母雞松娜就是這麼應對的。其他母雞會四處亂竄，尖聲啼叫，但松娜只是站在原地，動也不動，始終不看老鷹一眼，甚至不看老鷹掠過地面的陰影。可憐的松娜，這一招總是管用，所以牠以為永遠都管用。

嗯，對我來說也沒有比較管用。他們真的很矮，不比我高，沒發出半點聲音就來到我面前。我的意思是他們沒製造腳步聲。藍眼睛那人直接站在我面前，面向我，怪嘴巴那人站在我身後，靠得很近，我得轉頭才看得到他，不過能感覺到他在那裡。

不得不說，他們很有禮貌。藍眼睛那人說：「打擾了，好心的小姐，我們在找一個朋友？高個子女人？帶著弓和寵物狐狸？她叫妮阿塔涅里？」他就是這麼說話的，每句話都像問句，嗓音輕柔而油滑。總之，這種外國腔讓我很緊張。我知道我大半輩子都在旅店工作，不該為了外國腔而緊張，但每次聽到還是不由自主。

那個大塊頭確實會交這種朋友，我這麼想。我沒有任何理由要幫她忙，那女人穿著醜陋的靴子神氣活現地到處走，還放任她的狐狸殺害我的松娜。「這裡沒住那樣的人，」我告訴他們，「我們現在所有的女房客都是戲班子的人，睡在馬廄裡。但她們沒有弓。」就讓她錯過她愚蠢的訊息吧，我心想，也許她能學到教訓，偶爾也說聲：**早安，梅琳奈莎**。

藍眼睛男人問我：「也許她只在這裡待了一兩晚，然後繼續上路？應該是最近，不久之前？」我一個勁兒地搖頭。我說：「我們上個月接待了幾個舞者，還有一個馬販，她治好了羅賽斯那隻患了暈倒病的驢子，不過她很瘦小。就這些了，真的。」人一旦開始說謊，就會一直說下去，愈陷愈深，真是不可思議。馬販那部分全是我捏造的。

另外那人在我身後說：「也許我們該和老闆談一談？妳能帶我們去找他嗎？」這也是同樣那種嗓音，若是閉上眼睛，根本分不清誰是誰。我打量四周找羅賽斯，但他當然不見人影。

藍眼睛點頭。他說：「那樣最好？如果我們跟老闆談一下？」他伸手按著我肩膀，我真的被燙到叫出來——不但當時被燙到了，而且那之後整整一個星期，我都感覺得到熱度。如果我刻意去想這件事，現在也能感覺到。藍眼睛說：「我們跟妳走？有勞了？」

因此我走回旅店，懷裡還抱著洗好的衣服，那兩人就緊跟著我。他們沒再碰我，也沒說任何話來嚇唬我——他們什麼都沒說，那正是最可怕的地方，因為我看不到他們，而他們如此安靜，換作別的時候，我根本不會察覺有人跟著我。我們走到門口時，我直接往旁邊一跳，說：「進去裡面等著，你們等卡石來。」然後我衝回奈羅樹下，開始把衣服掛上樹枝，好像這項工作攸關我性命，我一次都沒回頭察看他們是否進屋了。我只是不停地掛衣服、掛衣服，一直到晾完衣服，我才發現自己在哭。

羅賽斯

那些戲子害我沒睡好。他們預定兩天後要在鎮上表演給布商行會看，所以從一星期前開始就幾乎是每天徹夜不休地在排練。他們並不是對劇本還不夠熟悉——在這片土地上巡迴演出的戲班子，有哪一團不是每年都要把某種版本的《邪惡爵爺哈西丹亞成婚記》，重複演個二、三十遍？但我想這次的觀眾可能是他們職業生涯中，人數最多且學識最深的一群人，因此他們反正也緊張得睡不著，索性多排練幾遍。他們反覆唸自己的台詞，一次兩三人或是全部人一起，從頭到尾再順一回：就藉著油燈的光芒在乾草之間排戲，馬兒們越過隔間的門嚴肅地旁觀，覺得不錯時便點點頭。最後我從廄樓下來，為了討個好兆頭而祝他們遇到災難，然後我就出去散步想事情，到天亮再回來，我有時候會這麼做。

那些女人是在天快亮的時候騎馬出發的，她們三個都出門了，這可是頭一回。她們沒瞧見我。通常我每天都會邊揮手邊目送她們離開，而至少菈兒總是會揮手回應我，不過這次我往旁邊站，躲進一棵燒空的樹心裡，默默望著她們經過。或許是因為她們散發一種不同的氣息，而且這可不是比喻，而是真的有種目的性十足的氣味，因為現在的我已經與她們的氣味建立起一種連結，會不自覺地去追蹤，我不曾如此對待我人生中的任何人，卡石例外啦，因為他喜歡偷偷靠近我背後，逮到我在偷懶。也可能只是因為她們在銀紅色的晨間看起來的樣子：突然冒出來的陌生人，特異得超越我的認知，奇詭得超乎我對她們的想像，雖然我應該能想像才對。當時的我年紀太小，目光短淺到只看得見自身皮囊，而我的皮囊愛她們，三個都愛。然而我從未像那天清晨那般真實地看見過她們。

她們嚴重干擾了我的睡眠，現在，即使到了現在，即使我已知道那些事，有時候仍會如此。我不希望你以為我全然少不更事，我已經跟女人相好過了，算是吧（不，不是梅琳奈莎，跟梅琳奈莎從來沒有）；但菈兒和妮阿塔涅里和露卡莎是未來的影子，只是我當時不知道，而你可以說，我從她們身上看到的，讓我恐懼、仰慕、渴望的特質，都是以後的我。但我那時候當然也不知道這件事：我只知道在我人生中，從未因樓上出租小房間裡女人的笑聲而如此心痛。

什麼？抱歉扯遠了。我有工作要做，而我也一如往常地盡責，打掃隔間、填補秣桶、鋪新的乾草、梳掉鬃毛和尾巴上的芒刺，甚至偶爾修修馬蹄，看馬主人有沒有需要。我五歲時，卡石就派我在「距鐵與彎刀」的馬廄工作了，而我對馬兒很在行。直到現在，我都說不上我到底喜不喜歡馬。我只是很會照顧牠們。

卡石去鎮上了，去市場採買，那些女人前腳剛走，他後腳便出發了。他不在的時候，通常由加提・吉尼當家，但加提・吉尼每個月有一天晚上會喝醉，沒有什麼特定的模式或規律可循。每個月一次，而昨晚恰巧就是這樣的晚上——我知道，因為是我扶他回房間，幫他擦乾淨滿臉的淚水和口水，再送他上床。因此我邊幹活兒邊留意著旅店的狀況，結果看到那兩個男人跟著梅琳奈莎走到門口。看起來沒什麼不對勁的地方，但是那兩個人自行進屋以後，梅琳奈莎衝回洗衣籃那裡，身體抖得我從這麼老遠都看得出來，於是我丟下鏟子走向她。我走了幾步後，又折回去撿起鏟子，畢竟就連糞堆戰士也需要他的長矛。

梅琳奈莎說不出話，不是因為她已經跟我冷戰兩天，或是因為我在酒吧提到對露卡莎的仰慕。我一碰觸她，她就攀住我，還發出嗚咽聲，這可嚇到我了。梅琳奈莎跟我一樣也是孤兒：我們或許會將諂媚奉承當作一種求生手段，但我們從來就沒有驚恐的本錢，正如同我們也無力展現某些類型的勇氣。因此我拍拍她的背，喃喃道：「沒事的，待在這兒就好。」然後我舉起我可靠的鏟子走進旅店。

他們在二樓，剛從一個小房間裡走出來，那是卡石分配給兩個年長朝聖者住的，他們來自達拉夫錫延。我不知道他們有沒有進過那三個女人的房間。這兩個男人矮小瘦弱，動作優雅，幾乎可說陰柔，身上的樸素棕色衣服像毛皮一樣貼身。他們讓我聯想到舒克里，那種體溫很高、身段柔軟的小動物，會循著血味鍥而不捨地上天下地，去任何地方。我說：「兩位先生，我能為你們服務嗎？我叫羅賽斯。」

在某些時刻，不知道自己的真名是件好事，因為你本來就不該向陌生人透露真名。那兩個男人沒有答話，只是看著我，就這樣僵持了彷彿很久很久。我感到自己在發抖，就和梅琳奈莎一樣——我們之間唯一的差別是，我的恐懼令我憤怒。「老闆不在這裡，」我對他們說，「如果你們要租房間，得等他回來再說，在樓下等。」我盡可能用侮辱人的語氣說，因為我的嗓音很難保持穩定。

藍眼男人對我微笑，我忍不住尿褲子。這是實話：他的嘴唇一抿，一股純然的驚恐便沖刷我全身，像是從敞開的火爐湧出的熱氣。我癱靠在牆上。要不是我拿著鏟子，用來撐住身體，我勢必會整個人癱倒。但我沒有，而且卡石傳授給我跟他不相上下的愚蠢頑固，使我表現得像他一樣，像個白痴、像塊石頭，雖然我的腸子都快掉到地上了。我相信自己是邊喘氣邊又重複一遍：「你們得去樓下等。」

於是他們互看一眼，我想他們還算厚道，沒有哈哈大笑。一側嘴角向上歪的那人說：「我們不想租房間？我們找一個女人？」事後我覺得那口音似曾相識，但當下我只想：要是火會說人話，它就會這麼說話。

藍眼男人（我該告訴你一件事：在這個地區，藍色代表死亡）跨了兩大步來到我面前，扼著我的喉嚨把我舉起來。他的動作是如此優雅俐落，我還來不及反應，就發現自己快被勒死了。他在我耳邊輕聲說：「灰眼睛的高女人？我們追蹤她到這裡？拜託了？」我聽到很遠的地方傳來某種惱人的聲響，然後意識到那是我的鞋跟在踢牆。

我本來會告訴他們的。事後妮阿塔涅里說我能守口如瓶非常勇敢，但事實上要是他們給我機會的話，我什麼都會告訴他們。我看到那男人的嘴唇在動，不過無法再聽見任何聲音，只聽得到我耳朵裡咆哮的血流聲，以及那個細細的嗓音愛撫般地問：「拜託了？好嗎？」然後卡石就來了。至少我想事情的經過是如此。

旅店主人

我應該把握機會結婚的，那麼至少就有人可以替我去市場採買。我偶爾會專門雇個人來做這件事，結果總是後悔。除非天生就是這塊料，否則誰也應付不了寇寇拉的市場裡那些老滑頭攤商；除了我之外，每個人回來時都帶著滿車腐爛的蔬菜、生蛆的肉，還有連馬車車輪聲都還沒聽到你就得掩鼻的鹹魚。我是能應付市場生態，但我不喜歡，從來就不喜歡，早在我父親帶我一同上市場、傳授我其中的奧妙時，我就討厭。我父親跟那些人一樣樂在其中，像是肉販、魚販和其他人，他喜歡市場中的吵吵嚷嚷和討價還價，不亞於喜歡找出第一批剛下船的史提梅茲特新鮮瓜果，而要是別人不再試著敲詐他，他不會開心到喝酒暴斃，反而會覺得被藐視而氣死。我可不是這種人。

所以那天我回家時，就如同每次去完市場一樣，身心俱疲，早餐化作腐臭的味道浮在喉頭。確實，某些日子我不會介意在走進「距鐵與彎刀」後，往樓梯上一瞥，看到那個蠢小子被人摁在牆上，脖子都快被掐斷了，可是這一天我只想來一加侖我私藏的紅麥芽酒，而這種鳥事實在惱人得讓我無法忍受。尤其對方還是外地人。

我暴喝一聲：「放他下來！」嗓門大到足以震動鍋碗瓢盆，沒有這種嗓門，這四十年來要怎麼在酒吧發號施令？於是勒著男孩的那人說：「啊？當真？」然後鬆手讓他落地。他們轉向我，彷彿一切都很正常般面帶笑容，那種笑容利得能刮骨頭。「老闆總算出現了？旅店的主人？」

「我叫卡石，」我說，「除了我之外，沒人可以動我底下的人一根汗毛。如果你們要住宿，就下來跟我談。」

他們沒動，因此我上樓去找他們。我並沒有自尊心太強的毛病。近看之下，我發現他們年紀比我以為的要大，不過還真得盯著瞧才能確定。脖子很長，三角臉，淺棕色皮膚緊緊繃在骨架上，以至於皺紋都只是淡色的細溝。我覺得要是我碰他們的臉，那臉皮會像風箏一樣啪嗒作響。剛才勒住男孩的那人（對啦、對啦，那小子已經站起來了，有點咳嗽，沒有大礙）跟我說，他們在找一個女人，是他們的朋友。「很好、很好的朋友？非常、非常緊急？」

南方口音，和那女人一樣，不過還有點別的東西，某種躁動的抽搐感，那可跟南方完全沾不上邊。我當然知道他們指的是誰，也不覺得有什麼理由要隱瞞她住在這裡的事。對，我是不太喜歡他們的態度，也不滿意他們連一瓶酒都沒有點，就在我的屋簷下撒野，但我在許多夜晚忍受過更醜惡的事，再說，因為妮阿塔涅里小姐的緣故，我可是老神在在。她一個人可以抵他們兩個，而且她大概會隨身攜帶那把匕首和弓箭。我對那小子說：「她在這裡嗎？」

我有時候能看穿他的心思，機率高得令他鬱悶，不過我從來就看不懂他的表情，這麼多年來都看不懂。他望著我，我無法告訴你他究竟是感激我出現得正是時候，還是生氣我不夠關心他被擠壓的氣管，又或者是不安，也可能是嫉妒吧，因為這些可疑的客人聲稱和妮阿塔涅里小姐關係親密。他搖頭。「她們今天早上出去了，我不知道什麼時候回來。」他的嗓音有一點沙啞，但一點問題也沒有，空氣在他脖子裡上下流動，就和所有人一樣。我在他的年紀承受過更糟的事、更壞的人，而我現在還在這裡。

「半嘴」說：「我們可以等？在房間裡？」這一對活寶根本不是在問問題，因為等他說完時，他們人已經走到走廊一半了。我說：「你們**不能**在房間裡等。」雖然這次我沒用吼的，但他們聽到了，轉過身來。這招是我父親教我的：如何抓住客人的耳朵，又不失去客人或是你自己的耳朵。「房間是客人的隱私，」我告訴他們，「如果你們要住宿的話，你們的房間也有同樣的保障。你們可以在樓下的酒吧等，我請你們一人一杯麥芽酒。」

因為他們看我的眼神，我才臨時加進最後那句話。我跟你說過，我並不勇敢，不過這一行幹這麼久了，我領悟到一個笑話和一杯免費的酒，可以搞定大部分的不愉快。來到本店這種交通要衝的人，很少是存心要找麻煩的，不到八公里外的鎮上可就不一樣了，那裡處處是麻煩。吧檯後頭藏了支**迪卡木**棍棒，派上用場一兩回，不過如今我得從抹布、圍裙和私人聚餐使用的桌布底下特地把它挖出來才行。我最近一次看到讓我如此不安的眼神，是來自滿屋子野蠻的亞拉梅什第船夫，他們在對梅琳奈莎之前那任酒吧女侍動歪腦筋。「半嘴」搖搖頭，露出半個微笑。他說：「我們感謝你？我們比較想在房裡？」

我搖頭。他們的肩膀變得鬆弛而靈活，那小子挪到我身旁，好像他能發揮比掛東西的釘子更大的用處似的。但就在此時，加提．吉尼和兩個戲子走進屋裡，加提．吉尼正試著哄騙他們玩一局**巴斯特**牌戲。我從不讓住馬廄的客人在天黑以前進到旅店，不過這時我熱絡地向他們打招呼，朝樓下喊道他們的客房已經準備好了，晚餐也放在壁爐架上了。他們還張口結舌地望著我，我就轉身面向可敬的小南方人，對他們做了個邀請的手勢。不，我勾了勾手指——這是不一樣的。

嗯，他們互看一眼，然後望向樓下的加提．吉尼和他那一對新肥羊（為了這檔事，我每個月至少要賞他腦袋一巴掌，但他還是覺得藉著玩牌騙光我客人的錢，是他至高無上的合法權利），接著他們移回目光，再度掂量那小子和我。我跟你說，我一直都沒看到他們身上有任何武器，但我心裡毫不懷疑，他們不費吹灰之力就能宰了我們所有人。不過顯然對他們來說，我們不值得花這功夫，也不值得引起騷動。他們朝我們走來，我把那小子往旁邊推（他還在揮那把破鏟子，搞得走廊上到處都是廄肥），他們沒看一眼就經過我們，無聲無息地走下樓梯、穿過酒吧，到外頭的馬路上。他們把門帶上時，門沒有發出一絲吱嘎聲。我到外頭去察看，確保他們沒去騷擾梅琳奈莎，發現他們已經不見了。

那小子說：「我去找她。」他的臉一陣紅一陣白，汗流浹背，還在發抖，彷彿快要拉在褲子裡或是要去殺人時的模樣。他說：「我要警告她，我要告訴她有人在等她。」我勉強在門口追上他，而我甚至還沒排空滿肚子的尿呢！

妮阿塔涅里

那天早上我們騎馬出去時，男孩躲在一旁看我們。我記得當時覺得很怪。在我們面前，羅賽斯從不會偷偷摸摸的：他就像鳥兒展示羽毛一樣表露他的崇拜，而且這種崇拜也正如羽毛，賦予他色彩和飛揚。另外兩人沒瞧見他。我本來想提的，但菈兒騎在前面，自顧自地唱著她那種沒完沒了、不可思議的無調歌曲；至於露卡莎，我實在無法向你形容，她的存在如何連我的嗅覺都改變了，還使我身上的毛髮都不規則地豎起來。當然，現在我已知道原因，不過當時我只能猜想，是我自己太久沒跟普通人相處了。

在這片荒涼的北方，寇寇拉已經是我見過最接近正式城鎮的集居地。城市人會覺得這裡充其量只是個過大的水果攤，乾涸的溝壑就算是街道和馬路了，而沿路則有鮮豔的圓形木屋。這類房屋的數量比你乍看之下所以為的要多：馬比牛多，果園和葡萄園比犁過的田要多，酒館比任何東西都多。他們供應的葡萄酒讓你知道地力有多貧瘠，不過他們用蒼白的小蘋果釀出一種耐人尋味的白蘭地，我想喝習慣了以後，你是可能喜歡上的。

鎮上的人普遍個子都不高，在他們宏偉的山脈和天空映襯下更形矮小，不過他們有一種與山脈和天空同樣誠實又狂野的特質，有時候會讓我精神一振。我是在這樣的地方出生的（雖然年紀很小就被帶去南方），而我知道多數北方人都會將他們的靈魂之門牢牢閂住、塗滿灰泥，讓他們天生的能量內化，來抵禦恆常的冬季。這些人不會比其他人更值得信任，甚至比某些人靠不住，但我能夠喜歡他們，就像他們的白蘭地。

市場與城鎮格格不入，然而它其實就是城鎮本身，因為它勢必是這整片鄉間區域的交易中心。據羅賽斯所言，它全年無休，這連在氣候比較溫和的地方都很罕見，而且我也只在這個市場見過一箱箱的**林波里**和蓋克利西區獨有的紅銅布料並列販售；**林波里**就是那種會讓人牙齒溶化的可怕糖衣蜜餞，來自夏然—澤克。他們甚至還有賣上等的卡姆蘭寶劍和鎖子甲，而往往連在卡姆蘭當地都尋覓不到這麼好的貨色，因為供不應求。我在市場裡買了把匕首，售價令人咋舌，但幾乎算是公道。

我們策馬踩著碎步直接穿過市場（繞過城鎮接到大馬路要花一個多鐘頭，第一次來的時候並沒有人好心提醒我們這件事），我上前與菈兒並肩而行。我對她說：「北方人受不了**林波里**，我從沒在西里坦加納以北見過這東西，直到現在。」

我對菈兒有足夠了解之前，經常把她的笑聲誤認為訝異的悶哼或嘆氣聲。她說：「他確實對這玩意兒有股令人厭惡的著迷。而且他也喜歡這種地方，純樸的沙土與泥巴構成的農村。就妳所知，他在真正的城市裡長住過嗎？」

「他最初收留我時，我們住在托克—納奧奇一個魚販家後頭。」菈兒做了個鬼臉，托克—納奧奇以出產燻魚聞名，這是它唯一的特色。我說：「他或許離開了，但他曾經在這裡，而且是不久之前，種種跡象都如此說明。他或許傳送夢境給妳，因為在妳漫遊的時候，那些夢能夠輕易找到妳，不過我在同一個地方待了很多年，所以他是寫信給我。那些信我還留著。信是從這裡寄出的，從寇寇拉——他描述了市場和居民的樣貌，甚至告訴我他的房子是什麼模樣。關於這一點，我絕不會搞錯。絕不會。」

我一定是提高了嗓門，因為露卡莎在馬鞍上扭回身，用她那雙淺色的眼睛瞪著我，她的眼睛總是睜得大大的，也總像是能看到我，不是現在的我，而是當時的我，彷彿我的分身時時在我身後窺視。菈兒說：「我相信妳，但妳找不到那棟房子，市場和夏季牧草地之間我們都已經徹底搜過兩遍了。現在我聽妳的建議，循著露卡莎的幻視回到那座古老紅塔，是因為我已經不知道還能怎麼辦了。要是我們在那裡找不到他的線索，我就要回旅店去喝個爛醉。我要喝很久才會醉，所以得早點開始才行。」

我無言以對。有個年輕商人抓住我的馬鐙，舉高一籠鳴鳥；另外一個女人則扒著露卡莎的馬勒，推銷便宜的絲質襯裙。「只要加一點錢就能一次買兩件喔，小姑娘——有風吹雪一樣的花邊讓妳的情人可以踩過去！」露卡莎連看都沒看她一眼。我們跟著菈兒通過放滿蔬菜手推車的通道，成一縱隊穿過葡萄酒販和高高堆疊著羊皮與梳理過的羊毛攤子，偶爾我們會勒住馬不動，等周圍擁擠的購物人潮散去，生怕會在混亂中踐踏了在人群腿間啼哭爬行的市場小傢伙——直到我們左側露出一道鋪著鵝卵石的窄巷還有果園，白色大馬路通往黃色山丘。我們讓馬兒撒蹄奔跑一陣子。這天風和日麗，我輕輕哼著歌。

菈兒勒住馬時，我們已幾乎來到山坡處，我們之前算是在取得屋主的同意下搜過兩遍的那些房屋也映入眼簾。這裡的房屋比底下鎮上的住宅要大，多半是木造建築，少數是石造或磚造大宅。不過它們維持圓形風格，屋頂高高拱起且塗上油漆，看起來有點像正要膨起的瑪芬。以我的喜好而言，它們也和瑪芬一樣單調：只要在這種溫馨舒適的渾圓建築裡待一個下午，遑論一星期，你便會強烈渴望屋簷、山牆、頂飾、屋脊和**各種稜角**。當然，後方的山脈勢必提供了夠多的邊角給任何人使用，絕對包君滿意。即使隔著這麼遠，它們也吃掉太多天空，雪並沒有讓山顯得柔和一些：冰像唾液一樣晶亮，沿著山脈精瘦的側面淌下來。那些山看起來簡直像巨大的野豬。

菈兒輕觸露卡莎肩頭，說：「今天妳不只是我們的同伴，更是我們的領袖。往前走吧，我們跟著妳。」她這話刻意講得輕鬆，但露卡莎頓時露出極度驚恐又反感的眼神，使得菈兒和我都迅速轉身，看看是什麼樣的危險悄悄偷襲我們。我們再轉回來時，露卡莎已經出發了，結果我們一直到完全進入山區、遠離第一批房屋後，才終於趕上她。

昨晚我很累又不耐煩，提議重返紅塔也只是個憤怒的玩笑。菈兒沒有對露卡莎下命令或指引方向，不過到了能通往紅塔的唯一那條岔路時，露卡莎就彎進去了，彷彿她早就知道路似的。接近目的地時，她讓馬放慢速度，慢到像是走在寇寇拉的市場裡一樣。她眼神空洞，嘴巴鬆弛——我看過先知露出這副模樣，在一些崇敬「預言」之道的地區，那些先知會追蹤水的氣味或感覺，在不可能有水的地方找到水。菈兒在我後頭，呼吸聲急促而短淺。

紅塔是一座幾近全毀的廢墟，只是還沒真的倒塌，不過就算它每一塊磚塊都完好如初，在這荒僻的灰色山景間，依然會如現在一般突兀而醒目。這片荒野有本錢恆久不墜，有本事讓你謙卑、逃不出它的掌心：大莊園在這裡不過是易碎的瑪芬；碉堡則是放太久而變得硬如石頭的版本。至於這座有外側樓梯、每轉一個彎就開一個窗洞、頂樓還有個想必是觀星台的高塔，則完全屬於南方的童話故事，屬於你能真正在夜裡看到星星的那些地區，觀星時間長到可以用它們來編故事。這正是他會為自己打造的那種建築，那個粗魯又不講理的老頭子。我昨天就該察覺的，早在露卡莎和任何人之前。

露卡莎在高塔的陰影中下馬，我們躡手躡腳地跟著她，至少感覺起來是躡手躡腳，因為這個白晝如此靜滯，而她又極其緩慢地穿過搖搖欲墜的大門口。柵門已平躺在地，地面的藤蔓纏繞其上，不過我們已證明這地方安全無虞，可以逕自進入，否則絕不會讓她打頭陣。她沒把樓梯放在眼裡，反而直直走向一道內牆，打開一扇我們都沒向她提到的暗門，毫不遲疑地開始爬門後的階梯，始終沒說話，也沒回頭看一眼。

我們默默跟著，菈兒將蜘蛛網拍向旁邊，我掩著臉避開露卡莎經過時弄掉的貓頭鷹糞便和蝙蝠屎，這讓淺淺的台階變得更危險。這趟登頂的過程就跟頭一回一樣漫長、吃力又臭烘烘。我經常想起那天早晨，男孩羅賽斯看著我們經過時，那雙深榛果色眼中的眼神，他顯然想像我們正要踏上美妙的冒險，雖然那些冒險其實是他一廂情願賦予我們的。他的腦袋裡塞了太多東西，都沒有注意到他自身那種凡俗的美——這種組合的吸引力大過所有事物。天知道，我的麻煩還不夠多嗎？

由於光線太暗，走到階梯頂端突然出現一道低矮的天花板時，菈兒和我都撞到頭，就和上次一樣。露卡莎沒有。儘管幾乎得彎腰九十度，她仍輕鬆地移動，向左側一閃，快到我們暫時在黑暗中失去她的蹤跡半晌。我緩過氣之後，悄聲對菈兒說：「不管最後有沒有找到我們的朋友，妳遲早要告訴我她是怎麼知道的。這是妳欠我的。」

這座高塔當然有夾層：在四分五裂的華麗外表內，藏著堅實的祕密核心。外側的樓梯絕不會引領我們來到現在這處樓梯平台，也不會來到露卡莎進入的那個小房間。昨天整個下午，菈兒和我都在敲打、徘徊、討論、推理，到最後則是咒罵和瞎猜，才終於進到這個空間，而那個狀似**放空**的孩子卻直接走進來，好像回到自己家。菈兒輕聲回答：「我不該講，妳得問她。」可是當時的我連麻煩露卡莎把乳酪遞給我，或是幫我扣一下挽具都不敢，這一點菈兒也很清楚。

房間裡很冷。雖然有些人以為魔法有氣味，事實上沒有，不過它會留下一股寒意，我那會笑的老朋友經常說這種寒意是「異界的呼吸」，魔法就是從那裡來拜訪我們——「像是鄰居的貓，我們用碎雞肉誘哄牠跳過籬笆來我們這裡，幫忙抓老鼠。」房間裡有個三腳鍋架以及搭配的燉鍋，不過鍋子翻倒在草蓆上；遠處的牆面有一張深藍色絲質繡帷，只靠一角掛在牆上；有幾個曲頸瓶、一張長桌、一張木頭高腳凳；一只破葡萄酒杯；地上還用粉筆和炭筆畫了一些圖案，菈兒和我都看不出所以然。那些圖案已經被人踩過，抹得一塌糊塗。

露卡莎站在一片黑紅相間的塗鴉中間，那圖案看起來像是嬰兒玩彩色墨水的結果。她看著我們時，那張臉非常駭人：那是預言家的臉，布滿激烈的預示，像水一樣隨著非人類的節奏和指令皺起。這位即使直接挑戰我、平時也從未提高音量的蒼白同伴，此刻朝我們尖聲大叫：「妳們難道都沒看到，都感覺不到嗎？它就在這裡——它就在這裡！」我敢發誓，她尖叫時這個石造房間都嚇得**跳起來**，就像是有人靠近你說話時，好的魯特琴會在你懷裡嘆息撥動。

菈兒柔聲說：「露卡莎，我們真的看不到。露卡莎，這個房間裡發生過什麼事？」

除了個人的虛榮心之外，我這麼做並沒有更好的理由，但我還是想在此花點時間為我自己（以及菈兒）的眼力辯護一番。要是我們對其他空間的氣氛以及近來發生事件的判斷力，也像這次一樣差勁的話，我們兩人都不會活到現在，還能站在這冰冷小房間門口。若非我們第一次前來、露卡莎不在場時，有某種魔法殘留物質讓我們的感官變得遲鈍，就是露卡莎本人到場後，才讓桌上乾掉的紅褐色小汙漬顯現，讓地上的爪痕無所遁形，讓絲質繡帷露出綠金相間的隱形圖案：有個長著龍翼的男人在跟一個像是發亮影子的東西扭打廝殺——我傾向相信是後者。不管是什麼東西差點把繡帷從牆上扯下來，都在上頭劃出一道幾乎由上而下貫穿的裂痕，而我們愣愣地站在繡帷前方時，那兩個打鬥者織入布料中的鮮血似乎就要噴灑到我們手裡。我說了一句祈福語，主要是安撫自己，沒打算讓人聽見，而菈兒也輕聲說了一聲想必是「阿們」的話，不過不是我通曉的語言。

露卡莎接收到的洶湧資訊似乎消退了一些，她再度開口，說「這裡和這裡」時，語氣更像是被大人的遲鈍和愚蠢惹得煩躁不已的小孩子。「妳們的朋友站在這裡，而**他的**朋友站在這裡……至於這裡——」她漫不經心地朝近處的屋角點點頭，「其他人就是從這裡來的。」一切對她而言真的都顯而易見。

那個屋角和其他屋角一樣，都是由石塊、石板和灰漿砌成的，那裡沒有空氣流通，只有寒冷。要是高塔今天就垮了，而這很有可能，那個屋角還會存在。菈兒和我面面相覷，我知道我們的念頭相同：這不是屋角，不是牆壁——**這是一扇門，一扇敞開的門**。露卡莎在我們後頭不耐煩地說：「那裡，妳們站的地方……看啊，看啊。」她匆匆走過來，用力伸手指著一處空洞，我努力克制自己才沒把她的手拉回來，我怕那個古老又凶殘的空缺會咬斷她的手。不過我只是轉過身，盡可能用安撫的語氣對她說：「什麼其他人，露卡莎？他長什麼樣子？」

她竟然真的氣到跺腳。「不是**他**——是其他人，**其他人**！那兩個男人在打架，他們很生氣，後來其他人就來了。」她來來回回看我們，現在才開始好奇了：像是第一次在大人臉上發現恐懼表情的小孩。她小聲說：「妳們看不到，妳們看不到。」

「在這麼黑的地方，沒有東西會不請自來。」我越過露卡莎的頭對菈兒說，「一定是受到召喚。」菈兒點點頭。我問女孩：「是誰召喚……其他人的？是哪個男人？」但她握著菈兒的手，不肯看我。

我又問了一遍，菈兒也是，儘管菈兒又拍又哄，還是沒用。最後菈兒作出「算了吧」的手勢，然後對露卡莎說：「妳剛才說那兩個男人在打架，他們為什麼打架，又是怎麼個打法？誰贏了？」露卡莎保持沉默，我真希望帶了狐狸同行。她總是對狐狸嘀咕個不停，現在狐狸對她的了解肯定已遠超過我們兩人，而且會一直這樣下去——我至少夠了解**那傢伙**。

「魔法，」菈兒說，「他們是用魔法打架的。」露卡莎和菈兒拉開距離，與其說是刻意如此，不如說是因為她抖得太厲害了。菈兒的語氣變得嚴厲。「露卡莎，那兩個男人其中之一就是我們找了很久的人，就是對著菜園唱歌的老人。要不是他——」她迅速瞥了我一眼，猶豫一下，然後又轉向露卡莎，雙手緊握著女孩的雙手。菈兒一字一句慎重地說：「除了妳之外，沒人能幫我們找到他，而要不是他，妳早就死在河底了。接下來的事全看妳的決定。」這些話像蹄聲敲打在冷冷的石頭上。

除非你是經驗老到的巫師，在這種充滿古老巫術的四壁之內待太久是沒好處的，有時候就算經驗老到也沒用。這會在你體內、你心裡製造出蜃影——我不知道還能用什麼更好的方法來說明。在那一刻，菈兒捧住所有的露卡莎，像用手掌捧著水一樣，要是露卡莎溢出來，或是從菈兒的指縫間滲落，她便會永遠流失到所有黑暗角落裡。我覺得是這樣。不，事實上就是這樣沒錯。但她沒有流失。她垂下頭，又抬起來，用那雙總像在探索過去的眼睛，定定地看著我們兩人的臉。我不會說她又恢復為露卡莎了，因為到了那時候，我已開始稍微進入狀況，知道無論她究竟是誰，都不是出生時的那個她。

「他英勇奮戰。」露卡莎沒對著任何人說道，「他是那麼聰明。他的朋友也很聰明，可惜太有自信了，也太害怕了。他們面對面站在那裡，把這房間變成太陽的肚子，變成海底，變成惡魔冰凍的嘴巴。這些牆壁在他們周圍沸騰，空氣碎裂成刀子，好多小小的、小小的刀子，你就只能呼吸小刀子。從頭到尾都沒有任何聲音，就這樣過了一千年，因為所有空氣都變成刀子了。然後老的那個變得疲憊而哀傷，他說**阿夏丁**、**阿夏丁**。」即使聽到她清亮的聲音輕輕呼喚，我仍忍不住閉上眼睛。

露卡莎繼續說：「可是他的朋友聽不進去，只是用夜晚和火焰節節逼近，還向他施展幻象，讓他覺得自己的靈魂腐朽脫離，在他眼前毒害吞噬他靈魂的白色東西。然後老的那個因為恐懼、悲痛和孤單而變得很可怕，他用一記猛烈的雷霆回擊，使他朋友瞬間失去對他的掌控，而且變得比他更害怕，因而呼叫其他人來幫忙。都在這裡，在石頭上，到處都有紀錄。」

我望向爪痕，等著菈兒提出這關頭自然浮現的疑問。不過她什麼也沒說，我從她的表情看出她希望我會開口。我也看出她極為疲倦。對菈兒來說，表現得永遠不會累很重要，在此之前她從未讓我看到傳奇如此瀕臨破滅。她肯定比我大不了幾歲，然而我第一次聽到「獨行俠菈兒」的故事時，年紀還很小呢。我很好奇，她上一次向任何人求助是什麼時候的事？

「妳昨天夜裡向我們提起死亡，」我說，「所以說是誰死在這裡了？老人還是妳所謂的他的朋友？」露卡莎盯著我，非常輕地搖搖頭，彷彿我的盲目終於把她所有的不可置信、憤怒和憐憫都耗盡了，讓她只剩下一種麻木的容忍。我們在找的男人經常用這種表情看我。

「噢，那個朋友死了。」她滿不在乎又有點厭倦地說，「但他又復活了。」我承認，倒抽一口氣的人是我——菈兒沒發出半點聲音，不過她在桌子邊靠了一下。露卡莎說：「那個朋友召喚其他人來幫他，結果它們殺了他，但他沒有死。老人……老人逃走了。他的朋友去追他，我不知道在哪。」她突然坐下來，把頭靠在膝蓋上，就這麼睡著了。

麗松潔

嗯，你應該直接提起那雙腿的。我跟你說過了，親愛的，我從來不記名字，只記我的台詞。還有奇特的歷史事件，例如那孩子的腿——好美妙的長腿，在他騎著那匹滑稽的小灰馬走進我的人生中時，他的腿簡直已經碰到馬肚兩側的地面了。那是你在當下立刻就明白，將伴隨你終生的那種時刻：我正就著木棚旁的接雨桶，刷洗我這張可憐老臉上昨天的戲妝（哎呀，你真善良，謝謝你了），突然間那雙腿就出現在我毛巾的底端。我不斷把毛巾往上舉高——你看，就像這樣，慢慢舉高——而那雙親愛的腿就一直一直延伸，一路延伸到他的肩膀。他只剩一把骨頭了，可憐的小東西，跟他的小馬一樣蓬頭垢面，身上一絲多餘的肉都沒有。我經常覺得呀，從我有記憶以來——意思等同於開天闢地以來——我自己的人生就是不停地旅行、不停地兜圈，但是當我仔細端詳他，我就知道把我走過的所有蠢路加總起來，也抵不上這男孩旅程的千分之一。無論你可能聽說什麼流言蜚語，我得說，除了演戲以外，我確實還是懂得一點人情世故的。

嗯，我們看著對方，然後我們繼續看著對方，要是我沒開口，我們可能到現在還站在那裡。我覺得他們兩個就只是剛好在旅店的院子裡停下來，因為他和他的馬都無法再走一步、也沒剩任何念頭或希望了——他們的動力完全耗盡了，你懂吧，相信我，缺少這一樣東西是最糟糕的。他的眼睛還有生氣，眼神卻流露出不知為何而活，他的眼裡除了生命之外再也沒剩別的了，什麼都沒有。我見過這樣的動物，但沒見過這樣的人。我敢說這樣的人都被藏起來受到保護。

我當時說了什麼？噢，非常荒唐的話，要回想未免太難為情了吧。類似「嘿，你是擔心下次見面認不得我嗎？」或是「在我家鄉，盯著別人看這麼久，表示要跟人家結婚喔」。就是這麼蠢的話，或是更糟——那不重要啦，因為我都還沒講完，他就直接從馬背上摔下來。就這麼開始傾斜，可以這麼說吧，默默向一邊傾斜，繼續斜繼續斜，直到躺到地上。我設法在他落地前幫他緩衝，然後讓他靠在接雨桶上，往他臉上潑些水。這沒什麼特別的——我沒在旅行或是排戲的時候，也花了不少時間扶這個或那個男人坐起來，擦乾淨他們的嘴巴。仔細想想，還真是浪費時間又噁心。

不過這張嘴很好看，臉也很好看。鄉下人的面孔，或者該說曾經是——我自己也是在農場出生的，在戴里角附近，他們是這麼告訴我的。我們隔天就繼續上路了，所以我當然不是很確定。過了一下子，他睜開深色的鄉下眼睛，直視著我，說：「露卡莎。」語氣非常平靜，好像他剛才沒有因為又餓又累而昏過去似的。有時候現實世界的人對我來說實在是難以招架。

嗯，我跟你說，到現在我對**那個**名字就跟我自己的名字一樣熟，而且這根本非我所願。我年紀夠大了，我敢抬頭挺胸地說，我就跟未來絕對還會有的傻瓜一樣，花了無數個夜晚，聽著某人嘟囔、哭喊著別人的名字直到天亮。但是無論荒謬與否，總之這是我自己的選擇。而連續兩個星期的晚上，我毫無例外都被那男孩羅賽斯吵醒，可就完全是另一回事了。他就在我隔壁那間，在睡夢中翻來覆去，呢喃著：「妮阿塔涅里……露卡莎，甜美的露卡莎……噢，菈兒……噢，**菈兒**……！」跟他談這件事，就跟把他踢醒一樣徒勞無功——他早上還是會唱著歌跳起來，而我們其他人則看起來愈來愈像整夜都在做他夢到的事。有人提出乾脆殺了他。我是反對啦，但著實有點心動。

「露卡莎跟她的朋友騎馬出去了，」我說，「她們可能今晚或明天回來，我也不知道。你先坐在這裡，我拿點東西給你吃。別動喔，就待在原地——你懂嗎？」因為我並沒有把握，你知道吧？我無法確定那雙令人難以承受的深色眼睛到底有沒有看見我。「待在那裡。」我說，然後我衝去找羅賽斯。

這少年並不壞，除了那無可救藥的迷戀之外，你知道吧，我相信他現在已經從那股迷戀中清醒了，如果他還活著的話。他馬上去偷拿了一些昨天晚餐的剩菜（也就是**我們**今天的晚餐，這是卡石為他住馬廄的客人設計的供餐系統），甚至還弄到一杯已經沒什麼氣泡的紅麥芽酒。我也沒閒著，幫馬兒張羅了一些穀子，還從我們的戲服箱裡找出一件短上衣：是我在《薇佳夫人的兩位千金》裡穿過的，在這齣戲裡，有半數時間我都扮成男人。我們現在已經很少演這齣戲了，除非有人指定要看，所以上衣正面基本上很乾淨，這可說是奇蹟。

我回去時，羅賽斯已經在用湯匙餵我們的長腿流浪兒喝湯，戲班子的幾個人也在一旁晃來晃去、問東問西。男孩沒理他們，不過一看到我就說：「妳說朋友，有幾個人？」

「跟你的朋友數量一樣多。」我有點嗆地說。我想必是老了，現在我更在意普通的一句「謝謝」，而不是以某個落跑公主為目標的史詩級冒險，即使故事中的英雄**的確**擁有這二十年來方圓百里內最迷人的一雙腿。「一個黑女人——」他不耐煩地點頭，「還有一個棕皮膚的高大女人，像是戰士那一型的。」我想我心胸是有點狹窄啦，不過已經有個一想到她們三個就眼冒愛心的羅賽斯了，現在又來了這傢伙，突然讓人**煩躁**起來。想必是因為同樣的情節已經上演過太多遍了吧。我說：「我叫麗松潔，餵你喝湯的人是羅賽斯。你能告訴我們你的名字嗎？」

「提卡特。」他說，說完又睡著了。我們戲班子裡專演青少年的崔格瓦林想給他喝白蘭地，但我阻止他。那酒是他自己釀的，而正因為他廣結善緣請人喝這種酒，有好多城鎮我們都不敢再踏進一步，甚至整個省。我對羅賽斯說：「他可以跟你一起睡在廄樓上，老闆不會知道的。」

羅賽斯只是看著我。他說：「卡石總是會知道的。」提卡特醒過來，朗聲說：「我來自──」然後他講了一個我完全沒辦法複述的地名。「我是來找露卡莎的。」簡單明瞭。我們把他弄進馬廄，小心地脫下他的衣服並盡可能幫他清洗，他那可憐的身軀到處都是深深的刮傷和破掉的膿瘡，而他身上的破布有些已被乾硬的血塊黏在身上。在這整個過程裡，他不斷地說：「告訴露卡莎我來找她了。」這鄉下孩子確實是遠道而來。

羅賽斯說：「我們得跟卡石說。」

「這男孩身無分文，」我說，「除了他的馬和幾兩肉以外，他什麼也沒有。你覺得這對你的主人來說夠嗎？」打從遠古時候開始，我們就在寇寇拉演戲，並寄宿在這座馬廄，而我到現在仍瞧不起那個懶散的胖男人。他並不黑心，這可說是我們選擇住這裡的唯一理由，但就我所知，他的美德也就僅止於此。他毫無想像力，不慷慨，也絕對不慈悲為懷。他寧可把最好的客房租給一個蠍子家族（如果牠們能付錢），也不願意讓身無分文的遊民，在漏水最嚴重的茅廁內暫住一宿。每個人都很了解卡石。

「他現在正好需要多一雙手幫忙。」羅賽斯說，「有三組人馬要來趕集，大概會在我們這裡住上一星期甚至兩星期。梅琳奈莎一個人應付不了，到時候我也分身乏術，幫不了她。如果提卡特能幹活兒，即使只能出一點力，我應該都能跟卡石求求情。」

提卡特說：「我能幹活兒。」他試著站起來，只差一點就成功了。「可是只做到露卡莎回來為止，因為到時候我們就要一起回家了。」就是這麼簡單明瞭。

這時候達迪斯走向我，粗聲說了一句：「五分鐘後排練。」然後馬上閃人，讓我來不及撲向他的肋骨，告訴他我對那句話有什麼想法。他已經領導戲班子二十年了，曾在格雷納克港到德里丘陵之間的每個十字路口扮演邪惡爵爺哈西丹亞，但他還是深怕會在最後一場戲冷場，講不出台詞，雖然這種事只在林賽提發生過那麼一次而已。這表示**我們**倒了八輩子的楣（請容許我小小誇飾一下），必須把所有空閒時間都拿來一遍又一遍地排練那齣討厭的、老掉牙的假面劇，可能至死方休。不過這倒是給了我一個光明正大的藉口不再跟他上床。我寧可忍受羅賽斯的夢，寧可忍受馬放屁，也不想半夜還聽到那些台詞在我耳邊嘀嘀咕咕，而且我確實認為，我們分手後成了更要好的朋友。這種事的發展真是奇妙。

羅賽斯將那件短上衣由提卡特頭上套下，點點頭要我離開，說：「妳去吧，沒事的，我會讓他休息一會兒，然後我們去見卡石。沒事的。」我從馬廄門口回頭看時，男孩正坐起身，又想要站起來，結果被那一雙老天恩賜的腿絆住，簡直就像剛出生的沼澤山羊，本能地知道自己必須立刻就學會走路，否則就會死。就我的經驗，全世界沒有任何一個人，無論男女，值得你獻出這樣的心力——不過我告訴過你啦，我除了自己的台詞外什麼也不懂，所以你聽聽就算了吧。

提卡特

我醒來後問起小兔，馬廄工說小兔已經咬了兩匹馬和一個演員，於是我就安心地繼續睡了。

我第二次醒來時，旁邊沒有別人，四周光線半明半暗、悄無聲息，只有下方偶爾傳來踏地和噴氣的聲音。那些戲子，或不管他們是什麼人，全都不在，而那男孩羅賽斯在屋外某處吹著口哨。我從廄樓爬下去，動作放得很慢，我恍恍惚惚地注意到自己穿著一件尺寸太小的短上衣，那布料曾經吸滿別人的汗水而又乾又硬。我記得有條狗——每次牠一吠，我的頭就好像變得跟教堂一樣大，然後又慢慢縮小。我在靠近門口的隔間裡看到小兔，牠對我嘶鳴，但隔得好遠，我搆不著牠。我靠在門上說：「小兔乖，小兔乖。」

從馬廄門口望去，那間旅店比我見過的任何建築都龐大。兩根煙囪，每扇窗裡都透出燈光，笑聲和炊煙隨著夜風飄送，那風冷卻我的臉龐，也讓我的雙腿感覺多了幾分力量。我朝旅店走去，想說露卡莎可能在那裡。

羅賽斯在豬圈旁邊的一棵樹下找到我。我可能吐了，不過並沒有再次昏倒。我很清楚我是誰、我在哪裡，就像我也明白我最好四肢著地多跪一會兒。他蹲在我旁邊，說：「提卡特，我剛才找你時經過這地方兩次了，你為什麼都不喊我？」

看我沒有回答，他將雙手插到我腋下，開始努力拉我站起來。我推開他，也許力道比我預期中來得大，結果他向後跌坐在腳跟上，默不作聲地盯著我看了老半天。他大概比我小一兩歲，體格和小兔很像：短腿，胸膛厚實，紅中帶金的毛髮又蓬又亂，有張闊嘴和靈活的黑眼睛。我當時心想：這是張善良、好奇又煩人的面孔。我說：「我不需要幫忙。」

羅賽斯朝我咧嘴一笑，沒生氣，也沒惡意。「看來你和卡石應該一拍即合，他是不會幫別人忙的。來吧。」然後他伸出手。

「我不需要你的卡石，」我說，「我需要露卡莎和我的馬，別的都不用。」說完我跪直身體，我們就這樣面對面，而豬群在漸深的黑暗中發出呼嚕聲，豬鼻子從簡陋的籬笆柱之間擠出來，想搆到我的嘔吐物。

「露卡莎還沒回來，」羅賽斯答道，「她朋友也是。至於你需要什麼、不需要什麼，相信我，現在唯一要緊的是讓卡石准許你在這裡吃飯睡覺，把身體養好。聽我的啦，提卡特。」他突然看起來很符合他的年齡，而且為此感到焦慮。

我沒靠他幫忙就自己站起來，但在跨出第三步時就腿軟了。羅賽斯抱住我，可是我已厭倦像個嬰兒般被拎起來安撫一番，再安置到某處去，所以我再次甩開他。「我可以用爬的，」

我說，「我不是沒爬過。」

羅賽斯呼出一口氣，跟小兔對我有所不滿時一模一樣。然後他抓著我，把我拉回坐正的姿勢，也不管我有沒有力氣坐正。那雙指甲參差不齊的小手力氣比看起來要大。他在我耳邊說：「我不是為你做這件事，而是為了露卡莎。你是她的朋友，因此我必須幫你，直到她回來。等她回來以後，你愛怎麼耍你該死的自尊都隨你。來吧，你可以靠在我身上，或是我直接抱你。快啊。」他把肩膀頂在我腋下，我感覺到他在偷笑。「你跟卡石……」他說，「我簡直等不及要看好戲了。」

旅店內部似乎不如從外面看起來那麼大。我們從廚房走進去——在油煙中有個女人從我們旁邊擠過去，然後有個男人經過，但我被燻得淚水直流，並沒有真正看清楚他們。有人在猛力剁肉，製造出的噪音蓋過了他在吼叫的內容。羅賽斯像引導盲人一樣帶著我進入餐廳，這裡的煙夠稀薄，我看出至少有十幾個人坐著吃飯。桌椅的做工都粗糙草率，桌腳椅腳全都長短不一——我對這件事印象特別深刻，記得自己當時想：**噢，我們家鄉做得比那好太多了。**從廚房出來後，感覺餐廳有點冷，雖然壁爐裡燒著旺盛的火。天花板很低，是由被煤灰染黑的半圓木拼成的，支撐天花板的大木柱還保留著樹皮。橫梁上懸吊著三盞油燈，在流動的空氣中緩緩擺盪，在灰泥牆上投射出許多慢慢扭動的長長黑影。地上鋪著燈心草，踩上去沙沙作響。

沒半個人注意我們。這些客人看起來跟在泰瓦里奶奶家過夜的那些人沒什麼不同，在我們村子裡，只有泰瓦里奶奶家有一兩間客房給旅行者投宿。有幾個商人，一群醉醺醺的牲口販子坐滿了長桌，一個水手，兩個要去丘陵區朝聖的男女神職人員，而在遠處的角落裡，有個穿著髒圍裙、蒼白而肥胖的男人，在觀望一切。羅賽斯帶我朝他走去，一邊從掛著微笑的嘴角對我說：「記住：他討厭跟他唱反調的人，但他痛恨對他百依百順的人。要記得喔。」胖男人看著我們走近。

近看之下，他比我以為的還要龐大，正如同他的旅店實際上比較小。生麵團，除了麵團還是麵團，這是一個神奇地逃出烤爐的薑餅人。他的臉是個麵包布丁，上頭的痣和斑點就是偶爾看得到的葡萄乾或莓果，但塞在臉上的眼睛渾圓、湛藍又詫異，那是小男孩般的眼睛，掩藏在憂鬱老頭發皺又浮腫的眼皮底下。我不知道如果移到比較溫和的臉上，這雙眼睛看起來會不會比較正常。我只知道在我的人生中，不曾再見過像旅店主人胖卡石那樣的眼睛。

羅賽斯劈里啪啦地開口。「先生，他叫提卡特，從南方來的，想找工作。」那雙溫柔的藍眼睛打量我，薄唇幾乎沒有張開，胖男人的嗓音刺耳地穿過嘈雜的餐廳噪音。「又是你從堆肥裡撿來的流浪兒？這傢伙看起來連倒夜壺都辦不到。」那雙藍眼睛已經瞬間忘了我。

羅賽斯輕拍我的手臂，眨眨眼，快速閃身回到卡石的視線內。「他現在很累，先生，旅途勞頓，這我不能否認。但是只要讓他吃飽睡足，他就能去做你交辦的工作了，室內和戶外都行。我跟你保證，先生。」

「你保證。」他的語氣滿是打發意味，不過他真的又看了我一眼，看得比較久且若有所思，最後他聳聳肩。「好吧，讓他自己找個地方把飯吃了、覺睡了，明天再來見我。也許有事情可以給他做，但我可不打包票。」

「他可以跟我一起睡在廄樓——」羅賽斯開口，但卡石轉向他，嗓音嘶啞而乾裂。卡石說：「做一天工換一夜住宿。我說了，讓他明天再回來。」發皺的厚眼皮幾乎把小男孩般的眼睛完全遮住了。

羅賽斯還想說什麼，但我把他往旁邊一撥。我的腦袋仍然暈頭轉向，前一秒還脹得很大又匡噹作響，下一秒又像一顆乾巴巴的山胡桃。我說：「胖子、胖子，仔細聽我說。我千里迢迢、千辛萬苦、孤伶伶的來到這裡，可不是為了在你的豬圈裡吃飯睡覺的。我會好好幫你工作，比你用過的任何員工都強，但只到我的露卡莎回來為止，到時候我們就會一起回家。我從今晚就開始工作，在我幫你工作的時候，我要睡在你的馬廄裡，吃得跟其他人一樣好。」羅賽斯正急切地想把笑意偽裝成一陣突發的咳嗽，還用袖子去掩嘴。「如果你不同意我的條件，儘管直說，然後下地獄去吧，就算沒錢，我也能找到比這堆肥場更好的住處。但明天我會回來找露卡莎，後天也會，大後天也會，所以你不如乾脆從我身上榨點用處，不是嗎？」我還說了更多話，不過我腦中的回音蓋過了話語。羅賽斯的手又插到我腋下，將我扶到椅子上坐下。

等我能夠張開眼睛時，發現旅店主人仍在打量我，他那張鬆垮的白臉就跟麵粉袋一樣空白。我聽到羅賽斯很認真地說：「先生，我們現在確實需要額外人手，有那兩組新人馬入住，至少要住到——」然後是緩慢的回應，就像船的龍骨磨過石頭一樣刺耳：「我不需要你提醒，安靜，讓我想想。」這勢必只是我太疲倦造成的幻覺，但我覺得他此話一出，整間餐廳的喧嚷都微微降低音量。我一見到旅店主人卡石就對他沒有好感——到現在仍是一樣——但他這人沒有麵包布丁那樣單純。

「帶他走吧，」過了一會兒他對羅賽斯說，「到廚房給他吃點東西，讓他愛睡哪兒睡哪兒，早上讓他打掃澡堂，還有堵住你一直沒處理的破洞，青蛙都從那裡跑進來了。弄完以後，沙德利在廚房應該用得上他。」有一會兒他瞪大了眼睛，用某種我累到難以理解的疑惑眼神望著我，然後吸了一口氣像是還想說什麼，那是重要的事，與露卡莎有關，與我有關的事。但他又看向羅賽斯，嘟噥道：「那兩個傢伙，那些男人，你還在附近看過他們嗎？」羅賽斯搖頭，卡石沒再說半個字便轉身消失在內室裡。他的動作很優美，就像一波海浪由此岸隆起湧向彼岸，沒有激起任何碎浪。我媽也很胖，她的動作也像這樣。

羅賽斯很小聲地說：「我的媽啊。」然後笑起來。他說：「我是那麼告訴過你沒錯，但你竟然——」他的句子再次無疾而終。「來吧，」他說，「你爭取到一頓吃到飽的晚餐。提卡特，你怎麼了？」那群牲口販子唱起一首下流的歌，在我的村子裡每個小孩都會唱這首歌。這讓我想到露卡莎，我很難為情。羅賽斯說：「走吧，提卡特，我們去吃晚餐。」

羅賽斯

提卡特和我快吃完晚餐時，她們回來了。我們是在外頭吃的，坐在梅琳奈莎喜歡用來晾衣服的那棵樹下。我先聽到她們的聲音——三匹馬的蹄聲，以及菈兒的馬鞍我一聽就知道的嘎吱聲，我用了再多的肥皂和潤滑油也消除不了那個聲音。提卡特也認得：他快速放下碗，霍地轉身看著她們在暮色中經過，彎到院子裡去，妮阿塔涅里傾身對菈兒說話時，眼睛和顴骨反射著光芒。露卡莎與她們隔著一小段距離騎在後頭，轠繩鬆垂，視線往下。她們經過時誰也沒注意到我們。

老實說，我一時間忘了提卡特。他對露卡莎的關切是他的事，我只想到要警告妮阿塔涅里有兩個微笑的矮小男人來找她。我跳起身邊跑邊喊，菈兒和妮阿塔涅里都勒住馬等我。我聽到後頭傳來提卡特喊著「露卡莎！」這一個詞裡所包含的悲傷與鋪天蓋地的喜悅和感激，是我當時無法理解，且至今也難以忘懷的。我並沒有回頭看。

我攀著妮阿塔涅里的馬鐙，喘著氣從頭道來：那兩個人做了什麼、說了什麼，他們長什麼樣子、口音如何，與他們呼吸同樣的空氣是什麼感覺，那幾乎就跟被他們勒住脖子一樣可怕。講到這一段時，我聽到菈兒屏住呼吸，感覺到妮阿塔涅里的手緊緊按了一下我的肩膀，我還記得這些讓我有多愉快。我注意到妮阿塔涅里似乎既不害怕也不訝異，菈兒問她：「他們是什麼人？」她沒有回答，只是微微聳肩。菈兒沒再追問，不過從那時起，我講話時她看著的人都不是我，而是妮阿塔涅里。

我正告訴她們卡石是怎麼讓那兩個人離開旅店的，提卡特突然發出一聲含糊的大叫，伴隨著紛亂的馬蹄聲，我們全都轉過去看，結果露卡莎衝到我們中間，她坐騎的肩膀差點把菈兒撞得跌下馬鞍。露卡莎一句道歉的話也沒有：妮阿塔涅里和我忙著安撫三匹馬，露卡莎則不斷喘著氣說：「叫他別再**說**了，叫他閉嘴！他不能對我說那種話，叫他不准說！」她驚恐到眼神狂亂，連眼睛的形狀似乎都因為皮膚繃得太緊而變形。

提卡特跟在她後頭，動作十分緩慢，完全像是努力不嚇到野生動物那樣。提卡特的表情、他修長的身體，他整個人顯然都困惑得麻木不堪。他非常小心、非常輕柔地說：「露卡莎，是我啊，我是提卡特。我是**提卡特**。」他每次講到自己的名字，露卡莎就顫抖著離他更遠一點，用菈兒的馬擋在兩人之間。

妮阿塔涅里揚起一眉，什麼也沒說。菈兒說：「這男孩跟她訂婚了，他英勇地跟著我們走了很遠的路。」她用雙手在胸前做了個流暢的奇怪手勢，向提卡特致敬——我試過好幾次始終模仿不來，而且之後再也沒看過有人做了。「做得好，」她對提卡特說，「我還以為我們已經甩掉你十幾次了。你真懂得如何追蹤，幾乎可以媲美你懂得如何愛。」

提卡特轉向她，眼神與露卡莎一樣狂亂，但不是出於恐懼，而是出於絕望。「妳對她做了什麼？」他大叫，「她跟我已經認識一輩子了，妳做了什麼？巫婆，巫師，我的露卡莎在哪裡？妳從死亡中喚醒的這個人是誰？我的露卡莎在哪裡？」我才認識他三小時，而且他自大、固執又暴躁，但我此刻仍為他心碎了。

「嘖嘖嘖嘖。」妮阿塔涅里對著不特定對象輕聲嘟噥。菈兒伸手握住露卡莎的雙手，說：「孩子，聽著，他是妳的男人，妳一定記得吧。」但露卡莎也神經質地向後掙脫她，慌亂地爬下馬然後衝向旅店。她在門口撞上加提．吉尼，後者被撞得像甲蟲一樣四腳朝天。露卡莎單膝跪地，提卡特又喊出聲，不過沒跟過去，接著露卡莎掙扎著爬起來，跌跌撞撞進到屋內。牲口販子的歌聲把她吞沒。

在一片沉默中，妮阿塔涅里喃喃道：「到處都有祕密。」

「沒錯，」菈兒說，「知道就好。」她跨下馬鞍，過了一會兒妮阿塔涅里也下了馬。菈兒將三匹馬的韁繩都交給我，只說了聲：「謝謝你，羅賽斯。」然後就匆匆走向旅店。妮阿塔涅里朝我慢吞吞地眨了眨眼，大步跟著她過去。加提．吉尼仍在門階上打滾哀號。

我做了我能做的事。我一手握住三條韁繩，用空著的手臂攬住提卡特的肩膀，把大家都帶回馬廄。那三匹馬緊挨向我，急著想回牠們的隔間，但提卡特也順從地跟過來，彷彿他也被繩索或是鐵鍊牽著走：他低著頭，垂著手臂，手掌張開，腳步不斷被成團的雜草給絆到。他沒再說一個字，連我協助他爬上扶梯上到廄樓，用耙子聚集起一些乾草，把我多的馬毯給他，向他道晚安，他都始終不發一語。我在刷馬時，好像聽到他躺在那兒翻來覆去、喃喃自語，不過我再爬上去端水給他喝時，他已經睡熟了。我鬆了一口氣。

馬兒都安頓好了以後，我覺得我應該到旅店去幫忙梅琳奈莎收拾晚餐。我剛走到半路，就有個人影彷彿從我面前光禿禿的地面直接冒出來。我差點跌坐到地上——我心知肚明，那兩個獵人就在很近的地方伺機而動——但那人影向我打招呼，我立刻認出那奇妙的尖嗓子。是那個孫子住在寇寇拉的老人，這老人時不時就會閒晃到旅店裡來，捧著麥芽酒一坐就是大半日，逮到誰就跟誰聊天。他是我見過最帥氣的老爺爺了，富有光澤的臉頰，雪白的八字鬍，還有纖長得不可思議的雙手。每次我看著他用手將我們的陶杯轉呀轉，嘴裡講述著珍禽異獸與古老戰爭，我都會想：**真希望我的手也長成那樣，真希望我的人生也能用那樣的手來講述和比畫**。雖然我從未見過他和菈兒、妮阿塔涅里還有露卡莎待在一起，我看待他的方式卻是一樣的：把他視為一陣拂過我平凡生活的西南風，散發著故事和夢的氣味，多到我的靈魂都裝不下，更別說能理解。如果聽得太久，他的嗓音會讓我緊張和煩躁，不過在當時，感覺那也是正常的。

「你在這裡啊。」他說，「想也知道，你若不是忙完這個又趕著去做那個，還會在哪呢？」

他拍拍我的手臂，對我微笑的眼睛和卡石一樣藍，但完全不一樣，他的眼睛像陰影中的雪，看到時會感覺銳利而疼痛，幾乎就和他的嗓音聽起來的感覺一樣。他說：「不知疲倦的孩子啊，有人派我來交辦另一項任務給你。妮阿塔涅里小姐十五分鐘前去澡堂了，她希望你過去找她一下。我自告奮勇說要是我回家路上遇到你，就幫忙稍個口信。現在話帶到啦，老頭子閃人了，祝你晚安，年輕的羅賽斯。」講到最後一句話時，他已經走過我身邊，默默隱入黑暗。

我並不覺得像這樣被找去有什麼不尋常。以那個年代與地區來說，「距鐵與彎刀」的澡堂都堪稱豪華，有兩間浴室：一間放了浴缸，另一間用一道堆滿大石頭的長溝隔開。現在妮阿塔涅里應該已經點燃石頭底下的火種，有些石頭開始燒得發紅了。在北方其他地區，蒸氣浴都很受歡迎，不過寇寇拉附近不包括在內。妮阿塔涅里是我所見過少數會使用的客人，這可是卡石絕無僅有的奇特高級設施，打從我認識卡石以來，他每天都大聲抱怨他有多後悔蓋了這座澡堂。我完全沒想過要回頭看看那老人，只是匆匆繼續趕往旅店。

我用廚房的水泵接了兩桶水，然後走向澡堂。在黑暗中這條路並不好走，有很粗的老樹根交錯橫越路面，即使我對這條路已如此熟悉，還是很可能跌斷腳踝或是打翻水桶，所以我走得很慢；其實我走得慢還有另一個原因，即使到了現在我都有點羞於承認。我在負責製造浴室裡的蒸氣時，從來就不用進去，只要從開在圓木之間低處的一條渠道緩緩倒冷水，讓水漫過熱石頭就行了。不過在稍微低於眼睛高度的地方，有一道和我的手掌一樣長、和我的拇指一樣寬的縫隙，我滿懷希望能在蒸氣太濃之前，從那縫隙瞥見妮阿塔涅里的裸體。我對這種行為毫無辯解之意，也許只想為之後的結果說幾句好話吧。

夜晚非常靜謐，我能輕易聽到妮阿塔涅里輕柔的腳步聲，離得好近。我真希望身後那正升起的半月能夠從天空中消失，因為我擔心像妮阿塔涅里這麼敏銳的女人，可能會注意到我的頭擋住月光時，那一抹金色的微光突然消失了。我放下一個水桶，開始小心翼翼地傾倒另一個水桶，同時半蹲下來從澡堂牆上的小縫偷窺。

有一會兒工夫，我只看到樹皮和我自己的睫毛。然後有個亮亮的東西從我視野中閃過去，又立刻回到原處——**左**，**右**——接著是快速跺兩下腳的聲音，好像有個舞者在模仿另一個舞者的舞步或跳躍。我把臉往圓木貼得更近，努力瞇眼細瞧，頓時瞧見妮阿塔涅里令我心心念念、難以承受、口乾舌燥的左乳。有那麼瞬間它填滿我的視野：像夏日的山丘一樣呈現金褐色，像每年晚些時候整座市場都在賣的**皮尼亞克**葫蘆一樣渾圓，只在乳尖處突然向上翹。我聽到她的嗓音，說著我從沒聽過的語言，然後有人用同樣的語言回答。回答她的是男人的嗓音，而我才聽到第一個字就認出那個嗓音。

妮阿塔涅里遠離牆邊，讓我更能看清楚蒸氣室裡的狀況。現在她背對著我，修長的雙腿岔開，膝蓋微屈，左手握著匕首，右手臂鬆鬆地裹著浴巾。我能看到她後方的火溝，也聞到黑色大石頭燒熱的氣味。她又開口了，嗓音帶著調侃和邀請意味，還用匕首慫恿著。另一個男人回話了，下一刻「半嘴」就從火溝另一側走進我的視線，掛著蛇一般的微笑湊近妮阿塔涅里，他的腳幾乎沒有抬起來，卻又算是在**跳舞**。他沒有拿任何武器。

等他離得夠近，我都能聽到他不慌不忙的輕柔呼吸聲了，妮阿塔涅里突然用浴巾甩打他的臉，然後輕易躍過火溝，以半蹲姿勢落在火溝的另一側。「藍眼」在那裡等她，趁她還沒站穩腳步時突破她的防備。但她從未卸下防備：匕首閃過去的速度快到我湊在裂縫的眼睛都跟不上，然後妮阿塔涅里已經越過想要向後退向門口的「藍眼」。在妮阿塔涅里背後，「藍眼」舔了一下左手腕，嘿嘿暗笑兩聲，並沒有轉回身來。

我看不到門，也看不到「半嘴」，只能用耳朵聽他和妮阿塔涅里的腳步聲，並且從「藍眼」的沉著自若判斷妮阿塔涅里還沒有逃走。一秒之後，妮阿塔涅里回到我的視野中，跟「藍眼」在火溝的同一側，她真的是像陣旋風捲向「藍眼」，旋轉的速度快到手上的匕首看起來像成了十二把。「藍眼」向空中一躍才閃避成功，他翻了個跟斗越過那一刀，刀鋒離他的肚子只有五公分。他落地時朝外一揮，看起來只用了三根手指當手刀，我也沒看到他擊中目標。但妮阿塔涅里跌向一旁撞在牆上，那兩人立刻湊向她，發出難聽的笑聲。這時我聽到自己絕望地代替她喊叫，因為她默不作聲。我想他們也聽到了。

我這毫無意義的哀鳴，若是能多少引開他們注意力就好了，不過恐怕這只是一廂情願的想法。重點是妮阿塔涅里彎下腰，以我難以形容的方式往外一踢後翻滾，然後就回到了火溝另一側，而「半嘴」和「藍眼」還在掙扎著要站起來。現在「半嘴」的呼吸聲變得不一樣了，他對妮阿塔涅里叫喊時也不帶有笑意，不管那是什麼語言。妮阿塔涅里勝利地踱步，耍著匕首，還拍自己的屁股表示嘲弄。請原諒我，雖然我很替她擔心，還是覺得她美得要命，而我就像狗一樣不要臉地發情。

那支獵人與獵物之舞，就是這樣開始並且續下去的，至今我仍可以看見每一步。妮阿塔涅里顯然不打算靠近「藍眼」和「半嘴」，不管他們有沒有武器：她的目標是門以及門外的夜晚。至於他們兩人，則一心只想越過她的匕首，爭取到空間使用他們細長的手。他們一人站在火溝的一側，對她施壓和襲擊，有自信能消耗她的體力，不介意由她去繞圈、嘲弄、閃躲，他們知道她遲早會絆倒，會誤判，會喘不過氣。無論怎樣都是他們贏：她殺不了那兩人，她或許能躲過攻擊，或許能堅持很久，卻也逃不出澡堂。結局早已注定——我跟他們一樣心知肚明。

啊，可是妮阿塔涅里啊！她不假設也不讓步。現場還有第三個元素——火溝，於是她每一次偷襲、每一次突圍都以火溝為基地，只有當其中一雙手就快要抓住她時，才前後跳動回到安全位置，不斷嘗試將追捕者引誘到火燙的空間，想將他們撂倒在燒熱的石頭上。她有兩回差點成功了：其中一次「半嘴」已經飛到空中，驚恐無聲地張大嘴並擺動四肢，結果「藍眼」一手將他拉到安全地帶，還用另一手歡快地向妮阿塔涅里敬禮。不管妮阿塔涅里是整個人躍起或翻滾到一半時，她的匕首都不忘跳著自己的蝴蝶舞，她在那兩人身上留下印記是如此迅速，他們可能過了好幾分鐘才發現自己有兩處新的傷口在淌血。她是我人生中見過的第一位戰士。

但她到不了門邊。終於，所有事都比不上「她到不了門邊」這項事實來得更重要。不管身上有沒有傷，「藍眼」和「半嘴」的耐力都比她更強，而且他們還可以輪流休息，而妮阿塔涅里可不敢讓自己休息。雖然現在她閃掉了他們大部分的攻擊，可是只要某人的指尖或掌緣或手肘擦過她，那股衝擊顯然都會掠過她全身，每次都讓她花更久才恢復過來，花更久才逃到火溝另一側的暫時避難所。我多半只能靠聲音勉強猜測現在的狀況，但有一刻我確切地知道：她振作起來，鼓起所有**哈凱**——噢，你沒聽過這個詞對吧？姑且說那是她最深層的力量吧，我沒辦法描述得更精確了——然後她從剛才被「藍眼」逼進去的角落，直接飛越火溝，直接撲向「半嘴」的喉嚨。很英勇的一搏，不過太魯莽了——「半嘴」倒退兩步，再向左跨一步，然後用雙手將她擊落，她的匕首脫手而出，往後彈回火的方向。她眼冒金星地撲過去，急於取回匕首，自己的身體都壓到了刀刃上，接著完全脫離我的視線範圍。匕首側旋而出：紅色、銀色、紅色。

她仍然沒發出聲音。我只聽到「藍眼」和「半嘴」開心地輕聲咯咯笑；我只看見他們掛著令人難受的喜悅表情匆匆奔過我的窺視孔，過去圍堵妮阿塔涅里。然後就什麼也沒有了。這時間有多長？五秒？十秒？半分鐘？我從牆邊轉開身，閉著眼，悲傷到全身麻痺——或許就像提卡特一樣吧。我隱約知道自己應該跑，跑去旅店，去馬廄，任何地方都好，在那兩人出來找我以前。但我動彈不得，那時候我沒能幫妮阿塔涅里，現在也沒能救我自己——以前也發生過這種事。火、血、大笑的男人，我什麼都知道，卻什麼都做不了：我迷失、孤單又害怕到不能思考、不能呼吸。以前也發生過這種事。那時候有個散發麵包和牛奶氣味的胖男人。

你應該沒聽懂對吧？沒錯。我是聽到「半嘴」發出難以置信又憤怒的咆哮聲才睜開眼睛的，他聽起來簡直就像突然發現老鼠會飛的**舒克里**。我到今天都想不透妮阿塔涅里是怎麼險中求生，免於被火熱的石頭灼傷，但我再次蹲下來湊到窺視孔前時，妮阿塔涅里一個鷂子翻身橫過我的視野，然後原地站了一會兒，現在匕首握在她右手，她垂下的左手奇怪地彎曲著。噢，但我記得她那漸漸發白的亂髮橫七豎八地亂翹——雖然我有很多理由不該記得，她的唇邊帶著愉快的嘲弄，她的身體附著一層血跡斑斑的汗水，就像女王披掛著絲絨。想要她嗎？我還**想要**她嗎？我想**成為**她，全心全意這麼想，你懂嗎？你能理解嗎？

這是結局了，你知道吧，連我都明白。當她用他們的語言再次挑釁，她的嗓音中隱隱有種喘息聲；當她張開雙臂蹲下來，誘哄他們進入她的懷抱，她的一側膝蓋在顫抖，很輕微，但既然我都注意到了，你能想像「藍眼」和「半嘴」看到了什麼。她的左手顯然已派不上用場，而且她不斷輕輕甩頭，彷彿想擺脫疑慮或徘徊不去的夢境。她心中沒有恐懼，也沒有放棄的意思。「藍眼」面帶微笑進入我視線，他用食指碰了一下額頭，從手勢看得出這次不是敬禮，而是道別。妮阿塔涅里對他笑。

然後突然間我上場了。不，我不是想吹噓自己終於採取什麼果斷英勇的行動，因為我不認為自己能夠為了任何人而再次直視那兩個男人的臉。我的意思只是我知道我是**羅賽斯**，而不管是好是壞，羅賽斯都不只是一雙隔著牆壁裂縫偷看的眼睛而已。我又能思考了，也能動了，我感到憤怒，也感到恐懼，還有一股麻木的失落，我現在還能做的，就是我原本來這裡要做的事。我抬高那個不知為何一直沒放下的水桶，彎下腰，小心翼翼地把水倒進牆腳處的渠道。

這活兒一定得慢慢來，讓浴室充滿蒸氣所需要的水量，總是比你預期中還要少。我聽到其中一人大叫，然後另一人也跟著叫，然後妮阿塔涅里發出狂野的大笑聲，我發誓，她的笑聲讓圓木牆壁像溫暖而活生生的肉體抵著我的臉頰搏動。我把水桶的水全倒完，站直身，眼睛湊到裂縫上，及時看到「半嘴」朝我的方向退來，看起來像是準備用他致命的手腳把湧動的虛空砍成碎片。妮阿塔涅里的匕首文靜地閃著暗光滑過蒸氣，也同樣柔和地穿過「半嘴」肋骨下方的皮膚。第一刀大概就要了他的命，不過我想還有第二刀。他默默彎向前跌入煙霧中。

我丟下水桶悄悄跑到門口。要是「藍眼」想逃的話，一定要在門口把他攔住，設法拖延夠長的時間，讓妮阿塔涅里能追上來。我並沒有什麼計畫：我知道不管我做什麼，可能都會害自己丟掉小命，我很害怕，但並沒有嚇到動不了，我不會再這樣了。在那一晚與今晚之間，多年來我做了許多蠢事，不過再也沒有因為缺乏行動力而犯錯，我到死都不會發生這種事。這是妮阿塔涅里教會我的道理。

我蹲在門邊，暗罵自己把水桶丟在剛才那裡，也許我能用來打「藍眼」，或是趁他衝出澡堂時把水桶丟到他的跟前去。我完全沒想過他可能不會衝出來，但是他應付精疲力盡的妮阿塔涅里，可能還是綽綽有餘。門內沒有聲音。我想像「藍眼」和妮阿塔涅里在蒸氣中盲目地繞圈，失去所有方向感，只能用他們的皮膚和毛髮去探觸對方，知道敵人就在咫尺之外。有個東西撞在屋內的圓木上發出脆響——一個結實堅硬的悶聲，大有可能是頭骨。我馬上推開門，為我積極且愚蠢的新人生揭開序幕。

接下來發生的事進展太快，即使到了現在我仍搞不太清楚。當然，蒸氣馬上讓我什麼也看不見，然後一個身體撞上我，很用力，撞得我七葷八素，好像我直接被掄去撞牆一樣。我整個人平躺在地上。那個身體跟著我一同倒地，因為我們的腿勾在一起。有個炙熱無聲的東西向我撲來，我狂亂又驚慌地往外踢，試圖讓我的腿恢復自由。我的一隻腳踢到軟軟的東西，聽到倒抽一口氣的聲音，然後另一個重物馬上又擠壓出我肺裡的空氣。「藍眼」和妮阿塔涅里像暴風一樣在我上方肆虐，將我釘在地上，不斷打我，讓我也陷入無助掙扎，在那一刻我真想把他們兩個都殺了，因為他們在傷害我。某人的手肘撞上我鼻子，我覺得我的鼻骨斷了。

然後一切都結束了。我聽到——我感覺到——乾燥的細微聲響，像是有人正在低調地清喉嚨。我用力推，一具身體慢慢由我身上滑下去，有顆頭在我頭旁邊的地面微微晃動。妮阿塔涅里疲憊的嗓音輕聲說：「謝謝你，羅賽斯。」

一開始我站不起來，她還得幫我，雖然她一隻手和「藍眼」的脖子一樣癱軟，她還是很溫柔小心地拉我起身。「藍眼」動也不動，半蜷著身體側躺，看起來小小一個，表情訝異。我的鼻血滴得他滿身都是。我問妮阿塔涅里：「他死了嗎？」

「要是他沒死，就換我們死了。」妮阿塔涅里說，「對付這種人只有一次機會。」然後她輕聲笑起來，補上一句：「原則上啦。」她伸手到門內撿起掉落的匕首，有點彆扭地用右手轉著它。「我不太會丟飛刀，」她幾乎算是自言自語，「一次都沒成功過。我不知道自己著了什麼魔，竟然在這時候想嘗試。要不是你開了那扇門，我就完蛋了。謝謝你。」

我鼻子痛得讓我想吐，而且血流不止。妮阿塔涅里讓我再躺下來，頭枕著她大腿，她拿一塊濕布用一種很不舒服的方式捏著我的鼻子。我帶著很重的鼻音問：「那兩個男人是誰？」她假裝聽錯，回答：「我知道，我們得告訴卡石——我想不到要怎麼蒙混過關。我實在太累了，現在沒辦法埋任何人。」她心不在焉地撫著我的頭髮，我放棄了，沉浸在她漸漸平靜的身體所散發的氣味，首次醒悟到所有事都不會照你想像的發展。我終於如願以償，臉頰壓著妮阿塔涅里濕潤的皮膚躺著，我如此認真窺視的乳房就在我上方，隨著她的呼吸起伏，結果我僅剩的力氣和心願都用來等我的鼻子止血。好啦，你可以笑，沒關係。當時的我也覺得很滑稽。

過了一會兒，我可以坐起來了，於是妮阿塔涅里回到澡堂去找她的浴袍。我朝著敞開的門口說：「他們來找妳，他們想殺妳。為什麼？妳對他們做了什麼？」

她出來之前都沒有回答。我在平靜的黑暗中坐著，腳邊有個死人，而果園裡的**利勒里斯**——你們那邊怎麼稱呼夜啼鳥來著——已經在替他哀悼了。我不明白這種鳥怎麼這麼快就知道有人死亡，但牠們總是知道，至少在我們那個地區，我從小就對此深信不疑。妮阿塔涅里靠在門邊，小心翼翼地用右手確認左手的狀況。她面無表情地突然問我：「你怎麼會剛好提水來給我，而不是梅琳奈莎？我找的人是她啊。」

「我沒看到她，」我說，「我遇到那個老人——妳知道他嗎？有白色八字鬍那個？他跟我說妳要他吩咐我來。也許他搞錯了，他年紀真的很大了。」

「原來如此。」妮阿塔涅里說，然後她什麼都沒說，直到我問她第三次「藍眼」和「半嘴」的事。於是她又過來蹲在我旁邊，望著我的眼睛，用受傷的手輕觸我頸側。她說：「羅賽斯，對剛救我一命的人撒謊，是特別違反我本性的。請不要逼我這麼做。」她那雙變化萬千的眼睛在月光下是銀色的半月。

「到處都有祕密。」我回答，大膽地模仿她。但我覺得很榮幸，像是大人給點信心、稍微暗示幾句育嬰室外的世界，就被哄騙得服服貼貼的孩子。「那我不逼妳，」我說，「只要妳以後找時間告訴我。」她很嚴肅地點點頭，說：「我答應你。」她放在我身上的手很熱，就像許久之前，「藍眼」勒著我的脖子、把我舉起來時的手一樣熱。我問她的手是不是很痛，她回答：「滿痛的，不過原本可能更糟。就像你的鼻子一樣。」然後她親了一下我的鼻子，接著又很快地親了一下我的嘴。「走吧，」她說，「我們得互相扶著回到旅店。我覺得自己真的老了。」

我繞過澡堂去拿我的水桶。我回去時，她又拿出匕首，捏著刀尖，然後若有所思地向上拋，高到足以慢慢在空中轉一圈再接住。「平衡度不太好，當然啦，」她輕聲說，不是在跟我說話，「這從來就不是拿來丟的。」她轉身對我微笑，我以為她會再親我，結果沒有。

旅店主人

在這個地區還有一位女王，住在她位於佛斯納沙欽的黑城堡裡。或許現在換成國王當家了，也可能軍隊又回來了，那不重要。不管誰統治，收稅的人都是同一批。不過國王、女王或自命不凡的隊長啊，總有一天我要過去讓你們聽我說話。這會是一趟艱辛而疲憊的旅程，而攔路打劫的強盜若是想對我下手，還得先去排隊，等著看馬車夫和旅館老闆把我搜括完還剩下什麼，然後我會用藏在鞋底的最後幾枚錢幣打通關節好排隊陳情。但我的心聲將被聽見。就算要犧牲我的項上人頭，我也絕對會被聽見。

「陛下，」我會說，「敢問在您寫滿皇家律法的卷軸和羊皮紙上，究竟哪一處規定旅店主人卡石必須永無片刻平靜安詳？您尊貴的大臣們究竟在哪裡寫明，我除了要因為經營可憐的小本生意而操心日常瑣事，還得被沒完沒了的小丑、騙子、蠢材和瘋子騷擾？還有，大人，請您滿足老頭子的好奇心，告訴我您是從哪裡找到這些人的？即使是偉大的君主如您，又怎麼能一下子找來三個瘋女人——沒有一個跟她自稱的身分沾得上半點邊——還有一個鄉巴佬，聲稱跟她們之中最瘋的那個訂了婚；還有住滿整座馬廄的窮演員，用他們的鬧劇害我客人的馬睡不著；還有一個本來就不怎麼靈光、最近更愈來愈像在扯後腿的馬廄工？最神來一筆、最畫龍點睛的是那兩個嘿嘿賊笑的小殺手，最後死在我的澡堂裡——陛下，我只是一介鄉下人，無福消受這麼華麗的饗宴。對我來說，這全都一樣，全都讓人煩得要命。何苦把這些精妙的禍端亂源浪費在又胖又累的卡石身上呢？只要讓我看看這條規定到底寫在哪，我就會長途跋涉回到『距鐵與彎刀』，從此再也不來煩您。」在我死之前，我一定要對坐在王位上的某人說出這番話。

倒不是說這能改變什麼，我完全不存有**這種**幻想。我的命運活該如此，不管是誰在哪裡寫下我的命運，若是我有絲毫懷疑，只消回憶一下那天晚上就好，我藉著油燈的光，低頭茫然看著兩具癱軟的屍體，而那個棕皮膚的戰士修女妮阿塔涅里竟然還有臉質問我：難道我都是派這種人去伺候每個在旅店洗澡的客人嗎？那小子站在離她近到不能再近的地方，怒目瞪著我，準備默默拒絕我打發他去幹正事。我本來是打算這麼做的，要不是因為——不，算了，這與任何人都無關，再說我還有別的事要考慮。三十年前，一群死人將「距鐵與彎刀」交到我手裡，這段時間長到讓我懂得，多死兩個人很可能轉眼就能奪走它。而我已經太老了，沒辦法去別家旅店從門房開始幹起。

妮阿塔涅里小姐又繼續唸叨了一陣子謀殺、免責和法律什麼的，不過這都是在演戲。我已經老到不會看不出來這種事。不過我確實頗為讚嘆：那兩小團破破爛爛的東西像洗好的衣物在那裡變硬，而她的肌肉和神經和心臟一定也在體內受凍變硬，因為發生那種事之後似乎總會颳起寒風，而她仍然能對著我劈里啪啦數落個沒完，好像她自己送洗的衣物回來時髒了似的。我讓她罵個痛快，我可以接受，然後我說：「寇寇拉這裡沒有警長或皇家衛兵，不過有個郡法官，每兩個月左右會騎馬經過一次。如果運氣好的話，他可能再過四、五天會來，妳想的話，到時候我們就把這事交由他處置。」

這個嘛，那很快就讓妮阿塔涅里小姐安靜了。看到她垂下眼皮，抱著手肘，嘟囔著她和同伴需要考慮效率和隱私問題，我不介意承認這讓我樂得很。我並不特別享受別人的狼狽——畢竟那對我又有什麼好處？不過在漫長的兩星期以前強行成為我顧客的三個女人中，這個女人有她自己特別惹人厭的地方，就從她的狐狸叼著我的母雞跑掉那一刻開始。因此我也扠起我的手臂，得意洋洋地看著她出洋相，那小子的眼神則好像我在欺負他的甜心——比他高出不止一個頭的甜心。女人的左手好像受傷了，那小子不斷溫柔又害羞地去碰那隻手。說真的，這兩星期對我們兩人來說都太漫長了。

最後我打斷她，說：「既然如此，我想我們這裡需要的是一把鏟子和低調。妳贊同嗎？」她瞪著我。我繼續說：「我們開店的人既供應美食美酒，也供應健忘。對於妳殺掉的男人，我唯一關心的是妳認識他們。他們跟著妳來到我的旅店，就像那個南方來的瘋狂村夫跟著妳的朋友，就像更糟的麻煩會跟著妳們所有人來這裡——不用費心狡辯了。我無能為力，妳們是靠著拳頭硬要住下來的，可是至少給我最起碼的尊重，別要求我**在乎**妳們的事。這小子和我會把妳的死人埋了，沒人會知道的。」

於是她露出笑容：只是稍縱即逝、極淺的一抹狐狸笑容，不過千真萬確，這也是她第一次對「距鐵與彎刀」的主人表現出這樣的禮貌。「其他客人有像我一樣低估了你嗎？」她想知道，「行行好，說有吧。」

「我怎麼知道呢？」我反問她。那小子望著我身後瞪大眼睛，但我沒有回頭看。「我供應健忘，」我說，「我只問客人想要暖床器、多一條被子，還是想要一隻塞滿餡料的烤鵝當晚餐。烤鵝是沙德利的拿手料理，需要提早一天通知。」我聽到那個黑女人菈兒在我旁邊呵呵笑，更遠處的黑暗中傳來白女人的呼吸聲。

「很多事都需要通知，」菈兒喃喃道，「卻沒有收到。」妮阿塔涅里小姐的臉色瞬間結冰——簡直**聽**得出來，而我並不是想像力豐富的人。菈兒說：「好心的卡石老闆，回去招呼你的客人吧。我朋友和我會處理這件蠢事。你可以把羅賽斯也帶走。」

這個女的講話總是有種明顯的霸道口吻，不過在那當下我倒是樂意服從。我足足走出十大步以後才發現那小子沒跟過來。我轉過身，看到他背對著我，面朝她們三個，說：「我幫妳們拿鏟子來，至少讓我做這件事，讓我去拿鏟子。」他雙手扠腰，固執地搖頭。他才五歲的時候，就會在乾草棚和馬鈴薯田裡這樣耍賴。

「羅賽斯，我們不需要你。」菈兒的語氣很尖銳，甚至可說嚴厲，幾乎正如我所願。「跟你的主人走吧，羅賽斯。」他轉身背向菈兒，朝我這裡奔來，盲目地亂衝一通，要不是我往旁邊閃，就會直接撞上我了。我回頭看著那些女人，她們沒在看我們，而是像三隻渡鴉聚向死屍，然後我走在那小子後頭回到旅店。很久很久以來，這是第一次我跟著他走。

菈兒

無論好事壞事，要不是我早早就開始喝酒，那些事也許都可以避免。我很少喝酒，這是我的人生始終承擔不起的許多愉快癖好之一，不過我都是有正當理由才喝的。你會說我應該是在慶祝吧：在這一天，妮阿塔涅里和我不但穩穩地重新掌握我稱之為「吾友」、她稱之為「會笑的人」的蹤跡，而且我們至少還看到他一部分的命運。是沒錯啦，但這個事實似乎沒有意義又沒用。在許久之前的那天晚上，我在那個低矮、充滿卡石生活氣息的小房間，聞得到妮阿塔涅里的狐狸，以及卡石養在正上方閣樓裡的十幾隻鴿子，知道了我們親愛的魔法師曾住在寇寇拉附近一座長得像糕餅的荒謬高塔裡，而且被他喜愛的同伴背叛（那同伴自己也被某種惡魔給殺了），但卻難以猜想這一切是多久之前發生的事，或是他可能逃到這世界的哪個角落，這究竟有什麼用呢？露卡莎能告訴我們的，僅限於那個可怕房間所告訴她的；至於其餘部分，遺留的痕跡比我們當天早上出發時還要更淡了。現在**吾友**得來找我們了——我們實在沒辦法去找他。

以我來說，我的皮囊累透了，對我皮囊以外的所有事都看不順眼，而且既無法思考也睡不著覺。所以我讓卡石把「龍的女兒」送上樓，那是他酒窖裡產地最南的一款葡萄酒，顏色紅到幾乎像黑色，他哀怨地表示這是僅剩的三瓶了。我第二瓶已經喝了不少的時候，有人傳話要我去澡堂那裡。我帶著酒瓶作伴，露卡莎也跟過來。

我喝多了時，經常會變得陰沉、鬱悶、怨憤，而我說過，我總是喝過頭。或許這是我的真實本性，其他的我才是面具，誰知道呢？我沒跟妮阿塔涅里說半個字——沒問問題，沒有責備，什麼都沒有，我們三個就默默把兩具屍體埋在一片野生馬纓丹之間，那裡與澡堂的距離遠到讓人厭世。這活兒我們兩人都很熟，而且無論如何最好都默默進行。那時我已把第二瓶酒喝完了，我並沒有跟她們分享。妮阿塔涅里在墳前用她的語言說了什麼，然後我們走回旅店，她在我左側斜睨我，露卡莎在我右側偷瞄我。我什麼也沒說，直到我們回到房間，最後一瓶酒打開後放在我面前。我就是這德性，到今天都一樣。所以我比較喜歡單獨旅行。

然後，我終於轉向她——轉向妮阿塔涅里。我的話沒什麼好誇耀的，現在也沒有理由逐字複述。總之大意就是說她騙了露卡莎和我：從我們相遇那一刻起，她就危及我們的生命，她說沒人在追她，但她明明很清楚那兩個殺手正步步逼近，卻還對我們撒謊。她為自己辯護，指出她當時只說沒有任何人要她**回去**，但從沒說過沒人要她**死去**——噢，於是我徹底無言了，我繞過桌子伸手要抓她。這麼做絕對很愚蠢，哪怕她受傷又疲憊，仍然比我強壯，但她迅速用床隔開我們，舉起雙手求和。閣樓上的鴿子醒了，開始咕咕叫、拍翅膀，帶著涼意的灰塵從屋椽之間滲落下來。

「那很重要嗎？他們來殺我，而我殺了他們，妳根本見都沒見到，他們就已經死了。對妳來說到底有什麼危險，造成了任何不方便嗎？有害妳失眠嗎？這是我的事，是我要處理的麻煩，我也處理了，都結束了。事情已經結束，到此為止，除了我沒人受到傷害。妳有什麼異議啊，夜行菈兒。」

「是嗎？」我對她尖聲叫道，「兩起小小的死亡就天下太平了，對妳來說都那麼簡單嗎，都不會有──」我講話還是不太流暢，「不會有**影響**？妳去跟羅賽斯說啊，他們差點把他勒死──去跟**她**說啊。」經過高塔裡的事，又遇到提卡特，後來又幫忙埋葬被妮阿塔涅里殺掉的人，可憐的露卡莎今天過得比我們都辛苦，也難怪她現在跑去蜷縮在房間角落，對著狐狸發出語焉不詳的嗚咽，還扭著髮尾。要不是有酒，我也會做出同樣的舉動。

妮阿塔涅里轉頭看了露卡莎好一會兒，若有所思，露卡莎迅速回視她一眼，又移開目光。「我確實有話跟她說，」妮阿塔涅里說，「她或許會告訴我死了之後又被人復活是什麼感覺，甚至可能透露一下，為什麼一直沒人跟我說，我是跟一個巫師和一個活死人結伴同行，而那個活死人還被一個瘋狂的農場男孩追著跑呢。這件事想必有機會提起吧？要在某個良辰吉時嗎？」她的嗓音仍一如往常帶著愉快的嘲諷，但她盯著我時，語調卻微微顫抖。儘管我火冒三丈，也沒辦法再怪罪她了。

「那是**我們**的事，」我回答，「這些都沒有讓妳面臨什麼危險，不像妳的祕密。否則我會告訴妳的。」

妮阿塔涅里發出高亢而輕蔑的笑聲。「天底下只有一個巫師說的話，我會當一回事。」她的左手腫得很厲害：我們在挖墳時，她毫無怨言地使用左手，但現在顯然最輕微的手勢都讓她疼痛不已。她大聲接著說：「而就連他都從沒試過讓死人復活。他說過，能辦到這件事的所有方法，全都難以避免有本質上的問題，而最偉大的魔法師都無法矯正這種錯誤。所以妳不用費力說服我妳這門技藝是跟**他**學的，我跟他太熟了，不會相信妳的。」

「熟個屁！」我大叫，等我看到她不解地眨眼，才意識到自己衝口（這一衝可真遠）說出我最早期的兒時語言了，也就是凱敦的**印巴拉提**使用的祕密語言。這或許沒法讓你體會我有多生氣，或是有多醉，不過我自己知道。那個發音讓我震撼到也在顫抖，同時我小心翼翼地用通用語複述一遍那句話。我說：「如果妳像自己說的那麼了解他，妳就該記得他有多愛園藝，還有他多不擅長種東西。他種的瓜像拳頭，他種的青菜像羊皮紙一樣又乾又脆，他種的玉米剛長出來就枯萎了，他種的豆子根本就長不出來。不靠魔法幫忙，他連馬鈴薯都種不好。」

妮阿塔涅里瞪著我，不斷搖頭，看起來因為疲倦和詫異而顯得醺醺然。「**那個？**」她說，「**那個？**妳是用他那首古老的花園歌謠辦到的？我不相信。」但她笑了起來，這次不一樣，是一種低沉的、沸騰般的咯咯笑。「噢，我不相信，我不相信。妳把她當南瓜一樣喚起，像個——」但這時笑意征服了她，她倒在露卡莎旁邊的床上，用沒受傷的手拚命搥自己的大腿，無可自拔地狂笑。狐狸冷冷的笑聲也加入其中。

露卡莎一開始看起來不太高興，但妮阿塔涅里的笑聲所向披靡，直到我們三個都像狐狸一樣笑得前仰後合，牠還在我們之間跳來跳去，把我們的下巴和鼻子咬得好痛。我把狐狸拍下床，牠馬上跳到桌上，站在那兒聽著上方鴿子的動靜，顯然在豎起耳朵計算牠們的數量。我到現在還是想不透，卡石為什麼要養那些鴿子，又能飛鴿傳書給誰？我始終就沒搞懂。

這麼一通大笑，化解了那團利爪般的憤怒，這股怒火已經在我的胃裡翻騰一整天了——或許還更久。露卡莎更是緊抓著她的歡笑，像是捨不得放開假期尾聲的孩子，這也難怪，打從她活過來之後，還沒笑過第二次呢。妮阿塔涅里還在笑，但沒有嘲弄意味了，她一直反覆追問：「身為一顆南瓜、一株包心菜是怎樣？妳有什麼**感覺**？」露卡莎最後終於回答她了，她說話時的那種語氣，我願付出無法形容的代價來從我腦海中抹去。

「我完全不是那樣，」她的語氣很溫和，「蔬菜對發生在自己身上的事沒有概念，但我從頭到尾都很清楚。我在河裡的時候，是快要死掉的露卡莎，等我死掉之後，我還是露卡莎，一直還是。」確實如此，我至今也不明白其中的緣故：當時的她滿懷渴望和憤慨，為她的死亡哭喊，因而改變了我的路線，繼而改變了我的旅途，最終改變了我的人生。她繼續說：「當我破水而出迎向月光，站在菈兒面前，我也是露卡莎，只不過——」她的聲音猶豫了一下，「只不過又不完全是。不太一樣。有些露卡莎被留在河底的石頭間，我沒辦法回去找她。就算我能，她也不會來我這裡，因為她現在沒有名字了，所以沒有人能呼喚她。」她沒說話了，就連狐狸都不忍直視她的眼睛。

我感覺到冒出來的淚水時，並不知道那是什麼東西。因為我已經太久沒有哭了。一開始我以為是酒讓我身體不舒服，後來懷疑自己是某種精神疾病發作，癲癇之類的，因為我的臉、喉嚨和胃的肌肉都不聽使喚了，雖然我拚命想控制，喘到無法呼吸。**我自己的身體像碧絲瑪雅一樣背叛了我，像男人一樣輕易展現殘酷**。我聽到有個陌生而輕盈的嗓音，像孩子的聲音，從遠處說了什麼，然後淚水就洶湧而來，我屈服了，屈服了，我是從不屈服的，不向任何人屈服，打從心裡就不屈服，絕不，他們都知道，所有人都知道，一直都知道。到那一刻之前，活在世上的人沒人看過我哭，除了**吾友**之外，如果他確實還活著的話。

後來我又哭過，但只哭過一次，那次是喜極而泣，而且與這個故事沒有關係。

他們都瞠目結舌地看著我，包括妮阿塔涅里和露卡莎。我整個人彎下腰，悲傷到反胃——對啦，部分也是葡萄酒在作祟，不過不只如此。你要了解，關於我的根，我所擁有的就只有我的名字了：**菈坎辛——坎索菈**，若是失去名字，而自己的靈魂不再回應名字的呼喚——噢，你懂吧，我完全能想像，可是對我來說光是想像都受不了，我無法對抗或忍受這個概念，也無法把它轉化為一個故事。而她這個鄉下傻妞就在那兒有點好奇地低頭盯著我，我則哭個不停，哀悼她所失去的東西以及她的勇氣，也為我自己、為吾友、為我的出生地凱敦而哭。已經過了那麼久了。

妮阿塔涅里終於用雙臂摟住我，這使我立刻安靜下來。她的動作很僵硬，而且老實說，我對於被人抱著也不是感到很自在，至少對大部分的人都是這樣。我稍微與她拉開距離，抹了抹臉和眼睛。於是妮阿塔涅里轉開身，忙著重新倒滿我的酒杯。她啜了一口，倒抽一口氣，微微打冷顫，然後說：「我想我們需要更多這種可怕的餿水。」

「已經沒了，」我吸著鼻水說，「是卡石說的。」想到沒酒了讓我又悲從中來。

「卡石誤會了。」妮阿塔涅里說。她翻身下床，瞬間衝出房間，在砰砰砰跑下樓梯時，已經急著呼喚旅店主人。露卡莎和我沉默地坐著，比兩個陌生人還害羞，我盡可能把自己清理乾淨。等我又能說話了，我終於說：「露卡莎，只有一個人能喚回留在河裡、在石頭底下的露卡莎。那個人就是提卡特。」

露卡莎打了個冷顫。從我們坐的位置我就能感覺到，好像我們兩人腳下的地面在震動。她不願意看我。我說：「沒有別的人選了。如果妳希望她回來，妳自己的那一部分，妳就得去找提卡特。」

「我不要，我不要。」她的音量好低，我幾乎聽不到。她的雙手緊摳著床框，低頭看著用力併攏的膝蓋。「不要逼我，我不要。」

「他愛妳，」我說，「儘管我對愛的了解如此貧乏，這一點卻毫無疑問。」但她猛力搖頭，我都聽到她脖子的軟骨咔啦作響，她對我叫道：「菈兒，不要，別再說了，我受不了了。」她鮮少喊我的名字，更完全沒叫過妮阿塔涅里的名字。我摸摸她想要安撫她，就跟剛才妮阿塔涅里對待我的方式一樣笨拙，但她推開我的手，靜靜地坐著，直到我們再度聽到樓梯上響起靴子發出的腳步聲。這時她轉頭面向我，臉色蒼白得要命，不過眼中沒有淚水，眼神穩定。

「我不知道我希不希望她回來，」她說，「那個露卡莎。」接著妮阿塔涅里便用腳推開門，懷中抱滿一瓶瓶「龍的女兒」走進房間。她臉上掛著猙獰的笑容，就算看到她的齒縫裡有卡石那身骯髒工作服的碎片，我也不會太意外。她說：「單純的誤會。我就知道等我說明情況之後，一定會發現是誤會。」

也許是筋疲力盡，或是她拚命求生後的影響，也可能我只是如自己一直懷疑的那樣虛榮心太強，總之，那天晚上妮阿塔涅里比我的酒力還差。她不再痛得皺眉，不再做鬼臉：她就像任何大兵一樣就著瓶口喝酒，才喝不到一瓶，就開始告訴我們她逃離的那座修道院的事。那一點我畢竟猜對了，即使別的幾乎都錯了。

「那座修道院位於很遠很遠的西方，」她說，「不，妳不知道，菈兒，即使妳走遍四海，那裡離妳知道的任何地方都還有一段距離。離它最近的城鎮是蘇米爾登，但所謂的近也一點都不近，若不是逼不得已，沒有人會去那裡。」這倒是真的，我知道，因為我去過蘇米爾登一次，不過沒必要細究這話題。妮阿塔涅里說：「在蘇米爾登西南方，土地變得濕軟，除了**提爾吉特**以外不適合任何植物生長，而且就連那個也不太多。」看我們瞪著她，她咧嘴一笑。「不知道**提爾吉特**？那是一種沼澤野草，曬乾之後搗它個天長地久，就能煮成噁心到極點的粥，那種粥似乎能讓人類維持生命，直到他們寧可死也不要再吃那東西。噢，我們在修道院裡都很期待齋戒日。光是為了這個理由，就足以讓我逃跑了。」

「那座修道院，」我問，「叫什麼名字？」妮阿塔涅里兩手一攤，露出抱歉的笑容。於是我問：「妳在那裡住了多久？」

「二十一年。」妮阿塔涅里輕聲說，「從我九歲開始。」她在我開口前主動回答我下一個問題。「十一年。我已經躲他們躲了十一年了。」

露卡莎啜了口酒，皺起鼻子和嘴巴，秀氣地打了個噴嚏。她說：「我不懂，那是什麼樣的修道院呢？」

妮阿塔涅里沒有回答。我說：「修女進去之後就終生不得還俗的修道院。是有這種修道院。」狐狸跳下桌子到角落裡蜷成一團，明亮的眼珠在慵懶的眼皮下閃著精光。我繼續說：「可是我從沒聽過哪個修道院會追捕不服從的成員十一年之久，更別說還是派殺手去。」妮阿塔涅里沒有看我，逕自打開第二瓶酒，我突然想要捉弄她一番，補上一句：「我得說，花那麼久才追蹤到獵物的獵手，我是不覺得會有多強啦。換作是我，頂多兩年就會找到妳了，我還認識一些人可以在一年內辦到。」

當然這純粹是想引她上勾，妮阿塔涅里勢必也立刻就聽出這是誘餌。無論如何，她像士兵般灌了一大口酒，重重放下酒瓶，酒液都從瓶口潑了出來，然後她對著牆壁說：「第一組人只花不到一年就抓到我了。修道院培養的人才是最優秀的。」

我承認，這讓我屏住呼吸說不出話來。妮阿塔涅里把第二瓶酒又喝掉不少之後，我才有辦法開口問道：「第一組人？還……還有別組？」

妮阿塔涅里這回的笑容使她看起來很滄桑。「還有另外兩組人。他們都是組隊行動的，而且別想甩掉他們，唯一的方法就是殺了他們。」她的笑容緊緊箝住我，我想像中方才胖卡石就是被這笑容控制了。妮阿塔涅里說：「不久之後，消息就傳回修道院了，速度比你想的要快，然後新的一組人又來追殺你了。我是有史以來第一個被三組人馬追殺後還活下來的人，他們一定很不爽。」

沉默許久後，再說話的人是露卡莎，她問出我百思不解而問不出口的疑問。她說：「為什麼？他們為什麼要殺死所有離開的人？要是他們知道死亡是怎麼回事，就不會這麼做了。」她的語氣中含有一股毫不憐憫的溫柔，聽在耳裡異常地難受。我到現在彷彿還能聽到。

妮阿塔涅里用沒受傷的手按在露卡莎的手上。她沒有用力緊握或是撫摸，只是擱在那兒一下子。「我覺得他們是知道的，」她說，「至少比大部分的人更了解。那個地方藏有太多知識，太多祕密，那些才是真正不可以離開的東西。」露卡莎吸了一口氣準備再問問題，但妮阿塔涅里搶先阻止她，笑著模仿她孩子般的熱切語氣，但不帶惡意地說：「『什麼祕密、什麼知識啊？』噢，那都是龐大又邪惡的祕密，露卡莎，可怕的祕密，國王、女王、祭司、將軍、法官、大臣的祕密：那些祕密會震垮這裡的神殿、顛覆那裡的帝國；引起這場戰爭、終結那場戰爭；迫使她放棄王位逃亡、他自刎而死、他們摧毀整個國家來隱瞞一項可悲的真相。愚蠢的祕密，都是愚蠢的祕密。」

她另一手啪地拍在桌上：不太用力，但力道足以讓她抿緊嘴唇，臉上失去大半血色。我說：「讓我看看。」可是她把手拿遠不讓我碰，繼續開口，她的嗓音穩定度比起先前不減反增。「那座修道院非常古老，我不知道究竟有多老。那裡各式各樣的人都有，有的年紀大，有的還滿年輕的，跟我一樣。他們唯一的共通點就是都懷著祕密而來。這是必要條件，每個人都必須至少有一個祕密可以分享，否則不會被收為成員。」

「妳當時才九歲。」我說。我盯著她的眼睛，同時再次碰她的手。她的手背和手腕前端摸起來都腫脹發燙，不過我的指尖摸不到任何骨折的跡象。妮阿塔涅里閉上眼睛。「我的祕密足夠應付他們了，他們欣然收容我，而我……我在那裡過得很滿足，很長一段時間確實如此。我在那裡變得強壯，也學到很多東西。再給我倒些酒，否則就別折騰我的手了。妳現在是在施什麼花園魔咒？」

「不是魔法，只是我在南方群島見過的一種止痛戲法，有時候會見效。修道院裡的人教了妳不少與疼痛有關的事，對吧？」

妮阿塔涅里兩大口把杯中剩下的酒喝光。她說：「我本來就略知一二了。」接著很長一段時間都沒人說話，她喝酒，我也喝酒，同時我在處理她的手。露卡莎坐在床上望著我們兩人，還趁著她以為我沒看到時偷偷餵狐狸喝她的酒。窗外的樹沙沙作響；門外的樓梯平台上有緩慢的腳步聲重重經過，低沉的嗓音隆隆地唱著水手歌——是那個船員要去睡覺了。更遠一點，在隔壁的隔壁房，那對男女神職人員在輕聲輪唱讚美詩。這首禱文我能背出一點。

「妳為什麼要走？」她的手開始有反應了——我總是搞不懂那個島嶼戲法為何奏效，也從來就不喜歡那種我自己的血肉裡有滾燙的水快速流動的感覺，即使我知道那只是幻覺。不過這確實有效。

妮阿塔涅里聳聳肩。「他們邀我加入修道院的武力團，甚至還要為修道院之外的人效命。從我兒時開始，他們就訓練我做這樣的準備了，現在時機已成熟，我該加入他們，成為菁英中的菁英。某方面來說我備感榮耀，甚至很感激，至今仍是如此。要不是他們提供我獲得權力的機會，我或許永遠不會確定——像我當下就確定那般——權力不是我想要的東西。餘生都過著像祕密馬戲團團長的生活，永遠被困在大人物沉悶無聊的藏身處，難以言說的古老歷史倒掛在我上顎，有如一隻隻沉睡的蝙蝠——不，不，那個瘦巴巴的北方小女孩可從沒答應這件事。」妮阿塔涅里再次敲桌子，這回是用酒杯敲，不過接著她別開目光，用很輕的語氣說話，毫無疑問，她是在對狐狸說，而不是我們所有人。「她答應了很多她沒有異議的事，還有一些別的，但她從沒答應這件事。」

狐狸直直回望著她，很刻意地打了個呵欠，就像我們初識時的那一晚一樣。**他們就像情侶一樣互相了解**，我心想，**超越了愛，超越了憎恨，超越了疑問，超越了背叛或信任**。我好奇他們如何相遇的，在多久以前，還有狐狸的壽命有多長。妮阿塔涅里接著說：「你不能拒絕那種提議，那是不允許的。所以我說好。我說：好，謝謝，你們太抬舉我了。」

「然後妳在當天晚上就逃走了。」露卡莎傾身向前，妮阿塔涅里的故事讓她棕色的眼睛盈滿生命力，就像我告訴她所有傳說時一樣。妮阿塔涅里淺笑了一下。「我知道他們當天晚上會守在我門外，我在一小時之內就閃人了。從那之後，我就一直在逃跑。」

現在有幾個牲口販子鬧哄哄地從門外經過，又叫又笑，還吐口水，推推搡搡——從他們罵的髒話判斷，他們是艾夫蘭人，離家很遠的西方人。卡石突然出聲，使他們安靜下來，他不是用吼的，而是發出大型動物在真正吼叫前會製造的聲響。那個胖男人真的很懂該怎麼經營旅店，儘管其他方面他都刻意不想精進。那一對神職人員繼續唱誦，我們也繼續喝悶酒。

這都是好久以前的事了。

「嗯，」我說，「也許等這次的消息傳回去，修道院會受夠了再派出殺手來送死。」妮阿塔涅里吸了很大一口氣，顯然準備回答。結果她卻站起來走到窗邊，望著黑暗的樹葉和幾顆星星。我說：「也許這次以後不會再有小組了。」

她過了多久才轉頭看著我？我覺得很久，可是酒精讓很多事在我眼裡都變慢了，所以我也不敢確定。感覺很久。也許她根本沒轉頭——我只記得她說的話，還有她的嗓音悄聲說：「我沒有說出所有事情。」這讓我立刻站起來，哪怕我已喝了很多酒，我說：「哼，當然沒有，妳一向如此。」我是用喊的嗎？我好像是用喊的。我真的認為我知道她準備說什麼。

「他們總是三人一組，」她說，「絕無例外。」我們是在那一刻聽到樓梯上傳來第一陣輕盈的腳步聲，還是過一下子、在我又開始衝著她大叫之後？妮阿塔涅里說：「菈兒，別激動，我說的是實話。第三人會跟另外兩人分開行動；他會觀察，但不跟他們一起。他總是最聰明的，他們會確保如此安排。他從不會離得太遠。別鬧了，**安靜**，菈兒。」這時有人敲門，非常輕柔，你幾乎得努力聽才能聽到。

妮阿塔涅里

我祈禱門外的人是誰都好，只要不是他。任何人都好。在那當下，我使兵器的手受傷了，其他地方的狀態，感覺起來也跟那兩名在地底僵硬的仁兄沒兩樣，但我卻寧可歡迎第三名殺手。**只要不是他就好，不要在這時候，請任何感興趣的神明幫個忙。我又累又害怕，不知道會發生什麼事。我害怕在這時候見到他。**

菈兒起身去開門。我說「不要」，其實並沒有打算說出口。菈兒看著我。於是我站了起來。

菈兒

我站起來的時候，房間在我周圍收縮搏動，我得閉上眼睛，因為燭光模糊的跳動讓我暈眩。一時之間，我甚至看不清走向門邊的妮阿塔涅里。但我的腦筋跟刀子一樣冷靜。我用椅子撐住身體，心想：*笨哪，笨哪，我不該再碰酒的，去完澡堂那裡後就不該再喝了。不管門外是誰，是殺手還是牲口販子還是酒館小廝，都能把我們三個就這樣宰了。這是怎麼搞的，我怎麼會讓自己變成這樣？*我把露卡莎擋在身後。我的手出了好多汗，劍杖在我的雙手之間滑來滑去，怎麼也拉不開。

狐狸

耶耶耶耶，我聞到他了。我聞到他們所有人了。還有鴿子。

羅賽斯

那群演員很晚才回來，而且還在鬥嘴，不過提卡特並沒有被他們吵醒。他們也沒吵醒我，因為我根本沒試著睡覺。我坐在廄樓上看著月亮開始下沉，而提卡特則像是想挖穿我幫他鋪的乾草墊。我一向很喜歡的麗松潔爬上扶梯，把她那戴著假髮的頭伸到活板門上來，問我：「我們的森林情聖還好嗎？」

「承蒙關心，他還不錯，夫人，」我回答，「就身體而言。」打從我有記憶以來，戲班子每年夏天都會來住兩到三週，而每次等他們要走之前，我講話都會像他們在唸台詞，然後卡石就得花至少一星期的時間，用吼叫來改掉我染上的習慣。我把露卡莎回來時發生的狀況告訴麗松潔（其他的都沒說），而她用手肘支著身體，不發一語地望著提卡特好一會兒。她仍化著妝、穿著邪惡爵爺哈西丹亞的情婦戲服，看起來像個跟著大人熬夜到很晚的孩子。

「要是從前，」她終於說，「而且我說的也不是太久以前，我會把你趕下這道梯子，然後跟他一起在那乾草上睡，好生安慰他一番。甚至現在的我也可能這麼做，如果他是另一個人，而且事後不會愚蠢地恨我也恨他自己。」她又想了一下，然後很快搖搖頭，說：「不，就算是那樣，我也不會這麼做。我再也不要安慰別人了，一定要記住才行。」她拍拍我的手，開始往下爬，不過她又把頭伸上來說：「羅賽斯，你要盯緊他。我見過這種心碎之後的沉睡。如果我是你，我會不時把他弄醒。因為他再也不想醒過來。」

她很快就睡著了，其他人也是。我一直沒有動，直到能聽出每個隔間裡的鼾聲，從老達德斯像馬叫的巨鼾，到麗松潔小鳥般的秀氣啁啾。然後我遵照她的吩咐，一直搖提卡特的肩膀，直到他對著我眨眼睛，我小聲對他說：「豬群不知道為什麼在騷動，我得去看看。你繼續睡吧。」他很清楚地罵了我一聲髒話，中氣十足，在乾草上還沒翻回身就又睡著了。

我別無選擇。我很清楚，大部分人這麼說，其實意思是他們沒有理由做出這個選擇，而我大概也不例外。但我真的很擔心妮阿塔涅里——除了她使兵器的那隻手以外，她可能還有哪裡受了內傷？我覺得去問問是否還能幫上什麼忙，總沒壞處。至於菈兒對我說的話，妮阿塔涅里和我在澡堂裡與那兩個笑嘻嘻的小個子纏鬥時，菈兒又在哪裡？我們共享了一場戰役與一個吻，我們共同面對死亡——或許不是肩並肩，但確實是一起的——而我有權力也有責任要確保戰友的安適。就是這樣的理論，促使我光著腳爬下扶梯，一路走到旅店，上了二樓，到那個房間，從頭到尾沒驚醒一個演員、一隻豬，或是在空蕩蕩的酒吧裡，臉頰枕著自己的手肘呼呼大睡的卡石。

對，當然，都過了這麼多年了，我現在當然可以承認，我偷偷上去那裡只為了一個目的，就是那個古老、盲目、身不由己的目的，你老早就心裡有數，因而嘲諷地暗笑不已的。**在他那個年紀，還會有別的原因嗎？**然而不只如此，並非這麼簡單，即使在我那個年紀，你的年紀就難說了。姑且就當作是那樣吧。她的嘴和她渾圓的棕色乳房——暫且就當作是那樣吧。

妮阿塔涅里

如果說我從小在受教育和訓練的過程中學到什麼事，那就是你對神明的要求是有限度的。在戰役中取勝是祂們最微薄的獎賞，保持心如止水是你自己的事。早在我打開門前，已經將視線垂到能直視他眼睛的高度了。我覺得我可能已經喊了他的名字。

「我很擔心。」他說，嗓音低到我幾乎聽不到。他說：「妳的手，妳的手好點了嗎？我很擔心。」他的髮絲間有乾草莖。

我沒有邀他進房間，我到死都敢發誓這是真的。不論我用跟他一樣低沉的嗓音嘟噥了什麼，都是那該死的醉醺醺菈兒在我後頭喊道：「歡迎啊，羅賽斯，歡迎，來跟我們一起喝啊，來認識一下『龍的女兒』。」要怪就怪該死的菈兒，不是我。我發誓我原本要趕他走的。

菈兒

有差嗎？從我們看到他站在門口起，我們都知道會發生什麼事。嗯，也不是，不是所有事，至少**我**不知道。要是我**真的**知道呢？我說不準。不管邀他進房間的人是不是我，真正做決定的人都是妮阿塔涅里。妮阿塔涅里也很清楚。

對，我喝醉了，不過以我自己的判斷，還不夠醉；對，我漂浮在古早以前的傷痛和憤怒中，我已經很久沒有這樣了。但我並不會因為痛苦而愛，也不會出於需求或恐懼而生出欲念，不論我有多麼離經叛道。那天午夜，一頭亂髮、身材矮壯的馬廄工羅賽斯之所以打動我，是因為他看著妮阿塔涅里的眼神，彷彿能穿透蒙蔽他雙眼的單純自私夢想，直視妮阿塔涅里真正的傷口。從未有人這樣看我，也不會有人這樣看我，說真的，現在我也不想被人如此注視，已經太遲了。不過在那當下，在那當下啊。

我多麼希望那個人是我。我希望是我說出那句：「**噢，進來吧，羅賽斯，歡迎你。**」但我真的不記得了。

羅賽斯

沒人邀我進房間，沒有口頭邀請。妮阿塔涅里和我看著彼此，我嘀嘀咕咕地說了一些話，然後她就從門邊讓開，我走進房間。

當時的情形是這樣的。她們都站著——菈兒在桌子後面，露卡莎在床和窗戶之間。房間裡自然瀰漫濃濃的酒味，到處都有空酒瓶在亂滾，但她們三個沒有喝醉，就我當時的理解並沒有。對我來說，喝醉酒代表每個月一次把加提．吉尼拖到他可悲的閣樓上，或是看著卡石一手拿著切肉刀、另一手拿著破酒瓶，疲憊地跟某個腆著臉笑的駁船船夫對峙，地上還躺著兩個流血嘔吐的農夫。至於我自己，最近我除了紅麥芽酒以外，沒什麼機會喝到別種酒，就連紅麥芽酒也幾乎從來就喝不到足以感覺微醺的量。順帶一提，我從沒看過卡石喝醉酒。卡石只會獨酌。

對，即使是我，自然也會注意到某些事。妮阿塔涅里仍然和先前分別時一樣蒼白而緊張，但她變化萬千的眼睛變成不帶一絲藍色的深灰色，而且很亮，有時候疲倦會讓人的眼睛變亮。菈兒面帶笑容——不是對我笑，當時我就感覺到了，她是對著我後面且比我高的什麼東西笑，但那笑容似乎不斷由她的嘴巴游移到金色的眼睛，再沿著她溫暖的深色臉頰和額頭回來。而露卡莎——露卡莎是一開始就直接看著我的人，她臉龐酡紅，表情帶著藏不住的笑意。我完全沒見過她這副模樣，心中像被冰劃過，閃過「噢，提卡特」這個念頭。我無法克制。

我在那個小房間裡，與我愛的那三個女人共處一室，房門因為本身的重量而在我身後緩緩關上，當時我有什麼感覺？你想我有什麼感覺？我忽熱忽冷：前一刻嘴唇和耳朵像著了火，下一刻胃像結成冰。菈兒飄忽的笑容使我顫抖，直到幾乎站不住，露卡莎潮紅的顴骨，讓我像戲子們表演裡中了魔咒的傻瓜一樣全身僵硬。妮阿塔涅里呢？我盡可能溫柔地捧起她的左手，那隻手在我的掌心裡似乎在嗥叫，像隻受困的動物；我親吻它，然後我踮起腳尖親吻她的嘴（我要強調，只是微微踮起來），然後用我最大的音量說：「我愛妳。」我人生中在此之前從未說過這句話，雖然我**真的**有過一個女人，算是啦。

妮阿塔涅里朝我的嘴裡嘆氣。我到今天仍然能嚐到她嘆的那口氣，充滿酒和投降的氣味——當然，主要是向她自己而不是向我投降，不過當時的我哪裡會在乎？她抵著我的嘴唇說了什麼，我不知道她說什麼。我能越過她的肩膀看到那隻狐狸在角落，眼睛緊閉，警醒地繃緊耳朵和身體，紅舌潤著鬍鬚，往左、往右。

不，我並沒有立刻將她攔腰抱起，穿過房間送到床上（以這麼重大的旅程而言，竟然只有寥寥幾步！）。首先，因為缺乏經驗，我可能會害自己受傷；第二，我跨出的第一步就踩到酒瓶，妮阿塔涅里還得扶住我；第三——嗯，第三是菈兒和露卡莎還站在那裡呢。不管你願意相信我是怎樣的人，以及我有怎樣的故事，都請你相信我是個有節操的男孩。我確實好色，並且無知又膽小，這也沒有疑問，但我不虛榮。虛榮是我又跨出一兩步以後才發生的事。

菈兒

那天晚上發生在我身上的事，後來再也沒發生過了。

在那之前，有——我從你的表情看出我刻意省略的部分——對，之前是發生過，如果你指的是我不只和一個人同時上床的話。但那一次我別無選擇，也一點都不享受，現在更不想進一步向你說明。我的重點是選擇，以及比選擇更重要的，也比純粹的欲望更重要的——那是我確確實實從未體驗過的東西，儘管我過去跟自己的族人已有過多次親密交流。當妮阿塔涅里嘆著氣，將羅賽斯整個人摟進懷裡，我也非得擁有他才行。那股瘋狂就是如此突然、如此單純、如此徹底。

喝太多酒了，哭得太厲害了？很可能是這樣。絕對不是因為嫉妒，不是因為妮阿塔涅里——那一刻我眼裡幾乎沒有妮阿塔涅里，幾乎沒聽到任何聲音，除了我自己的嗓音在近處說：「不能把我們排除在外，今晚不行。」

我為什麼這樣說呢？而且天知道我幹嘛代表露卡莎發言，當下我應該只關心我自己才對啊？硬要我回答的話，我只能說我一定還是看到妮阿塔涅里了，一定是看懂了她當時投給我的眼神，眼神中傳達的不是憤怒，而是驚恐、懇求、絕望。那男孩瞠目結舌地倒退一步，可憐的孩子，不過露卡莎——露卡莎大笑，那笑聲甜美得就像初春時結冰的細枝所製造出來的，瑩潤又清脆。我說：「羅賽斯是我們的。他是我們的騎士，我們純潔又英勇的情人，為我們三人服務時既不偏袒也無所求。」我的身體在顫抖，我無法穩住自己，但我的嗓音平靜而舒緩。這是我的另一個技能，很早就會了，付出了一些慘痛的代價才學會的。它總是很有效。

「你的獎勵全是你應得的。」我對羅賽斯說。我走到他面前，雙手捧著他發熱的臉，把他拉向我。有數不清的笑話和歌曲都以親吻呆呆張嘴的馬廄工為主題，說那傻瓜靴子上和指甲縫裡有糞肥，他所認知的戀愛就只有公馬和母馬的交配。羅賽斯的嘴既柔軟又有力，嚐起來像夏天黎明時分第一陣微風。他的手放到我身上時是那麼溫柔，我覺得自己又快要痛哭失聲，或是尖聲大笑，或是衝出房間。要不是他抱著我，我會倒下去。

真是萬幸，我的人生中鮮少有機會發現，原來「溫柔」能夠如此輕易地長驅直入我的心。我每天都感謝我的好運。噢，我真心感謝。

狐狸

鴿子。我抬高鼻子，我們之間沒有天花板，沒有屋椽。我閉上眼睛，看到輕聲咕咕的鴿子在黑暗中拍著多汁的翅膀，把空氣裡搞得都是灰塵和穀子，毛茸茸的細羽飄落。牠們議論紛紛，在窩巢中動來動去，因為我而焦躁不安。牠們閉上血滴般的漂亮眼睛，牠們也看見我了。

在下面這裡，呵呵，在下面這裡有**各種**動靜在上演。房間很擠，好多人在努力脫掉別人的衣服。男孩退向床鋪，一手牽著妮阿塔涅里，另一手試著解開菈兒的上衣。菈兒幫他的忙，把指甲弄裂了，咒罵著髒話。男孩的腿勾到床腳，他坐下來。露卡莎跪在他後頭的床上，笑意盈盈。妮阿塔涅里轉頭看著我，我們交談。

別做，別做。

非做不可。

沒法裝下去的，裝不下去的。

我知道，可是非做不可。幫我。

窗戶開得幾乎夠大了。樹枝「喀喀窸窸」地敲著，一根細枝向上指著鴿子溫馨的小臥室。

妮阿塔涅里說：**幫我**。菈兒伸手把她拉倒。

羅賽斯

莅兒的兩側肩膀都有肩窩。莅兒的鎖骨和年輕辛圖春天時長出來的鹿角一樣英挺又光滑。莅兒朝我俯下頭時，她的脖子後頭讓我想哭。

露卡莎聞起來像市場攤位上好新鮮好新鮮的蜜瓜和辣椒和香料蘋果。她的乳房比妮阿塔涅里的乳房要柔軟尖挺，她的前臂內側真的是透明的——我幾乎能看到藍色的小魚安詳地在她的血管間游來游去。她把手放在我身上，發現莅兒的手已經先放在那裡了。她轉開頭微笑，就這麼簡單。

妮阿塔涅里。我看不到妮阿塔涅里。她的手也在我身上游移，她把我的嘴直咬到流血，但我看不到她的臉。

妮阿塔涅里

不，不，我不能讓這件事發生，不能。為了大家好，為了所有人，不行。

可是好甜蜜啊——好**親切**啊。上次有人像那男孩一樣吻你是多久以前了——吻**你**本人，不是你的弓或你的匕首、你能做到的事、你知道的事？像菈兒的手那麼靈巧的愛撫你，或是像露卡莎的手那麼熱烈地歡迎你，是何時的事？你好累，好寂寞，這一切都持續太久了。

我不能讓這件事發生。沒法裝下去的——**牠**知道。我試著把羅賽斯從我身上推開，但那不是羅賽斯，是露卡莎抓住我疼痛的那隻手，拉向她自己，撫摸她自己，撫摸菈兒，像是給菈兒穿上我的觸摸。菈兒的肚子貼著我的嘴，像河水一樣起伏；露卡莎可愛又笨拙的膝蓋碰撞到我的某個部位，菈兒裂開的指甲刮著我的臀部。不，不，沒法裝下去的。露卡莎。露卡莎的頭髮披散在我身上。**不**。

菈兒

有人的手在我下面，我的雙乳上各有一個人的嘴。我的眼睛睜得很大，但我只看得見某人的頭髮。羅賽斯低喚我的名字；露卡莎嗚咽著：**噢**、**噢**、**噢**、**噢**，每一聲輕柔的叫喊對我大腿內側那道疤來說，都是燒灼般的祝福。我正準備告訴她是誰留下那道疤的，但另一個人對著我的嘴巴呢喃「菈兒」，吻得我忘卻那舊有的傷痛。我張開雙臂擁抱能搆著的每個人，打開我每扇門窗，讓狂野的安慰進入。

狐狸

幾乎夠寬了——也許夠寬了吧？也許對一隻有柔軟毛皮的小小狐狸來說夠寬了？貼著牆，動作快，前爪搭著窗台——鼻子、鬍鬚、耳朵過去了。哈囉，小鴿子。

很快回頭看一眼，沒人看到我。太多腿了，很難看清楚妮阿塔涅里。叫啊、笑啊，可憐的床唉聲嘆氣，最後一瓶酒打破在地上。對狐狸來說實在太吵了，不如到別的地方躲個清靜。把身體擠得很小，用力推——一隻腳、兩隻腳、**一邊**肩膀，現在是頭，現在是**另一邊**肩膀——現在完整的一隻狐狸站在舒服寬敞的樹枝上，哈哈大笑，在月光下顯得多聰明啊。月亮上有一隻狐狸呢。

要是妮阿塔涅里叫我：**回來**，我或許會回去。

月狐說：**太遲了，太遲了**。**全都裝不下去啦**。**去看鴿子吧**。

妮阿塔涅里的聲音：喜悅，痛苦，絕望，誰在乎？不是為我而發出的聲音，不是在呼喚我。我沿著月光跑到屋頂上，跑向美麗的毛絨窗戶，那些美妙的血流刷刷聲要我過去。

羅賽斯

一定是露卡莎。我看不到她的臉，床邊的蠟燭老早就被踢翻了，燭火被獸脂給弄熄，但這是露卡莎的氣味，我嘴裡的頭髮、咬著我手腕的小尖牙也都像她。這不對，這不對，應該要是妮阿塔涅里啊——妮阿塔涅里受傷的手引導我**噢不可思議啊**，妮阿塔涅里的長腿把我夾住，牢牢固定。但所有東西都像月影和酒瓶，除了**這個**以外，而妮阿塔涅里從我身上滑開，不過我聞得到她還近在咫尺，彷彿我的頭仍枕在她腿上，離那兩個剛死去幾分鐘的男人只有幾步。我能聽到菈兒發出低沉悅耳的笑聲——要是我往左邊伸長手，就能從掌心感覺到那笑聲。在兩根手指之間，菈兒悄聲說：「羅賽斯，小夥子，你在我裡面好強壯，好溫柔，好舒服啊。羅賽斯、羅賽斯，對，就是那樣，太好了，親愛的，親愛的。」卡石給我的名字，我一向痛恨的名字，如此美妙，我的名字啊。要是我能躲進她喊我名字的語氣裡，永遠不再出來，那該有多好。

但我不在她裡面，不論用哪種方式，即使是在這躍動的黑暗中。迎接我的人是露卡莎——露卡莎拱起背來吻我，從未與我交談過的她，正和我交換氣息——露卡莎的臀部灼燙著我不敢置信的雙手。我是如此蠢笨，甚至無法笨拙地進入我最渴望的那個女人，又怎麼可能同時加入另外兩人、與她們取樂？我聽過這種男人的傳奇故事，但我只是區區羅賽斯，不是什麼騎士，只是馬廄工羅賽斯，他可真聰明啊，讓心靈飛上了月亮，卻把低能的身體留在這張床上翻滾，像是在狂猛的拜恩納里克灣的一只玩具船，不過我從沒見過拜恩納里克灣。**要有人帶我去那裡，要有人帶我去拜恩納里克灣～～玩一整天，露卡莎現在就要帶我去那裡了。那是一首歌。有一首歌。**

有人的手放在我背上，我的屁股上，持續撫摸，還用力推，然後在我妥協時跟著配合，隨著我一起在拜恩納里克灣移動。菈兒的嗓音突然發出一聲尖銳的低語，她的劍從中空的手杖中拔出時，聽起來一定就像這樣。「羅賽斯？**羅賽斯？**」

妮阿塔涅里

到頭來，是我的頭髮出賣了我，但我其實早該想到的。羅賽斯長著一頭小鬈髮——我的髮質和他一樣又粗又亂，卻有個致命傷，那就是直得騙不了任何人。一旦菈兒的手指伸進我頭髮，一切就結束了，就算魔法仍然僥倖有效。

而事實上它也失效了。就算是最微小的魔法，在抽離你身體時，那種感覺都非常奇妙。我這麼說無意冒犯，但那不是你能夠想像的感覺。哪怕到了現在，我也無法想像，而我人生中還實際經歷過三次呢。詩人和三流巫師喃喃訴說著有巨大翅膀掠過，說感覺就像被某個神利用、抬上神壇後，再被拋棄。胡說八道。那種感覺……你知道那種感覺嗎，當一個泡泡在你的手腕上破掉，除了一絲寒意什麼也沒留下，等你發昏的腦袋開始回過神來，它早已從皮膚的記憶中消失了——你懂吧？嗯。就是這樣而已。

所以你或許也能了解，被施咒的人只能從魔咒影響其他人的方式間接體會這件事。我身為泰琳之女蘿瑪狄絲之女妮阿塔涅里的這整整九年來，從任何閃亮的頭盔或任何混濁的蓄水池回望我的倒影，從來都不是女人。讓羅賽斯受盡折磨又給予勇氣的那對奶子；柔嫩的皮膚、花瓣狀的豐滿嘴唇、優雅靈活的身段——全都是障眼法，是我所知或許能暫時騙過殺手的唯一戲法。我把自己偽裝起來，偽裝得夠好，能夠日復一日與真正的女人一起旅行和生活，沒有引起絲毫懷疑，但我並沒有轉性，無論就事實層面或我的自我認知層面都是。這十一年來，我從未有片刻相信自己真的是妮阿塔涅里。

就算是這樣。就算是這樣，在那張不堪負荷的床上，被菈兒圍繞著，露卡莎的手不安分地在我們之間遊走，我的手終於找到羅賽斯，我貪婪又愉快地訝異於他們三人的身體回應著我的身體——誰的名字是真的，誰的性別永久不變？羅賽斯純真的欲望引出我的欲望，讓它從漫長的冬眠中低吼著甦醒了；那麼，究竟是誰，是誰想要他的嘴，不亞於菈兒豐滿的嘴，是誰想要他的手，不光是因為死過的露卡莎在怯怯地愛撫？是我嗎？我們所謂的男人？還是妮阿塔涅里，那個從未存在的女人？我只知道我親吻他們所有人，他們的吻喚醒了我，不是妮阿塔涅里，而是菈兒喊出聲並將手插入對方頭髮裡時，那個不是羅賽斯的男人。那一夜在那張床上並沒有人口普查員，也沒有邊境巡邏隊。

菈兒

有一瞬間——僅限於那短短的時間，我用力揪著妮阿塔涅里的頭髮，把她的頭往後扳，隔著幽魅的黑暗盯視我上方那張陌生又熟悉的臉——在那瞬間我又是獨行俠菈兒了，我冷酷、空虛，隨時準備殺人。不是因為原來與我同床的女人竟然是個男人，而是因為這男人騙了我，而我不能、**不能**容許自己被騙——不管是白天或黑夜，在床上或小巷，這是我唯一認定的罪惡。我的劍杖靠在房間一角——噢，赤裸的愚蠢菈兒！——但我的手指彎起併攏，準備捏扁妮阿塔涅里的氣管，這時我聽到輕聲的呼喊：「是**他**教我的，會笑的人！」於是我垂下雙手，而妮阿塔涅里自己也笑了，用力吻我，在我裡面緩慢地動著。我尖叫。

上頭的鴿舍出了什麼狀況：模糊的抗議嘟囔，焦躁的聲音，好像那些鳥在棲木跳上跳下。那些牲口販子、船員還有神職人員能想像這個房間正在上演什麼樣的事嗎？要是那個狡猾的胖子偷偷爬上樓梯，突然推開門，看到此時此刻的我們，像月光馬戲團一樣彼此交纏，活像一群赤裸的走鋼索演員和滑溜的野獸，他會作何感想？要不是露卡莎的嘴和喉嚨像一面甜美的布幕橫過我的腦海，要不是我突然……突然想要跳起我自己的舞，菈兒之舞，在那上頭，在那高高的夜之夜，比鴿子更高，在沒有鋼索的地方跳菈兒之舞，我腳下空無一物，只有三個陌生人的愛情不讓我墜落，我又該作何感想？

狐狸

屋椽上面還剩三隻，他想怎樣？三隻狡猾的鴿子，就是抓不到，牠們能再製造滿滿一閣樓的鴿子——何必吼成這樣，把累得半死的所有苦命人都給吵醒？胖旅店主人大叫、咒罵，跺著腳進出一個個房間，乒乒乓乓地打開一個個櫥櫃，查看地板下面、床底下，甚至是**床上**。狗在院子裡、馬廄裡、樓梯上又聞又叫，就跟胖旅店主人沒兩樣。男孩羅賽斯跑東跑西，同時出現在兩三個地方，看起來心虛又快樂。男孩提卡特也來幫忙——那倒值得擔憂，這傢伙好多事都知道得太多了。真該讓他餓死的，狐狸太善良了。

鬧了好多天，全都為了區區幾隻沒什麼肉的小鴿子。妮阿塔涅里、菈兒、露卡莎，她們繼續騎馬出去、騎馬回來，完全不掛念整個炎熱白天都躲在田裡、又徹夜在空心圓木裡發抖的某人。甚至沒機會變成人形，因為男孩提卡特在這裡。北荒都比這種日子強。修道院都比較好，除了難吃的食物以外。

今天早晨，雲很多，霧薄薄的，像冷冷的灰色汗水。我朝著山脈的方向而去，只是小跑步，我在找小鳥、兔子，或許還有**康比**——那是類似鼴鼠、美味多汁的紅色動物，體型幾乎跟我一樣大。沒有**康比**，沒有好獵物，什麼都沒有，只有即將來臨的暴風雨氣味，還有一隻笨蜥蜴，牠一看到我就自己跌個四腳朝天。吃蜥蜴不好，會讓眼睛中毒，還會掉牙齒。我吃了半隻。

我的毛嘶嘶作響。風暴從東方洶湧而來，看起來又綠又黑，閃電在雲層中扭動。青蛙在流速緩慢的小溪中開始躁動——也許我來吃一隻肥美的青蛙好了？搞不好兩隻？我輕手輕腳地沿著溪邊走，只是想瞧一瞧。有隻狗嗥叫起來。

我不認得這種狗。牠又吠了，距離更近——體型很大，跑得很快。還是沒聞到牠的氣味，我的鬍鬚沒嚐到味道，我的血液沒有顫慄，通常那些信號會對我說：**有狗、有狗、有狗**。還是早上，不過現在霧太大，只能看見樹、石頭和一道倒塌的籬笆骨架。但我聽到牠的呼吸聲。

我沿著溪岸往上游離開，直接穿過刺藤、馬纓丹、交織的荊棘，狗不會去的地方。這隻狗例外。我身後的樹叢嘩啦作響——一聲被荊棘刺到的哀鳴，然後又是一聲長嗥，鎖定根本沒惹到牠的可憐小狐狸，於是牠來了，伴隨著緊跟在牠腳邊的第一聲雷鳴，牠來了。但我已經跑進犁過的田裡，飛越車轍，在梯田和葡萄藤架之間敏捷地左閃右閃——呵呵，我跑得就跟被我吃掉的東西一樣快，不，應該說更快。沒人跑得像我一樣快。

更多雷聲，比牠更近，但還不夠大聲。在轟隆隆的雷聲之下，總是聽得到牠的呼吸聲，像是甩也甩不掉的風。現在雨也來了。雷沒什麼，但這雨重重擊打我，將我裹在折彎的泥濘玉米莖裡，而牠那比雨更重、更冷的灰色呼吸總是籠罩著我，鑽入我體內。我一點都不害怕，一口氣衝進右方的樹林深處。完全沒有回頭看一眼，何必呢？兔子從來不回頭看我。出了這座樹林的下方有一座果園，果園再過去就是旅店，眼睛閃亮的慈祥老爺爺會在梅琳奈莎的裙子底下躲暴風雨。到**那裡**去抓我啊，沒有氣味的邪惡狗，到**那裡**去抓我啊。

但發生了某件事。應該說什麼事也沒發生。我鑽進又鑽出那片野生樹林，果園飛掠而過，旅店卻沒有變近。怎麼會這樣？即使隔著風和雨和霧，我仍能看見它——看到煙囪、院子、澡堂、馬廄，甚至是我愛的樹，樹枝敲打著那些女人的窗戶。我跑呀跑，早就應該抵達目的地三遍了，但就像你跑不到月亮，我也跑不到旅店。狗在我左側吠，我轉身朝鎮上跑，打算等一下再折回來。可是每次我想回頭，旅店都離得更遠，狗都離得更近，我的毛都更濕，重重地掛在我腿上。沒人跑得像我一樣快，但沒人能永遠跑下去。

兔子不會回頭看，人會回頭看。在一棵高樹下，我終於轉身變成人形，天底下有哪隻狗會像追殺可憐的狐狸一樣追獵人形？這隻狗就會。牠從霧和雨中出來，現在我看到牠了，嗥叫的嘴巴、濕淋淋的牙、愚蠢的長耳朵，像是長著四隻腳的一團火從暴風雨中衝出來。好，好，人類的威嚴都是屁話。我跳了兩下，歡迎自己的四隻腳回來，再次衝向牠要我去的地方，直朝鎮上去。牠逮不到我，我也甩不掉牠。

暴風雨從我們身旁呼嘯而過，那隻狗和我往回奔向米爾戴西人住的窮鄉僻壤。霧變得稀薄，雷在屋頂上方嘟嘟囔囔，最後一道閃電消融在正午的陽光中。我想起有一條石造涵管，很小很小的涵管，用來排放市場的髒水，窄到眼前這隻大醜狗進不去——就讓牠整日整夜守在那裡嗥叫要我出來吧。現在最好加快速度，別讓牠有機會逼我轉向。我的天，最好加快速度囉。

但那條涵管像河一樣湍急，雨水高高地湧向兩側。我看到深色的死掉東西打轉著經過眼前——老鼠、鳥，如果我跳下去的話，我也算一個。沒時間思考了，**要**，**不要**，時間只夠我美美地縱身一躍，好優雅，像隻狐魚，在空中游泳。然後我下去了，只聽得一聲狗叫，隨後牠笨拙的腳步聲又重重地追在我後頭。只能逃去市場了——那裡除了一個簍子、一堆包心菜、一輛倒放的手推車，沒有任何可以充當巢穴的地方，讓疲憊的小狐狸拖著沾滿泥巴的尾巴躲藏。

市場空蕩蕩的，每個人都還在躲暴風雨。所有手推車上都蓋著骯髒的帆布，天篷被雨水壓得往下凹。我往左看、往右瞧，有個水果攤，跑了十大步，爬進一個裝了一半熟透綠色水果的有蓋大籃子。就快爬進去時，一隻手揪住我脖子後面——好用力，好用力，好痛，沒有人會這樣碰我，即使是妮阿塔涅里。我扭回身，狠狠咬了一嘴空氣。另一隻手箝住我屁股，兩隻手把我舉高，讓我像死掉的兔子一樣拉長。但我的牙活力十足，這次咬到滿嘴濕漉漉的袖子和瘦巴巴的手腕，我美麗的牙齒。有個嗓音講出我的名字，我整個定住，漂亮的牙沒有闔起，也沒有鬆開一絲線頭。我認得這個嗓音。我認得這個嗓音。

那雙手把我轉過去，其中一手放開。我在空中懸在他面前，我沒有動。妮阿塔涅里認不出他的，菈兒也認不出他的。他是灰色的，到處都灰，一路灰到底——骨頭、血液、心臟，全都是灰的。和雨一樣灰，也和雨一樣細，身上的衣服極度破爛又濕答答，簡直跟穿著雨水沒兩樣。她們絕對認不出他的。但在某個還沒有變灰的位置，他仍然是他，我等著他告訴我我可以動了。

過了很久很久，他又說了一次我的名字，這次用的是人類的嗓音。妮阿塔涅里知道我的名字，但從不說出來，從不。他說：「你害我費了一番功夫啊，每次都這樣。」

狗。到處都沒有狗——沒有永無止境追著我跑的腳，沒有冰冷空洞的呼吸聲。我很小聲地說：「那隻沒有氣味的狗，是你。」

於是他笑了，試著笑，這是他的個人特色，但聽起來像血。「不、不、不，你總是很會拍馬屁。暴風雨確實是，我還能製造一點暴風雨，但我不再變形了，再也不幹。不，那隻狗只是暴風雨的一部分，就和旅店的幻影一樣，全都只是為了把你趕到這裡來找我。而且就像我說的，這事兒可真夠折騰的。你變得強壯又聰明，而我卻忙著變老。」

很久以前，很久以前，久到妮阿塔涅里都不知道的那時候，他根本不需要用手就能抓住我，也不需要動用幻象把我召喚到他面前。我說：「你才是馬屁精咧。你找我幹嘛？」

他輕輕放下我，我感覺到他在顫抖。他環顧四周，市場攤商都還沒回來，於是他蹲到我面前。「菈兒，」他說，「妮阿塔涅里。她們就在幾公里之外，但我病得太重，太累了，沒辦法去找她們。幫我，帶我過去。」

這不是命令，只是請求，展現一點善意給一個老——什麼？老朋友？老同事？老夥伴？我可沒有這麼好心。「你何必特地找我？你是魔法師耶，你能召喚暴風雨和風暴狗來把一隻可憐的狐狸驅趕到你腳邊，現在就召喚一隻生物載你去想去的地方啊，召喚一隻**謝克納斯**怎麼樣？」

陽光下，他身上的破布已冒著熱氣，但他仍在發抖，還抱著自己。「那是我僅剩的力量，那場表演，你心裡也很明白。變成人形吧，小傢伙，一下子就好。我需要一條手臂、一個肩膀，就這樣而已。」

「用走的啊，」我說，「用飛的啊。如果我是魔法師，去哪裡我都會用飛的。」我坐下來，對他微笑。已經好多天沒有這麼爽的事了，從鴿子以後就沒有了。

兩個幼童跑過市場，停下來踩水坑玩。他伏低躲到一疊箱子後頭，吁出灰色的氣。我覺得就算有必要，他也站不起來了。他說：「拜託。像獵犬一樣追著我的東西又真又近。不能讓它在這裡找到我。只要帶我去妮阿塔涅里、去我的菈兒那裡就好。你知道是誰在提出請求。」

愈來愈妙了。「我有什麼本事跟你的敵人過不去？一隻小小的狐狸，夾在兩名偉大的巫師之間，像是石磨裡的穀子？我敬謝不敏，大師。」我轉身走開，陽光下的狐狸，想找個地方舒服地蜷起來，啃掉尾巴上結成硬塊的泥巴。

噢，千萬別從他們身上移開視線，只要他們還有一口氣在，就千萬別這麼做。這次沒有手放到我身上，但魔法師的意志狠狠咬了過來：**啪**，又是我可憐的脖子遭殃，被甩到我的背都快斷了，然後**砰**的摔在他旁邊的箱子之間，嗚咽喘氣。他傾身向我，湊在我腦袋旁說：「你再發出聲音，發出可悲的嗚咽聲看看。你知道是誰在請求。」現在有人聲了，車輪軋在石頭上，天篷嘩啦響，攤位開始營業了。他俯得更低，我只看得到滿眼灰色破布。「變身吧，」他說，「因為你夠聰明。」

有誰替我著想？沒人替我著想。他們都把禮貌、誠信留給別人，留給陌生人，絕不留給我。我對他說：「你不是說你的力量用完了嗎？騙子。請人家幫忙，然後我說不要就殺我。難怪你衰老又孤單，還被追殺。」

又是那種紅色幽魂般的笑聲，讓我的毛都豎起來，耳朵貼平。「難怪都過了這麼這麼長的時間，坐擁那麼深的微妙認知，你卻還是一隻狐狸。難道你都沒思考過，你為什麼還是一隻狐狸嗎？」重重的腳步聲表示：**這是老子的水果攤**，跟胖旅店老闆的腳步聲很像。「快點——變成人形！」於是人形從破箱子之間站起來，懷裡抬起一個灰色的乞丐。片刻之前他才那樣抓住我，但我比較溫柔。我不得不溫柔。

水果攤老闆目瞪口呆，撓著腦袋。他想罵人，可是要罵誰？幫助無害又臭烘烘的可憐人的好心藍眼大叔？他站在那兒發出滑稽的小聲音，人形則攙扶著無助的重擔經過。人形微笑、點頭，人類對互相了解的人類會做的事。重擔趁我們路過時從罐子裡抓了一把杏桃乾。

他要人形抱著他穿過整座市場，他閉著眼，用破布把臉藏起來。好多同情，好多騷動，好多焦慮的疑問湧向人形。「不、不，他會好起來的，只需要一點照顧和耐心，這是我們大家都需要的東西。不、不，謝謝你，行義從來就不嫌重。很體恤的關切，真有禮貌，真好心，謝謝你，謝謝你。」甚至有幾枚硬幣慎重地塞進人形的掌心和外套口袋。幾枚小零錢。

現在來到鎮外的路上了，他說：「我能走路，也許稍微能走一點。扶著我走吧。」一條手臂掛在人形的脖子上，全身體重壓著肩膀，抱他還比較輕鬆。「你很訝異我的樣子吧，奇怪我怎麼會變成這種副德性。」他發現我對於潮濕地面終於出現一隻**史達里克**的足跡更感興趣，對於水溝裡的青蛙更好奇——同一條水溝裡有兩隻青蛙在一起，一隻是美味的綠青蛙，一隻是難吃的紅褐青蛙，怎麼會這樣？他的笑容跟身上的衣服一樣破碎。「嗯，你果然是一隻聰明的狐狸沒錯。我用錯誤的方式利用你，也侮辱了你，如果可以的話，原諒我吧。」我才不原諒別人，回旅店的一路上也不跟他說話，不過等到那時候他已經昏過去了，所以他根本不知道。

提卡特

我當然認得他。有那身紅色軍服外套，再加上他的走路方式——向前走兩步，第三步微微往旁邊歪，就算距離很遠，而且他懷裡那個衣衫襤褸的人把他的臉遮去一半，我仍認得出他來。我把手中的籃子往羅賽斯腳邊一扔（我們在撿被風吹落的果子以及橡實去餵豬），拔腿飛奔。

我在院子裡見到他。所有狗都在狂叫，繞著他的腳踝打轉，加提．吉尼從窗口大聲喝斥牠們。我靠近時，他把衣衫襤褸的男人放下地，一條手臂摟著對方的腰支撐他站立。男人頹軟地靠在他手臂上，一直咳嗽。那男人很老，比我穿紅外套的朋友要老得多，從他的咳嗽聲聽得出來，他已經沒有力氣了，半點都不剩。我想他快要死了。紅外套越過他頭頂望著我，用我熟悉的短促尖銳語氣叫道：「我的偷馬好夥伴！真高興又見面了。」

「看來米爾戴西人沒有抓到你。」我說。好遜的回話，可是換作是你，會對上次用牙齒叼早餐給你的人說什麼呢？他現在就露出牙齒來了，正如我記憶中一樣潔白。「要是他們抓到我，你現在還會有一匹小灰馬可以餵食和刷身體嗎？仔細看，小子，這是那些小姐的朋友。」我慢慢走過去，他讓老人倒在我身上。我抱起他時，不禁詫異他竟然這麼重，甚至因此有些害怕，因為他脆弱的骨頭上根本沒什麼肉，應該輕如米糠才對。但那些瘦骨還是壓彎了我的膝蓋，我踉蹌地跨出一步，惹得紅外套放聲大笑。我就直接告訴你好了，我差點就跌倒了，但他抓住我的肩膀，把我身體扳直。

「他沒有表面上看起來那麼簡單，對吧？嗯，老人總是等不及要讓我們驚訝，夥伴。我跟你說啊，這個老人的骨頭充滿黑暗，血液因為古老的智慧與謎題而又稠又冷。那種東西重得要命——而他本人光是要在各地行走就快累垮了。」他就這樣嘰哩呱啦、嘻嘻哈哈地跟著我，而我吃力地把老人扛到旅店門口，加提．吉尼站在那裡眨著眼，嘴巴微張。羅賽斯過來幫我忙，沒有多說半個字，我很感激。

這時候卡石出來了。他把加提．吉尼推開，垮著臉站在那，看我們跳舞般挪動那可憐的生物，好像他是一件笨重的家具。紅外套還在我後頭笑：那笑聲像一根刺撓著我手心。卡石看著羅賽斯，沒看我。他從不直視我。

「又一個。」他說。雖然當時的我每天從醒來、工作到睡覺都在自怨自艾，但那一刻我全心全意地憐憫羅賽斯，因為他這輩子每一天都得聽到那個緩慢的嗓音在發火。不過我也意識到一件事，那就是羅賽斯本人根本沒聽進卡石的話。他是聽到卡石的嗓音和命令了，他總是態度恭敬，做事認真，動作迅速且勤於接受任何任務——不過他總是用某種方式躲開他的主人，正如同精確描述那種方式的形容詞也躲著我。卡石心知肚明——你看得出來他知道，而且他很不滿。我不認為羅賽斯知道這點。

此刻他只是搖搖頭，愉快地答道：「這次不是我弄來的，先生，他是來找菈兒小姐和妮阿塔涅里小姐的訪客。我們會帶他去她們的房間，讓他在那裡休息，等她們回來。」他朝我點點頭，我們開始繼續又拖又推，把半昏迷的老人移向旅店。

卡石悶哼一聲，吐了口口水。他沒有干涉，不過我們費力地經過他身邊時，他用淺色的眼睛狠狠瞪我們。我們移動到門檻時，他音量不大但很清晰地說：「訪客是嗎？我看是馬纓丹那裡又要添一具屍體了吧。」我不懂他的意思，但羅賽斯的脖子漲紅了。他呼喚加提．吉尼來幫忙，但加提．吉尼已經默默隱入他某個有霉味的角落去了。因此我們靠自己把老人弄上樓梯。

我以為我可以進去。我知道那房間會有她的氣味，而且看到她睡的床，思索死過的人可不可能夢到活著的人，會令人很煎熬。但我才剛拉起門閂，把門推開一條手臂的寬度，就看到那條絲絨腰帶掛在椅背上。那是我在林賽提集市上用我織的第一塊真正的布料換來的腰帶，也是她溺水時繫在身上的腰帶。我關上門，轉開身。

羅賽斯想要安慰我。他說：「提卡特，她們在月光下出發，一整天都不在。她——露卡莎——她不在裡面。」我記得他提到露卡莎的名字時又臉紅了。努力不傷害別人的感情一定很尷尬吧。

「我請梅琳奈莎上來。」我說，「對不起。」然後我跑下樓，好像我在北荒邊走邊做的噩夢裡那一大堆野獸都同時來追我，我急到一個踉蹌，在院子裡跌跪在地。要是卡石還在那裡的話，一定會笑到肥肚腩都裂開，而我也是活該。不過在那扇門前，我的追尋突然走到了終點。我跟著露卡莎穿過沙漠、森林，跨越河流和山脈，描畫出這些地貌為我保留的、她路徑最些微的記憶殘影，但我不願跟進那個房間，即使我唯一的愛站在門內向我招手，夠了，不要了。「如果她想的話就主動來找我吧。」我對四周那些咕咕叫、跑來跑去、沾滿塵土的雞說道，「她必須主動來找我。」

你之後就會知道，那是多麼愚蠢的誓言——嗯，而且很不厚道，因為過了這麼久，我還是不相信她受到魔咒影響而認不出我。但我得為自己辯白：我好累，而且很生氣，滿心絕望。在那當下，我跪在地上，我不愛任何人，也從未愛過任何人。

梅琳奈莎

要不是因為提卡特，我就能安然度過那一整個星期，不打破半個盤子。噢，你聽了可能覺得這話蠢得可以，但若是卡石總是為了意外和粗心和各種你身不由己的事情而為難你，你就不會這樣想了。而我做到了，雖然他一直煩我、突擊檢查，還大吼大叫——我是說，最好你不會被那種行為嚇到弄掉東西——我仍然整個星期都沒把任何茶杯或小杯子磕出缺口，即使那些蠢鴿子的事鬧得大家不得安寧。結果這下可好，在我最沒有心理準備的時候，提卡特用他好聽的沙啞鄉下嗓音叫我（但他每次都沒把我的名字完全唸對），而我當然鬆手弄掉了粥碗，誰不會這樣呢？我當然馬上轉身賞了他一巴掌——他也能理解。提卡特是個紳士，我不在乎他是從哪裡來的。

「對不起，梅琳奈莎。」他說，「我沒想到會嚇到妳。我只是來跟妳說羅賽斯要妳去樓上一下。」

「噢，是嗎？」我說。因為我不希望他認為只要羅賽斯彈一下手指，我就會乖乖跳起來。

「嗯，」我說，「你可以去跟羅賽斯爵爺說，梅琳奈莎公主高興的時候自然會過去，如果他不滿意的話，廚房裡有一位討人喜歡的先生，現在就要他到**樓下**幫忙。」沙德利超討厭羅賽斯，他讓那男孩吃的苦頭令人髮指。我說完那句關於沙德利的話就後悔了。我對提卡特說：「我走得開時就上去，我只是得先清掉這些碎片，希望卡石不會發現。」但我知道他會發現的。

提卡特長著我所見過最漂亮的睫毛。你想像不到他這樣的鄉下男孩怎麼會有這麼又長又密的睫毛，顏色像是天色漸晚時暖暖的午後陽光照在院子的塵土上。而且他很高，比羅賽斯高很多，還有他的聲音很迷人；另外，要是他肯稍微打理一下頭髮，它看起來會像——我也不知道，像一隻漂亮的鳥或動物吧，就憑頭髮本身的條件。我確定我從沒對他說過比「早安」或「晚安」更多的話，但他對我總是**非常**客氣，所以你就知道他的為人了。

但這次他不一樣。我沒辦法形容他是怎麼個不一樣，如果我說他蒼白成這樣或發抖成那樣，你會以為差別就在此，那就是重點，但並不是。我只能說我沒看過他這個樣子。他說：「梅琳奈莎，妳得自己告訴他了。我不能回到樓上去。」

「怎麼了？」我說，「你是怎麼搞的？」他的聲音好低沉。我是說，我並不是不知道他的困擾是什麼。大概連所有**客人**都知道他歷經千辛萬苦長途跋涉來找他的女孩，結果那個蒼白的、講話像蚊子叫的小——唔，我姑且稱她為小**東西**好了——只是轉開身，假裝根本不認識他。我覺得這很過分，也覺得是另外那兩個女的慫恿她這麼做的，那兩個愛現又傲慢的女人，我可一點都不怕說出這句話。我能告訴你，某個馬廄工聽到我這麼說很是沮喪，但我哪管這麼多？提卡特很有教養，而我在這世上所尊敬的就是這個了。教養。

不過他只說：「我做不到，我是個膽小鬼，我做不到。」然後就從我身旁走掉了，路上還差點撞倒沙德利，害我笑出來──我忍不住。在那之後我也只能安撫沙德利，藏起粥碗碎片，然後上樓去找羅賽斯。他才剛把我畢生見過最老的人安頓在地上的乾草床墊上。老人閉著眼睛，膚色像舊的雪。我曾擔任一個三流醫生的僕人，當時我還很小，我見過死人，很多死人。要不是羅賽斯正在跟他說話，我會以為**他**已經死了。羅賽斯說：「好啦，先生，現在你跟『距鐵與彎刀』其他客人一樣舒適了。我相信你的朋友今天傍晚就會回來了。還有什麼能為你服務的嗎？」但老人一個字都沒說。

「你唯一能為那人做的事，」我站在門口說，「就是問他，他的遺體要送去哪裡，還要找哪種神職人員來迎接靈車。」羅賽斯快速轉身瞪我，但我只是微笑。羅賽斯總是很討厭我這樣，用這種笑容應付他。我說：「而你能為**你自己**做的最好的事，就是祈禱卡石不會惦記著那一張備用的乾草床墊。他會把你的內臟挖出來去當新床墊的填料。」

羅賽斯發出一聲長長的忍耐嘆氣，這是他一貫惹惱我的方式。他說：「這位紳士只是來找朋友的，他不會過夜。」

「他**撐**不過夜。」我說。羅賽斯豎起手指貼在嘴唇上，但我絲毫不在意。我說：「那三個蕩婦回來時會發現有個死人在等她們。」這正合我的心意，光是想到那畫面，我就樂不可支。「可憐唷，只有這種男人她們才榨不出任何用處，我猜是吧。」

噢，我可真把羅賽斯氣炸了不是嗎？我不介意告訴你：我是故意的。因為打從那些女人來到旅店後，羅賽斯就變得愈來愈誇張，尤其是最近一兩個星期。以前卡石不在旁邊時，我們會愉快地閒聊，有時候還會到樹林裡散步，甚至去寇寇拉共度一個下午——可是現在他什麼話題都不能聊了，只會滿口莅兒的手好美、妮阿塔涅里好優雅，或是一旦你跟露卡莎變熟，就知道她多迷人和友善。好乏味，好**令人厭煩**。恐怕我已經沒有耐性再忍受他的痴心妄想了，就這樣而已。

「梅琳奈莎，」他對我說，就像這樣咬牙切齒地說，「梅琳奈莎，過來坐下。」他坐到床墊旁邊，並招手要我過去。我自然是站在原地沒動，直到他真的相當低聲下氣地說：「拜託。」於是我過去坐在他對面，也就是老人的另一邊，然後我說：「怎麼樣？」就那樣，你懂吧。

羅賽斯說：「妳懂一些治療的方法，除非是醫馬，不然都比我懂。教我該怎麼做。」

「我不是已經告訴你了？」我說，「問他想被埋在哪裡啊。看他那樣子，已經好幾天沒吃東西了，而且他一定碰上了今天早晨席捲鎮上的那場暴風雨。何況他年紀也很大了。他的問題就出在這裡，但你也不能怎麼辦。」

嗯，羅賽斯聽完看起來大受打擊，我真心替他感到難過。有些人在傷心時看起來比較順眼，羅賽斯就屬於這樣的人。我問：「你何必這麼在意一個陌生人？我相信他是個好人，但他又不是你叔叔。他是嗎？」我補上最後一句話，是因為羅賽斯是孤兒——我是說，我也是，我們兩人至少有這個共通點，但我起碼知道我父母的名字以及他們的家鄉在哪，而可憐的羅賽斯甚至不知道自己是在哪裡出生的。所以你明白了吧，這個男人**確實**可能是他的親戚，任何人都可能是他的親戚。

羅賽斯說：「看看他，他是個人物，他很重要。」我聽了火氣又整個冒上來，我說：「怎麼說？因為他是**她們**的朋友嗎？就是這樣對吧，所以你才這麼堅持對吧？」但羅賽斯搖頭。

「看看他啊，梅琳奈莎，」他不停地說，「看看他。」所以我終於真正看了老人的臉——我的意思是，忽略他髒兮兮又乾裂的老嘴，忽略所有溝槽和皺紋和刮傷，以及卡在這些凹痕中的泥，忽略他可怕的發灰膚色，忽略**一切**，忽略他的五官本身，如果你能體會我的意思。我不知道——我不知道——看著他突然就讓我開心起來，那是一種莫名的感覺。我也想哭，但其實是同一回事。我不知道，我只是盯著他看了又看，羅賽斯也是，我們不再說話了。

不久後，我們聽到卡石在樓下大聲呼喚羅賽斯。我說：「你去吧，我陪他一會兒。」於是羅賽斯看了我一下，微笑碰了碰我的肩膀，說了聲「謝謝」，然後就出去了。我坐在床墊旁看著老人，隨即又去拿了塊布來清潔他的臉。即使他又老又病，可能不久人世，也沒理由就該髒兮兮的。我在擦的時候，他睜開眼睛。

「噢，」他說，「梅琳奈莎。」好像我們已經認識了一輩子，而他見到我雖然詫異，卻也很歡喜。他的嗓音聽起來若有所思，帶有一點點口音。他說：「哎呀，我感覺像被媽媽洗臉的小貓咪呢。我得說，以這種方式醒過來還真是令人神清氣爽。」他咧嘴一笑，我毫不在意他缺了幾顆牙。

我在他面前突然間扭捏起來。我不由自主地希望他繼續昏睡，再睡一會兒也好。我迅速站起來，說：「先生，你感覺好些了嗎？我能為你做什麼嗎？」到頭來我也跟羅賽斯沒兩樣。

他笑了。我不知道該怎麼向你形容他的笑聲。那是一種顫抖的、抽氣般的笑聲，有點像比較輕微的咳嗽，但你想再聽到那笑聲。他說：「嗯，妳可以繼續站在陽光下，我不會提出更多要求了，不過我想我的朋友們正在爬樓梯。我知道妳不怎麼喜歡她們，而我不想讓妳在這麼好心的舉動之後覺得難堪。」

下一刻，她們果真出現了，她們三個砰地推開門，讓房間裡塞滿她們的喧譁和趾高氣揚。她們站在那裡，嘴巴張開，眼珠子凸出，簡直就像市場裡的一排魚，然後黑女人結結巴巴地說：「羅賽斯**告訴**我們——」妮阿塔涅里小姐肩膀一挺，質問道：「你跑到哪裡去了？」她的個性就是這麼強勢。至於另外那個，她直接走到老人面前，跪在床墊旁邊。她把雙手放在老人掌心，展示她總是戴在手上的俗氣綠寶石大戒指。老人摸了一下戒指，微笑說了句類似這樣的話：「啊，看來它又找到回家的路了。」但我聽不懂。不過那女人竟然哭了，於是老人說：「別哭，別哭。妳在妳該在的地方。別哭了。」

當然，沒人多看**我**一眼，就好像我是一碗餵狗的剩飯，不論我開門或把門帶上時都是如此。但我在樓梯平台上站了一會兒，並不是為了偷聽，只是作好心理準備面對在樓下等著我的事物——髒汙和油煙和食物氣味、卡石和沙德利的吼叫聲、加提．吉尼等著把我堵在角落的機會、酒吧裡的農夫和士兵已經醉得嘻嘻哈哈、客人纏著要我同時替他們做好四十件不同差事，以及我自己那些要做到午夜的雜務，如果運氣不佳的話還得做到更晚。你知道嗎，我必須使自己忘掉與那個老人獨處有多美妙——至少直到我能找個地方把這感覺發洩出來。我是說，不然的話，誰願意下樓呢？

菈兒

我們當然吃醋了，我們兩個都是——怎麼可能不吃醋？妮阿塔涅里和我冒了天大的危險、費了九牛二虎之力來到這遙遠的地方，來幫助我們最親愛的師父，到了之後又搜尋了好幾週，度過乏味的一天天，就只為了在世上找到一點他存在的跡象——結果卻得站在這裡眼看他把我們晾在一邊，跟一個陌生人露卡莎有說有笑，好像她是他失散已久的女兒。不過，還能怎樣呢？他總是去最需要他的地方，立刻就去，不用等人家找他。我曾親身見證這種情況，妮阿塔涅里也是。

儘管如此，要是他在安撫勸慰時，稱呼露卡莎為「查瑪塔」的話，我可能會揍他。那是我的名字，即使我不知道它代表什麼意思。（對了，很久以前我真的打過他，當時我嚇到瘋狂揮舞手腳，而且我年紀還很小，真的以為他會因此而殺了我。）但他講了完全不同的名字，露卡莎的頭伏在他單薄的肩窩，他越過露卡莎的頭看著妮阿塔涅里和我。他說：「他的名字是阿夏丁。」

他就喜歡這樣，在你沒問出口的疑問之間滑翔，就像猴子在高高的樹枝上翻跟斗。他從不說謊——從不，但你若是想跟上他的思緒，必須緊隨著他爬行。這件事恰如他所希望的讓人抓狂，有時候你會有無比的衝動想讓他自亂陣腳。我用下巴指了指妮阿塔涅里，回答：「他的名字是蘇克揚，我不怎麼喜歡。」

老人的笑容沒有變，仍然溫柔中帶著神祕。「既然如此，我就繼續叫他妮阿塔涅里好了。除非他強烈反對。」他嚴肅地來回看著我們兩人，好像在調解幼兒間的爭吵。

妮阿塔涅里和我直視對方，我想這是自從我們勢必都為它取了不同名稱的「那一夜」以來，我們第一次正眼對望。打從他和羅賽斯和露卡莎和我跌跌撞撞爬下那張破舊搖晃的床，這一星期來我們都吃力地繼續進行無盡的搜尋，非必要絕不交談，多半都是靠迅速的斜瞥目光來溝通。不過一切似乎沒有太大的改變，只是妮阿塔涅里住到隔壁的小房間（他重新披上女人偽裝，主要是怕卡石崩潰），而可憐的羅賽斯既無法與我們保持距離，也不敢跟我們說話。至於露卡莎，就我的判斷，那天晚上的事可能只是一場縈繞不去的美夢；對我自己來說，那些事構成惱人的複雜情況。我只跟認識很久的老朋友做愛，這樣的朋友很少，我不必擔心愛上他們，不會從手邊的任務或旅程分心，也不需要提防被偷襲。我不跟新認識的人、旅伴、工作夥伴或與我太相似的人上床，但妮阿塔涅里／蘇克揚卻具備以上所有條件，而且還是在騙子堆中打滾過的我所見過最高明的詐欺犯。我並不是那麼矯情的笨蛋，以為我們之間什麼也沒有——但不管我們之間可能還有什麼，都不可能建立起信任感，因為這個男人如此無恥、如此危險地耍了我。自尊心受創自然是有的，但也不無遺憾，在我的人生裡，這比信任更罕見。

妮阿塔涅里生硬地說：「我已經習慣這名字了，叫我我會回應的。」然後他走去跪在床墊旁邊，**吾友**伸手放在他頭上。我動也不動地站著，幾乎要因為喜悅和安心而搖晃起身體，而且對世界上所有人都很不滿。即使當**吾友**招手要我過去時，我仍站在原地。

「這就是我的菈兒，」他的語氣不帶嘲諷，「我的菈兒非得看見一切，非得想到一切，非得扛起一切。**查瑪塔**，對於來找我的人哪，我只教授我確定他們總有一天用得上的東西。我知道妳始終都會生活在死亡叔叔附近，常有機會在街上跟他點頭打招呼，所以我教妳那個小技巧，與他擦肩而過時扒他的口袋。至於妳這位同伴，他是被連妳都沒見過的那種獵犬追著飛奔到我面前的——只要他活著一天，那些獵犬就會緊跟著他不放。」妮阿塔涅里沒看著任何人，沒透露任何心思。**吾友**的嗓音繼續說話，因疲累而顫抖，也有一部分是因為他慣有的笑聲。「獵犬的嗅覺非常靈敏，但眼力不太行。或許可以說我教了妮阿塔涅里一種混淆他們視覺的方法吧，至少可以維持一段時間。」最後幾個字語氣微微上揚，有種詢問的意味。

「可以維持一段時間，」妮阿塔涅里說，「最近一組人是靠氣味狩獵的，第三人還在外面亂晃。」

吾友毫不訝異地點點頭。「啊，依賴戲法就是有這個壞處——它們總是不會每次都有效，即使是最高明的戲法。而且等你把所有戲法都用過一輪，就真的沒剩下任何東西了，在戲法面前或後頭都沒有你自己存在。這是他教我的，阿夏丁。」

房間裡的空氣彷彿凝滯不動。我得說點什麼。我說：「阿夏丁，在我之後不久來的那個男孩，講話有山地口音，耳朵長得很奇怪。」幾乎就在同時，妮阿塔涅里也開口：「我記得。矮個子，南方人，上衣裡隨時都藏著一支**奇克奇**橫笛。」但**吾友**把頭緩慢地左右轉動，他累到連正常地搖頭否認都做不到。

「你們不認識阿夏丁，」他說，「你們兩個都不認識。我也一樣。」他閉上眼沉默了一會兒，露卡莎忙著整理枕頭，妮阿塔涅里和我盯著對方：我們在無聲中不情願地並肩走過那些白天和黑夜，儘管相隔數年，卻是同樣的生活。**噢，他這個人是催不得的，若是不讓他用自己的方式，別想從他嘴裡得到任何答案。你還記得嗎，你記不記得他以前，反覆地……他有沒有跟你說過，我記得，對，那不是每次都快要把人逼瘋嗎？**我們站在那裡時，我聽到一隻蒼蠅在窗戶角落嗡嗡叫，羅賽斯的寵物驢咿咿哦哦地在討冬天的蘋果。

原本呈現歡快翠綠色的眼睛，現在變得蒼白而疲憊，突然睜了開來。「妳走了以後我很想妳，**查瑪塔**。」他的語氣平穩而沉靜，「我對此並沒有心理準備，我是指想念某人，以我的年紀不該這樣。還不如開始嘗試新事物，或是到年輕姑娘的窗戶底下唱情歌呢。那種感覺——」他猶豫了一下，「令人不安。」

我無語地看著他，想起我因為他說「時候到了」，而再次孤身出發走入世界的那天，他既沒有擁抱我，甚至沒有等著目送我離開。當時我年紀還小，他是我僅有的依靠，許多個夜晚我哭喊著他，在滴著雨水的樹下裹著毛毯縮成一團，只能靠樹枝來擋風。但我從來沒想過，**他**會因為少了**我**而感到絲毫的失落或孤單，即使到了現在，這個概念在我看來都非常違反常理，幾乎就像他實際受到的影響一樣不自然。妮阿塔涅里淺淺地笑了，沒有惡意。但我還是被惹惱了。

「令人不安，」**吾友**繼續說，「若非我比自己想的還更重感情，就是缺乏可以拯救、保護和教導的對象，會害我的虛榮心餓死。不管是哪一種情況，總之可以這麼說，當我正處於低潮、閒得發慌時，阿夏丁出現在我的門口。他是個外貌平凡的男孩，不像妳這麼有魅力，菈兒，也沒有妮阿塔涅里那麼有存在感。他也不是逃犯，而是某個農夫的次子，沒餓過肚子，受過基本教育，對自己的人生要怎麼安排有種平靜的篤定。」他頓了一下，心不在焉地撫著露卡莎的頭髮，慎重地輪番看著我們兩人。我是凱敦的印巴拉提，也許我再也不會見到凱敦了——確實不會——我從嬰兒時期就被培養成說故事的高手，但我從這老人身上學到的說書人的狡猾技巧，不亞於我的母親和外婆和所有阿姨。我從沒告訴他這件事。

吾友說：「阿夏丁有個純粹、單一的目標，就是成為史上最偉大的魔法師。他做到了。」

就在此時，羅賽斯的驢子又咿咿叫，惹得我們全都哈哈大笑。**吾友**暫時又沉默了一下，然後幾乎像自言自語般繼續述說。「你知道嗎，你總是在思考這件事，好奇自己是不是那種抗拒不了『好為人師』誘惑的人。**當我遇到一個比我更有天分的人，會發生什麼事？對那些威脅不到我的人展現善意、幫助他們當然很容易——可是如果對方有資格當我的師父，只是他自己還沒有察覺，會怎麼樣呢？到時候我會怎麼做？**」

妮阿塔涅里和我同時開始說話，但老人用手勢阻止，那細微的手勢儘管孱弱，依然充滿威嚴。「你們不介意的話，我們就省略你們兩個大聲向我保證的部分吧，說我不可能需要面臨這種抉擇。我們都會遇到自己的師父，每個人都是——否則你們認為我們活在世上的意義是什麼？而我現在告訴你們，我在某個陰天的午後，嘴裡塞滿下午茶糕點去應門時，見到了我的師父。我立刻就看出他是那個人——正如同妳有朝一日在雙方舉劍致意時，能一眼看出對方是個偉大的劍士，菈兒。我邀請他進屋喝茶。」

妮阿塔涅里故作神色凝重地皺眉看著他。「那一定是幾百年前的事了吧。你堅持要我學會正統的泡茶方式，規矩一大套，但你從來不喝。為了泡出你終於點頭認可的茶，我差點沒瘋掉。」

「等到那時候，除了茶以外我還放棄了一些別的事情。」**吾友**聲音很輕地回答，「到了你來的時候，我早就把心思都放在要怎麼進行我的**拉米塞塔**上了。」我們茫然地盯著他，他笑了。「這是個古老的詞彙，巫師專用的詞彙。它的意思可以粗略解釋為『離去之路』。如果你是巫師，你人生中最重要的事莫過於你的死法。你們知道為什麼嗎？妮阿塔涅里？」他簡直像是又成為了我們的老師，用謎語刺激和挑釁我們，那些謎語看似只有一個答案，但那個答案絕對是錯的。「你以前對這類事情很好奇，比菈兒好奇多了。」但妮阿塔涅里默默搖頭。

吾友說：「魔法師**必須**在和平狀態下死去。我指的不是與鄰居或當地的統治者之間那類世俗的和平，或是多數人所謂心靈的和平，也就是他已完成他信奉的神祇所要求的適當儀式。我說的是真正的靈魂的和平——有如進入秋冬時白晝漸短，一種特殊的靜坐，需要費力地準備，魔法師唯有藉由一段漫長且靜止的心靈旅程才能作好這種準備。這就是**拉米塞塔**。如我所說，這概念很難訴諸言詞。」

這時有人敲門，我去應門。我以為會看到卡石，結果卻只是加提．吉尼，我都還沒開門，他已經開始往後退。眾所皆知，他很怕露卡莎和我，不過他倒是會帶著陰沉的表情找一些藉口接近妮阿塔涅里。他嘟噥道：「卡石說，如果老頭留下來過夜，要加錢。」

「他要留下來過夜，」我說，「不只過夜，還要住很久，而且要住比這好的房間。我會去跟卡石談。現在先送麵包和湯和葡萄酒上來給他，不要拿『龍的女兒』來。」但加提．吉尼已經沿著走廊快步溜走了。我轉回身，妮阿塔涅里正在說：「然而你還是收容我了。在那之後絕對沒有什麼神聖的平靜，不過也沒有疑問，從來就沒有。」

吾友的嘴巴狡黠地抽動了一下。「嗯，這個嘛，看來我很容易分心──你不是第一個害我誤入歧途、沒好好整理我靈魂的人。但當時我下定決心一定要讓你成為最後一個，等你去世界上走你自己的路以後，我不會再讓這舊有的誘惑、古老的陷阱繼續絆住我。結果確實沒有，現在也沒有。就這一點而言，我遵守了對自己許下的承諾。」

「阿夏丁。」我說。這個詞像活生生的東西一樣從我嘴裡扭動鑽出。

「阿夏丁。」他說出這名字時，聽起來像一聲嘆息穿過冰冷斷裂的樹枝。「阿夏丁變成我的兒子。不是就身體意義上，而是就追尋和旅程的意義而言。恐怕也包括虛榮心方面。我們巫師不像其他人那樣害怕死亡，或許是因為我們比多數人更了解無常。或許正因如此，我們也更加渴望在身後留下一些曾經存在的小小證明。對某些人來說，這可能代表一些成就，例如能號令和捏塑大地本身；但是對我們其他人來說，我們只期望將知識傳遞給特定人選，該人至少要明白那些知識是多麼得來不易，並且要值得託付，不會讓知識隨著我們一起消失在黑暗中。可是阿夏丁啊，阿夏丁。」

他停住，沉默了許久，久到雖然他仍睜著眼睛，我都開始想說他是不是睡著了。如果他想的話，他是可以睜眼睡覺的，多半發生在對話變得太過激烈或透露太多資訊，而他當下不想應付這種局面的時候。或者也可能他就是在惡作劇──我始終不確定。而且他現在終於真的變老了，老得要命，也累得要命。那一刻我看著他，真希望自己能那樣睡去，藉著睡眠避免看到他這副慘樣。沒多久他朝我咧嘴一笑，把他乾裂的嘴巴像布旗或鮮花一樣舉高，然後活像完全沒有停頓過似的又接著說下去。

「阿夏丁是我應得的。」他說，「是值得的，也是我活該的。我是我所知最偉大的魔法師，而且別忘了，我可是尼可斯的徒弟，並長期師從艾姆—奈米爾，後來又跟著克麗辛嘉本人學習。我比這些大師都更不在意世人的關注，但我始終知道我值得擁有一個真正的傳人，我有權成為比我更睿智、力量更強大的人的父親——那個人跟我有本質上的差異，就像破殼而出的雛鳥與蛋殼碎片一樣截然不同。於是我許下願望，於是願望實現了，我獲得了和我的傲氣及愚蠢相應的東西。我沒有怨言。」

妮阿塔涅里開口：「我沒有不敬的意思——」

「你當然有，」**吾友**平靜地說，「一向如此。菈兒性子野，不過在那之前，她受的教育令她尊敬吟遊詩人和文人雅士，連最暴躁的老魔法師也不例外。而你即使完全陷入絕境也總是很懂得禮數，但你心裡沒有絲毫像樣的尊重。我認為這是因為你缺乏教育，再加上年幼時吃了太多的**提爾吉特**。」但他握住妮阿塔涅里的左手，現在那隻手幾乎看不出瘀青腫脹了，他把那手貼在自己胸前放了一下。

「我沒有不敬的意思，」妮阿塔涅里重複一遍，「但你如此吹捧這個阿夏丁讓我有點糊塗了。直到剛才，菈兒和我才聽過他的名字——」他瞥向我確認，然後修正說法，「應該說，在你那個愚蠢的棉花糖塔樓裡，聽露卡莎憑空喊出這名字前，我們沒聽過。即使在那個地方，他是施行召喚術的巫師（不管他召喚了什麼），結果卻被殺了，而你活下來了。所以說，阿夏丁怎麼會是你的師父以及全世界最偉大的魔法師，我們兩個都搞不懂啊。」

吾友嘆氣。妮阿塔涅里和我再次望向他，這次我們兩人都忍不住微笑。我們都很熟悉那種特殊的、無奈的嘆氣聲，熟得就像我們鼓膜裡自身血液發出的責備低語：**又虛度了一分鐘，分針又滴答前進一格，一如前一格——你以為你有多少、多少、多少分鐘？**他總是用這種嘆氣聲來告訴學生，他們對他上一道提問的回答，相當程度地縮短了他的壽命，並且讓他所剩不多的日子充滿無語的絕望。即使當我知道他的伎倆以後，這一招仍然對我屢試不爽。

「露卡莎，」他對她說，「妳死的時候發生什麼事？」露卡莎毫不畏懼地回望著他，但眼神傳遞出崇拜以及明顯的困惑，若是換作我們擺出那副表情，耳朵肯定要挨揍，即使他當時已經很虛弱。不過他只是輕輕拍拍她，更加溫和地問：「**妳發生了什麼事？**在露卡莎裡頭，妳睡著了嗎？妳是像大家說的那樣睡著了嗎？」

露卡莎搖頭之前，他就搶先一步點頭了。「當然沒有。妳完全清醒地在尖叫，只是沒在呼吸。嗯，現在想像一下——我對妳說這句話，是因為妳跟某些人不同，至少妳不會自以為對魔法無所不知——想像一下死去的魔法師會變得怎樣。多數人只有偶爾會完全清醒，或許可以說是在特殊場合下吧。但魔法師時時刻刻都完全清醒，為所有事待命，這就是為什麼多數人會稱呼他為魔法師。而在他自己死亡的那一刻，他的這種狀態會達到顛峰。」說到這裡，他紆尊降貴般轉頭看看妮阿塔涅里和我，這個愛作秀的老魔鬼。「要是他的死亡不安詳，要是他的情況不允許他執行**拉米塞塔**，噢，那麼他那股完全清醒的精神狀態就可能轉化為真的很可怕的東西。這種東西有個名稱，也有一些語句可以號令它。」

我不敢說室內變得戲劇化地一片死寂，如他所願那般。樓下的院子裡有兩個運貨馬車夫在互相叫嚷；好幾隻狗在吠，雞群在聒噪，我還聽到卡石用來整頓秩序的那種特殊低吼，像是發情的**謝克納斯**。不過在我們四人之間，有一股寂靜冷冷地滲下來，有別於外頭。**吾友**說：「有些文字我並不希望阿夏丁學會，但他還是學會了。有些事我不願意教他，但別人願意，他就去找那些人。我們沒有撕破臉——我跟阿夏丁從未有過任何爭吵或心結，他離開我的時候甚至跟我握手道別。」

他突然就哭了起來，沒有發出聲音地哭著。我不打算跟你詳細描述。

等妮阿塔涅里和我能夠再看著他（露卡莎從頭到尾沒有移開視線，而且做了我們不敢做的事，撫摸他的臉並擦乾他的淚水），他說：「我像愛我自己一樣愛他，這是我犯的錯。根本沒有阿夏丁可以愛。根本沒有阿夏丁，只有一項美妙的天賦和一股無窮的渴望。我以為我可以用這些東西為基礎，打造出一個真實的阿夏丁。多麼虛榮——愚蠢的、可怕的虛榮。謝謝妳，親愛的，應該可以了。」露卡莎正試著幫他擤鼻涕。

妮阿塔涅里粗聲粗氣地說話，我記得當時嚇了一跳。那是我第一次聽到他用男人的口氣講話。「所以說，他跑去找別人學那些你不肯教的東西，而你則回去規劃巫師該有的喪禮。過了一陣子，我出現了，又讓你分心了，東一件事、西一件事下來，你就把阿夏丁整個忘了。只是偶爾會想起來。」

「只是偶爾會想起來。」**吾友**輕聲附和，「直到『傳送』開始出現。剛開始並不是太糟——幾場噩夢，顯現在眼前的一兩個不堪回首的記憶，半夜有東西顫抖地抓幾下門。不是什麼你會視為不尋常的事，不是你會發覺是『傳送』的事。但我察覺了，於是我把阿夏丁召喚到我面前。當時我能這麼做。」他嘆氣，刻意搞笑，甚至翻了翻疲憊的雙眼。「他來了，坐在我家，就像他第一天喝下午茶時那樣，看起來沒什麼不同，他告訴我他真的很沮喪，因為他必須毀滅我。要是有別的辦法就好了，但可惜沒有，他不是針對我。最糟的是，我相信他。」

我點的食物和酒這時候送來了，不是如我預期中由梅琳奈莎送來，而是羅賽斯拿來的。一定是卡石叫他送的。他彆扭不安的樣子真是要命，垂著眼皮繞過我們所有人，撞到妮阿塔涅里一下，要放下木盤時還差點被床墊絆倒。我很同情他，同時又嫌他煩。我希望他趕快離開，這笨手笨腳的僕人，這親吻我並走入我心的善良男孩，羅賽斯。過了這麼久，現在講起這件事，我仍然很想請他原諒我。

吾友摸摸他的手臂，向他道謝，等他跌跌撞撞地走出房間後，才又開口說話。「阿夏丁想學的東西不是廉價或易得的。他得向一些力量祈願，得平定一些封邑，得事先忍受一些不愉快的報酬。但他覺得一切都是值得的，而即使是現在，我又有什麼資格否定這一點？我在我的時代也付了學費，隔著火焰與一些我寧可從來不曾見到的臉孔、一些我至今仍能聽到的聲音談條件。魔法沒有好壞，全看你怎麼用。」

我經常聽他說這句話，每次我或他那一幫五花八門的徒弟提出關於巫術固有本質的疑問，他就會這麼說。我知道我們這些學生中，有的人深信他毫無道德感而離開他，他們或許是對的。他說：「不過話說回來，我本身從未被當作報酬，這還是有差別的。」

他對餐點沒興趣，不過用手勢要我幫他倒點酒，我按照他教我們的老規矩進行，也就是學生先從杯子喝一口酒再端給師父。這酒比「龍的女兒」好喝，但沒有好多少。他從我手裡接過杯子，傳給露卡莎，同時對我微笑。他這是在露卡莎要求拜師之前就收她為徒了，就像他當年對我做的一樣。我微笑回應，回憶讓我微微顫慄。

「阿夏丁為了受教育要付的真正報酬，是我的**拉米塞塔**。」他說。他的聲音裡完全沒有情緒。「阿夏丁必須確保我死去，而且死得焦慮不安、不得安寧，以至於我會變成一個**格厲加斯**。妮阿塔涅里，那是什麼？**格厲加斯**是什麼？」

這個問題——不，應該是那個詞——讓妮阿塔涅里大受打擊，他甚至發出一聲悶哼並倒退一步。過了一會兒他才回答，嗓音有氣無力，正如同蒼白的臉色。「那是一種充滿怨恨與邪惡、四處遊蕩的靈體，它沒有家、沒有身體、無法安息也永不消逝。」他當時的模樣，我之前從沒見過，後來也只見過一次。接著他又勇敢地說：「可是有一道咒語可以對抗**格厲加斯**，你教過我。」

「的確，」**吾友**突然歡快起來，「但那咒語是無效的，我只是特地為你編了那道咒語，因為你總是很怕那種該死的生物。倒不是說你真的見過，我也無法想像你有生之年會見到。」他停頓一下，然後改用截然不同的語氣說：「但我見過，而你也有機會見到。」

妮阿塔涅里說不出話來。我跪到床墊旁邊，說：「不會發生那種事的，我們不會讓它發生。」

於是他摸了摸我，用一根手指沿著我的額頭輕輕滑過我的臉頰，這是他與我道別並關上門以來，第一次這麼做，恍如隔世啊。「這就是我的菈兒，」他又說一遍，「我的**查瑪塔**，只相信自己的意志，她真正的寶劍是她的倔強。說到底，**格厲加斯**不過是又一個敵軍首領，另一座必須設法在其中生存的沙漠，另一個要與之對抗直到天明的噩夢，不是嗎？只需要一點額外的決心，另一聲否決的怒吼——**菈兒不允許這種事！菈兒在此，菈兒不准！**在妳面前，**格厲加斯**算哪根蔥？」

他講的話在揶揄我，但我臉頰上乾枯的輕觸充滿了愛。我答道：「很久以前，我見過一個。它很可怕，不過我還活得好好的。」我在撒謊，他也知道，妮阿塔涅里卻不知道，而謊言似乎發揮了一些作用。**吾友說**：「獨自遊走的**格厲加斯**是一回事，有時候某個可憐人死時，這個世界上沒人善待他，另一個世界也沒人呼喚他，他就會淪落到這種下場。不過比這種情況更糟的是，受到法力強大的巫師控制的**格厲加斯**——我見過一次這樣的嘗試。」他陷入沉默，眼神發直，越過我們盯著房間充滿灰塵的角落，重溫那畫面。難道這也是在編故事？我想不是，但我不確定。

「最可怕的一種狀況則是生前是魔法師的**格厲加斯**。那樣的靈體**無所不能**，而且你也無法防禦，無論召喚它的是阿夏丁、或是阿夏丁以為他在利用的那些人。」他發出古怪的、紙一般的呵呵笑，他從未發出過這種聲音。「我可憐的阿夏丁，他完全不能體會什麼叫諷刺。這是他唯一的弱點，可憐的阿夏丁。」

門外有東西。沒有腳步聲，沒有刮擦聲，沒有一絲咻咻的呼吸聲或沙沙的衣物摩擦聲——只是有東西蹲伏在門外。妮阿塔涅里看向我。我極為緩慢地站起來，轉動我的劍杖握柄，直到感覺鎖頭滑開。這支劍杖製作得很精良，鎖頭並沒有比外頭走廊上的人發出更大的聲響。

提卡特

我不知道她為什麼沒看見我。也許純粹是因為她知道，這層樓的每道門洞都太淺了，連一個孩子都躲不了。除了一個被逮個措手不及、狗急跳牆的織布工以外，任何人都會選擇鑽到樓梯底下的凹處。她只是匆匆往走廊兩頭看了看，便很緩慢地朝樓梯前進，微微出鞘的劍杖只是一抹寒光。我永遠不會喜歡她，我仍鄙視她在露卡莎面前對我展現出高高在上的仁慈，然而當我看著她在走廊上移動，我生出一股前所未有的感覺，自覺是個徹底的鄉巴佬。我跟如此行動的人完全不屬於同一個世界，我心愛的人也一樣。我把背貼向別人的房門，屏住呼吸，努力放空思緒。在她的世界裡，思緒會投射陰影、製造噪音。

她確認了沒人躲在樓梯底下或樓梯上，便退回她自己的房門口，一次跨出謹慎無聲的一步。現在那把劍已整個拔出，像針一樣細，尖端有一點點弧度，就像她的脖子和肩膀微微向前彎。她最後又深深看了一眼——不是看向她的左邊，也就是幾步外我蜷縮著的方向，而是又看向右側的樓梯，顯然預期看到有人靠近，而不是逃走。不論她等的人是誰，都不是我，不是靴子沾著糞肥、來自河畔的提卡特。針劍咻地左揮右刺，像是蛇信，那雙圓睜的金色眼眸中有真實的恐懼。然後門關上了。

我在原處多待了一會兒，後來從門口再次爬過去偷聽，就像先前我的呼吸聲或心跳聲使屋內的人有所警覺時一樣。老人在說：「他太了解我了，他利用了我的自大，這是別人從未做過的事。我在煮飯的時候擋掉他荒唐的小『傳送』，根本沒被吵醒就隔絕他惱人的夜訪。除了我老早就存在的失落感之外，現在又平添一股為他——為我真正的兒子感到的巨大悲傷，因為他根本不知道自己的天賦究竟有多高，便已愚蠢地背棄了它。如今我已無法為他做任何事，不過我確實努力不進一步羞辱他。」

說到這裡他笑了，一時間我聽不到別的聲音，因為那太像我弟弟的笑聲，我弟弟在瘟疫大流行時病死了。等我回過神來，說話的變成妮阿塔涅里直率的嗓音，也就是那個高大的女人。「可是那些『傳送』惡化了，一點一點慢慢惡化？」

「一點一點慢慢惡化。」老人輕聲說，「他好有耐心，好有耐心。過了好幾年——直到有天晚上，我發現自己被困在一個又一個邪惡的夢境中，怎麼也醒不過來，我才明白他是利用我來逮住我自己。他了解我，他知道我的身心最愛什麼東西，以及我的靈魂深處害怕什麼。你們兩個或其他人，都不曾這麼了解我。只有阿夏丁。」

「而他也該死的好好加以利用了。」這又是妮阿塔涅里，像生氣的馬一樣噴氣。「然後怎麼了？他又來找你？」

我得把耳朵用力壓在門板上才能聽到回應。「是我去找他的。那耗去我大半的力量，但我直接去他家找他。他並沒有料到我會出現。我們沒有談出共識，後來他想阻止我離開。我還是離開了。」露卡莎一定就在門後不遠處，因為我跪在那裡時，能聞到她那股像剛出爐麵包的甜香。老人繼續嘟囔。「我飛也似的回到紅塔，用盡我所知的方法強化它的防禦來阻擋他。他跟過來，先是以靈體的形態，一道道『傳送』穿過我的防護咒，就像風鑽過蜘蛛網——然後他的身體也來了。」他突然猛咳了一陣，有幾個字我沒聽清楚，只聽到：「剩下的妳們都知道了。至少露卡莎知道。」

我一定是被那個黑女人緊張兮兮的戒心給傳染了：總之，我發現自己老是扭頭，搜尋她確定會在樓梯上出現的人影。我聽到她的嗓音，現在她顯然也生氣了，她說：「至少**我們**對你夠了解，才能跟著噩夢形成的軌跡尋找，那些噩夢把你困在燃燒情人的懷抱裡；讓你永遠跌落剃刀般的空無；讓你不斷逃離大步跟著你、像嬰兒一樣哭鬧不休的花朵。這些就是他、你兒子傳送給你的夢境嗎？」

老人馬上反駁她——不再咳嗽或嘟囔，而是像一道閃電迅疾又俐落。「那不是夢，那不是夢。妳還沒想通嗎？弄醒妳、把妳帶來這裡的畫面——全都發生在我身上了，完全如妳所見那樣。而且那些還只是一小部分而已。」他突然呵呵輕笑。「妳覺得幾場令人難以消受的夢，會讓我變成**這樣**嗎？」

一陣沙沙聲，毛毯或布料之類的。有個女人叫出來。我知道是露卡莎——要是當初河流給她時間喊我的名字，她就會發出這個聲音。我知道是這樣。我跳起身準備用力搥門，把我不到一小時前對自己發的誓都拋到腦後。有個東西很輕地碰了我的肩膀，我轉頭看是什麼。

他讓我們看在我們的那些夢裡，他究竟遭遇了什麼事，然後他判定自己終究是餓了，將他的精力用來大聲地對付麵包和湯。過了一會兒，我聽到自己沙啞的嗓音。「露卡莎向我們提到『其他人』。」

「那我就不用講了。」他嘴巴塞滿食物說道，話語含糊不清但語氣輕蔑。「阿夏丁犯了個錯，那就是對他自己的力量缺乏信心。他為了召喚他自認需要的幫助，暫時將心思從我身上移開。這種事不會再發生了。」他發出遙遠的呵呵笑，聽起來像某種膽怯的小動物在乾草裡蠕動。

我說：「露卡莎說『其他人』殺了阿夏丁，然後他又復活了。露卡莎，妳是不是這麼說的？」

她抬頭看著老人，呆呆的默不作聲，簡直沒聽到我說的話。老人抹了一下嘴巴，聳聳肩。「因為我是趁著他分神的那一瞬間逃走，很難確定究竟發生過哪些事。當時場面相當混亂。」他坦誠地直視我的眼睛，知道我無論如何都不會說他是騙子。「我只能告訴你們，從那之後我就一直在逃跑，從不在任何地方逗留，也不敢聯絡你們，生怕讓他發現我。我遲早會曝露行跡的，雖說在我召喚妮阿塔涅里你的狐狸朋友時已經曝光了。但我真的好累。」

我講話時必須故作輕快，才能不去想我們剛才在他破爛衣物下看到的畫面。我說：「告訴我們他的城堡在哪，菈兒和我一早就出發。」

就算他真如我們長久以來所擔心的早就死了，我想他聽到我這句話也會從墳墓裡站起來。他猛力坐直身體，剩下的一點湯全灑在他衣服前襟。「你們不准這麼做！我絕對禁止！你們明白嗎？回答我，你們兩個——我要聽你們發誓。回答我！」

菈兒在我後頭大笑出聲。我簡直驚呆了——她好像把這老人當作月光做成似的，就這麼笑彎了腰，直到不得不坐到地上，於是我只好靠在牆上搥牆壁，弄得房間都在震動。我猜這一定就是可憐的卡石那首歌的其中一部分由來吧：「天花板搖撼、灰泥飛濺。」可憐的卡石。我先前絕對沒說過這句話。

老人對我們的無禮不以為意，也不在乎露卡莎正試著用最後一塊麵包吸乾他身上的湯汁，只是一直對我們叫嚷：「這不是你們該做的事！阿夏丁不是什麼河上的盜賊，也不是有兩匹馬、四十畝地的貴族，住在一棟石頭穀倉裡，有滿屋子笨手笨腳的粗人供他差遣，還喝不完的酒。他獨自住在一棟房屋裡，外觀不起眼到你們會以為是樵夫的小屋而直接路過，但哪怕有五十個像你們這樣的人，也無法闖進那屋子，就像如果我選擇扣住你們，你們也出不了這個房間一樣，儘管我已像風中殘燭。明白嗎，蘇克揚！」他激動到抓住我的手臂，力道還不輕呢。「這是巫師的紛爭，不是你們該管的！你們幫不了我，用那種方式幫不了我。把阿夏丁交給我來處理，聽到沒有？」

菈兒還在咯咯笑。我挨著老人坐下，把他擠到得在床墊上騰出空位給我。我說：「這就像你以前給我出的那種押韻謎語——我猜菈兒也做過——還規定我沒解出來就別去找你。也像是泡出你根本不喝的茶。我以為那些都是特別的魔法練習，就跟練習射箭一樣重要，用意是讓我在一滴水中看見宇宙的原動力。但是久了之後我才明白，你出這些題目給我並不是為了拓展我的知識，你根本沒打算教我任何事，只是想要有一點獨處的時間，沒有別的理由了。因此我從那些謎語學到的是：不要把你的話太當一回事。這是非常實用的一課，我從未忘記。」

從我認識「會笑的人」以來，這是第一次、也是唯一的一次，他一時之間完全說不出話來，只能氣急敗壞地噴著唾沫。我拍拍他的腿。「好了啦，」我說，「我們不是你認識的孩子了，也從來就不笨。而且不管怎麼說，我們對於跟巫師打交道都略知一二。告訴我們阿夏丁住哪吧。」

他鬧起彆扭，我找不到別的詞來形容了。他扠起雙臂，重重地靠向枕頭，視線盯著我們身後的某個點。菈兒和我又同時開始說話。菈兒苦口婆心地向他保證，無論他幫不幫忙，我們都會查出阿夏丁在哪，不過若能在阿夏丁找上我們之前先發制人總是更好。我對頑固、傲慢、不知感恩的老頭子有一些意見，而我全都說出來了。正如我們兩人所預料，這兩種方法都沒有任何效果。他乾脆閉上眼睛。

這時露卡莎說話了。從我們進房間以來，她就只是忙著打理老人的儀容，一旦停止哭泣後，也不再發出任何明顯聲響，只聽到毛毯的嘆息聲或是令人舒心的喃喃喝湯聲。就連我都差點忘了有她在場，而我通常很在意露卡莎的存在，不管她有沒有說話。現在她用那細如雛鳥的南方口音，頗為清晰地說：「白牙——好白、好白的牙。河的白牙。」

看到菈兒的表情，我就知道她和我一樣，認為露卡莎指的一定是菈兒讓她溺斃的身體復活的那條河。「會笑的人」假裝輕聲打呼，不過沒人上當。菈兒說：「那已經是很久以前的事了，露卡莎。我們現在這裡沒有河。」

「在山裡。」露卡莎說。她的聲音變得更有力，就像在空無一人的冰冷高塔時那樣頑固而堅持。「在山裡他送給河很棒的禮物讓它唱歌。**達瑞斯**在他的窗台上築巢，龐大的**謝克納斯**沿著他窗下的河岸抓魚，河唱著：**好餓、好餓，請給我更多，拜託了。**」她費力地喘著粗氣，好像剛跑完步。

我們回頭看「會笑的人」，他的眼睛睜得老大，仍然顯得蒼白，不過就垂死之人而言堪稱明亮了。我說：「她知道一些事。」

「顯然是，」他說，刻意打了個呵欠，「就像我知道，帶我上樓來的男孩之一受了傷，倒在這扇房門外。不是送食物來的那個，親愛的菈兒——」她已經飛奔過房間了，「是另外一個。帶他進來照料一番吧，然後我們或許可以多聊一點阿夏丁的事。只是或許。」

羅賽斯

他們來牽馬時，離天亮還有好一段時間，但我已經準備好，在馬廄外等待，暗自複習他們應該帶我同行的理由，不論他們要去哪裡。我確信哪怕我再怎麼懇求，妮阿塔涅里都會拒絕我，不過在菈兒那邊或許還有一絲機會。

結果，菈兒根本沒讓我開口。我端坐在譚吉被壓彎的溫暖背上（譚吉是卡石那匹包辦所有工作的老馬），身體前後各堆滿兩週份偷來的食物以及幾件頗為鋒利的園藝工具。她只掃了我一眼，就說：「不行，羅賽斯。」她沒有笑，甚至沒有露出驚訝表情，為此我會永遠祝福她，但她的語氣默默傳達出堅決，沒有留下太多商量餘地，我頂多只能囁囁嚅嚅、揮舞手臂。反而是妮阿塔涅里溫和地說：「妳確實任命他為我們忠實的侍從，那只是暫時性的職務嗎？」

我看到熱度從菈兒的喉嚨一路湧上額頭，但她完全沒理會妮阿塔涅里，逕自對我說：「羅賽斯，卸下那頭可憐動物身上的重物，回去睡覺。我已經說了你不能跟我們一起去了，你得待在家裡。」

「我謹守妳的命令，」我回答，「妳在哪裡，哪裡就是我的家。」這話很大膽，但我記得我的音量幾乎沒人聽得到。菈兒聽了之後既沒有笑容也沒有皺眉，她說：「看著我，羅賽斯。不，直接看著我，還有妮阿塔涅里。羅賽斯。」

我聽話地直視她的眼睛，這就已經夠費力了，但要迎向妮阿塔涅里平靜的目光更是超出我的極限。我到現在想起當時自己有多羞愧，仍不免感到難為情；我當下的羞愧不是因為我們之間做過的事，而是因為我以為他是女人，而對那女人存有種種崇拜式的幻想。當年我才十六歲，對我來說，比起這種困惑混亂，嘿嘿笑的矮小殺手還比較容易應付。

菈兒說：「我告訴你我們要去哪，還有你為什麼不能一起去。我們要去山裡找一個叫阿夏丁的巫師，他用可怕的心魔和幻視來荼毒我們的師父。等我們向他說明這種行為很沒禮貌後，我們就會回來了。在那之前——」

「我可以幫忙。」我打斷她，「你們在山裡需要有人去找水，搜尋馬能走的路，在馬需要休息時負責揹東西。」我提出的理由一個比一個薄弱，但我還是勇往直前。「要有人幫你們紮營、維持營地整潔——要有人在你們叫他等候時就會乖乖等到天長地久。我知道怎麼做這些事，我一輩子都在做這些事。」

「對，」菈兒溫和地說，「但我們需要你在旅店做這些事。你聽我說，羅賽斯。」因為我馬上又想反駁了。「目前阿夏丁正在獵殺我們的師父。他默默地坐著，閉著眼睛在獵殺他，你懂我的意思嗎？即使我們跟他講理講不通，我們也不希望跟他戰鬥——因為他是很厲害的巫師，而我們相對來說並不是那麼強的戰士，但或許我們能分散他的注意力，讓他稍微來追我們，而我們的師父就能重新獲得自己的力量。」她停頓一下，帶著很隱約的笑意補上一句：「我們還不知道要怎麼辦到。」

「噢，我們當然不知道。」妮阿塔涅里模仿她的語氣說，「光是說服我們的師父，讓我們帶著他的祝福執行這趟任務，就絞盡我們腦汁了——我們沒剩下什麼腦筋可以擬出行動計畫之類的東西。就是找到山，找到河，找到巫師，做點**什麼**。」他嘆口氣，故作絕望地搖頭。「實在太籠統了點。」

菈兒不理他，握住我的雙手手腕。她說：「我們不在時，需要你當他的守衛。知道他很安全、溫暖、有人陪伴，對我們就是天大的幫助。」她還想繼續說，但我打岔，把手抽走。

「當看護。」我說，「對我說實話——我應該有資格這麼要求妳吧。你們真的只需要給生病的老人找個看護？」我當時真的是這麼說的。

妮阿塔涅里的馬從菈兒的馬旁邊擠過來，妮阿塔涅里一把揪住我肩膀與脖子之間，在我救了他的命並流著鼻血時，他曾用同一隻手愛撫過我同樣的部位。我在馬鐙上站起來，扳著他的手指。他很輕柔地說：「小子，外面有一整個你不知道的世界，那個世界裡有一些巫師和法師，連眼睛都沒睜開就能把你和我抹在他們早餐的吐司上，真心沒發現我們並不是去年剩下的果醬。而在那些偉大的人士中，所有人都會拋開所有手邊的事、所有傲氣、所有忠誠，只為把握那一絲機會，獲准坐在那個生病老人的床邊。羅賽斯，你替他換床單的時候，不妨仔細想想這件事。」

菈兒出手讓他放開我的肩膀，我想他是太生氣了，甚至忘了他還揪著我。但我也很生氣──我簡直不敢相信自己當時怎麼會那麼憤怒。如我先前所說，在那時期，我敢讓自己擁有的最大奢侈，就是把怒氣顯露出來，而十六歲的我，無論實際感受到或表現出來的怒意，都異常地稀少。我回應妮阿塔涅里時，努力克制不氣到發抖。我說：「這裡有露卡莎，她不肯讓你們的師父離開她視線。這裡有提卡特，他從不會離露卡莎太遠，以免露卡莎叫他時他聽不到，假設她有叫他的一天。這裡還有梅琳奈莎，她對疾病的了解比我們三個加起來還深。我能為這老人做什麼，是他們做不到的？」

「我說了我們需要的是守衛。」菈兒回答，「首先，你得阻止卡石去騷擾他。我們已經預先多付了一個房間的錢，還有梅琳奈莎送餐給他的額外費用。卡石沒有理由靠近他。你能確保這一點嗎，羅賽斯？」

我沒有馬上答覆她，不是因為她提出的要求需要我使出什麼特殊的新絕活──我的人生到目前為止，不就是在學習應付卡石嗎？是因為我仍然有很強烈的被看扁的感覺，尤其對妮阿塔涅里氣得要命，他一定知道，卻似乎完全不放在心上。他說：「第二，阿夏丁勢必會來這裡找我們的師父，而且不會隔太久。不論什麼時候發生，接下來都很危險，是你們『距鐵與彎刀』從未遭遇的危險。若是有選擇的餘地——」他停頓一下，「若是有選擇的餘地，我們寧可把我們親眼確認過有勇氣、有智慧、夠機靈的人留下來守衛。現在沒有人能像你一樣幫助我們了，如果你願意的話。」

對當時的我來說，這是最粗劣、最卑鄙的奉承：想必說的人和聽的人都一樣難為情。我現在感覺不同了。看我還是不發一語，菈兒又出馬了。「羅賽斯，你一定也知道吧。妮阿塔涅里殺死的那些人——還有第三個。我們認為就是他在我們房門外擊倒了提卡特。不消說，他會跟著我們到山裡去，完全不再侵擾旅店，但即使如此你還是得防著他，就像你得留意任何阿夏丁的徵兆或『傳送』一樣。」她握住我的手，不過她的觸摸或眼神中都沒有哄騙的意味。她毫無笑容地問道：「你還是認為我們是叫你做看護的工作嗎？」

旅店那裡的廚房門大聲甩上，毫不顧忌客人都還在酣眠。我認得那個甩門聲，知道是卡石出來站在涼涼的晨霧裡，雙手扠腰，四處張望找我。要不了多久他就會開始咆哮我的名字了。我來回看著他們兩人，這兩個美麗的陌生人知道他們可以對我予取予求，他們一下子就顛覆、打亂我在「距鐵與彎刀」的生活，讓這種生活恍如一場夢，就像那首關於拜恩納里克灣的歌一樣，曾經有人說要帶我去那裡。夢是一去不回的，無論是美夢噩夢，你都無法重返同樣的夢中。我用前所未有的謹慎口吻對他們說：「你們才不在乎我的想法，就像我不在乎掐我脖子的那個人。」說完我滑下譚吉的馬背，把牠牽進馬廄，卸下馬鞍。我聽到他們終於策馬離開時，我沒有轉身，也沒有抬頭看。

旅店主人

我看著他朝我走來，正如同澡堂裡滿地死人的那一晚，我看著他走開一般。在這個地方，濕度很高的清晨，聲音會傳得很遠且餘音不絕，她們都騎到大路上了，我仍然聽得到馬蹄聲。我說：「嘿，她們不肯帶你去啊？」

他完全沒回應這個問題，只說：「我得照顧提卡特，抱歉來晚了。昨天晚上挺折騰的。」

「提卡特一點毛病都沒有，你們兩個都清楚得很。」我說，「只不過是瞪著糊塗的眼睛加上脖子上有小小的瘀青，就能藉機白吃白喝我整整兩天，這種人哪裡會有任何毛病？至於那些女人——啊，開心一點，堅持下去。應該很快就會有販奴商隊或強盜集團經過這裡了，你可以跟著**他們**跑掉啊。不過要偷就偷比譚吉年輕的馬吧——牠撐不到比赫拉奇馬卡的果園更遠的地方的，甚至連那裡都撐不到。」說到這裡，我已經在揍他了，或者該說試著揍他：就算在半夢半醒之間，他還是能靈活地聳肩、往旁邊閃避，讓我不管打到他哪裡，自己受的傷都可能比他更重。我相信從那小子滿八歲左右以後，我就沒結結實實地打到過他。我真的這麼認為。

他一直在嘟囔：「我沒有要跑掉，我沒有。」但我根本沒管他說什麼，換作是你也一樣。誰不會逃離又胖又老的卡石以及「距鐵與彎刀」，跟著兩個美麗的女冒險家前往金色地平線？我揍他是因為他以為我會相信不是這樣，還有因為他又笨又沒有禮貌，想像不到我自己可能也會這麼做。還因為他自認為了解我。

「沙德利在廚房裡需要木柴和水。」我說，「他用不著你以後，我要你清乾淨馬廄底下的排水溝。那裡又塞住了——我從這裡都聞得到。叫提卡特幫忙，如果他打算繼續在我的任何一座屋簷下過夜的話。至於你的計畫——」我一掌打去，被他手肘尖端頂回來，害我的手痛了一整天，「下一次，別讓別人的決定左右你的計畫。下次你最好逕自一直跑，有多遠跑多遠，因為要是你又試著偷溜回來，我會揍到你體內的每一滴蘋果酒都流出來。小子，你聽懂我說的話了嗎？」

他沒有，當時沒有。他陰沉又困惑地對我眨了一下眼睛，然後就縮著頭經過我身旁，走到木棚去了。我朝他背後喊道：「離那老頭遠一點，你聽到沒？還有那女孩——我不准你跟那個瘋女孩講半句話。」我感覺有人在看我，便轉過身，是那隻狐狸，在一個採漿果籃子的細枝之間咧嘴而笑。我吆喝加提．吉尼的回聲還沒消散，牠已經不見了，消失了，但我知道我看見牠了。我真的看見牠了。

妮阿塔涅里

菈兒說：「很遺憾你不喜歡我的歌聲。我不在乎，不過很遺憾。」

到了這時候，我們已是下馬用走的，讓那匹米爾戴西小黑馬帶路，因為就算牠是我們的馱馬，仍然很熟悉這片地區：牠踩過的地方幾乎沒有半顆石子向後噴濺，而我們體型較大的可憐坐騎左搖右擺地爬上小路，像是人類在暴風雪中掙扎前進。我說：「我從沒抱怨過妳的歌喉，我受不了的是妳唱的內容。沒有曲調，沒有輪廓，沒有盡頭——只是一股永無止境的悲鳴，日復一日地在我腦殼裡顫動。我不是在嘲笑，不過你們那裡的人真的把這當作音樂嗎？」

我的馬仰起頭止步不走了，因為牠嗅到了岩**塔格**，幾秒後我也聞到了。高海拔地區難免會碰上牠們，至少柯蘭貝格以北是如此。接下來我花了幾分鐘安撫我的馬，向牠保證那是去年巢穴留下的舊氣味，我由衷希望這是事實。菈兒在前面一小段距離等我。「他們確實把這當音樂，」她回答我，「順便告訴你，他們也把它視為歷史、詩歌和家譜。如果你聽了不舒服的話，就騎到前面去吧。或是你自己也可以唱點什麼——那可是有趣的變化。就連露卡莎偶爾都會唱歌，我也經常聽到羅賽斯哼唱他做的雜務內容，天知道為什麼。你從來不會。」

「這裡的空氣很稀薄，」我說，「我的氣要留著呼吸。」我們已經出發四天了，身在俯瞰寇寇拉的群山之間，走在一條來回彎折的路上，正如菈兒的形容，它就像一艘試著找到風的小船，有時候會往側面歪去延伸七、八公里，高度卻只爬升不到兩公里。儘管如此，我們也設法登上了足夠的高度，低頭能看見滑翔的雪隼背部，高到我們第一次去找尋師父的那片山麓丘陵，現在看起來都跟它們所俯臨的農田一樣平坦而蒼白。空氣確實很稀薄，也很寒冽，儘管現在正值盛夏，而且空氣中有一股奇妙的味道，有點像快要壞掉的水果。在我們上方，結冰的山尖互相靠攏，呼出灰色氣息。

「對我而言，唱歌**就是**呼吸。」我們繼續前進，菈兒回頭說，「我無法理解怎麼會有人不唱歌。」打從我們出發以來（其實好像更久了），她就一直處於一種隱然想找架吵的情緒裡，她始終沒直接道明她的憂慮不安，卻也不讓我們享有片刻真正的輕鬆，即使是她沉默的時候。有很多人會在這種狀況下怡然自得，但菈兒不是其中之一——我從沒見過有誰比她更不適應這種常見的微妙情緒。她能夠自在地享受憤怒，但絕對應付不了耍心機。我再次停住馬，站在原地不動，直到她因為沒聽到身後的腳步聲而轉頭察看。

「那我們只是旅伴而已嗎？」我問她，「只因為兩個患難與共、疲憊又孤單的朋友之間發生了一些事，我倆之間就再也沒有友情了嗎？」我的人生經驗使我無法輕易將這種問題說出口，菈兒的人生經驗也沒有教她如何回答。她確實沒回答，她只用低沉到我幾乎聽不見的嗓音說：「我們得在太陽下山前走到辛波里隘口。」這次她沒有回頭看我是否跟上。

我們及時趕到了辛波里隘口——名字很響亮，實際上只是牧羊人通往夏季牧草地的小路，比我們紮營處的那條溪流寬不到哪去。我們沒說什麼話，直到把馬照料妥當，然後我們隔著一個淺坑面向彼此坐下，一定已經有一百代或一千代的牧羊人曾在這淺坑裡生火煮食了。不久後菈兒說道：「你覺得他是在哪裡發現我們行蹤的？」

「特羅戴。」我說，「那個地方小到就像長在一塊石頭上的地衣，而我們又向太多人打聽這片山區裡的河。他是在特羅戴追上我們的。」

菈兒搖頭。「你太苛責自己了。我很確定，已經幾百年沒人走過那條從寇寇拉往外延伸、雜木叢生的古道了。你選擇那條路讓我們取得一天的領先優勢，也許是兩天。他最快也是昨晚或今早才發現我們的。」

「有差嗎？不管如何，至少我們可以生火了。我已經受夠因為他的關係而忍著寒冷睡覺，還沒茶可喝。我去撿些柴來——妳看看溪裡有沒有魚。」

我打算站起來，但菈兒抓住我的手臂把我拽回去，叫道：「笨蛋，坐下！就連羅賽斯都不會像這樣背著夕陽的光芒站在那裡！」那匹米爾戴西馬對她激動的慌亂語氣起了反應，從喉嚨發出奇怪的低沉聲響，與其說是嘶鳴，更像是帶有詢問意味的低吼。

我的笑聲顯然惹毛了菈兒，但我克制不住。「如果他離我只有一箭之遙，而我認為確實如此，那麼他老早就可以射我們了。我跟妳說過，他們從來不用任何類型的武器——三分之一是出於宗教因素，三分之二是自尊心作祟。現在只剩他一個，他可能會採取偷襲，不過我很懷疑。」我站起來，刻意提高音量。「知道那個全副武裝的戰士，面對赤手空拳的你仍然毫無勝算，對你來說有一個問題，那就是你會因此而產生某種程度的虛榮、某種程度的大意。這正是為什麼他的朋友都死了，也是為什麼他不久後就會去跟他們作伴。」

我牽起菈兒的雙手，她起身的動作一氣呵成，正如同我見過她從熟睡狀態中瞬間清醒，眼睛尚未完全張開，劍杖已半出鞘。現在那雙眼睛警覺地探索著：帶著疑慮，但不是完全不信任。我的生命經常繫於能分辨這種差異上。我說：「我去撿柴。就算我們今晚就送命，也不能吃著醃肉和不新鮮的麵包上路。」

溪裡確實有魚，小歸小但很多，而且滋味鮮美。菈兒像**謝克納斯**一樣，趴在岸邊用手撈魚，我負責用油和一點珍貴的麵粉把魚煎得酥脆。我們還有**達里特**根，這東西很耐放，能讓口腔變得清爽，甚至還有一顆我們忘了吃的冬季蘋果。菈兒泡了茶，完全按照「會笑的人」教過我的做法，他勢必教了每個學生。這不是一般的茶葉，有時候我不禁要想，我在穿越兩塊大陸時必定留下了再明顯不過的茶葉痕跡，任何追蹤我的殺手都求之不得，而且那痕跡比我的性別還難以掩飾。現在也無法補救了。

在群山環繞下，我們在黑暗的環境中吃完晚餐。我們的小火堆還算溫暖，但它的光芒只夠照亮馬兒黝黑的眼睛。現在沒聞到岩塔格的氣味了，除了溪流的輕柔潺潺聲也別無聲響。我說：「我輪第一班。」

「我們應該擺出比馬樹枝陣，好歹能給我們一些預警。」

「不，沒用的，相信我。」菈兒對上我的視線，點點頭，又聳聳肩。我說：「他對妳沒興趣，我是他唯一的目標。」

「那假如他誤殺了我，誰要負責？讓我睡不著覺的並不是什麼狂熱的殺手，而是陰錯陽差以及愚蠢。我真的很怕死得不明不白。」菈兒常讓人難以分辨她是不是在開玩笑。

「要是他殺了妳，絕對百分之百是故意的，這點妳可以放心。」

「謝謝，」菈兒說，「我確實安心多了。好了，根據特羅戴的鄉民所說，我們後天應該能走到蘇薩提河，如果我們還活著的話。在我聽起來，從那裡開始至少要走整整兩星期，才會到阿夏丁住的地方。你聽到的是這樣嗎？」

換我聳肩了，我在火堆前裝忙。「不超過兩星期吧——甚至再少一天左右。妳還記得嗎，他們意見分歧。」

菈兒輕聲說：「我不認為我們有那麼多時間。」

火光範圍外突然出現一陣騷動和細微的尖叫聲：黑暗中有一隻很小的生物逮住了更小的

生物。我說：「他雖然又病又弱，卻從阿夏丁手中逃出，而且至今未被抓住。為什麼要在他力量恢復的時候擔心他更容易被逮到呢？」

菈兒盤腿坐著，緩慢地用右手食指點著左掌心。「第一，因為我知道很多老故事，講的是瀕臨死亡又復活的魔法師，我注意到他們回來後似乎總是比原本更強大也更惡劣。第二，因為**吾友**——**我們的**朋友的真實力量並**沒有**恢復，而且搞不好永遠不會恢復。對，他的自保能力仍然勝過我們能給的保護——對，即使是現在他仍然能施展魔法，比較低階的巫師為了習得這些魔法，會甘願付出阿夏丁已經付出的一切。但他已經被挖空了。」

最後一句話如此刺耳又唐突，一時間我沒聽懂。我一反常態，猶猶豫豫地說：「我不會這麼形容他耶……說他被挖空。」

菈兒對我微笑，這是很久以來的第一次。她說：「不管怎麼說，這是我們之間唯一不可能產生誤解的地方。我們做過同樣的夢，都知道對方知道的事。在阿夏丁的蹂躪之下，奪走了他的肚腩，他的——」她遲疑、結巴了一下，最後用了一個想必是她母語的詞彙，「剩下的是技能、智慧、狡詐、絕望。若是讓阿夏丁再逼近他一次，這些東西是幫不了他的，就像它們也幫不了你或我。我們連一天都不該多耽擱，更別說兩星期了。不能讓阿夏丁有可乘之機——」她從火堆前轉過身，大聲說道：「更絕對不能讓現在聽到我們說話的人有可乘之機。」

一隻夜鳥在巢裡輕柔啾鳴；一隻尼休魯在遠處歌唱。我嫌牠離得還不夠遠，但這種動物除非餓極了，否則是不敢攻擊火堆的。

「水手菈兒，」我說，「我知道妳想說什麼了。」菈兒得意地微笑。我說：「我不喜歡這主意。」

菈兒的表情變得更洋洋自得。她只說：「你沒跟我一起航行過。」

「是沒有。我沒做過的另一件事，是看到河水由西往東流。所以在我用這條蘇薩提河來洗腳之前，我都不會相信它真的存在。而且我們根本不知道會碰到河的哪一段，又該如何判斷要往上游還是下游走，才會到阿夏丁的家？」

「想想露卡莎是怎麼說的，她提到河的白牙——她說河唱出它的飢餓。你還記得嗎？」

「一處急流，」我說，「他的房屋俯瞰著一道急流，而急流位於上游的機率跟下游一樣高。真是太好了。」

菈兒開始平靜地攤開捲起的鋪蓋，然後進行她每晚都要做的事——搜尋完美的細枝來清理牙縫。我憑經驗知道這要耗費一小時。她像神廟的見習修女一樣矜持地說：「並不是所有能夠駕船的人都被稱作『水手』，還有別的條件。」說完之後，她就只是一邊暗自嘀咕、一邊挑揀細枝。

這一夜我背靠著一顆大圓石，弓橫放在膝蓋上。我好奇地想著，狐狸現在勢必已經做出什麼調皮搗蛋的事，還有阿夏丁的「其他人」可能是什麼樣的存在，我也經常想起羅賽斯。菈兒和我守夜時都沒有發生什麼狀況，不過那第三個人離得很近，他也知道我知道。有一回，就在我準備叫醒菈兒時，一隻**塔拉奇**在火光中快步奔過，然後又不見了——是兩條腿的**塔拉奇**，在這麼高的海拔是不會有另外那一種的；就在那一刻，我如果往黑暗裡丟一顆石頭，就能打中那個人。**塔拉奇**有夜盲症，要把牠嚇到從洞裡跑出來還真得費一番工夫，不過那個人一定覺得這玩笑值得他花這個力氣。他不會攻擊，因為菈兒在旁邊，等我們到河邊以後，他有得是時間。他現在只是打聲招呼。

・

我們在一天半後找到蘇薩提河，它寧靜地流淌在山裡的一處陡峭地勢，我們完全沒料到會在那裡發現。我告訴過你，我們行進的過程毫無戲劇性可言，比較是在枯燥地繞來繞去：我們從未懸在半空、用指甲摳住快要崩碎的石架邊緣，或是勸誘我們的馬飛越積雪的深谷，多半只是再一次拖著沉重的腳步轉向左方，吃力地爬上另一片荒原，地上滾來滾去的石頭多到能填滿天空。沒有下坡路能讓我們緩口氣，完全沒有：只有在一兩處隘口，道路還算是平坦——像是山脈之間的鑰匙孔，被古老的結冰大圓石和岩屑堆給半塞住，比山坡本身更難通過。接著我們成一路縱隊，艱辛地繞過一大塊凸出的岩石，然後就看到了：在不遠的下方有一條河，筆直如劍傷，由西向東，在正午的陽光下閃閃爍爍。

菈兒和我站在原地互看，馬兒則輕推我們的脖子、踩我們的腳，因為牠們聞到下面有水了。我自己也聞到了，一股清涼在我鼻腔舞動。片刻後菈兒嘆口氣，說：「好吧，看來簡單的部分結束了。」

「我沒看到急流。」我說。她又露出那種表情：知道自己在故弄玄虛，而連自己都難以忍受。我也有同感。她很慢很慢地垂下一側眼皮，又靈活睜開，然後坐上馬鞍，沿著小路騎下去。我爬上馬背，拉住米爾戴西馬的韁繩跟過去。我回頭看了一眼，但我們後面除了石頭和陳年積雪之外，當然什麼也沒有。我真希望自己沒有對羅賽斯那麼粗暴。

提卡特

我被一個從頭到尾都沒看見的男人空手碰了一下，竟讓我花了比穿越北荒之後更長的時間才復元。事後多日，我身上沒有任何傷痕，卻仍感覺暈眩無力，隨時會發抖，沒把握走去任何地方。羅賽斯毫無怨言地在自身工作之外又兼顧我一半的工作，他告訴我那三個男人已跟蹤妮阿塔涅里多年，終於在「距鐵與彎刀」追上她了。他說我像市場裡的牲口一樣不戰而敗一點也不丟臉，光是能夠劫後餘生，我就該引以自豪。我相信他的說法。

他完全沒問我在門外做什麼，那就和他替我攬下工作一樣善良。儘管他似乎總是像小風車一樣喋喋不休，而我本身並不是個話多的人，到頭來他對我人生的了解，好像也不亞於我對他人生的了解。我指的並不是露卡莎和我這部分——到了現在，投宿旅店的皮革買家或玉米商人沒有誰不知道這件事——而是他知道我們的村子裡有兩位教士和一個妓女，知道村裡的鐵匠除了露卡莎之外人人都怕他，也知道我的叔叔嬸嬸和傳授我技藝的女織布師傅。我到今天都說不清我是如何告訴他這些事的，甚至包括我從老師果園偷**迪里加里**水果的故事，那仍讓我引以為恥。羅賽斯畢竟只是個男孩，比我還小兩歲，跟沙德利的酒館小廝一樣純潔，應該說更純潔，卻老是自以為跟老船夫一樣世故。我不知道自己為什麼對他滔滔不絕。

「再跟我說說你父母的事。」他會慫恿我，當我結巴，忘了我爸最愛吃的菜或我媽開玩笑喜歡用什麼哏，他就會露出奇怪的眼神，幾乎帶有譴責意味，彷彿在說，要是他認識他的父母，一定會記住所有事，也許這是真的。他自己最早的清楚記憶是卡石把他揹在頸後，要帶他去什麼地方——在那之前，就只有或許是夢境的零碎影子，不過看得出羅賽斯不這麼認為。我問他怎麼會來到「距鐵與彎刀」，他說卡石向一個克里希巡迴小販買下他，「用三隻鬥雞和一袋林賽提市集的洋蔥換來的。他到現在還會抱怨——說其中兩隻鬥雞都是常勝軍，而後來再也沒買到品質那麼好的林賽提甜洋蔥。加提．吉尼說有一隻鬥雞是瞎子，但我不知道是不是真的。」

他現在幾乎絕口不提菈兒和妮阿塔涅里，我沒意見。不過他滔滔不絕地聊露卡莎的事，補足了那個空缺。他不斷安撫我說，露卡莎絕對還沒恢復正常——顯然她承受了很多事，而這類遭遇往往讓人性情大變，甚至認不出最愛他們的人。不過我若付出耐心和毅力，勝利終將屬於我，他很有把握；他每天都看出露卡莎又對我軟化了一分，發現她看我時的表情一點一滴出現變化。他一片好心，我怎麼也開不了口對他說：他不應該講這些話，換作是別人，一開始我就會說了。但我也無法忍受聽這些，因此我別無辦法，只能在一起工作時躲遠一點，或是找一些單獨進行的活兒，讓我的耳朵能保有幾小時清靜。我就是這樣跟那個老人混熟的。

他始終沒告訴我他的名字。我先是叫他**先生**，後來改稱**塔菲亞**，我們村裡的人有時會如此稱呼別人，不分性別、不論年齡，總之就是被視為具備某種權力、地位、聲望的人……看你想怎麼形容。這很難解釋：譬如說，我的老師就被喊作**塔菲亞**，鐵匠則不是，那唯一的妓女也不是，但她母親是。其中一個教士是，另一個不是；有兩三個農夫和那個釀酒師是，但村長不是，醫生不是，校長也不是。我沒辦法描述得更精確了。我叫他**塔菲亞**，他知道這個詞，看起來很滿意。

他剛開始很虛弱：主要不是生理上，雖說生理上倒也算虛弱，因為他除了泡了麵包的稀湯之外幾乎什麼也吃不下去，偶爾可以喝點奶或酒。不過真正的孱弱在別處，但我不會解釋，就像我說不清**塔菲亞**的真實意義。假使它是一陣吹熄你火焰的風，只要你夠有耐心、為火焰添柴、用剛好的力道對火苗吹氣，通常能再把火苗培養起來。但它若是一陣暴雨，你就得另覓乾燥的地方重新生火，不然就別烤火了。我想在那最初幾天，老人便是在等著弄清楚在他心臟裡的（或是靈魂裡，可以這麼說吧），到底是風還是雨。我覺得是這麼回事。

那些女人已付了他的房錢和照護費，就目前為止，卡石遵守對她們的承諾。梅琳奈莎應該是唯一照顧他的人——卡石盡可能讓羅賽斯忙到無暇靠近那個房間——但梅琳奈莎在酒吧裡想擺脫一對繩索商人的時候，不小心扭傷了腳踝。因此，等她又能每天爬二十趟樓梯之前，我經常奉命為我的**塔菲亞**送餐、鋪乾淨床單，還有倒夜壺。我對這些工作既不樂在其中也不特別排斥，當時什麼工作對我來說都沒差。

不，那不是真的。我確實排斥這些工作，非常排斥，也害怕去做，他當然知道。我超過三天沒有伺候他，後來我幫他套上一件沙德利以為還好好收在自己床底箱子裡的睡衣時，他對我說：「我真希望自己臭一點，那麼你進到這房間時，也許就沒那麼容易聞到露卡莎的味道了。」

我無法回應他。由於另外兩個女人離開了，我知道露卡莎大部分時間都待在老人身邊，但我偶爾也會看到她在旅店附近的馬路和草地散步，或甚至在院子與梅琳奈莎聊聊天。就在同一天，她遇上抱著一疊柴薪的我，柴薪堆得老高，她看不到我的臉。我站在她面前，再次質問：「露卡莎，露卡莎，我是提卡特啊，妳怎麼能認不出我呢？」她就像先前一樣尖叫跑走。我邊喊她名字邊追她，但圓木滾落在我腳邊，我隨著木頭一起倒地。加提．吉尼和沙德利目睹一切，到當天晚上還在笑，而我的腳也還在痛。

看我不吭聲，老人按著我的手，說：「你不以為然。好吧，我至少能向你保證，你絕不會在這裡遇到露卡莎，要是你希望降低過來的頻率，我也能照顧好自己，你不用管你接到什麼命令。即使以我現在的狀況，我起碼能為你做這點事。」

當時他看出他的和善讓我多生氣嗎？現在**你**看得出來嗎？哪怕只是稍微看出來？我從來

就無法忍受憐憫——這世上沒有別的事物比這更能激怒我。我想這要追溯到我父母去世的事，所有從大瘟疫中倖存的人都為我落淚、餵養我、寵溺我。我想殺了他們，那群善解人意的討厭鬼。只有一個人知道我想殺了他們，那個人就是露卡莎。或許，我打從出娘胎就是這種人了。

我說：「沒這個必要。」然後繼續調整他身上的睡衣。他開始長點肉了，不過全身骨頭仍像瘀青一樣從皮膚底下浮出來。他沉默地看著我，眼睛半閉，直到我伺候他在床上躺好，開始收拾他一天下來用過的杯盤。這時他突然說：「提卡特，她永遠不會想起來的。」

我不敢看他。我走到門口，笨拙地要拉開門閂時，不忘留意拿穩盤子。如果你弄掉這些盤子，它們絕不會只是缺角或裂開，而是會碎到補都別想補的地步。他在我後頭說：「如果你想要她，你得去她那裡找她。她無法回到你這裡。」我關上門，把盤子送到樓下的洗滌間。

不過半夜時我又回去了。旅店當然門窗緊閉，狗群也在走來走去，但牠們現在已認識我了，而羅賽斯曾指給我看如何從半地窖一扇鬆掉的窗框鑽進去。除了一個正在雲遊四海的馬札拉教士和他的貼身僕人之外，沒人醒著：這些馬札拉人不該用手做任何事，連梳理鬍鬚或抓癢都不行，照理說此刻我大可以帶著千軍萬馬經過那扇門，而不是如我實際所做的，躡手躡腳地爬上三樓。

老人的眼睛是睜開的，在月光下幽幽發亮，但我已經見過他這副睡著的模樣了。我站在門口，無法開口，也無法轉身離開。他說：「進來吧，提卡特。」

所以我從屋角拎了張三腳凳，坐到他的床邊。我很難啟齒，但我說：「我想知道你是什麼意思，關於露卡莎，關於我要去找她。我已經跟著她越過死亡，穿過沙漠和山脈，來到這個——」我不知道該怎麼措詞，「這個一點都不適合我們的地方，我覺得只要待在這裡，她就不可能認得我。但如果她願意回家，跟我一起回家——」

「不會有什麼差別的。」他的語氣溫和而無情，帶著安撫意味。「我已經告訴你，你得去她現在所在的地方，那地方不在這裡也不在那裡。在那個地方，菈兒和妮阿塔涅里一直都是她姊姊，而我是她爺爺，可以這麼說，你則從來就不存在。提卡特，你懂我的意思嗎？沒有河畔漫長的午後時光，沒有在楊柳下做夢；沒有一個貼心的高個子男孩與她一起玩紙船，講故事給她聽，不讓其他小男生欺負她。那些事從未發生，提卡特，全都沒有——她從未救你免於野豬攻擊，你偷喝叔叔的羽莓酒被體罰，她也不曾將涼涼的葉子敷在你背上。你無法返回一個從未存在的世界與人生。」

他怎麼會知道這些事？**我**怎麼會知道？他是我的**塔菲亞**。我沒有哭——天底下只有露卡莎看過我哭，但好像過了很久很久，我才能正常說話。我終於說：「我該怎麼做才能和她在一起？」

他翻了個白眼，殘忍地模仿我。「『噢，師父，我該怎麼做？給我建議，給我指引，替我思考，最偉大、最有智慧的巫師。』帶你走了這麼遠的是誰的智慧？你的還是我的？誰最愛那個孩子？是你還是我？」他將雙手狠狠往下拍在毛毯上，這動作使他上半身都挺起來了，他嫌惡萬分地瞪著我。「我愈老愈希望自己有蠢得要命的名聲。也許那樣一來，向我哀求魔法建議的白痴能稍微少一點。給我滾——我最受不了那種『蠢笨的聰明人』，說的正是你。給我滾！」

我難以分辨他是否真的發怒了，但我完全不當一回事，因為比起愚笨或聰明，我真正高人一等的特質是頑固。看我在凳子上紋風不動，他又瞬間平靜下來，就像方才突然對我大動肝火一般。「絕對別問我你該怎麼做，提卡特。告訴我你要怎麼做，那麼至少我們還能好好爭辯一番。現在就告訴我吧。」

我慢吞吞地說：「如果我得從陌生人開始，如果我得從頭來過，全部重來，沒有露卡莎與我之間的過去，沒有童年時光，沒有始於襁褓的一見鍾情——唉，那就這樣吧，就這樣吧。我明天就去找她，像對任何陌生人一樣溫柔地對她說話，不作任何預設，不抱任何期待，只是向她保證我是朋友、不是瘋子。這是我明天要做的事，至於明天之後，天曉得？就只能這樣了。」

我說話時沒有看他，而是看著我屈起的雙手，我費盡全力才沒在最後問道：「這樣好嗎？這是我們展開餘生的正確方式嗎？現在你可以幫我了嗎？」但我沒有——不過當時問不問都沒差，因為他已經睡著了。我在他身邊一直坐到快要天亮時，才偷偷溜回馬廄，讓羅賽斯能叫醒我，開始一天的工作。我待了那麼久，老人始終連動都沒動過，只是睡得香甜，打著秀氣的鼾聲，連我擦掉他嘴角一小塊乾掉的湯汁時也不例外。我大聲說：「我快變成露卡莎了，把你呵護得無微不至。」但他沒醒。

在植林地上方有一小片長滿灌木的坡地，卡石遵照旅店主人的行規在那裡蓋了一座聖壇，供所有雲遊四海的宗教人士使用，例如那個馬札拉教士。正當我要回到馬廄時，有個片刻，我好像看到紅外套老人蹲在半山坡上一片荊棘叢旁。他抿著嘴巴微笑，眼睛幾乎閉起來，露卡莎的項鍊盒在他夢幻般的指間熠熠發亮。我停下腳步想看個仔細，但就算他真的在那裡，他身後升起的朝陽也用淡藍色以及極淡的銀色炫光將他吞沒。

「下游。」

「妳怎麼知道的？」

我再次低頭湊向捧在手心裡的河水。我稍微表演了一番，應該說不只是稍微，我讓水徐徐流進我的嘴唇與喉嚨，一邊啜飲一邊露出陶醉的笑容。最後我說：「人類生活會留下味道。在空氣裡，在水裡，在土裡。一棟房子——不是一座村莊喔，就只要一棟房子，幾個人，一兩頭牲口，來來去去，捕魚、進食、使用河水——就會改變風味。就是會。」我再次試喝河水，點點頭。「上游沒住任何人。嚐嚐看，你也分得出來。」

妮阿塔涅里若有所思地說：「在我還年輕時就聽到畢生最荒謬的言論真不錯，起碼還有心情欣賞。」他蹲在我身旁，撈起幾滴水，不耐煩地舔了一口，馬上站起來，看起來突然間生氣又尷尬。一直到我們進到深山裡，他才再次卸除女人的形體，露出精瘦、一頭灰髮的原貌，他骨架很大，不過以他的體型而言舉止異常優雅，頭髮仍然像狗啃的（他會定期用亂刀割成同樣那種焦土式的修道院髮型，但他怎麼也不肯透露原因），眼睛也依然像日夜交替時分的天空一樣緩慢變換顏色。在剛毅而疲憊的臉上，那張嘴溫柔依舊。

「這太愚蠢了，」他說，「那些故事我耳熟能詳，我很願意相信獨行俠菈兒可以讓一隻蜥蜴先出發兩星期，然後穿越任何一座沙漠追蹤牠，妳若想蒙著眼追蹤也不成問題。但某一個漁夫從小舟往水裡撒尿——不，不，對不起，我是在修道院長大的，我很難信任別人。不行。」

好吧，誰叫我自己愛賣弄技巧。「再往上也沒有急流——完全沒有湍水的味道。」妮阿塔涅里嗤之以鼻。我在褲子上把手抹乾，站起來指著天空。「好吧，看看那裡的朋友，告訴我牠們的名字。麻煩你了。」

妮阿塔涅里瞥了一眼在我們上游處盤旋的黑白鳥群，回答：「**瓦拉吉**。我們南方稱牠們為教士水鳥。怎樣？」

我說：「即使在你們那個地方，也勢必都知道這種鳥不會在人類附近築巢吧。如果方圓八十公里內有人類聚居地，你不會在這裡看到半隻**瓦拉吉**，除非那座村莊五十年前就化成灰了。我有說錯嗎？」

我怎麼可能說錯——說到**瓦拉吉**對人類的厭惡，大概可以找到上百種語言版本的笑話和俗語。我自己族人有一支比較旁門左道的宗教就是以它為基礎。妮阿塔涅里嘆口氣，揉了揉脖子，盯著那群鳥，從我旁邊走遠幾步，又走回來，再揉揉脖子，說：「所以說，連一棟房子也沒有。」這不完全是贊同，但也不算疑問。

「憑味道真的嚐得出來，」我說，「而且需要的練習不如你想像中那麼多。」妮阿塔涅里又走遠了，憂鬱地審視著我們站立處這一塊地勢傾斜、遍地石礫的新月形河岸，以及稍遠距離外的黑暗樹林。我微微提高音量。「真正的問題不是阿夏丁的房子在哪裡，而是它有多遠，還有我們打算怎麼過去。我傳說中的森林知識已經完全用盡了，我樂意接受任何建議。」

妮阿塔涅里終於轉身對我說話時，我的血液瞬間凍結，因為他說的是德維語。這是已經死去五世紀的語言，換言之還不夠久。我遇過三個通曉德維語的人，包括我的德維語老師，這三個人都遭遇異常悲慘的下場。妮阿塔涅里是怎麼學會德維語的，又怎會猜到我懂德維語，我到現在都不想去探究。他說：「我的第一個建議就是從現在起，我們用這種可怕的語言交談。妳受得了嗎？」

這問題所代表的善意來得太突然，使我眼睛發酸，因此生起氣來。「我受得了。」我說。說德維語會讓嘴巴痛，喉嚨也蒙上厚厚一層苦味。這本來就不是讓人拿來日常對話的語言。妮阿塔涅里說：「修道院有個男人會說德維語，但他死了。我敢拿我們的性命擔保，再也沒有別人懂這種語言。好了，既然妳從我們出發起，顯然就在醞釀某個計畫，沒必要客氣地問我有什麼想法。告訴我妳打算怎麼造船。」

「叫木筏會更貼切一點。」我說。即使只是用德維語說這個簡單的句子，意義也像燙傷的皮從詞語上脫落。我繼續說：「即使我們有充足的時間和完備的工具，我也不是造船匠。不過我曾在材料更匱乏的狀況下做過木筏，並乘著它們航行。」我朝樹林以及纏繞在大部分樹木上的繁茂藍色藤蔓比了個手勢——那是一種我沒見過的薄樹皮針葉樹。「我們兩人在日落之前就能合力做好一艘堪用的木筏了。我們甚至可能給它裝一根龍骨，就像歐阿那努群島的做法一樣。很久以前我看過他們的製作過程。」

但妮阿塔涅里慢吞吞地搖頭。「用這些樹不成。」他的表情溫和，不帶嘲弄，甚至有點悲傷。「妳不認識它是正常的，但在我生長的北方，我們叫它**加拉納**——搗蛋鬼，搗蛋鬼樹。這種樹看起來像軟木材，密度卻大到會磨平任何一把鋸子的鋸齒，除非是最精良的卡姆蘭鋸子。用搗蛋鬼樹做的木筏，在妳來得及爬上去之前，就會沉下去了。要是妳早點讓我知道妳的計畫，我就能告訴妳了。」

他並沒有顯露得意之色，但用德維語說出來的所有話，聽起來都像耀武揚威。這下輪到我望向別處，默默地來回踱步，咬著我一側舌頭（這是我從小養成的壞毛病），感覺自己蠢得要命。**吾友**說得沒錯——我痛恨不能無所不知，即使我本來就不可能知道所有事。更重要的是，我沒為自己留後路，一旦發現我並非萬事通，沒有可以採行的備案。就連地兔**康比**都比我靈光，牠的世界和我的世界一樣，粗心大意等於是死亡叔叔的另一個名字，而我最近實在太常呼喚他的名字了。因此我繞著圈走，抬頭盯著那些派不上用場的樹，直到妮阿塔涅里又說話了。

德維語會對嗓音產生奇妙的影響：讓我聽起來像露卡莎一樣年輕，又讓妮阿塔涅里的語調和音高幾乎拉回我還以為他是女人時的程度。他說：「妳忘了我們忠實的同伴了。」

「那很可能是我唯一沒忘的事。」我沒好氣地說，「要不是因為他躲在暗影裡，我們幹嘛用這卑鄙的語言弄髒自己的嘴？你提他幹嘛？」

妮阿塔涅里說：「我覺得他應該幫我們弄船。妳仔細想想，就知道這才公平。」

我盯著他看了好久，他終於開始微笑，又努力想忍住，我猜是為了避免那個在監視我們的男人，會對他還沒起疑心的事起疑心。「菈兒，我並不是期望他幫我們造船，就像我不期望我們自己能造船。他可不是巫師，只是個訓練有素的殺手，不過他受的訓練包括要為預期之外的狀況做好萬全準備。如果預期之外的狀況包括走水路，他也有所準備了。」他伸出一手搭著我肩膀，這善意的舉動再次讓我差點跳起來咬人。他說：「我和他們是老相識了。」德維語中沒有這種詞彙，我得臆測他想說什麼。「我對這些人的了解，就如同妳了解妳的夢境。」

我又盯著他看了一會兒，接著大笑，盡可能明顯地用手勢表達我反對並且嘲弄他的建議。我推開他的手，轉開身，回頭說：「我們得讓他相信我們往下游去了。那可不容易。」

妮阿塔涅里揮舞著拳頭對我大叫：「對，是不容易。去那裡生妳的悶氣，好好想想吧。」

因此我照做了。我沿著河岸往下游走，直到來到一塊平坦低矮的大圓石前，我屈起膝蓋頂著下巴坐在石頭上，盡可能明目張膽地沉思。而在新月形坡地那裡，就是我們繫馬和卸下愈來愈少的補給品的地方，妮阿塔涅里也在做同樣的行為，不時以德維語自行翻譯幾句北方古詩大聲喊給我聽，再搭上特別具威脅性的猙獰表情，而我並沒有降低格調作出什麼反應。不管這男人最後有什麼下場，他天生就該跟著一班戲子巡演，就像我們剛到「距鐵與彎刀」時，睡在卡石馬廄裡的那些人。從這次以後，我就經常向他提起這一點。

我們這種裝模作樣的戲碼持續了差不多兩個小時，而氣質莊重的蘇薩提河就由我們身旁靜靜滑過，沒發出任何聲音，幾乎不起一絲波瀾，沒在陽光下造成任何反光。這是個安詳到危險的地方：不論我把離開此地看成多麼緊急的問題，不論我多麼努力調整感官去捕捉最細微的呼吸聲、脈搏或腳步聲，但只要我一容許自己喘口氣，那股嗡嗡作響的柔和暖意又會困住我。我並沒有真的打起瞌睡來，但有一次，一條魚從河心跳出水面，我發現自己霍地站起身，劍已整支出鞘，用我已不再使用的語言喊了聲什麼。我想我是在呼喚碧絲瑪雅。

接近傍晚時，我們開始緩慢而悶悶不樂地朝對方靠近，現在不再大叫了，只是用發牢騷的語氣交談，而德維語讓這種語氣散發恰到好處的威脅性。我們幾乎是同時說出一模一樣的話：「首先，必須看起來只有我們其中一人，不能兩人都去。」說完我們忍不住真的笑出來，不過那沒關係，因為德維語的笑聽起來也很可怕。妮阿塔涅里說：「問題是我們要打架或只是分開就好。我覺得打架挺不錯的。」

「如果你和我打架，有人會死的。很可能兩個都會死。他也知道。」

「不是大打出手，只是有點肢體衝突。爆粗口、甩耳光、推人——一對氣到忍無可忍的情侶。畢竟他就是把我們當成情侶。」

他現在**確實**在嘲弄我了：即使是用這種缺乏個人情感的惡意語言，也能聽出明確的嘲弄意味。我沒回應，只是好好地把他從頭到腳打量了一番，以我的方式明白表示我想起了他皮膚的味道，還有他指甲刮過我腰部的觸感，以及他在我體內花朵綻放般跳動的動作。我想起一切，但沒有任何懊悔也沒有任何渴望。我說：「我得把你留在這兒，自己往上游走。你得表現出獨自造木筏的樣子。」

「那只能是一艘破爛木筏了——漂流木、枯枝，我能找到什麼垃圾就用什麼。我擔心的正是這部分，也就是如何把這玩意兒做得像狡猾的蘇克揚可能認真想用來航向下游的工具——更別說越過急流了。這是因為我和他知己知彼，妳懂吧。」

他刻意使用自己的真名讓我心煩意亂，不禁沉默了一會兒。自從知道他名字以來，我只講過他名字一次，而且還很小心地連在心裡想到他時都叫他妮阿塔涅里。「等到黃昏時再行動，離樹林遠一點。他可以靠得多近還沒被你發現？」妮阿塔涅里寬容地看我一眼，那眼神能惹火「不可思議的善心女王瓦卡莎克瓦」。故事是這麼說的：這位女王宅心仁厚到連野蠻的岩塔格和尼休魯都離開巢穴去覲見她，伏在她腳邊要她賜福。牠們在地毯上便溺，還吃掉僕人——那些僕人就算不像女王一般聖潔，起碼也很可口，但女王只是很有耐心地換了新的地毯和僕人，從頭到尾沒罵牠們一句。我知道八首關於女王的歌，沒有一首是岩塔格或僕人寫的。

我微微點頭，指向靠近岸邊的小渦流裡正緩緩打轉的黃褐色水草。「盡可能多採一些那種『死人的長捲髮』，這種植物莖部末端會有一團一團的氣囊，可以裝在木筏底下增加浮力。搞不好還真能派上用場呢。」

「確實，」妮阿塔涅里用德維語惡狠狠地咆哮，並沒有朝那方向看去，「謝謝，這主意很聰明。」這話聽起來像一句羞辱，他突然打了我肩膀一拳，讓我往後摔進一叢灌木，發出劈啪作響的聲音，我掙扎著想爬起來，他哈哈大笑。我說：「我把你裝著所有繩子的那個包包留下。」然後打他嘴巴。

「空水瓶也都留下吧。」他提醒我，抓著我用力搖撼，直到我牙齒格格作響，「任何能浮起來的東西。等天黑以後再繞回來，別帶馬。」

我們就這樣一邊沿著河岸來回甩耳光、掄拳頭，一邊敲定了細節。我們的馬冷眼旁觀，發出漠不關心的嘶鳴，魚兒繼續跳出水面吃昆蟲；在附近的搗蛋鬼樹林中某處，妮阿塔涅里那個永不疲倦的敵人等待夜晚降臨。我們兩人把能談的細節都談妥後，我朝他眼睛吐一口口水，氣沖沖離開，只暫停腳步朝他大叫：「很抱歉我沒告訴你我打算造一艘木筏。我仍然是獨行俠菈兒，即使對夥伴也難以推心置腹。對不起。」

妮阿塔涅里齜牙咧嘴，舉起一手恫嚇。「我明白。我該順便告訴妳：我不會游泳。」我差點當場穿幫，在愈來愈惶然的情緒中瞠目結舌地看著他，但他低吼：「這是回報妳講出真心話。好了，快走吧，別忘了妳這輩子都沒遇過像我們的小個子朋友這麼危險的人物。走吧！」

我大步走回馬匹旁，開始氣呼呼地把東西放上馬背，將妮阿塔涅里的坐騎與米爾戴西黑馬拴在一起時，特地將他的行囊丟在地上。然後我騎上馬背往上游走，朝西方走，直到我們要繞過新月形坡地上端那個角時，才終於回頭看了一眼。妮阿塔涅里看起來已經很小很遠了，他彎下腰，抱起一大團濃密且有彈性的「死人的長捲髮」。我大喊：「小心啊！」相信這邪惡的語言能把叮嚀的話變成像是臨別前的咒罵。妮阿塔涅里始終沒有抬頭。我再次吐口水，這次是為了去除嘴裡可恥的德維語，然後我沿著河岸繼續騎。

狐狸

「能變成狐狸的人——能變成人的狐狸——你是哪一種？」我們相識時，男孩提卡特如此問我，只不過我用食物塞住他的笨嘴，當時那是上上策。但是事實——事實不是一個在外面，另一個在裡面。狐狸和人形肩並肩，空間永遠都不夠，至於底下嘛，噢，底下！底下是**空無**，古老、古老的空無，很久以前它變成了**某物**。這是真的。就連空無也有**欲求**，有時候就連空無也渴望聽到人聲、歌曲，聞到清晨的泥土，喝水，大啖一隻鴿子。我？我只是空無的一根手指，一根腳趾——但即使如此，我想做什麼就做什麼。妮阿塔涅里想要這個，人形想要那個，我還是我行我素。不過當老空無召喚時，我就會去。

現在老空無在蠢動——冰冷、沉重、昏昏欲睡的空無**感覺到**他了，那個待在旅店的狡猾魔法師，獨自身處於一個小空間，像狐狸一樣鑽入土裡——對、對，還有另外那個，它也感覺到**那個**傢伙了，在探索、搜尋，幾乎知道了，幾乎確定了。在旅店上方以及四周圍，全是在探求力量的力量——狗群知道，雞群知道，就連天氣都知道。日復一日都是明亮炎熱的大太陽，永遠聞得到雨的氣味，但就是不下雨。老空無在我裡面說：「去查清楚，去查清楚。」

所以就這樣囉。妮阿塔涅里在很遠的地方，於是人形又美滋滋地坐在酒吧裡，講著很長的蠢故事、問東問西、這裡聽聽、那裡看看。旅店像長滿蛆的腐木一樣熱鬧——總是有很多朝聖者、小販、運河船夫、休假的士兵，有一兩回還有個帶著刀絲網和雙矛的**謝克納斯**獵人。羅賽斯傷心到不想聊天，梅琳奈莎太忙了，而且她本來就不喜歡人形。加提．吉尼可以聊上一整天，不斷送上紅麥芽酒，但那個愛生氣的傢伙懂什麼？廚師沙德利也一樣，他就跟被他揍的那些酒館小廝一樣笨。男孩提卡特與人形保持距離，甚至從不往酒吧這頭看一眼。肥胖的旅店主人笨重地進進出出，端湯送水，衝著偷捏梅琳奈莎一把的士兵大吼。他每次都狠狠瞪著人形——我每次都微笑回應他，有何不可呢？這個微笑上又沒沾著鴿子羽毛。

「那女孩，」老空無說，「那女孩。」但她大部分時間都和邪惡的老魔法師膩在一起，只有晚上才回自己房間。如果一隻軟軟的、好軟好軟的狐狸鑽到她手臂底下，窩在她身邊，她會悄聲說：「你來啦。」然後用頭靠著我。「小傢伙，菈兒在哪裡，妮阿塔涅里在哪裡，你知道嗎？**塔菲亞**——」這是她給魔法師取的稱呼，「**塔菲亞**說他們是傻瓜，說他們會被岩**塔格**吃掉，會掉進河裡淹死，叫我別替他們操心。但我還是擔心呀。告訴我，我的朋友在哪裡，小傢伙。」她把這些話說了一遍又一遍，直到緊緊摟著我睡著。

這些不是老空無想聽的話，但又能怎麼辦呢？人類對陪睡的玩具用一種方式說話，對人類同伴用另一種方式說話。在她床上變成人形如何？跟她說：「哈囉，是我啦，我們已經一起睡過好多晚了。」她的尖叫聲一定會吵醒菈兒和妮阿塔涅里，不管她們現在睡在哪裡。最好還是等到大清早，天剛亮的時候，她偶爾會一個人散散步。最好耐心等待，我告訴老空無。

但是天空愈綳愈緊了。日復一日，從這一方地平線到另一方地平線，天空與空氣都在吱吱作響，因為力量在探求著力量。風磨得人好痛，水分開來了——用嘴巴就嚐得出來，從一小灘狗尿裡就看得出來，在酒吧的石地板裡聽得出來，在人的說話聲裡也聽得出來。在旅店，小販費盡力氣也舉不起行囊，坐下來大哭。士兵喝酒卻沒有醉意；朝聖者忘了禱詞，互相打起來；駁船船夫全都病了，踉踉蹌蹌地撞上門柱，說沙德利給他們下毒。這一切都是樓上那傢伙在作祟，全都是。我知道是。躲著，一直躲著，對，把空氣緊緊地蒙在自己身上，絕對不能讓另外那人找到他。噢，管他什麼狐狸、人，就連朝聖者他都不放在心上——他不在乎是否萬物都**撕裂了**，從中間裂開，就像一隻正要羽化成雷翅蝶的水甲蟲，然後怎麼樣？那兩個傢伙會關心接下來羽化出的是什麼玩意兒嗎？不不，別管那個了，那不重要。這些魔法師啊。

老空無說：「那女孩。」於是人形走到屋外，走到沙塵漫布的黃昏，在院子裡沉思踱步，凝視**奈羅**樹，穿過果園走過去，再走回來。現在她來了——俐落的小碎步，快速轉身看看這裡、看看那裡，時時刻刻擔心遇到男孩提卡特。看看她，悲傷平凡的圓臉，面孔後有白色火焰——但不是**她**的火焰，那與她無關，可憐的人兒。看到她這麼走過來，往這裡走幾步，往那裡走幾步，像在隱形的籠子裡，真實到足以投射出陰影。為一個人類難過？不可能，我才不會，我沒有。話雖如此。

爺爺人形走向前：掛著溫柔淺笑，動作安詳，以免在暮色中嚇著她。多麼美麗的傍晚，甜美的鳥兒歌唱著（事實是幾乎一隻也沒有，最近晚上都沒有），在外面能發現更美好的妳可真不錯啊。我真是個幸運的老先生。一起散散步如何？——也許走去大馬路那邊再折回來？我都這把年紀了，哪怕妳只是出於客套，我也樂意接受。

她沒說話，沒點頭，不過挽起人形的手臂，我們開始散步。言不及義，嘀嘀咕咕，有時候拍拍她的小手，已經二十年沒這樣散步過了，乖乖。不過她的同伴到哪去了？那個像雨一樣優雅、棕皮膚的高個子女人？那個眼皮像船帆一樣又長又優美的黑女人？人形什麼話都敢說。她在發抖，不是身體，而是最裡面，比骨頭還深之處。「有危險。」她還說了別的，但聲音太低，我只聽到這三個字。

老空無說：「什麼危險？」什麼危險？——被捲進愚蠢的魔法師之戰裡啊，不然呢？但老空無不管那個，它還需要更多。它從不說需要什麼——感覺，感覺，渴望，那些始終是確定的，但從不**說**。可憐的狐狸真辛苦，要這樣同時活在三個世界裡。我說：「確實，那些山脈危險得很。那裡有強盜，有**尼休魯**，有岩**塔格**——」

她搖頭。「不是那些，與那些都無關。我的朋友——她們去對抗一個巫師，但根本不可能打得過。我知道是這樣，我知道是這樣！」現在她身體也在發抖了，棕色眼裡噙滿淚，但一滴都沒落下。「他是殺不死的——我知道！」

聽到了吧，老空無？你要的就是這個嗎？人形咯咯笑，不停輕拍她的小手，說：「親愛的，記住：從來沒有哪個巫師是死不了的。有各種故事說什麼與死亡叔叔談條件，什麼魔法靈藥，什麼把心臟藏在金盒裡或空心樹中或月亮上——有各種故事，孩子，但妳可以相信我。」這對我是種慰藉，不亞於對那女孩而言，試想，魔法師若長生不死，有多麼**沒天理**啊。老空無絕對不會允許這種事的。

但她沒得到慰藉，甚至不讓我把話說完，就把胳臂拽回去，叫道：「不，不，我告訴她們了，我確實告訴她們了，但她們就是不懂。他是殺不死的！」她盯著我，蒼白的臉露出哀懇表情，好希望慈祥的白鬍子能了解。我？噢，我看上看下，轉頭看大馬路，轉頭看旅店。水井泵浦唧唧響，幾個喝醉的牲口販子唱著歌，舉目所及沒有人。但有東西在監視著。我知道**我**所知道的事。

她的嗓音低而輕，但裂開了，像天空一樣。「我死過一次，在一條河裡淹死的。菈兒找到了我。」每天晚上睡前，她都對著狐狸的毛皮說同一番悄悄話，把同一個故事再講給自己聽，也許這次她的說法會不一樣？她說：「菈兒一再向我保證，說我現在是活人。但我只懂死亡。」她沒用死亡叔叔這個詞——大家都應該要叫他「死亡叔叔」才對，就算是狐狸也不例外。露卡莎說：「墜河之前我知道的一切都被奪走了。在那個空白中，死亡坐在那兒對我說話，告訴我一些事。菈兒和妮阿塔涅里永遠無法打敗阿夏丁，永遠無法殺死他。他就和我一樣——根本沒有什麼可殺的。」

「啊。」老空無嘆道，那長長的一口氣穿過我所有生命。「啊。」老空無倒是輕鬆，但人形還是得說話。人形拉了拉八字鬍，弄亂鬢角，轉了轉和善的藍眼睛。「嗯，孩子，既然妳的朋友去跟一個死去的巫師戰鬥，她們能遇上最糟的事，也不過是走很遠才回得來。不管是何方神聖，死了就是死了，妳可以相信我。」

可是現在望向別處的人是她，她完全沒聽見我說的話。快轉身，他就在那裡，拖著笨重的腳步走過，蒼白的大手緊握，大光頭低垂，骯髒的圍裙快從腰上滑下來——可不是胖旅店主人嗎？露卡莎的手像雪一樣從人形的手裡滑出。沒再說一個字，沒再看一眼，直直經過旅店主人身邊，跟她從未見過的公主一樣神氣，走回她的隱形牢籠裡。而在我之內，老空無說了聲：「啊。」又變得遲緩而昏昏欲睡，它已得到它想要的，現在該入眠了——很好，讓它睡吧，睡吧，翻身，咕咕噥噥，再睡一會兒，別再玩手指腳趾了。該讓可憐的狐狸清靜一會兒了。

旅店主人望著露卡莎的背影，揉了揉腦袋，慢慢看向人形。噢，要不笑出來真是太難了，真是太強人所難了！趕快趕快，把大笑壓縮成喉中的呵呵笑，裝作在和那個胖呆子打招呼，那呆子就只為了區區幾隻鴿子而把自己的房子搞得天翻地覆，拆了每個房間，把每位客人都趕下床。他總是盯著人形，從不說話，也不服務。想想若是我告訴他：「哈囉，新的獵狐犬沒用啦，浪費錢。最近還會再進更多鳥嗎？」不過我只是深深一鞠躬，顯示紳士間的互動，一個微笑，一句對美好傍晚的恭維，在他的旅店總是很管用。人形什麼話都說得出來。

嘀咕。「不是我的功勞。」嘀咕。「你有看到我的馬廄工嗎？」應該在馬廄裡吧？嘀咕。「找過了。」他又揉揉腦袋，扯掉鬆垮垮的圍裙。「死小子，最近這陣子老是不知到哪裡鬼混去了。」這不是生氣，也不算傷心——沒什麼特別情緒，只是疲倦。有意思。

「好吧，」人形說，「在這樣的夜晚，如果你的馬廄工沒跑去某個女孩窗戶底下唱愚蠢的情歌，那才說不過去呢。我說老闆啊，他回來時別為難他——讓他保有一點童年，好嗎？」

完全沒在聽——現在都沒人要聽爺爺人形說話了——不過最後幾個字，哎呀，讓他有了反應。他擺了個臭臉，現在火氣上來了。「你又知道了？你懂什麼，嗯？要不是我，那個蠢小子根本不會有該死的童年。那是我這輩子最糟的一天，但我還是做了，不然我還能怎麼辦？根本沒選擇餘地。」即使在暮色中，也看得出那張凹凸不平的白臉愈來愈紅，淺色的小眼睛瞇起來，燃著火光。「有誰會懂？而我又得到了什麼回報？就只有煩躁和肚子痛和——」他想阻止自己，又有點止不住，隨即脫口而出剩下的半句話：「徹頭徹尾的不便？嗯？」

天啊。就連人形都得四下張望尋找靈感來回應他，不過我的旅店老闆根本沒耐心等待。

他又垮下臉，發出另一個響亮的嘀咕聲，接著便朝著旅店走回去，大聲呼喊馬廄男孩。「羅賽斯！羅賽斯，你這該死的傢伙，羅賽斯！」真美好，胖旅店主人唱著黃昏之歌，留下人形在原地欣賞。有個美味的東西從步道旁沙沙爬過，趕著回家。牠永遠沒能回家。

菈兒

我始終沒察覺他跟在我後面，一次也沒有，但米爾戴西馬察覺到了。只要那對毛茸茸的黑耳朵繼續向後平貼，那雙深紅色鼻孔繼續歙張和隆隆噴氣，我就繼續在將逝的天光下往上游走。

我們設下的圈套實在明顯得很幼稚，只能寄望追兵直接把它當作用來掩飾真正陷阱的障眼法。我們預期他會跟著我一段距離，以防我有那麼一絲可能折回去偷襲他。但是看起來事實更可能是我想把他從妮阿塔涅里身邊引開，至少我們希望如此，而他絕對承擔不了更大的風險，讓獵物真的用一堆應急的漂浮物逃走。他會在我有膽子回頭前先折返，比我早回到妮阿塔涅里身邊。至於究竟能引開他多久，就看我的本事了。

等小黑馬的行為終於告訴我，已經沒人在跟蹤我們時，太陽已下山了，而我也看不到蘇薩提河在哪裡。我一直盡可能貼著河走，但愈往上游，河岸就愈不適合騎馬，於是我不斷被逼著往刺藤和菖蒲裡鑽，最後進了樹林。現在我連河的氣味都聞不到了。

我下馬，卸下馬鞍和行李，在不拖慢自己速度的前提下盡可能揹起最多的裝備。然後我輪流捧著三匹馬的頭，說了一些話，跟牠們說牠們可以自己選擇要不要跟著我再回頭往下游走，米爾戴西黑馬會當牠們的領袖，帶牠們安全地去有善良的人和豐美牧草的地方。**吾友**教我在被迫放棄馬匹時必須這麼做。我不確定這對牠們有什麼幫助，不過我一直都謹遵教誨，一絲不苟。

在這蠻荒的陰暗樹林裡，起初真是舉步維艱，這條路只有我的三匹馬走過。有很多絆腳的青苔樹根，有勾腿的帶刺爬藤，空氣裡還有種病懨懨的滯重感，有時候會逼得我站在原地過久，心臟怪異地跳動，進入陌生的心理狀態。在這種時候，我的心思無法專注在任何事上，甚至包括妮阿塔涅里面臨的危險，它變得極度不真實，就像我最模糊的舊夢境。當時我不知道自己是怎麼了，這讓我害怕到極點，不管樹林裡或河岸邊可能有什麼東西在等著我，都不會讓我這麼害怕。我的敵人是癲狂，不是巫師或殺手。

我有兩度偏離了道路，還差點弄丟了劍杖——一條藤蔓俐落地把它從我腰帶間勾掉，害我摸黑趴在樹叢和腐葉土上狂亂地摸索，不過我最後終歸是回到了蘇薩提河邊。月亮還沒出來，但有比月亮更好的北方夏季漫長的黃昏，將雲層染成別處都見不到的淡淡金紫色，河畔的蘆葦則是一片發光的影子。與樹林裡相比，這裡簡直就是耀眼的正午，我把靴子掛在脖子上，如釋重負地邁開腿奔跑。

我很會跑步。有很多人跑得比我快，但很少有人像我一樣，非得學會成為飛毛腿不可。

即使肩上有靴子和沉重的鞍袋在彈跳，我只花了更少的時間，就跑完先前騎著馬並牽著另外兩匹馬走過的距離。除了我的呼吸聲和河水聲，我聽不到別的聲音。現在在傍晚的寂靜中，河流變得響亮多了：它像一條藍黑色地毯，表面的絨毛被逆向拂亂，因而露出底層的粉色和淡金色。有時我走過粗糙的地面，還兩度小心翼翼地踩過淺淺的細流，腳下是柔軟而飢渴的河床。不過大部分時候我和奔跑合而為一，若說我有任何念頭，那也可能是在另一條夜路上的另一個女人，以及當時有什麼在追她。但奔跑是不會思考的。

奔跑是不會思考的。我完全是出於僥倖才認出了在那個急轉彎的河岸後方，就是我與妮阿塔涅里分開的原點。我停下腳步等了一會兒，讓自己慢慢恢復正常，並豎耳傾聽那片新月形的石地與菖蒲間有沒有傳出任何聲響。但我只聽見一隻長腿**史奇拉**大步穿過蘆葦時，發出嘰嘰嘎嘎的尖銳叫聲。我悄悄把身上的重物卸下來放在地上，穿上靴子，往前走去。

那裡沒有人。遲來的月亮正在升起，幾乎已是滿月，太圓太亮而讓人無所遁形。我走到水邊蹲下，盡力判讀。大部分漂流木和所有「死人的長捲髮」都不見了，可見得妮阿塔涅里確實設法做完他的假木筏，混著小石子的泥巴裡有幾道刮痕，顯示他想必還真的把木筏推下水了，但我在河面上遍尋不著符合木筏尺寸或形狀的黑影子。不過月光倒是為我照出兩個男人製造的雜亂腳印，一組腳印是靴印，是妮阿塔涅里留下的；另一組屬於個頭較小的男人，打赤腳。腳印彼此交錯，踩糊了輪廓。我沒找到乾涸的血跡，沒有跛腳或身軀被拖行的明確跡象。沒有任何線索能告訴大追蹤家菈兒，當妮阿塔涅里在暮色中轉身迎接由樹林走出來的男人時，究竟發生了什麼事。

我慢慢站起來，茫茫然不知該朝哪裡轉身——甚至不知道要往哪裡看，更別說該抱著什麼希望，或是下一步要做什麼。那隻**史奇拉**還在不停地叫，月亮在我的注視下變小、變冷，我也一樣。我為妮阿塔涅里感到的恐懼讓我胃痛，然後我又氣他成為一個讓我牽掛的對象，還氣他竟敢就這樣在黑夜中消失死去。我完全沒想到要對他的殺手生氣，直到河邊的微風稍稍改變風向，於是我聞到他了。

澡堂那兩個男人只散發猝然死亡的氣味，那種死亡會在瞬間永久抹除人身上的自然體味。而這是一股幾乎算得上熟悉的氣味，強烈到不能用香甜來形容，但一點也不刺鼻。不是野蠻獵人的氣味，而是即將來臨的野蠻天氣。我的劍已出鞘，儘管我不記得自己拔劍。一向如此。我說：「我看到你了。我看到你在那裡。」

緊靠在我身後的輕笑聲就和氣味一樣宜人：像溫暖、懶洋洋的閃電，在它的巢裡蠕動。「是嗎？」他話還沒說完我已面向他，不過那時候我早該死了才對。就某種角度來說，我確實死了，就在當下，在那麼久以前，而現在喝著你的酒、說故事給你聽的，是鬼。你不明白，算了。

他很矮小，就和另外兩人一樣，比我矮——長臉、彎脖子、身材單薄，穿著寬鬆的黑衣服，從一叢蘆葦裡悠哉地走向我，一分鐘前我剛掃視過那叢蘆葦，分明還沒有人。我向後退，劍尖穩穩地指著他的心臟。「站住，」我說，「站住，我還不想殺你。站住。」

他繼續走，現在放慢了速度。在最後一抹暮色中，他的眼珠淡到幾乎像白色，歪斜的長嘴裡露出的牙齒顏色，就如同被隱藏的障礙物捅破水面的河水。他的頭髮很短，幾乎像覆在頭骨上的一層陰影。他舉起空無一物的雙手，愉快地說：「嗯，妳當然不想殺我，夜行菈兒。妳根本不想和我待在同一個月亮底下。」

羅賽斯告訴我，跟妮阿塔涅里對打的男人用奇怪的嗓音問他話，兩個男人講每句話時都冷冷地上揚，像是疑問句。這一個男的講話倒是像本地山區的平板口音，只微微帶著一點南方的滑音——事實上，跟妮阿塔涅里的腔調頗相似。現在他說：「我跟妳沒過節。我的工作已經完成了。讓我過去吧。」

說來或許有點奇怪，我的胃不痛了，恐懼和憤怒的情緒也都消失了。我回答他：「除非你告訴我，你對我的同伴做了什麼。不過說了我大概也不會放你走。**站住**。」

他微笑。我一再後退，確保自己待在開放空間，並向我幾乎已忘記名字的諸神祈求，保佑我不要跌倒。他很有耐心地跟著我，緊貼著劍尖，細瘦的雙手在他細瘦的手臂末端擺盪著。「他已經死透了，」他說，「妳自己也很清楚。除非妳認為他又從我手裡逃走，如果是那樣，我現在在這裡幹嘛呢？放下劍吧，同行，讓我過去。」

「謝謝，但我不是你的同行。」我說，繼續後退。「那屍體在哪裡？我們把你的兩個夥伴埋了，但這不是你的作風對吧？你怎麼處理妮阿塔涅里的屍體？」

這時他確實站定不動了，要是我選擇出手，我幾乎覺得能殺了他，不過實際上大概不行。大概不行。他等待著，在月光下，他的眼睛像月亮一樣白。他不是第一個享受怎麼處置我的男人。他輕快地說：「哦，我把屍體包好，放在那堆破爛的樹枝上，然後點火，讓它漂出去。對他來說，這樣的結局恰如其分，妳不覺得嗎？畢竟他就像哥羅人一樣。」

哥羅人是一支英勇又精明的民族，與我的族人有血緣關係，他們住在奎恩拉克海南方的幾座小島上。他們劫掠鄰族，也劫掠自己人；他們航行七海，毫不畏懼。當某個哥羅人死去，其屍體——或者該說是執行特定儀式後剩下的部分——會被放置在一艘鋪著華麗蓋布的駁船上，點火之後順著潮水推出去。我小心翼翼地說：「河面上似乎沒有木筏。至少我知道絕對沒有燃燒的柴堆。」

噢，他聽了樂得直拍手！還笑得好開心，像是正在交配的食腐鳥，兩手按在大腿上，幾乎整個人彎下腰，無聲地笑到氣喘咻咻，我不能動手攻擊他，因為生怕他是在說謊。過了一會兒，他勉強帶著笑意小聲說：「啊，妳畢竟不是那麼了解我們的做法。我拜託妳，跟我一起看，只要再多看一下下——」他又得意忘形起來了，「妳就會明白與火打好關係代表什麼。」

這時候我出手了，你絕對防不到我這一劍。我只是在陳述事實而已。只有動用手腕和前臂，沒有前傾，沒有多餘的動作（意思是連思考也沒有），刺完就收，死亡叔叔這時候都還用腳在床邊找拖鞋呢。但眼睛和月亮一樣白的矮小男人已不在原地。我幾乎刺中他，劍尖劃破了他的上衣，但沒有真的刺中，他也不再笑了，只是發出一種暗自呼嚕的聲響。「噢，漂亮。劍杖菈兒果然名不虛傳。這真是我的榮幸。」

聽好了。就在他說這幾句話的過程中，我又刺了他三次。我這麼說並不是在吹噓，而是讓你明白他有多厲害。就連妮阿塔涅里都不知道，我不但三劍都失手了，還差之千里，根本沒有再擦到他分毫。我能為自己辯護的，最多是當他回敬我完全沒看到的反擊時，我是處於伸長身體、失去平衡的姿勢，而我仍有辦法往旁邊一跳，並且在落地時閃過他的第二擊。接著我用最快的速度退到他攻擊範圍之外，而他邊發出呼嚕聲邊跟過來。「漂亮，這招真的漂亮。妳朋友讓人有點失望，希望我這麼說沒有冒犯到妳？」

我的回應是用肩膀佯攻外加突刺，我為了學會這一招差點賠上性命，也確實花了四年才練到爐火純青。他看起來卻好像沒注意到似的，只是興味盎然地隨著我的動作飄移。「說句公道話，他太晚看到我了。要是他早點看到我，也許能撐久一點。不過我還是要說，對這個能躲避我們將近十一年的男人，我本來期待更高的。我相信他的紀錄會一直保持下去。啊，妳現在看到火了吧。」

我做了正中他下懷的事。我望向他身後，只是一瞬間的動作，我出於本能撇頭朝向河流，又直覺轉回頭。我沒看到漂浮的火焰，直到他擊中我，我才看見。他擊中我左側，我不知道為什麼這一擊只打斷我一根肋骨。我不覺得痛，當下還不覺得；我那半邊的胸腔完全失去了知覺。

儘管我在新月形河岸上翻滾，直到重重撞上一根橫倒在地的圓木才停下來，我不知怎地仍設法握住劍杖。我視覺尚未完全恢復，他已撲在我身上，但我連踢帶刺又就地滾開，這次他沒碰我。蘆葦中那隻**史奇拉**發出含有氣泡的喃喃聲，表示牠捕到獵物了。

我邊吐口水邊冷笑著站起來，因為這種時候非得這麼做不可，即使你根本喘不過氣，讓目中無人的假象缺乏說服力。「那就是你的撒手鐧？**就這樣**？」但類似的一擊再來一次就能取我性命了，他也知道。他沒有笑，不過那個呼嚕聲變低沉了，還增添了新的變化，他懶洋洋地走向前，說：「噢，妳真的很棒，簡直讓人難以置信。」他說的話和語氣都像情人，我覺得那是最糟的部分了。

有一段時間我什麼也沒做，就只是拚命想讓肺恢復運作，還有讓他待在一個劍身以外的距離，不過我不確定有多久。我的身側開始痛得厲害，這件事本身不困擾我——我學過如何擱置疼痛，晚點再來處理，就像有些人對付家用流水帳一樣；但我知道疼痛勢必會使我動作變慢，而我現在已確定，能救我一命的唯有速度。我轉身、跳起，在空中扭腰翻騰，當他想把我按在樹上或大圓石上時，用翻跟斗躲開，若是用劍杖刺他失手了，我就用膝蓋、手肘——有一次甚至是頭頂——狠狠撞他，而我的劍杖總是失手。妮阿塔涅里好歹還用匕首在他的兩個同夥身上留下一些小傷口，那時他們甚至尚未被羅賽斯的巧計遮蔽視線。而我所能宣稱留下的正式標記，就只有在微不足道的部位造成一兩塊瘀青。但我仍活著。

漫長的黃昏終於即將消逝了，或許對我的先天條件來說是有利的，或許未必，因為月光碾平了能讓我躲藏的陰影。他突然停住，刻意給我半秒鐘站定喘口氣，同時意識到自己傷得有多嚴重。他說：「劍杖菈兒，妳讓我遺憾自己永遠不會有子孫可以對他們述說妳的事蹟。我只能向妳保證，在我那奇異的家園裡保有許多永恆的紀錄，任何事都不會被遺忘，那些紀錄將永遠向妳想不到的大人物道出妳死得多麼英勇。」他長嘆一口氣，眨眼讓一滴真實的淚水落下，補上一句：「妳那件美麗的武器絕不會被泥土玷汙，在妳倒地之前，我就會在空中接住它。這是我對妳的承諾。」

回想起當時，他話還沒說完我就撲向他，我覺得很得意。我們又沿著河岸往下游移動，這次跳舞的人是他，他必須跳來跳去，縮頭、翻滾、飛撲，從一個又一個困局中脫身。不，我還是像先前一樣碰不到他一根汗毛；但除此之外，這次我聽到他的呼吸聲在胸腔裡像小貓一樣細細地喵喵叫，而在那雙白眼睛裡，我也終於看見了他勢必已在我眼中看見的隱隱好奇。**真的是妳嗎？就是妳了嗎？**我很喜歡回想這一幕。

不過到這時結局早已注定了。不是因為肋骨的關係——我受過更重的傷，遠遠更重的傷，結果還打鬥得更出色；也不是因為我已過了人生的高峰，雖然我從好一陣子前就意識到這個事實了。換作更年輕時的我，在他稱讚我的時候，我會連刺他四下，而不是三下，不過結果都一樣會失手。**吾友**說得對：大師確實一眼就看得出誰是他的師父，而就算在我的顛峰時期，這個人也足堪當我的師父。但我仍然必須殺了他。

「木筏在燃燒，」他反覆低喃，「木筏在燃燒，妳可以看到河面上的火。」但我始終沒再移開目光——那對妮阿塔涅里有什麼幫助？而這麼做無可避免的結果就是：我踩翻一塊漂流木，摔倒了。我立刻就爬起來，手忙腳亂地竄向他認為我最不可能去的方向，但他用兩隻赤腳踢我，一腳飛踢在我右大腿上，一腳踢在我右肩。我倒下去。

在海上，有時候當一波巨浪朝你兜頭襲來，你可能發現自己竟然在往「下」游，游入冰冷黑暗的海底，因為你已經昏了頭，搞不清楚生路在反方向。我現在就處於這種狀態。我掙扎著以單膝跪起，而他平靜地站在那兒，扠著手臂，又把我重新吹捧了一遍。「即便如此，即便摔得七葷八素，妳還是高舉著劍杖。妳的心可以觸碰凡泥，妳的劍卻不能。它對妳一定意義重大，傳奇的菈兒。」

當時我以為他是在殘忍地嘲笑我，現在我知道他是在恭維我。重點是那個關鍵詞「傳奇」，喚起了我記憶中受過的栽培與傳承，在這種薰陶下長大，對我而言這些與劍有關的胡說八道，絕對不等於孩子拿樹枝打來打去。我說：「它對我之前的許多前輩也一樣意義重大。這支劍杖是五百九十年前，在我的家鄉為詩人阿克沙班—達里亞爾特地打造的，我是他的後代。」

永恆的紀錄是吧？妮阿塔涅里曾隱約提及，就某種角度而言，他那間修道院的人就和我的族人一樣受到記憶奴役，為了再聽一個曾發生在某人身上的故事，會不惜干擾婚禮、放棄收成，甚至是忘了自己陽壽已盡。至少以我的對手而言，他明明有千百個機會把我解決掉，卻因為我的劍杖可能有故事而蹉跎遲疑。我幾乎無法在他面前站直身體，右半身感覺像冰塊，左半身則像哀號的爛泥，不過我絕對有故事要講。

「父傳子，子傳女，代代相傳。」他挺客氣地說，「很普遍的做法，只可惜這傳承必須斷在這兒了。」現在我連退後一步都不敢，只是使出僅剩的力量盯住他的眼睛，期盼從他眼裡讀出接下來幾秒會發生什麼事，並祈禱他無法同樣看穿我。然後我深深吸了一口氣，把我的劍杖遞給他。

「其實我家族的傳統有點不一樣，」我說，「這把劍並不是一代代傳下來的，而是必須用偷的。你看劍身。」

他將劍舉在我們之間，藉著月光瞇眼細看上頭的刻字，鮮少有人能有餘暇注意到劍身上有字。在那當下，他的手和他的眼睛似乎都忙得很，但我知道他的能耐，於是默默地放過這個機會。「**把我偷走，與我成婚**。」他唸出上頭的字，「很奇妙的警語，如果它是警語的話。」

我笑了，雖然笑會讓我的胸腔很痛。「可以這麼說吧。打從這支劍杖被打造出來的那天起，它就像專門吸引竊賊的磁鐵。我跟你說，連鐵匠本人把劍杖交給我的祖先後，才過不到一星期又想把它偷回去，從那之後，可憐的詩人就沒安穩地一覺到天明，總是有竊賊摔下他的屋頂、在他屋子底下挖地道、在他的衣櫃裡撞見同行而打架叫嚣，鬧得不可開交。老的少的、男的女的、無賴小流氓，從該地區的各個角落聚集而來，想用狡詐的手段奪走你手中的那把劍。就連他最親近的朋友也都不值得信任，更別說他性情溫和、年老體衰的父母了。整件事變得令人身心俱疲。沒過多久，我的祖先已決定親手將劍杖交給下一位他發現躲在食品儲藏室裡的闖入者，或是下一個試圖引誘他走進市集後頭巷弄的強盜。我跟你保證，這是事實。」

「啊，但他自然是沒把它送人，否則我們怎會在這裡？」他仍然沒看我，只是退後一兩步，讓月光能在他傾斜劍身時沿著細長的刀面顫動。「那位好人是如何解決困境的？」

「結果到頭來，我的祖先根本不是個好人，」我說，「卻是個聰明人。他考慮良久後，請人在劍杖上刻下你看到的文字，而當有個特別勇敢又精明的年輕竊賊成功從他手裡拿走劍杖（而且還是在光天化日之下），他親自追蹤到那個男人，並向對方提出一個大膽的提議。他可以保有劍杖並受到接納，前提是他要娶我祖先的長女，加入他的家族。竊賊當場就答應了——那個女兒也同意，因為顯然那竊賊是個討喜的青年。於是我們最古老的傳統就這樣開始了。」

舉高、放低、對著月亮、朝向黑暗。「很迷人的故事。」他**確實**聽得入迷，雖然很謹慎地不表現出來，入迷得沒注意到我終於又讓自己動了，我微微地向旁邊（而不是向後）挪了一點。「雖說那竊賊僅有的另一個選項是死亡。我沒有對妳祖先的千金不敬的意思。」

「啊，但其實完全不是這麼回事呢。」我這句話命中他的要害。他忘了把玩劍杖，只是盯著我。這是他首次看起來像個人類，眼睛圓睜（不過很快又瞇起來），流露出老天保佑的人性困惑，以及最親愛、最珍貴、最摯愛、想知道接下來發生什麼事的人性渴望。當時的我又痛又累，害怕即將命喪黃泉，而我終於在那眼神中看到了我的庇護所。

我說：「那個青年大可以毫髮無傷地自由離開，永遠不再見到那把美麗的劍。他卻樂意服從刻在劍上的指令『把我偷走，與我成婚』，而最後他成為兩個妻子的忠實丈夫。有鑑於他比我的祖先更了解竊賊的種種手段，從此再也沒有任何竊賊靠近劍杖，就算有，劍杖也成為他們生前看到的最後一樣東西。唯一的難題是他始終無法說服自己，將這件珍寶留給他的任何一個後代，即使到了臨終之際仍捨不得放手。我個人認為他本來應該會下令讓劍杖給他陪葬，只不過有個手腳俐落的年輕女僕在最後一刻帶著劍杖跑掉——當然，這表示原物主的長子必須找到女僕，反過來把她娶進門，才能把劍杖和這等技藝留在家族裡。從此以後就一直重演這樣的戲碼，直到奶奶打破慣例。奶奶總是不按牌理出牌。」

即使在這個時候，我仍無法確定他已上鉤，因為他一直眨著眼睛，來回看著劍杖和我。「讓血脈保持流動，那才是正確做法。」他幾乎像自言自語，「其實跟我們很像。」但他非知道不可，你懂吧，而當你必須知道故事的結局如何，兩個人之間的距離是多了還是少了幾十公分，又有什麼好在意的呢？「妳的奶奶。」他慢吞吞地說，而我在心裡對自己說：**你是我的了。**

「啊，奶奶。」我嘆氣，「我童年時最具魔幻色彩的人物。」她確實是，上天保佑她那顆邪惡的、毫無廉恥的心。「奶奶是曾外祖父的女兒，所以她沒有資格偷走劍杖並與這個家族的人結婚來擁有它。她覺得這實在太不公平了，而我奶奶從來就不能容忍不公平的事。她像我一樣個子不高，在當時很容易受到忽視，不過從十二歲左右開始，她幾乎整天都守著那把兵器，並學習如何使用——她至少還被允許做這件事。她每天早上都趁著知名的奇里阿族大師拉克爾亞拉開始喝酒前，纏著他學劍——」我看到聽故事的人眼睛瞪得比原本還要大，「直到她學會大師的所有知識，還能以大師的防守與反擊招數、他著名的陷阱與反應為基礎，發明自己的變化版本，一練就是幾個小時。她幾乎無人能敵，我那文靜嬌小的奶奶，她每晚都會唱兒歌給我聽，即使我年紀已經大到不適合聽兒歌。她發現自己無人能敵之後，有一天，她日常練習過後，便直接帶著劍杖消失無蹤。」

「消失無蹤？」我現在算是在半吟唱，完全沉浸在說故事的模式中，就像他沉浸在故事情節中；從我知道自己叫什麼名字時，幾乎就開始學習這種說故事模式了。但我除了自己的名字以外還學到了別的事情，我知道我得拖慢一切，**一切**：不只是我遠離他的動作，也包括我的呼吸、我的疼痛和我搏動的血流，甚至是我的思緒——全都要慢到能配合靜謐冷月的節奏。右手邊一片灌木叢底下有個形狀不明的藍影子，想必是他的行囊。

「其實她是回到自己的房間去了，」我說，「不過意思差不多，因為接下來整整三年的時間，她出房門只是要把半夜來索討劍杖之人的屍體推出來，然後又馬上回到屋內。唯有她的劍下亡魂和送食物的僕人才見得到她——噢，她的父母幾乎每天都來懇求她講講道理、把劍杖物歸原主，之後再嫁給按規矩從他們手上偷走劍杖的人。但任他們說破了嘴也是白費工夫。奶奶寫了文情並茂的短箋給他們，關心兄弟的健康，為最近一名竊賊的下場道歉，但仍持續抵抗著各種圍攻。我想是到了第三年吧，忍無可忍的曾外祖父派了一群士兵破門而入。她收拾掉他們之後，始終沒裝上新的門，從此之後刻意讓房間洞開。沒有人敢往門洞裡看一眼——直到我那個獨眼龍爺爺鬼鬼祟祟地出現。不過那又是另一個故事了。」

那**到底**是不是他的行囊？一定是，但它能裝什麼，這些人能隨身攜帶什麼？妮阿塔涅里說他會為走水路作準備，可是在那麼小的行囊裡，頂多只會有玩具船吧？笨蛋，別看那東西，這是為了保住妳的小命，讓那雙出神的白眼睛繼續盯著妳，勾住他，**勾住他**——現在挑選妳要的位置，跨半步，就是這樣，讓妳的右腿稍微顫抖且彎曲，反正那條腿本來就巴不得這麼做——我在想該不會右邊也斷了一根肋骨吧，拜託不要——在那所有動作底下，是一種截然不同的顫慄，比任何動靜更深層。**我仍然能做到，做到我天生該做的事，我並沒有丟掉這項能力。我仍然能說故事。**

「妳的格鬥技巧就是這個女人教的？」他的嗓音奇妙地嚇了我一跳：我滿腦子都在想怎麼殺他，幾乎忘記他本人的存在，不知道你能否體會。在他殺我之前，他仍然想先知道故事的結尾。

「不是，」我說，「其實不是。」這次我完全放掉右腿的支撐力，於是向旁邊踉蹌倒下，還發出相當真心的哀鳴。我用左手撐地，同時右手迅雷不及掩耳地探進靴子再抽出，而在劍杖或男人落地之前，接住劍杖的人終究是我。那把小匕首深深插入他的喉嚨，只看得到刀柄隨著他的呼吸抽動起伏，他直直瞪著我。我慢慢站起身，走到他旁邊。

「我奶奶這輩子連雕刻刀都沒摸過，」我說，「這玩意兒是我在佛斯納沙欽從一個小販的手推車上找到的二手貨，我跟你一樣不知道刻在上面的字是什麼意思。教我劍術的是個愛喝酒的惡劣老兵，每次上課前他會告訴我這次他要收取什麼學費，好讓我一邊跟他練習一邊想著這件事。這匕首是他的。」

我確定這段話他聽懂了，不過在我補充下面的話時，那雙白眼睛已漸漸失去光采，「很抱歉我騙了你，你太強了，我沒辦法憑正當手段打敗你。願你的道路充滿陽光。」我們在道別時也會說這句話。我不知道他有沒有聽見。

妮阿塔涅里

一開始我並沒有發現自己在動。這話聽來可能很怪，但我確實感覺很怪、很不舒服，而在那最初的時刻，我唯一知道的事就是我有一邊眼睛看不見。我的左邊有一片暗紅色，與右邊環繞我的那種灑著月光的冷冷河面幽暗不一樣。因為這種狀況，再加上我腦袋裡有股困惑感在陣陣悸動，使我過了好一會兒才意識到，天空與河流正客氣地遠遠掠過我，因此我其實並非動也不動地躺著。事實上我的右腳浸在水裡，而我背部隱約的不適，原來是硌著一塊凹凸不平的漂流木，我一坐起身它就漂走了。不可思議，我竟然身在我根本沒打算放下水的破爛木筏上，而它正在我屁股底下緩緩瓦解，偏偏我成了半個瞎子，而且還是隻旱鴨子。我之所以沒有扯破喉嚨呼喊菈兒，唯一的原因是在那當下我的暈眩甚於恐懼。這樣的狀態很快就有了變化。

我不敢站起來，但花了感覺有兩週的時間扭動著跪坐起來。我最後的記憶是我在把幾束水草打結，好讓我的漂流木至少在昏暗的光線下看起來像一回事，要是有人笨到把它推下水，或許還能保持完整。以月亮位置判斷，那已經是一個多鐘頭前的事了，而了不起的是，大部分的木筏仍和我在一起，不過正在解體。我能感覺到圓木在位移和滑動，因為我塞在圓木之間使它們緊密接合的枯枝，已經一根一根地脫落了。「死人的長捲髮」數量很多，也很容易接成纜繩，但有個致命的缺點：它們會愈拉愈長。我保守估計這艘好船「蘇克揚棺材號」的壽命還有十分鐘，樂觀估計我自己的壽命還有五分鐘。

比溺斃更加令我痛恨的是死得不明不白。顯然我成了被偷襲的人，跟羅賽斯或提卡特一樣輕易地被殺個措手不及，連我的攻擊者是誰都沒看到。儘管我的頭和身體到處都又痛又麻，我卻想不起受到任何攻擊的感覺。我的左眼是少數不會痛的部位，正如同它也沒有別的作用。簡直就像已經不存在了。

我保持跪姿，擔心最輕微的動作都會加速木筏的分解。午後的夢幻河流現在似乎每分鐘都在我身下更洶湧地撲向前，把我在漆黑的河岸之間甩來甩去，愈來愈快地衝向屈辱的無助死亡，那是我不喜歡的死法。另一根樹枝從「死人的長捲髮」裡滑脫，我抓著的一根圓木在我手心裡滾動。我像白痴一樣想像「會笑的人」好整以暇地坐下來，與我討論究竟是在哪一刻，這艘木筏不復存在，還原成曾經攜手合作的一批棍子。這正是他會花上整天時間去辯論的那種題材，每當他厭倦了自己的論點，又等不及我提出主張，就會不時跳到我這一方來說話。我主要關心的則是原本有樹枝的那個空隙，現在已開始有水冒上來，往我的腿上潑。

我的左眼似乎開始能分辨形狀和影子的差異了，但我無法判斷我離左右兩岸各有多遠，好像知道以後有任何幫助似的。我仍然跪著，然後朝各個方向盡可能伸長手摸索，愚蠢地期盼找到一片破木板，某個可以划水的東西，設法調整木筏的角度，使它漂向我看不見的岸邊。我的一隻手碰到某個感覺像小小鍍金紙管的東西，類似西方人慶祝盜賊節時吹的那種紙笛。我花了人生中最漫長的片刻才醒悟到那是什麼，不過我還是想到了，於是我揚起手臂，直到指關節擦到樹皮，然後我將那小東西盡可能丟到離我最遠的地方。它還在空中時便無聲地融為火，將四分之一的天空變成黎明，一抹血紅的白色黎明從一方的地平線掠過另一方。在那刺眼的強光中，在那不可思議的寂靜中，我看見了滾滾河水以及岸邊的樹木，還有在枝頭沉睡的鳥兒，全都被漂得失去顏色。我看到四周的夜行性昆蟲都在燃燒，幾千隻昆蟲一下子就被燒滅，每一隻都擁有一秒鐘披金戴銀的生命。然後我看到了菈兒。

只在那一瞬間而已，接著，修道院那個氣喘咻咻的男人因應需求一次製作十幾支的小裝置，便掉進水裡熄滅了。黑暗回來了，菈兒從我的獨眼前消失，就像那些睡著的鳥兒一樣。不過我還是能看見她，現在也是，她盤腿坐在一艘比我的木筏更小的船的船尾，沿著河飛速追著我而來。那艘船可說是一塊裝了帆和舵的錐形木頭，菈兒看起來像是泰然自若地對它咂舌，並稍微拉扯一下繩索來催促它前進，彷彿這是一匹肥胖的老馬。她看到我的時候朝我揮揮手。

我本來想揮手回應，可是到那時候我已經用上了雙手加上雙腳，以絕望又可笑的方式企圖讓木筏的殘餘部分不要散開。這搜木筏現在全都在快速四散漂離，但其實已堅持了遠比當初預定更久的時間：我所有的拼湊材料都零零碎碎地從鬆開的水草之間滑了出來。我聽到菈兒高聲叫我放棄木筏，隨便找一根圓木緊緊抱住，撐到她來救我。她說得倒輕鬆，她可是在海上出生的——我如果換成在燃燒的高塔上還比較冷靜一點，而且比起放棄木筏，我會更輕鬆愉快地從那座高塔上往下跳。或許你會覺得想不透，但我浪費了一些時間找我的弓，結果我在黑暗中瞎摸時，僅存的幾根圓木也從我腳下盪開，我直直墜落，撕開河面，對河水又踢又咬，一邊在水中跳舞，一邊像被吊死在半空中的人一樣瞬間下沉。你說得沒錯，這畫面很逗趣。再給我笑一次，我就把你的臉壓進湯碗裡，讓你更能體會我當時的感受。我保證把你壓在湯裡的時間，不會超過我當時在水裡的時間。

菈兒說她把我從水中撈出時，我確實是掛在一根圓木上，而且抱得死緊，以至於隨著那根木頭在水裡不斷翻滾旋轉。我一點都不知道。我再度甦醒時，面朝下趴在菈兒那艘玩具船的甲板上，又咳又吐，她則繼續用力拉帆索，同時雙腳並用地快速踢我的背部，促使我盡量嘔吐。這部分我倒是記得。菈兒的腳雖然小但令人記憶深刻，尤其是腳跟的部分。

等我能說話了，我說：「這是他的船。」這是廢話，她也不屑回答我。我很慢地坐起來，抹了抹嘴巴，暈眩發抖。即使在月光下，且我只有一隻眼睛功能正常，我還是看出她的坐姿有異，她撐著身體的方式，以及黑皮膚下泛著冰冷蒼白。我問：「妳傷得多重？」

「肋骨，」她輕聲說，指著左半身，「也許兩根。」在河流的嘈雜聲中，我幾乎聽不到她說話。那個冷漠無敵的水手菈兒已經徹底消失——現在我既已安全地上了船，她終於容許自己感受到疼痛。她圓睜的眼睛不再看我，再過不久她勢必會就地暈厥，將這靠不住的小船交付給同樣有待商榷的蘇克揚船長負責，而這位船長不久前才跟著自己的船一起沉沒。我輕輕抓住她的肩膀，湊向前問道：「要怎麼讓這玩意兒停下來？我是說靠岸。」

我得重複問好幾次，她才猛力甩甩頭，像是要讓自己清醒一點，然後把我的左手用力按在舵柄上。「推。」她小聲說，然後她把控制小船帆的繩索塞進我右手，勉強用嘴形說出「拉」，接著就軟倒在我身上，完全失去意識，以至於她全身的重量差點讓我們兩人都栽進水裡。我趕緊抓住桅杆把我們撐回去。

即使在黑暗的河面上，仍看得出她嘴唇發紫。她的心跳太快，呼吸太慢且不規律，不過在我有限的時間內，我很開心地發現聽起來她的肺並沒有被刺破。我盡可能將她固定在桅杆底部，同時這該死的船在追自己的尾巴，而我老是忘記名字的那東西——對了，叫帆桁——一直掃過來，想要謀殺我，因為我沒辦法兼顧照料菈兒還有推和拉那些東西。我痛恨船。現在的我比起那天晚上更了解船了，而我增加了幾分了解，就增加了幾分厭惡。

然而一旦我空出時間坐下來駕船，我馬上就發現，菈兒剛才為我上了最速成的一課，教我怎麼讓這種東西聽命行事。只要把舵柄往某個方向推——以我的狀況來說是用力往左推，這樣船就會往河的右岸偏，然後再把繩索往反方向拉，**理論上**就會使帆漲滿風，而船也會乖乖地前進。當然，要是你後方沒有強風，也不懂得如何盡量利用現有的風（這兩項敘述都符合我的狀況），風帆就會拍來拍去地生悶氣，而那根叫帆桁的東西也會掃過來打破你的腦袋。話雖如此，我還是又推又搖又是哄騙又是咒罵又是閃躲，使小船怯生生地漂向河岸，最後尖尖的船頭卡進一團懸垂的樹根，終於停住了。我把船繫在那裡，將菈兒扛上岸。

我脫掉她的衣服檢查傷勢時，她完全沒有動一下。我馬上就摸到那根斷掉的肋骨了——感謝諸神，只斷了一根，不過看起來她別的部位並沒有受傷。當然我很清楚事情沒有這麼簡單，但是她身上幾乎什麼痕跡也沒有，還是很奇怪又嚇人；說到這個，我身上也沒有傷痕。她整個右半身摸起來都很燙，而我觸碰她時，她抽搐著閃躲並發出呻吟，不過沒有醒。

我們的糧食並不在船上。我對香草和草藥還滿在行的，但在陌生地區的夜晚也一籌莫展。船頭底下有個隔間，裡頭塞著備用船帆，我將一部分船帆割成長條狀，盡可能綑紮她斷掉的肋骨。接著我硬餵她喝進一些水，然後脫掉我自己濕透的衣物，躺在她身邊，將用剩的船帆蓋在我倆身上。我整夜都抱著她為她保暖，同時也為我自己保暖。我並沒有預期能睡著，結果不但睡著了，還睡得很沉，完全沒做夢。

我醒來時，發現菈兒幾乎沒動過。她的呼吸似乎比較規律了，但她的皮膚仍然太涼，而且嘴唇的青紫色已經蔓延到臉上和喉嚨了。我左眼的視力已恢復到只有一點模糊：一定是我沒看到的其中一擊麻痺了我的視神經。我身體多處仍痠痛不已，不過那都會過去的。我在山中淡紅色的晨曦下站起身，審視我們的環境。我前方是蘇薩提河，還沒有露出白牙，不過也已不是昨天那隻溫和的巨獸——至於其他所有方向，則全是石頭、淺色殘根以及遍地的搗蛋鬼樹。當然令人氣餒，不過有河的環境絕對不會毫無希望。我用船帆再把菈兒蓋好，然後裸著身子一瘸一拐地走到河邊張羅早餐。

這類山澗裡的魚通常都會遠離岸邊，因為會有**謝克納斯**在岸邊遊走。吸引魚群的訣竅是在水底彈手指：要是技巧正確，使用第二個關節而不是第一個，那種振動就會造成無法抗拒的莫名吸引力，接著要很慢很慢地撓牠們的肚子，直到牠們算是在你手裡睡著。這一招是我姊姊教我的。

誘捕到兩條夠大的魚需要花時間（事實證明這時間花得很值得），不過我回到菈兒身邊時，她還在睡。我自己的刀已經不見了，所以我用她的劍杖清理魚內臟，然後用木棍叉魚放在漂流木小火堆上烤，這火焰就像雛鳥一樣脆弱而透明。香味並沒有馬上喚醒菈兒，不過就在我真的開始擔心時，她睜開眼，喃喃道：「我弄丟了黃辣椒，抱歉。」她痛到沒辦法坐起來，更別說過來火邊了。我餵她吃了一點她能吃得下的魚，在她打盹時叫醒她，又餵她喝了些水。等她再度睡著，我封住火堆，又借走她的劍杖，回到岸邊。我在離繫船處不遠的地方看到幾塊岩石，上頭附著幾大塊看起來髒兮兮的灰色地衣，使得岩石貌似內部已經腐爛了。

這種地衣在北方叫作**法斯卡**，在東部山區好像叫**克林**，它只生長在高地，而且數量不會太多。我把眼前所見到的量全數刮下，能夠輕易用一隻拳頭握住，只不過你絕對不能擠壓**法斯卡**，那會失去功效。如果它聞起來稍微能忍受，表示你已經毀了它了。

我萬分小心地把它兜在我的上衣裡，帶回火堆旁（我的上衣漸漸乾了，太陽終於從山峰露出臉來），然後我努力尋找用來燒熱水的器具。我們的鍋碗瓢盆都在行囊裡，不管其身在何方，最後我幸運地找到一個破掉的**塔拉奇**蛋殼，幾乎是完整的半個，大小和我兩手捧成碗狀差不多。我用樹枝做了個難看的結構，設法把蛋殼穩當地架在火上，然後在裡面加了一些水，並祈禱在這樣的海拔能夠把水煮沸。菈兒醒來兩次，默默地盯著我，她的眼睛太大了，眼中的光芒也太冷了。

我一邊幹活兒一邊對她說話，也不管她的眼睛是張開還是閉著。「**他**有沒有餵妳喝過這噁心的餿水？這玩意兒的味道就像指甲裡的汙垢，不過當人的精神與身體受到等量的創傷，兩者必須一起療癒，否則都不會好時，這東西就能派上用場了。我找上他的當天，他就做了這東西給我喝，我沒有一能下床就逃之夭夭，還真是個奇蹟。還有另一次——妳看過繞過我半個背的那道疤吧？有一隻岩**塔格**幾乎把我咬成兩截，而且正準備好好享用下半截時，我設法把一支箭插進牠身體。不過到了那時候，我已經又是慘叫又是禱告，還嚇到屎尿齊發，以至於光是把我縫好是沒用的。要不是他往我喉嚨裡灌下足以沖走寇寇拉市場的**法斯卡**，我到現在可能還盯著他的天花板發呆。這髒東西就是這麼神奇，只要你能把它留在胃裡。」

菈兒什麼也沒說。我裝在蛋殼裡的水最後畢竟燒開了，我把刮下來的地衣倒進水裡，用一片大葉子蓋住來保留熱氣。食用**法斯卡**前必須浸泡到天荒地老，或至少撐到你真的再也無法忍受那氣味一秒為止。接下來最好的做法是在它冷卻的過程中加進兩片曬乾的**奇里禪**葉，這會讓這始終像蛞蝓留下的黏液一樣的銀灰色飲料，變得稍微易於入口——但我們手邊除了魚以外什麼都缺，這種葉子也不例外。菈兒只能喝原汁原味的草藥了，我愛莫能助。

詭異又嚇人的是，當我扶她坐起來，開始把這藥汁倒進她嘴裡，她竟然完全沒有反抗。我預期她會把藥汁吐掉——如果我運氣好，她會往旁邊吐。我預期她咆哮、咒罵，用那雙像獸角一樣硬的腳踢我小腿。我眼前的菈兒卻順從地吞下**法斯卡**，除了偶爾嗆咳一下之外完全沒有抗議，要不是她嘴唇有微乎其微的抽搐，根本就像在享用冰藤茶或是紅麥芽酒。喝完之後，她又閉上眼睛，默默地躺回去，這天接下來的時間都沒再動過。

我出於必要而為她擦澡清潔，自己也去河裡洗了個澡，小睡了一下，又抓了魚，然後把大部分時間花在研究我們僅剩的物品上。我從未見過這樣的船，老實說，在我看來它更像風箏。長度絕對不到三公尺半，最寬的部分也只跟我的身高差不多；最後，它只不過是由一堆圓形和扁平的棍子非常緊密地組合在一起，緊到你幾乎看不出棍子間的溝槽。有些棍子——譬如說桅杆好了——其實是一種空心蘆葦，勢必有很多這樣的棍子層層套疊在一起，才裝得進旅人的行囊。木頭本身比我知道的任何木材都輕很多，船帆材質像絲，但不是絲。只要兩個人就能把整個東西從水裡抬起來，但它顯然是設計成只載運一個致命乘客而已。我無法想像菈兒是怎麼在無人協助下把它組裝起來，也無法想像我們該怎麼搭乘這麼脆弱的小玩意兒順流而下，走完不知道還有多遠的剩餘旅程。我在想這些事的時候，太陽又悄悄溜回山後頭，微風變得刮人。高地的夜晚比較早來臨。

我已說過，菈兒整天都沒動，在喝了**法斯卡**之前或之後都一樣，除非我去移動她。第二天晚上我躺在她身旁時，她沒什麼變化：心跳穩定，呼吸還算均勻，不過體溫明顯比之前又更低了。堅實的脈搏是假象——她的身體運轉正在變慢，如果藥汁沒有幫助的話，我也束手無策。她的皮膚摸起來乾得要命，像是昆蟲的外殼，還散發著一股隱約的甜香，這比失溫還讓我緊張不安。某人記憶中的童年或是夢境中的死後世界，可能飄散著這種氣味，但那個人不會是獨行俠菈兒，水手菈兒。

不過在午夜過後的某個時刻，她開始躁動地翻身，把我給吵醒了，她還用她唱獨門冗長歌曲的那種語言喃喃自語。她的嗓門愈來愈大，起初聽起來有些害怕，然後愈來愈生氣，她兩眼發直，在我懷裡掙扎扭動。我盡可能小心地牢牢抱住她，擔心若是放開手，她會把我們其中一人弄傷。儘管如此，她還是不止一次抓到我的臉，也把自己的嘴咬得鮮血直流，呼喊著我不認識的名字。這些根本不重要，真正讓我很難堅持下去的，是她身上散發的奇怪新氣味，變得甜膩到讓人無法忍受，令人作嘔的程度不下於**法斯卡**。

接著她開始出汗了。才不過一眨眼工夫，乾冷的發燒狀態就解除了，她排出普通的人類汗水，全身濕透，大汗淋漓，像剛出生的嬰兒一樣喘氣和大哭，仰著頭彷彿在瀑布底下接受沖刷。藥汁發揮功效了——她恢復成原本的氣味，又辣又酸，幾乎還有點苦，那是她的味道，而菈兒從我濕答答的手裡滑出來，坐直之後顫抖地宣告：「我的劍杖全是魚腥味。」

我先前把劍杖放在她旁邊，好像那是她片刻不離手的玩具，以防她醒來找不著。現在我目瞪口呆地看著她又聞了劍杖第二次，做了個鬼臉，然後用拇指試探刀刃的鋒利度。她馬上轉身衝著我來——裸著身體，還在發抖，連維持坐姿都很勉強——凶狠地質問我：「你都拿它幹什麼了？你知不知道你把它給毀了？去你的，蘇克揚，你毀了我的劍！」

我從她手裡取走劍杖，從她的抗拒我感覺到她恢復幾分力氣了，然後將整塊船帆都裹在她身上，以免她著涼。她一邊掙扎一邊罵髒話，但我把她按下去躺好，坐到她身旁說：「我需要利刃，而我們手邊就只剩妳的劍了。」

「利刃？利刃？你知道我花了多少時間才讓那把劍**成為**利刃嗎？我永遠沒辦法讓它恢復以往的鋒利了！你是中了什麼邪啊，你拿它幹嘛？砍柴嗎？」儘管她還很虛弱（她一躺下去就幾乎抬不起頭來數落我了，而且嗓音也不時嘶啞到聽不見），但火氣也前所未有的大。「梅琳奈莎都比你上道——**沙德利**都比你上道！」

「沙德利和梅琳奈莎不必餵飽妳和治療妳，」我說，「我需要，所以有什麼我就用什麼。要不是妳把我們的行囊都落下了——」

「**我**得殺死一個人、造一艘船，還要救你那愚蠢又沒用的小命！那艘爛木筏眼看著就要著火沉沒了，我不知道會是什麼時候，我也不知道你是死是活，我哪會浪費時間把那些該死的行囊拖到船上！他一直說：『它起火了，它起火了。』」她說到這裡時嗓子並沒有變啞，眼裡也沒有泛淚，但我有種奇怪又不確定的感覺，就如同她喊我真名的時候一樣。她實在太氣我了，看起來簡直像個十一歲女孩。

我告訴她，從她把我拉出河以來，都發生了什麼事。她默不作聲地聽，目光始終停留在我臉上。她已不再冒汗了——就連她的頭髮都濕透了，小巧的耳朵也滴著汗水，我突然發覺她在區區兩天之內瘦了好多。我說完之後，她又看了我一會兒，然後搖搖頭，輕輕吁氣。「好吧，」她說，「嗯，謝謝你。」

「妳什麼都不記得？」我問，「連**法斯卡**都不記得？我無法想像有人能夠忘記喝下**法斯卡**的記憶。」

「我什麼都不記得。」菈兒斷然說，「我不喜歡這樣。」她又沉默了一會兒，才露出笑容，現在她看起來有十五歲了。她說：「不過無論你給我喝什麼，那都是對的藥方。我不知道它是否救了我的命，但它把我從——」她遲疑了一下，「我想是園丁的歌謠也到不了的地方帶回來了。謝謝你，蘇克揚。」

「謝謝妳，菈坎辛─坎索菈。」我說，「睡一下吧。」

我用我的上衣擦乾她的臉和身體，我還沒擦完，她已經睡著了，至少看起來是睡著了。不過當我又躺下，將手臂環在她腰上，就好像我們是多年的床伴、舒服自在的老戰友，她睡意濃重地嘟囔：「明天我們就往下游走。」

「不，絕對不行。」我在她耳邊說，「妳還沒走到船邊就撐不住了。」她給我的回答是像蕾絲一樣細微的鼾聲。我清醒地躺了一會兒，聽著水聲，看著菈兒肩膀後方的星星消失。

我們吃早餐前又爭執一遍。她說要立刻啟程完全是認真的，光是為了說服她聽一下相反意見，我就幾乎得動用蠻力壓制她才行。順便提一句，真要跟她角力的話，我可沒有把握：不論男女，我從沒見過像菈兒一樣恢復力如此驚人的人。她斷了一根肋骨，另一根肋骨底下的肌肉嚴重瘀血，左手臂整個廢了，右大腿敏感到不能碰，身體其他部位顯然都發出共同的哀號──儘管如此，她還是比我早起床，檢視完船的狀況後，又試著用各種不同的石頭把她的劍杖重新磨利。關於那件事，我們也爭執過了。

最後我們各退一步，或許是拜菈兒暫時暈眩發作所賜。我們將在隔天早上風向和天氣都適合的時候出發，此外，她必須繼續用船帆做的繃帶綑住受創的肋骨。至於我，我發誓不會比我們離開寇寇拉以來更加關心她，更絕對、**絕對**不問她感覺怎麼樣。有了這樣的共識後，我們用抓魚、打瞌睡和聊天度過這一天，有些懊惱地討論著大大羞辱了我們兩人的第三名殺手，並盡可能擬了些計畫，以便對阿夏丁的家進行徒勞無功的攻擊。

我想向你說清楚。對於在奇怪的地點進行奇怪的格鬥，菈兒和我與多數人相比有更豐富的經驗。但我們兩人從一開始就不抱妄想，以為能打敗那個強大到逼得我們的師父倉皇逃命的巫師。正如同我對羅賽斯說的，我們頂多只能引開他的注意力，僅此而已，我們只能期盼我那「會笑的人」能夠善用我們替他爭取到的喘息空間。當然，前提是阿夏丁還願意理會自己遭受攻擊的事。我們的豐富經驗，有一部分表現在知道自己什麼時候引起了巫師這種生物的注意，然而當我們在河裡洗澡、用午後的陽光曬乾身體，並聊著未來幾天的計畫時，我完全沒有察覺我們受到監視。這下你就明白經驗究竟有幾分價值了吧。

「我從沒假裝我很懂航行，」我說，「但我絕對信不過能裝進背包的船。就連我都知道這不正常。」

「它很美，」菈兒說，「絕美的設計。真希望你對船或是你那些虔誠的老同事更了解一點，不管了解哪一個都有幫助。我在努力摸索組裝方式的時候深深著迷，差點忘了我身受重傷，而且你命在旦夕。總之，我跟你打包票，我們坐上去以後它不會沉。我真心覺得它根本沉不下去。太驚人了。」

她眉飛色舞地講著這艘破船的事，好像我們已經完成任務、把阿夏丁消滅了似的。我因為必須提醒她現實狀況而內疚，又氣她害我感到內疚。我說：「它最好是很驚人，它最好能射箭、爬牆、擊退岩塔格和尼休魯和魔法師、縫衣服、打獵，還懂醫術。因為我們所有的存糧和武器都還在上游，由一個死人看守著。就我看來，我們只能期盼阿夏丁在嘲笑我們時笑到內傷。我聽過這種案例。」

我預期我這麼說又會惹來菈兒的一陣怒火，不過她難得保持平靜，甚至還有一點笑意。「我們只要激怒他就好，」她回答，「而若是我們兩人赤手空拳還不足以讓自己徹底惹人討厭，真的可以直接退出江湖，去幫忙老卡石經營『距鐵與彎刀』算了。現在幫忙我卸下這面船帆，我想試試不同的裝法。」我們在忙碌時，她開始自顧自地唱起平常那種沒有曲調、沒有高低起伏的歌曲。我幾乎可說開心聽到她唱歌。

當天晚上，我以為她睡著了，她卻突然轉身用力貼向我，以她唯一能施力的手臂盡量用力抱住我。即使在旅店的「那個晚上」，她都不曾這樣擁抱我。我彆扭地摸摸她的頭髮，然後將她肩頭的船帆掖緊一些。我說：「怎麼了？妳不舒服嗎？」接著我想起我承諾不關心她的健康狀態，於是又說：「我沒有想害妳覺得我們必輸無疑的意思。我們怎麼應付殺手，就怎麼應付阿夏丁。」不過那聽起來實在很愚蠢又自以為是，我沒把話說完。菈兒沒回答，只是繼續抱了我一會兒，然後突然很粗魯地翻身背對我，馬上就睡著了。在那之後，她手臂摟在我背上的觸感還殘留了很久。

至少隔天早上我們把行李裝上口袋船一點都不費事。船上就只有我們兩人、一把鈍掉的劍杖，以及這兩天來菈兒盡可能製作的燻魚。現在她把船帆升上去，而我則把船推離岸邊，再匆忙爬上船，緊抱著桅杆和她沒受傷的那隻腳踝。我自願走進的水深上限只到腰部。

你大概不難想像，在那塊又小又滑的甲板上，我絕對不會自在，而這種生活我足足過了三天。我害怕站起來，非要站起來時只好急忙抓住桅杆，大部分時候則是像嬰兒一樣用屁股滑動挪移。當我們繫船上岸紮營時，我沒完沒了地做著溺水的噩夢。燻魚不但又乾又沒味道，還會害我放屁，因此我不光是活在驚恐之中，還覺得尷尬、憤怒且永遠都飢腸轆轆。變成累贅對我來說是種新體驗，其令人困惑與抓狂的程度和搭船不相上下。然而驚人的是，我回想起那三天時仍然異常眷戀。

是覺得山明水秀很有情調嗎？才怪。那幾天每次我摟住菈兒，都是為了避免自己掉進蘇薩提河，要不然就是替她重新綑上清洗完的繃帶。如果說我們之間擁有徹底的親密感，也是一種慎重的親密感。作為被困在三公尺半長漂流木上的兩個人，我們在能力範圍內盡量給對方隱私，不用等人家開口就自動背過身去，設法營造出獨處空間。我記得其中一天幾乎在毫無對話中就過去了，直到我該給菈兒換手，負責操控舵柄的時候。（順便一提，這道靈巧的手續總是讓我很緊張，因為船的後半部太窄了，我們無法安全地交換位置。沒多久我們就決定了更簡單的做法：菈兒滑下水讓我通過，然後她再爬上船，或者有時候她會抓著繩子讓船拖著她一會兒，迎著河水測試她的傷勢復原的程度。）除了那個時候我們會講幾句話，唯一的聲音就只有鳥鳴和偶爾拂動水面的風聲。我們的船原本就設計成無聲無息，因此它像那些短暫勁風的影子一樣往下游移動。

不過就在同一天晚上，菈兒從她以前常做的那種噩夢裡喘息著喊叫醒來，我們自「距鐵與彎刀」出發以來，這是她第一次做噩夢。她很快就鎮定下來，但不想再睡，所以我們聊天到快要天亮時分，我們緊靠著彼此躺在火邊，那火小到不會被人輕易發現，更是小到遠遠不足以保暖。

我們這兩個滿身是疤、技藝高強，且必須承認歲月不饒人的漫遊者，在黑暗中都聊些什麼呢？主要是過去，其中又以我們的童年為重點。菈兒有一個哥哥和一個弟弟，自從她十二歲遭人從家裡擄走後，就再也沒見過他們了。我有一個姊姊，我很愛她，她是我最愛的人，而因為她愛的男人愚蠢、粗心、誰也不愛，我姊姊死了。那個男的是我這輩子殺死的第一個人。當時我也是十二歲。

菈兒提起朋友和玩伴，她全都記得清清楚楚，包括他們的打扮和喜歡的遊戲。除了姊姊之外，我沒有這類同伴，不過我曾認識一個樵夫。他當時應該已經是中年人了：一個南方鄉下人，不識字，迷信，憨厚老實，完全受到僵化的恐懼和習俗所制約。我們在森林裡偶遇時，他總會把食物分給我吃，還說了關於樹木和動物的冗長故事給我聽。當我殺死的男人的家屬追殺我到他家門口，他收容我，窩藏我，還騙他們，要是被他們發現的話，他們會連同我們兩個一起把整間房子燒了。我隔天就逃走了，不想繼續連累他，後來再也沒見過他。但我每天早上醒來時都會默唸他的名字。

我們能聽到河流那裡傳來**里爾特斯**藉著月光浮上來獵食的聲音。那是長著蹼狀前肢的滑溜黑魚，會拍水來擾動昆蟲——有時候甚至會把剛長羽毛的小鳥嚇得飛出鳥巢。菈兒說：「跟我說說你的父母。」

「他們把我姊姊賣掉。」我說。菈兒用手臂攬著我。過了一會兒我說：「我到死都會恨他們。妳一定覺得我很糟糕吧。」

菈兒很久都沒說話，不過她沒將手臂抽走。最後她說：「我要跟你說件我從沒講過的事，甚至沒跟我自己說過。我被擄走、被賣掉的時候，真的怕得要命。我唯一的心靈慰藉就是斬釘截鐵地相信我父母會來找我。我相信儘管我遇到了這些……事情，我了不起的媽媽和爸爸再過幾小時、幾分鐘就到了，他們會一直一直跟著我，除非我安全到家而且討回公道，否則不會停止。也許這樣的信念讓我沒有瘋掉吧，我以前是這麼認為的。」

最後幾個字我幾乎都聽不到了。我說：「但他們始終沒找到妳。」

「他們始終沒找到我，」菈兒對著我的身側低語，「他們該死，他們該死，他們始終沒找到我。」

她的眼皮在我的嘴唇下感覺好燙。「他們一直都在找妳，」我說，「他們找遍了所有地方，我知道一定是這樣。」

「**他們可以更努力點！**」她別開臉，用船帆悶住一聲長嗥，齒顎磨著布料，像是受困的野獸瘋狂地決定咬斷自己的腳來脫身。我親吻她時她確實用力咬了我，因此她的嘴裡有塵土和淚水和我的血味，還有我們兩人在那塊船帆底下共眠五晚的味道。不過我們做愛時動作非常輕柔，非這樣不可，因為菈兒的身體承受不了我的重量，她的手臂和腿也無法如她所願地勾住我。出於這個緣故，我們的歡愛持續了很長一段挑逗和喃喃低語的時間，結束之後，她說：「明天要挑戰惡水了。」然後就壓在我身上睡著了，鼻子還靠著我左耳。我也維持這姿勢睡著了。

隔天接近中午時分，往下游再航行了約五公里，惡水開始了。我先是注意到風：風不斷增強，而且猛烈地持續著，不像先前一樣調皮——菈兒減少用船帆捕風，更著重於控制住船。這風甚至有了一點海風的味道。從前一天開始，蘇薩提河就在變窄，兩側的山壁愈夾愈近，峽谷也變深了。我們現在得仰頭看正上方才看得到天空。前方還沒有岩石，也沒有白水，除了陰影處之外，但船開始搖晃了，我抓住桅杆時，感覺有點握不牢。我問菈兒：「妳是怎麼知道的？」

「靠魚。」菈兒說。我呆呆對著她眨眼睛。「就我們昨晚吃的魚啊。在急流裡活動的魚，味道跟我們之前吃的魚不一樣。我不知道為什麼，但就是這樣。」

我繼續盯著她，直到她露出笑容。她說：「我騙你的，蘇克揚。事實是我昨晚跟你在一起很開心，對我來說，這種幸福感非常少見，而且我也絕對不想習慣這種感覺，因為麻煩總是緊接在這種幸福感後頭。所以我提到惡水什麼的來去霉運，算是吧。你懂嗎？」

「我也很開心。」我說。我還想說更多話，但這時候船頭翹起來，底下的水瀉落而讓船頭懸空，接著後方有一波大浪拍向我們，船頭又一路往下壓。我整個人貼平在甲板上，緊閉雙眼。菈兒說：「啊，這下開始有意思了。」我覺得她聽起來興高采烈。

確實開始有意思了，變化速度很快。小船不斷擺動搖晃，我閉著眼睛，感覺我們被風吹往各個方向，徹底失控。每當我設法看看四周，會發現我們仍在朝下游走，路線幾乎跟原本一樣不偏不倚，只是速度快得多，而且就拍擊船身的力量而言，波浪看起來其實不大。但它們現在全是白的，跟冰花一樣白，像巨大的**謝克納斯**將**山加提**撕扯開時，牠們身上的鯨脂一樣原始潔白。我也看到岩石了，參差不齊的黑色岩石，那裡、那裡、到處都是，從很近的距離飛掠而過，我都能看見岩石側面紅紅綠綠的苔蘚，在奔騰的河水中如夢似幻地搖曳著。感覺就像永無止境地衝下一條充滿泡沫的長食道，而我努力不去想旅途盡頭的胃囊。

「這條河很老了，」菈兒一度對我喊道，「詭計多端哪。很深的老河床，難以計算的狡猾小支流。沒碰到它的氾濫期算我們運氣好。」那些關於水手菈兒的故事都是真的。她一如往常盤腿而坐，全身都被刺人的水花打濕，脖子和肩膀的瘀傷都還沒好，因此她只能看正前方，但她就這麼從容地駕馭我們的船穿過那片驚濤駭浪，像把一根針穿過層層絲布。有時候她會紋風不動地坐著，放在舵柄和帆索上的雙手也動也不動，然後可能再次微向後傾，或是像誘哄寵物一樣輕輕抖動手指，於是船會向這裡扭腰擺臀、往那裡驀地下沉，就這樣扭動著通過像是綠色牙齦的兩塊大石頭之間：我們的船是一小口活潑的食物，再一次避開了河流的牙齒。船頭經常整個浸入水中，帶著我一起上上下下，像是西方的船夫會綁在槳葉上的小塊祈禱布。不過我可以告訴你，那是我人生中難得一次驚愕地發現我很興奮，而且我現在比較能體會為什麼有些人就愛在惡水中泛舟。我從沒告訴菈兒這件事。

雖然「會笑的人」已經告訴我們，阿夏丁的房子不是什麼城堡，而是跟牧羊人小屋一樣簡樸，我們還是差點錯過。事實上，我們最後會注意到，完全是因為我們兩人都看到那些**達瑞斯**了，而露卡莎事前已經先看到牠們會出現：牠們就在一間有蘆葦屋頂的小屋窗口附近盤旋，至少有十幾隻，而哪怕是二十年來才剛看見一隻這種鳥，通常都會讓全村人在當天夜幕降臨前棄村而逃，田地、房產、家當通通都不要了。

這是一種體型偏小的藍灰色鳥類，吃魚，除了胸前有一道深藍色斑紋之外，外型滿普通的。至於牠們數量明明如此稀少，為什麼在我所知的每個地區都預示著厄運、災難與恐怖，我並不清楚。不過牠們就在那裡，彼此推擠著想要棲息在阿夏丁的窗台上，我感覺自己神色一凜。我回頭看菈兒，看到她用左手在空中畫了個符號，現在我知道那是驅邪的意思。我也會想做同樣的事。

菈兒把舵柄往左邊重重一推，大喊：「把舵抓穩了。」同時小船逆著風和水流轉彎，吃力地朝著岸邊前進。我整個人頂住舵柄，她則在跟船帆角力，但它突然間整個不自然地鼓脹起來，將她手中的繩索扯走。帆桁掃了過來，我低頭閃避時被敲到肩膀，整個人飛下水。我落水時聽到菈兒大叫，但她的嗓音被**達瑞斯**冷冷的叫聲淹沒了，牠們飛到我們上方繞圈拍翅。一秒後，船翻了——我還沒開始下沉，桅杆就傾倒在我的頭旁邊，原本完美嵌合的中空結構全都解體，被湍急的水流捲走。可憐的小船。我發誓我記得自己這麼想。

我也在想：**嗯，這次菈兒是救不了你了**。因為在這沸騰的食道中，她根本不可能找到我，我希望她至少還有足夠的體力救她自己。河流把我撞向一塊又一塊鋪往下游的岩石，我努力抓住每一塊卻都失敗了——苔蘚太滑，水流也太強了。我在心裡要求（我是不禱告的）在被撞死之前能夠先溺死。我試著說出我所學到在死前該說的話，但河水把那些話沖回我喉嚨裡，我又沉下去了。過了一會兒，疼痛消失了。我感覺像睡著了，像慢慢脫離自己，朝著安息前進。

這時我的腳碰到底部。

如果你還想聽更多，就安靜別插嘴，試著想像你的身體說你還活著，但你確信它在騙你，這是種什麼樣的感覺。我告訴你吧，當我站在堅實的地上，低頭看著水位降到我的胸部、腰部、膝蓋，我毫無疑問地**知道**我已經死了。在修道院時，我們被嚴格禁止去臆測死後的世界（其實這道禁令是強制執行的），不過我轉身時看到菈兒在九十公尺外的上游處，站在一塊像是正在變大的小島的泥濘河床上，我們之間就只有一道連幼兒都能踩著水通過的淺灘——嗯，我還能作何感想？我只能想著：**原來死後的世界是這樣啊，跟朋友共同走進一個你每踏一步都會煥然一新的世界**？或許事實真的是如此呢。我跟你一樣，希望永遠不必知道答案。

河流並沒有如同古老故事裡那般為我們分開：它更像是一隻寵物，因為把還在扭動的血淋淋獵物叼進家門而被主人責罵，所以縮起身子，鬆口把我們丟下來，退向對岸，假裝原本就對我們不感興趣。聽我說——我很清楚河流不可能做出這種行為，你認識的任何巫師也都不可能讓河流做這種事。我**認同**你的說法，老兄——你想不到我點頭如搗蒜的程度。我只是在告訴你實際上發生的事情。

那好吧。我踩著泥巴過去找菈兒，我們並肩而立，回頭看向對岸，就我們所能看到的範圍，河水似乎窩在不到河床一半的寬度裡。我覺得甚至沒在流動了，陽光在晃動的水面上反射出光芒，但菈兒和我看到的是一大片靜默又沒有生命力的棕綠色物質，雖然那是水，但說是土也沒人會懷疑。先前我以為自己將溺死時，並不覺得害怕——但這個，這種**不對勁**把我嚇得魂飛魄散。

菈兒和我站在原地：全身濕透，發抖，虛脫，腳踝以下都陷在摻著石礫的泥漿裡，不自覺地像幼兒一樣手牽手。我們兩人都不敢轉身面向那棟有泥笆牆的小木屋，我們能感覺到它現在像城堡一樣聳立在我們後方，甚至在笑聲響起前就已經感覺到了。

菈兒

「笑聲」聽在我耳裡的意義，未必總是與他人相同。我人生中聽過太多瘋子的笑聲了：有男人，也有女人，他們瘋則瘋矣，但還足以意識到自己有權力為所欲為。然而聽過那些笑聲的我仍活得好端端的。我甚至聽過正午時分紅色**斯加里克**的笑聲，而我還活著，能說出這句話的人可不多。但現在越過裸石而來的聲音，是最最可怕的一種笑聲。笑聲中不帶有任何情緒，不論是善良或邪惡：沒有應當的混亂，沒有騰湧而來的歡欣殘酷——甚至沒有因獲勝而展露的**笑意**。就算我忘了看到河川停止流動是什麼感覺，我也會記得那笑聲貧乏得多麼可怕。

「轉身，」他在我們背後說，「過來我這裡。」我們這兩件事都沒做。他又笑了。他說：「一看就知道**你們**是誰的學生。好吧，隨便你們。」接著他鬆手放開河流。我們看到河流瞬間活過來，聽到它發出重獲自由的巨吼，並且朝我們撲來，重新漫過河床的速度快過任何野獸能夠奔跑的極限——除了我們這兩頭野獸：我們手腳並用地爬上河岸，濕淋淋又半裸，我急到直接撞上阿夏丁，跌在他腳邊。妮阿塔涅里在衝刺時超越了他，不過他馬上又折回來拉我起身。這就是我們跟巫師阿夏丁初次見面的情形。

他的身高介於我們兩人之間：身材壯實，穿著素面棕色上衣，臉龐蒼白、光禿禿的、下巴很寬。我說他臉上光禿禿的，不是因為他沒留落腮鬍或八字鬍，而是因為——我該怎麼讓你理解呢？對，他的毛髮有些發白了；對，他嘴巴周圍有些褶痕，眼角也有皺紋，下巴底下甚至有一道小小的舊疤，然而這些加起來，都沒有累積成一副**表情**。人生會賦予我們紋路和眼袋等等，每個人都是，甚至包括比多數人活得更久、而且總是看起來更年輕的巫師在內。但唯有我們的困惑與煩憂會讓我們產生表情，而阿夏丁的臉上完全沒有這些情緒，以至於那像是一張畫上去的臉，不論是皺紋或五官都不例外。我曾見過一兩次早產兒，他們在這世上只能呼吸短短幾分鐘的時間：他們有種冷冷的透明感，還有種可怕的柔軟度。阿夏丁就像那樣。

「歡迎，」他對我們說，「菈坎辛坎索菈——還有自稱為妮阿塔涅里的蘇克揚。」他的眼睛是奇異的霧藍色，像是沒有焦點，他的嗓音雌雄莫辨。

神奇的是，我的劍杖竟然還插在我腰帶間。不管它是不是該死的利刃，仍然捅得穿一個巫師，即使他很壯。要說出接下來發生的事，我覺得很難為情——難道我不是應該最清楚，就算巫師沒看著你，也不表示他沒在監視你？但這個男人的存在似乎讓我腦中瀰漫煙霧，使我和我所有辛苦獲得的技能與知識之間，隔著緩慢飄移的雲團。我撲向前，以一個半殘的跛腳女人來說動作算很漂亮了，遠遠看著劍尖戳進他的肚子，他往前倒向我時，我還有多餘的時間再刺他胸膛一劍。只不過他並沒有軟倒，而我拔出劍時也沒有隨之在陽光下噴出血來。沒有軟倒，沒有傷口，沒有血。連一滴都沒有，連在劍杖上都沒有——只有一縷類似明亮輕煙的東西，而且也轉瞬即逝。現在他不笑了，只是看著我，好像我打斷他講話了。

「別鬧了，」他說，用毫無起伏的語氣表達不悅，「我看到也觸碰到你們旅程的每一步。我可以號令河流與**達瑞斯**——妳以為憑妳那把幼兒玩的劍，或是妳靴子裡的地毯釘，就殺得了我嗎？」他握緊左手再張開，於是妮阿塔涅里彎下腰去，面無血色。他剛才不動聲色地把重心移到一腿，正繃緊神經想使出一招迴旋踢。現在他中招時即使有發出聲音，也被河水的歡騰聲蓋過了。

阿夏丁從頭到尾都沒看他。他又做了同樣的手勢，於是我的全身肌肉瞬間結冰，把我凍在原地。他說：「不論你們有什麼計畫，都失敗了。你們傷害不了我，也幫不了你們的師父。你們想看證明嗎？那好吧。」他用腳尖在地上畫了個大圓，往裡頭吐一口口水，然後閉上眼睛。圓圈中立刻出現一團濃密顫動的灰霧，而**吾友**就站在霧裡。這並不像是我在北荒時，他傳送給我的那種沒有實體的影像：不管他（以及那灰霧）到底在哪裡，都是真實存在的，那是老人本人，從「距鐵與彎刀」的床上被抓來，微微眨著眼看著我們三人，他顯然看得到也認得出我們。他仍然穿著睡衣，不過即使如此，看到他還是讓我在一陣暈眩中立刻感到安全，就像是那個早晨在雷姆丁的碼頭，我藏身其中的臭烘烘魚簍突然被掀開，而他就站在那裡眨著眼。他就在那裡。

「嗯，」他說，不經意地望向四周，「即使是你，這也有些突然啊，阿夏丁。」他沒費事向妮阿塔涅里和我打招呼，倒是興致盎然地仰頭望向山坡上那間茅屋。「我得說，你的重建工作做得真好啊。我上次離開這裡時，它的慘狀誰都想像不出來。」

「你毀了我家，」阿夏丁空洞的嗓音說，「我沒有忘記。」

「你顯然忘了當我要求你放我走的時候，牆壁中迸出了火焰，地板上也敞開長滿利齒的大洞。我覺得你這種行為既幼稚又沒禮貌，而且很傷屋子裡的木製品。我當時就提醒你了。」

阿夏丁說：「我該怎麼處置你的僕人？放他們回去對你而言有多少價值？」

「誰？他們？對我的價值？」**吾友**瞪著眼睛又看了一會兒，然後仰起頭用**他**的方式大笑，像是這世上從沒有人妄想過製造出這麼巨大的聲音。因此，儘管我們兩個這麼悲慘，而且讓他看到我們無助的樣子也丟盡顏面，我們還是忍不住跟著他一起笑了。「對我的價值？阿夏丁，你大老遠把我弄來就為了問我**這個**？我不是一再警告你別這樣浪費法力，它真的不是用之不竭的，你知道吧。簡單地寄封信也能達到同樣目的。」

阿夏丁仍沒有直視他。「法力不會浪費，力量是愈用愈多的。顯然輕佻的態度也是愈磨愈光。我再問一次：我該怎麼處置這兩人？」他的嗓音平板而遙遠，即使在提問時也幾乎沒有起伏。

吾友又短笑兩聲。「處置？你愛怎麼處置就怎麼處置，關我什麼事？我跟他們說過別惹你。我告訴過他們繼續跟土匪和海盜待在一起就好——你是超乎他們想像的力量，更別說超乎他們能力了。但他們就是要挑戰你，而現在他們得承擔結果。我總不能永遠來救場，為他們的愚行擦屁股。」

你覺得這聽起來很冷血無情嗎？在我們耳裡，這不啻於音樂與奇蹟；是食物、衣物、家的集合體。他儘管把我們罵得體無完膚，卻絕對不會拋棄我們，在我們各自的人生中，都禁不起信任任何事，但我們都信任這件事。我到現在也不覺得要靠他活命有什麼好羞愧的，他也依賴著我們的機智、我們的專注，以獲得超越生命的事物。我們佯作絕望地低著頭，等待最細微的暗號，而阿夏丁則用他沒有瞳孔的霧濛濛眼睛盯著我們。

「至於我自己——」**吾友**話鋒一轉，更為犀利地說，「如果我是你的話，我會盡快把我送回床上。我站的這個地方你碰不著，而且光是把我固定在這裡，就在耗去你的能量——你不再能恣意揮霍的能量。我這是給你良心的建議啊，阿夏丁。」

他看起來比我們出發時還要虛弱，我很訝異他還能站著。儘管如此，他的眼睛呈現一絲消失已久的海綠色，而且對我來說最重要的是，他粗硬的灰鬍鬚裡編繞著兩條亮粉色緞帶，我上一回是在梅琳奈莎的頭髮上看到這些緞帶的。阿夏丁回應他道：「對，你一向給我好建議，也就僅此而已。我認為讓你留下來，親眼看我除掉你的朋友，或不管他們是誰，應該有一些教育意義。你從這之中得到的悔悟，可能比我從你那裡學到的所有事更多。」

他的嗓音仍雌雄莫辨且刻意維持正常，不過說到最後幾個字時，他的臉變了。如果說我先前覺得這張活了一輩子卻不顯露任何形跡的面孔很可怕，現在的我更是對他終於望向**吾友**時眼睛的變化感到萬分恐懼。他眼神中流露的怨毒憤怒與失落感，使他的鍬形大臉看來異常脆弱，幾乎變成透明的，像是一棟即將塌陷的失火房屋。他的嘴微微張開，一側嘴角稍稍上揚，另一側則往下扯。我到現在仍清楚記得，往下的那一側有一小片乾裂的皮膚。他說：「之後就是和等候者見面的時候了。」

吾友沉默片刻，然後用手抹了下嘴巴，我記得很久很久以前，每當我不知怎地就快要辯贏他的時候，他會做這個動作。「隨你吧。但如果你在考慮對他們做出我認為的事，我得再次惹人嫌的警告你：你沒辦法既那麼做，又把我困在這裡。對，你的力量大概足夠——」噢，那個「大概」中蘊含的淡淡輕蔑會讓**我**抓狂，更別說阿夏丁了，「但你缺乏必要的成熟精準度。如果你有的話，當初我就不會從你手裡逃走了，而要是後來你取得了這功夫，你不會仍抓不到我，而你是抓不到我的。為了你自己好，把我放開吧，你好歹要有這點理智，然後——」他直視著我們，聳聳肩。「我總認為那是惡劣、亂七八糟的小花招——不過不管怎麼說，你的品味我無權置喙，就是這樣。畢竟我算哪根蔥，有資格對你指手畫腳？就是這樣，就是這樣。」

他的嗓音轉為某種昏昏欲睡的吟唱唸誦，這立刻使妮阿塔涅里和我提高警覺：每次他的聲音變成這樣，就表示他即將給你出一道特別刁鑽的謎語或挑戰。他繼續閒聊，嘀嘀咕咕，在灰霧中緩慢地左右轉動，有如伏在窗板上的胖蒼蠅。阿夏丁的致命注意力全集中在他身上：他全神貫注地盯著老人，暫時沒留下任何空間容納我們。我們突然間發現自己可以動了，以至於要繼續裝作不能動竟是如此痛苦難耐。我仍記得那種靜止狀態帶來的奇異疼痛感。

先發難的人是妮阿塔涅里——因為我手臂受傷的關係，我在拔劍時浪費了一秒。我聽到**吾友**怒吼：「**笨蛋！不要！**」阿夏丁將那張變成岩**塔格**、布滿朱紅色條紋的臉轉過來對著我們，長著根根細骨的可怕頸傘與滴著唾液的血盆大口，就頂在仍維持原狀的矮壯人類身軀上。妮阿塔涅里完全沒有退縮，往他的頸傘底下撲去，赤手空拳地探向那仍屬於人類的喉嚨，深信我會提著劍隨後跟上。因此我沒辜負他的期望，但那些**達瑞斯**尖叫著俯衝下來抓我的眼睛，和身撞向我的臉和頭，直到我只能拿著劍杖朝牠們胡亂揮砍，完全無力協助妮阿塔涅里，他此時正急切地攀在阿夏丁不停變幻的形體上——岩**塔格**變成低吼的**謝克納斯**，又變成兩百五十公分高、喙部像斧頭的**尼休魯**，再變成某個我寧可自盡也絕不想再看到的東西。妮阿塔涅里有時候只靠單手，拚命地掛在對方身上，騎在毛茸茸的肩膀或是羽毛像刀子的翅膀之間，只是勉強超出對方搆得到的距離，有如某隻坐在媽媽背上的幼獸。他在笑，嘴唇猙獰地拉開露出牙齒，簡直像岩**塔格**，眼珠也以類似方式極力撐大。他在澡堂宰了那兩個殺手時，羅賽斯勢必也看到他的這一面。一切似乎都進行得很慢，在這種時刻總是如此。當然，事實上一切發生的速度都快到讓你的思緒只能遙遙在後面蹣跚吃土。我記得自己一度隔著撲騰的**達瑞斯**大軍瞥見妮阿塔涅里的身影，相當認真地想：**嗯，比起坐船，他絕對更喜歡這檔事**。

至於**吾友**，他在他的霧牢裡瘋狂跳上跳下，對著靜默的灰牆又踢又搥。他似乎已拋開所有驕傲，甚至是籠中困獸最起碼的尊嚴。他只是一個穿著睡衣的瘋癲老頭子，大吼大叫直到沮喪破音。「住手！菈兒、妮阿塔涅里——白痴，白痴，**停下來！**過來，你們兩個蠢材——來我這裡！你們殺不死他的！」阿夏丁二度化為**尼休魯**的形體（算是吧），現在他展開那對粗短、長滿疙瘩、亮晶晶的飛翼，終於甩掉了妮阿塔涅里，把他朝河岸方向拋到九公尺外。他落地時滾了好幾圈，重重撞上一塊大石頭才停住。我隔著這麼遠都能聽到他從肺裡嘔出空氣的聲音。

阿夏丁已經在變形了，他變回自己，沒理會經過他身邊奔向妮阿塔涅里的我。隨著形體恢復正常，他那股可怕的木然平靜也回來了。他瞥了正白費力氣地舞動四肢、口出穢語的**吾友**一眼，然後吁出一口幾乎聽不見的長嘆，這口氣化為一道黑色閃電，削入灰霧之中，同時發出與刀劍砍進血肉一模一樣的聲音。

灰霧並沒有消失或是散開，卻像放在火上烤的肉一樣滋滋作響並變黑，有一會兒工夫，我完全看不到**吾友**。妮阿塔涅里站起來，搖搖晃晃——我抓著他的手腕拖他往前走，同時阿夏丁大聲命令大圓石和**達瑞斯**來對付我們。崖壁上憑空出現一塊塊大石頭滾落，在泥土上鑿出真實的凹痕，還連帶把真實的樹木和小石頭扯脫，一同傾瀉而下。我沒抓牢妮阿塔涅里，尖聲叫喚他，直到灰霧像一塊窒悶沉重的布料罩住鳥籠一樣朝我兜頭蒙下，然後有個煩躁的嗓音朗聲說：「**查瑪塔**，如果妳不介意的話，可以不要這麼吵鬧嗎？在我狀況最好的時候，這討厭的東西也夠難駕馭了。」

雖然他近在咫尺，我卻幾乎看不到他，更別說分辨出他與妮阿塔涅里。他直挺挺地坐在微高於我頭部的位置，彷彿坐在一張高背椅上。他閉著眼睛。河流峽谷、房屋和阿夏丁都不見了，天、地、萬物也不復存，就只有這沒有維度、無邊無際的灰霧，只是漸漸淡化到更多灰霧中，而就我的目力所及，在那裡頭好像有更黑的形體忽隱忽現。我大聲問：「我們在哪？發生什麼事了？我們在**什麼時候**？」

我跟魔法師打過交道。沒有任何魔法師能夠抗拒抓到一點藉口就玩弄起時間的誘惑，即使是最優秀的魔法師，即使是**吾友**也不例外。我猜他們一定都受到警告，這是絕對不該做的第一件事。不論是不是這樣，事實上在遇到危機時，他們第一個反應就是會祭出這個法寶，就像一般人會拿出紅麥芽酒一樣。我怕死這東西了，一點也不想被捲入，永遠都不想，而且我總是能察覺什麼時候又發生這種狀況了。

吾友繼續閉著眼睛說：「找個地方坐下來，安靜別說話，菈兒。」妮阿塔涅里摸著我的手臂輕輕拉開我。空氣變得非常稀薄又酷寒，不論你多猛力吸氣，總覺得肺裡的氧氣不足。那是唯一的聲響：我們太過急促而淺的呼吸聲。這裡沒有風，灰霧也沒有任何明暗變化，完全不覺得我們在動，只有遠方來來去去的形體，但那可能只是眼睛疲勞造成的殘影。我抱住自己取暖，窩在妮阿塔涅里身邊。

「我們在一個很遠的地方，」不久後吾友說，「不在任何時空，不過你們可以稱之為『異時空』。這個——」他閉著眼朝我們周圍冷死人的霧比了比，「這不是精靈馬車，也不是把我們帶去安全地方的魔毯；它是個時間氣泡——但不是**我們**的時間。你們有誰懂我的話嗎？」

妮阿塔涅里直接說：「我不想懂。你為什麼要這樣閉著眼？」

「因為我不是很確定我睜開眼的話會發生什麼事。你們可能會不復存在——**我**可能會不復存在。抑或存在本身可能——不，算了，再說下去連我都有點頭暈想吐了。不過最有可能的是，我們只會回到阿夏丁面前。但那其實等於一樣的意思。」

儘管他表現出令人熟悉且安心的暴躁，但他隱然有種我從未聽過的語氣。那不是恐懼或焦慮或單純的猶豫，而是介於這幾種形容詞、這幾種情緒之間。可是**我**很害怕，而且連我腳下踩著什麼都不確定，另外我也很冷，冷得牙齒格格作響。我質問道：「剛才在阿夏丁那裡發生什麼事？我們現在要去哪？還有，奉——」但我想不出可以奉哪個神祇之名，因為沒有神祇夠格用在這個狀況下，「你為什麼要坐在半空？」

吾友笑了，但這次他的笑聲沒有撫慰我。「是嗎？我沒注意到耶。我們要去哪？哎，回旅店啊，如果我能不受到過度干擾來做這件事的話。我一向不怎麼喜歡這種旅行方式，而且也自認沒有天分。至於阿夏丁嘛，他就有這個天分。他以前常常像這樣跑來跑去，一點都不聽我的勸。有時候還用這方法去領取他的午餐呢。」

他沉默了一會兒，眼睛更用力地閉緊一點。他說：「這種天分這次背叛他了。他用時間氣泡把我帶過來時，我根本無法反抗，但光是讓這種東西持續存在於世上就要消耗很大的能量，更別說還要顧上你們，我知道他不可能同時控制氣泡、我和你們兩人。我經常告訴他，所有能量都有其自然極限：沒有例外，即使是他。我確實跟他說過了。」最後一句話近乎耳語，不是說給我們聽的。「然後你們兩個製造了騷亂——我得說方法很笨拙，不過挺有效的，於是他想在氣泡裡殺了我，因為他相信是我在操控你們，這顯示即使到了現在，他對昔日的老師還是懷著令人感動的信心啊。」他不由衷的笑聲悲嘆之情多於得意。

妮阿塔涅里說：「他提到『等候者』。它們是在等你嗎？」

「確實是。」**吾友**回答的語氣異常歡快，「不過它們可能還要多等一會兒了。好了，如果沒人有其他問題，我想——我幾乎確定——我能把這出格的怪東西放到卡石的餐桌上。當然，至於是不是**對的**卡石，或是**對的**卡石之桌——嗯，好吧，不管怎麼說，我們應該都會覺得這是一次寶貴的經驗，尤其是卡石。菈兒，如果妳也閉上眼睛，就不會抖得這麼厲害了。照我的話做。」

他說得對，我不再看到灰霧後，那股要命的寒冷就消退了，彷彿剛才侵蝕我骨頭的寒意其實是視覺帶來的效果，但我忍不住一直偷看四周，雖然根本看不到任何東西，只有那些始終沒靠近但也沒消失的小黑影。我說：「那些是誰？」

「被我們借用時間的人。」他簡短回答，「閉上眼睛，菈兒。」

我閉上眼。我說：「阿夏丁不會流血。我的劍幾乎刺穿他，結果都沒有血。」

「因為他體內沒有血。」**吾友**回答，「露卡莎說得沒錯，在紅塔的那一夜，他把生命交給其他人，而它們交還給他的是一種不需要血液的生命形式。我很久以前得知有這種交易，但從未想過有生之年會親眼目睹。我可憐的阿夏丁啊，我可憐的阿夏丁啊。」在這沒有高低起伏的輕聲哭號後，他就什麼也沒說了。

我無法判斷又經過了多長時間，不管是我們的或是別人的時間。我聽到吾友兀自哼著小曲：那是以五個音符組成、不斷重複起伏、令人抓狂的旋律，聽了一陣子之後，它像是我們底下有個巨大引擎在持久嗡嗡作響，有種奇異的撫慰效果。我好像睡著了一會兒。

不對，我知道我睡著了，因為我記得妮阿塔涅里摟在我身上的手臂收緊時，害我痛苦地驚醒了。他湊在我耳邊很小聲地說：「菈兒，有狀況。」即使透過灰霧，我仍看得出他的臉蒼白而僵硬。

「怎麼了？」我問。看起來什麼都沒變：我們仍然凍結在寒冷的未知之地，而**吾友**仍坐在半空，反覆地哼著同樣幾個音。唯一的差別（如果那算是差別的話），就是我視野邊緣的小形體終於消失了。妮阿塔涅里施力握緊我的左手臂，也就是我廢掉的手臂，所以我完全沒感覺，我是後來才發現有新的瘀青。「**看啊**。」他說。

灰霧正在緩慢消散，從霧變成用過的洗澡水，隔著這物質出現一些人，而那些人竟是我們。我還能用什麼更白話，或是更瘋狂的方式來形容呢？我看到我們三個——完美的複製品，連**吾友**鬍子裡的緞帶以及妮阿塔涅里腳上乾掉的河泥都沒漏掉，但那些人影並沒有看到我們。他們繼續做自己的事，場景並不是這裡，隨後還出現別的人——有的又是我們，不過更多的是卡石和梅琳奈莎，而其中數量最多的似乎是提卡特。沒有哪兩人是完全相同的：有些版本的**吾友**既沒有緞帶也沒蓄鬍也沒穿睡衣，而有些妮阿塔涅里的變化大到我只能憑身高和變色眼睛認出他。至於我，看到那麼多我的複製品渾然不覺地從半公尺外經過，讓我既暈眩又有點想吐。她們都各有足以辨識的小差別，包括穿著和姿態，但是在我心裡，她們都是孿生姊妹，而且全都太矮、嘴巴太大、下巴太尖——我已學著在照鏡子時包容這張哥布林般的面孔，但一次來**幾十張臉**是怎樣！而且每一個我走路時都神氣活現地扭腰擺臀，真的太可怕了。我是那樣走路的嗎？我到現在還是不敢相信我真的那樣走路。

還有別人，簇擁在他們周圍和經過他們，在漸漸消散的灰霧中來來去去。我認出羅賽斯，在每個版本中他看起來都瞪大眼睛、表情善良，而且比眾人所知的更強壯；此外還有「距鐵與彎刀」的其他僕役或客人；再來則是無數我從沒見過的面孔，或至少我不記得見過的人。他們不透明，但也不具實體：他們就像穿過霧一樣穿過彼此，好像根本沒注意到有人似的。而我瞠目結舌、搖頭觀看時，注意到這裡頭沒有半個露卡莎。

妮阿塔涅里在我身旁大聲開口：「師父，」然後唸出我一向認為是**吾友**名字的音，接著說：「別再耍神祕了。我們現在看到的是什麼？這些人是誰？」

吾友轉向我們時仍緊閉雙眼，連帶地嘴角也跟著往上揚，但在那瞬間，他的臉非常可怕。我完全不認得那張臉，當時那張臉——以及他本人——讓我害怕。他用又慢又輕、幾乎像夢囈的聲音說：「我們接下來全都要謝天謝地，因為我至少保有足夠的理智，從沒告訴你們兩個我的真名。要是你們在這裡、在這個節骨眼講出我的真名，我們三人就會擴散到時間……不，應該說是**橫跨**時間，像一坨奶油一樣被抹在時間表面。你們對我說的情況有一絲概念沒有？」

面對那張閉眼的臉以及更加駭人的嗓音，我像他第一次發現我時一樣默不作聲地縮成一團，但現在更糟，因為我年紀更大了，幾乎能理解他的意思。妮阿塔涅里一時試圖跟他硬碰硬，後來還是謙卑地在他面前低頭。那嗓音說：「不，當然沒有，我是著了什麼魔，竟然問你們這個問題？若是你們稍微理解我剛才說的事，都會因此發狂。眼下的我應該可以忍受這結果，不過遲早我會開始內疚。大概會吧。那些傢伙還在嗎？」

幾乎所有複製品都已脫離視線範圍，只剩兩個提卡特和一個卡石。我如實告訴他，他點點頭，在我們看不見的椅子上坐直一點。他的雙手形塑出同樣隱而未現的某個物體，而且那東西似乎在他雙手之間跳動、掙扎，以及變大。「等他們走了，」他說，「我是說剩下的最後幾個，馬上告訴我。」

那兩個提卡特一起消失了，只剩卡石還在——那是個較年輕的棕眼卡石，身穿南方海岸富農那種刺繡背心和皮革綁腿。在所有勉強能老老實實站著不動一秒的複製品中，就只有他短暫但十分專注地打量著周圍的灰霧，這我並不意外。不管他真正身處何方，他都知道別的地方有某種與他相關的事正在發生。我說：「他現在要走了。他走了。」

「那好。」吾友像阿夏丁一樣輕聲說道。他講了幾個詞，聽起來根本不像語言：如果我在另一個房間，我會以為他在打呼或是清喉嚨。在他雙手之間變大的隱形物體似乎先是朝他猛推了一下，然後極其猛烈地從他掌心衝出，震得他向後仰，差點從空中摔下來。灰霧變成夜晚，但不是我所知的任何一種夜晚。空氣太清澈了，彷彿不知怎地被剝除了外皮，星星也太大顆了。我沒有吸入這種空氣，而是憋氣憋了一小時或一秒，直到吾友突然睜開眼，而我們三人就像野餐的人一樣，默默坐在卡石建造旅人聖壇的灌木山坡上。這時候已是傍晚，西方的旅店後頭已有一彎灰白色弦月在升起。我們能聽到豬圈裡的豬在吸鼻子，加提．吉尼則隔著院子大聲吆喝。

昨天晚上我們的小船桅頂上方分明是一輪金色滿月，彷彿成熟得要往河裡滴出汁液。妮阿塔涅里和我面面相覷。馬廄裡有人吹起口哨來。

旅店主人

她們拿出一筆鉅款來賠我的馬（這我承認），並且完全沒有解釋那些馬到哪裡去了，藉此表達對我的尊重。活到我這把年紀，早就不指望聽到任何人說真話了，不過基於此，你會更懂得感謝別人不對你撒謊。至於她們自己去了哪裡，更重要的是，她們如何只花七天就返回，然而這趟旅程卻讓黑女人嚴重跛腳、足足瘦了快五公斤，而眼睛長在頭頂上的妮阿塔涅里小姐看起來老了好幾歲……嗯，不論是當時甚或是現在，她們又能說出什麼我會採信的故事呢？我收了錢，叫那小子吩咐梅琳奈莎把晚餐送到她們房間，然後就讓這事兒過去了。

反正到了那時候，那個老頭已經開始比那些女人更讓我神經緊張了。我當然知道他是個巫師——第一天就知道了，你不會對巫師視而不見的，他們幾乎有獨特氣味，這件事本身倒不打緊。我不喜歡巫師（誰喜歡啊？），但他們通常是守規矩的客人，對僕役慷慨仁慈，而且比多數人更小心翼翼地和店主打好關係。但我也從梅琳奈莎那兒得知，這老頭又病又弱，一條腿已經跨進棺材了，打從羅賽斯和提卡特把他扛進房間後，他就沒出來過。而他現在在這裡，好歹是自己站著，並且不論那些女人離開旅店後做了什麼勾當，顯然都有他一份。他不是區區的森林巫師，負責治療肚子絞痛的動物並保證秋收時日照充足什麼的。噢不，謝了，「麻煩」最喜歡像流浪狗一樣跟著這類巫師回家，完全不管那是什麼人的家，或是誰要負責餵狗。我不清楚可能到來的麻煩屬於哪個品種，但我也聞得到它，就像你聞得到雨，或是即將從下一個彎道迎頭出現在你面前的一車糞肥。無庸置疑。至少關於這一點，我從來沒有弄錯過。

趕他走？趕他走？噢，對啦——沒膽量叫三個女人離開「距鐵與彎刀」的卡石，現在可以叫一個巫師去別處惠顧。嗯，我可以厚著臉皮告訴你，每當我見到他時，都會微笑點頭，問他房間夠不夠舒適，而且送給他的佳釀勝過「老娘曾為爛酒殺人」的菈兒小姐曾嫌棄過的任何酒。他也很感謝我，當著尊貴的菈兒小姐的面說過不止一次。就連旅店主人也有光榮時刻。

然而似乎什麼事都沒發生，至少是夠資格稱之為「發生」的事，不管有沒有巫師的氣味。夏日一天天過去，旅客來來去去——沙德利的老婆跟其中一個旅客跑了，她幾乎每年夏天都會重演這齣戲碼，當作離開沙德利身邊去度個假；馬匹都得到照料，餐點都煮好，碗盤都持續在清洗，客房多多少少掃乾淨了，貨車車夫將一桶桶的紅麥芽酒和「龍的女兒」拖進酒吧，有一個拿爾賽補鍋匠家庭沒付住宿費就連夜跑了。沒有先向他們收錢是我的失誤——我父親就是半個拿爾賽人，我早該有所提防才對。

那三個女人表現得幾乎與正常客人無異，曬曬太陽，到寇寇拉市場買些小飾品和古物，不過除了照顧巫師朋友這個原因之外，我摸不透她們為何要繼續住下來。提卡特似乎放棄追在那個瘋瘋癲癲的白女人露卡莎後頭了，最近幾乎連看都不看她，只會在她經過時給她讓路。那女人現在更像個小小的幽魂，她的臉都快被那雙眼睛占滿了。我原本想把提卡特趕走，只為了想趕走某個人也好，但他靠著在馬廄、旅店和廚房菜園的工作成果，爭取到留下來的機會。他是個沉默寡言、表情嚴肅的青年，那口南方土腔能讓啤酒凝固，但我得承認他做事很牢靠。

老實說，在那段期間，我唯一能真的抱怨的是那小子。而儘管我對他和我自己都這麼了解，我還是無法用言語說明。當然，看到那兩個女的回來，他簡直樂瘋了，開始打亂你的晚餐，而且老是偷溜去看她們有沒有瑣事要人幫忙。這些都不是什麼新鮮事了：不，我在意的是他在意著某件事，而且情況日益嚴重。倒不是說他說了什麼，至少絕對沒跟我提，廢話，他寧可去死，但加提・吉尼能夠看透他的表情，還有他漸漸養成一種焦慮的習慣動作，偶爾會快速察看周圍，彷彿他正準備去騷擾梅琳奈莎就聽到我大聲叫他。當時我以為是巫師的關係。我以為他迷上巫師了，就像之前迷上那些女人一樣。這讓我感覺有點怪怪的。

羅賽斯

有一部分絕對是因為高溫。雖然那個地區海拔很高，但是到了夏末，它會變得跟熔爐一樣熱。當然，我從小到大早已習慣這氣候了，老實說，我現在還挺懷念的呢，不過打從巫師來了之後，每一天感覺都像緊緊地綁在一床燒白的木炭上，那裡的人就是用這種方式來刮乾淨謝克納斯的獸皮。夜晚通常令人鬆一口氣，因為有山中吹來的微風，但在那年夏天，這種風始終未出現。狗群和雞群趴在塵土間喘氣；馬兒沒力氣揮尾巴趕蒼蠅；客人癱靠在酒吧裡，用盡辦法讓食道保持涼爽；就連卡石都比平常減少跺腳和吼叫的頻率，也比較少對提卡特和我頤指氣使。至於我自己，每個悶熱的清晨，我都滿身大汗地在乾草棚裡醒來，感到精疲力盡，頭上沾滿煤渣。那已是將近二十年前的事了，我卻還能清楚記起那段日子醒轉時奇異的絕望滋味。

因為其實不是氣候在作祟，不是氣候造成那股**滋味**，造成那種被置於玻璃下的感覺：像是有鏡片把某人灼熱的注意力集中在「距鐵與彎刀」上。當菈兒與妮阿塔涅里回來後，這種情況變得更糟：不管是睡著或清醒，我幾乎沒有一時半刻不感覺被一道冷酷的評估目光愈來愈專注地監視著，它與我完全無關——**我**，羅賽斯，或不管我是誰，也與我在這世上所理解或深愛的任何事都無關。有時候它似乎很遙遠，其他時候則近得可以與我共享鋪床的乾草，並染指我的夢境。不論是遠是近，我都避不開，也無法擊退總是與它如影隨形的邪惡沉悶感，那以一種隱約又模糊的方式令我隨時處於恐懼中，而且真的累得要命。我想也可以說是**憂鬱**得要命。

就算提卡特有同樣的症狀，我也看不出來。不過我最近根本就不常見到提卡特：他默默接手當初交付給我的看護與守衛工作，現在大部分空閒時間都與老人待在樓上，他喊老人**塔菲亞**。我很想他——他來這裡之前，我從沒有年齡相仿的朋友可以一起工作和聊天、打掃馬廄或是躺在廄樓上耍廢，此外我也強烈地嫉妒他。當然，主要是因為他跟巫師親近，使他也能每天都在菈兒、妮阿塔涅里和露卡莎身邊打轉，但我也眼紅有人重視他的存在，經常會找他，這跟被老闆使喚去做事是兩碼事。我知道我也可以主動過去，但我沒有，就是這樣。我那時候可是年輕氣盛。

那些女人比先前更自成一個小團體，不管是騎馬外出，或是關在自己房間或老人房間時。我難得看到她們一回，總是看到她們集體行動，而那並不是我所樂見的。我特別想跟蘇克揚說（他不管外表、舉止、氣味都仍然像妮阿塔涅里），我不會因為他騙我而少喜歡他一分，而我躲著他也不是出於憤怒或羞愧。我想問菈兒他們為什麼、怎麼會這麼快就回來了，還有告訴她，我在容許的範圍內盡力把她的巫師照顧好了。（對了，第三個殺手始終沒出現，我到現在都不知道他怎麼了。）而且我想跟露卡莎說，每次提卡特聽到她的聲音，或是看到她上下樓梯或穿越院子，他的心都會多一道裂痕。噢，我已經為露卡莎準備好一番說詞了，這是肯定的。我那時會對著馬兒大聲練習。

但是不知為何，那一切都未發生，幾乎就像他們三人從未騎著馬從泉水後的彎道走出來，彷彿菈兒肩上顫抖的淺窩是我夢到的，我也是在夢裡看到妮阿塔涅里單槍匹馬殺死兩個殺手。唯一真實的是在他們來之前，我無以名之的一種孤寂感——此外就是高溫，以及恐懼。

我向梅琳奈莎打聽過一次巫師的狀況，因為我不想問提卡特。她回答時用的不是平常椋鳥般的嘰嘰喳喳，而是壓抑又遲疑地囁嚅道：「應該算是夠好了吧。」我追問細節，她先露出慍色，然後又哭起來，不是像淑女一樣做作地暗自垂淚（她以前總是這樣），而是不計形象地大聲吸鼻涕，發出豬叫般的聲音，把我最好的手帕都擤爛了。我從她的哭天搶地中拼湊出的結論是，打從菈兒和妮阿塔涅里回來後，她幾乎就沒見過老人了——「但我每天晚上都聽到他的聲音，羅賽斯，每晚都徹夜在房裡走來走去，對自己說話、唸誦、唱歌，直到天亮。他完全沒法睡覺……」

我盡我所能安撫她，說：「這樣啊，那他一定是白天睡覺，就是這麼回事。而且人家是巫師耶，梅琳奈莎，巫師哪裡需要睡眠啊、食物啊這些東西，他們跟我們不一樣啦。」但她掙開我，直視我的臉，她眼中有一股絕望悲傷，我從未想過能在那雙眼睛裡看到。

「還有**其他人**，」她小聲說，「有時候還有**其他人**，它們會回應他。它們聽起來像很小的小孩子。」說到這裡她就跑掉了，邊哭邊跑回旅店，把我的手帕一併帶走。

提卡特不知道什麼聲音的事，我相信他的說法。我不認為神祇、靈體、惡魔、怪物或任何怪力亂神的東西，會當著提卡特的面現身。它們只會耐心等候，要等多久就等多久，直到他走開。卡石不是這樣的人。你很自然會覺得，若是有這樣的人，他勢必是其中之一，但他並不是。這是我對卡石的評論──那些怪物並不是每次都會等他離開。

我跟梅琳奈莎聊過之後一兩天，卡石來廚房找我。提卡特又在修補腐朽的馬槽，而我們最新一任酒館小廝失蹤了──每年沙德利的毆打和欺凌都要消耗掉一打酒館小廝。這件事最值得慶賀的一點是，他們經常連工資都沒領就逃之夭夭了。卡石足足罵了沙德利至少有五分鐘，連一句重複的話都沒有，然後他突然抬起頭，像是不經意間注意到我（他每次都這樣），粗聲道：「到外面，等著。」

我站在外面又等了五分鐘他才出來，臉色紫紅，抹著嘴巴──讓人以為他剛才配著兩盤小菜把沙德利給吃了。他在那兒站了一下子，沒看我，只是喃喃自語：「蠢得可以，笨手笨腳又一張臭嘴的白痴，是誰讓他自以為是個該死的大廚？」過了一會兒，他覺得是時候了，便說道：「羅賽斯。」我經常想到那點──菈兒叫我名字的方式，還有卡石叫我名字的方式。

我忍不住，到現在仍會想。

「你叫我等著。」我說。卡石點點頭。他說：「謝謝。」

我並不打算站在這兒發誓，說那是卡石破天荒第一次對我說「謝謝」。也許並不是第一次。我甚至不確定自己真的聽到了，因為他聽起來像被人勒住脖子。我只能告訴你，我大吃一驚，哪怕是他把手指舉在頭頂、兜著圈跳起吉格舞，我也不會比現在更驚訝了。我盯著他，這把他惹火了，他大叫：「你在看什麼好戲？你是怎麼搞的？老是呆呆望著所有東西，我沒見過像你這麼會傻看東西的人，從我第一次見到你以來就沒遇過。」

他講到這裡停住，又是咳又是吐痰，可是目光沒從我身上移開。我等著，納悶他是又要罵我排水溝的事，還是警告我別再惹梅琳奈莎不開心。但他猛力搖搖頭，抹抹嘴，深吸一口氣，然後說：「羅賽斯，你還好嗎？」

我設法把話說出口時，自己也有點結結巴巴。「我還好嗎？我還可以啦。」卡石點了幾下頭，臉色凝重得好像我的答案剛才為他揭曉已折磨他一輩子的謎語。他喃喃道：「很好，那就好。」然後他目光越過我，「羅賽斯，我一直想告訴你一件事。已經憋了很久了。」

我等著。卡石說：「你是個……你不是個壞小孩。不愛哭鬧，不會礙手礙腳。你是個乖巧的小男孩。」

最後幾個字費了他好大的力氣，他必須用吼的才能送出口，諒我不敢質疑他說謊。他站在那裡怒瞪著我，甚至氣喘吁吁，眼睛變成奇異的黑藍色，他真的生氣時就會這樣。這種情況只維持了幾秒，接著他便轉身，踩著重重的腳步回到屋裡，還沒開門已經重新開始辱罵沙德利。我站在原地，在那片被刮成白色的天空下，因為困惑、疲憊與恐懼而麻木地顫抖著，真希望知道自己的名字。

狐狸

太熱啦，太熱啦。可憐的小狐狸，在這身討厭又累贅的濕毛皮袋裡滑動翻滾。人形沒有毛皮，但妮阿塔涅里恐嚇我十幾遍：讓她看見人形就送我上西天。所以沒有人形，沒有酒吧裡美味的紅麥芽酒，樹底下平常雞群睡覺的位置，只剩灌飽熱風的熱雜草。感覺好像在啃舊掃帚。可憐的狐狸。

白晝，黑夜，連綿不絕。除了睡覺無事可做。如果我想的話，我能睡上一百年，什麼也不吃，什麼也不喝，等你想到我時才醒過來。不過我一抬起頭就看到她，露卡莎，正低頭看我。那張臉上的眼睛好蒼老，幾乎和我一樣老。她好輕柔地說：「狐狸、狐狸。」彎腰抱起我，就像第一晚那樣，將我摟在她肩上、她脖子旁。我舔到美味的鹽，就只有一滴滴。

「我的狐狸，」她說，「幫幫他。」

他？露卡莎感覺我在低吼，用力抱緊我。「噢，狐狸，他很親切，他對人很親切。」對狐狸可就不是了。露卡莎說：「他現在有危險。」很好，就讓另外那傢伙揪住他的頸背和尾巴，看看他有什麼感覺。我再次舔她喉嚨。現在變成人形如何？但她把我摟緊到我哼唧一聲，她說：「你認得它們，夜裡來的那些東西。我知道你認得它們。你能把它們趕走。」

把魔法師趕走豈不是更好。露卡莎說：「他需要死去。他的時候到了，他**需要**死去。」我在她臂彎裡蜷起身子，閉上眼睛。露卡莎說：「但要是他現在死了——在生病、沒睡覺又憤怒的狀態下——他會變得跟它們一樣，只不過更糟，糟得多。有一個詞指的就是這種狀況，但我忘了是什麼詞。」

格厲加斯，對，太糟了，誰在乎呢？露卡莎抬起我的頭，等我回視她等了半天。「狐狸、狐狸，我知道你幫不了我……但是拜託你，幫幫他。我和你是朋友，所以才拜託你。」

她親吻鼻子，放我下地。「去找他吧。」露卡莎滿懷信任與信心地站在那兒，等著我立刻的溜溜跑開，去拯救邪惡魔法師免受夜間訪客的騷擾。我原地躺下，伸出舌頭。露卡莎的眼睛泛著悲傷的亮光。「狐狸。」她等了一下，轉身走開。我在塵土間打呵欠——有沒有哪隻雞做了噩夢，從樹枝上摔下來啊？沒有。**我**真命苦。一隻眼睛醒著留意妮阿塔涅里，一隻耳朵豎起提防胖旅店主人，然後繼續睡覺——愚蠢的**格厲加斯**不是什麼麻煩，對狐狸來說不是。這是屬於魔法師的麻煩。

可是喔，可是啊，剛在乾巴巴的雜草裡勉強躺得舒服一點，老空無又來找我了。「去瞧瞧，去瞧瞧。太多躁動了，是什麼玩意兒？」**我**知道是什麼玩意兒——還不就是兩個蠢魔法師隔著天空朝彼此張牙舞爪。愚蠢至極的魔法師，不多也不少——但老空無說：「去瞧瞧。」

就這樣，可憐的狐狸別想睡了。所以我還是來到這裡，的溜溜地跑來找露卡莎的巫師，哈囉，親切的朋友，是壞聲音害你不能睡覺嗎？真好，總算天理昭彰。也許狐狸我可以跟著講幾句話。

又深又熱的黑暗。旅店門上了鎖又上了閂，但老鼠知道廚房有一塊牆板腐朽了，而老鼠知道的事狐狸也知道。扒一扒、扭一扭、甩一甩，我們來到沙德利的大爐子底下，還是熱的呢，夜裡火苗都窩在灰燼裡，就像是睡在屋角兩張椅子上那個髒兮兮的小男孩。不發出半點聲音，只有我的爪子輕敲著石地。

跟著氣流上樓，隨著受驚的甲蟲通過走廊。魔法師房門底下有燭光在扭動，試圖從裡頭鑽出，這也難怪。噢，對、對，我確實認得那些嗓音，認得氣味。它們聞起來像閃電，像澡堂底下的排水溝，像**謝克納斯**吃過東西後留下的血淋淋雪地。一時間，我的毛皮為可憐的老魔法師顫抖，不過一下就過去了。我比任何人都清楚：世界上的魔法師已經太多了。

我到了房門外，也寧可就待在房門外。不是害怕，但我不喜歡靠近它們。聲音會損傷我的牙齒。老空無說：「進去，狐狸。」人形或是這個，要用哪個？我考慮了一下，變成人形——誰知道為什麼？也許用兩條腿比較好走進去吧，也比較方便從鑰匙孔偷看。

房間裡滿是那些東西，像是在屍體上蠕動的蛆，使屍體看來還會呼吸。有的有臉，有的沒有，有的在應該有臉的位置，卻長著玻璃、火，或是正在一跳一跳、花朵般的內臟。有的沒有形狀，沒有身體，只有一點點影子，是空中小小的黑色彎。有的跟鴿子和兔子一樣漂亮，有的讓人看都不敢看，連我都不例外。它們蹲在床柱上，趴臥在窗台上，沿著屋椽跑來跑去。從沒看過這麼多集中在同一個地方。大部分時候，你得用特殊的斜睨方式，閉起一眼，才能看到它們。它們是從鏡子的另一側來的。

魔法師看得到它們。呵呵，魔法師看得到它們。他走來走去，走來走去，始終不看它們，始終不坐到床上。不能站著不動，不能休息，有它們在就不能。他的膚色原本算是灰的，現在成了白的——像灰燼一樣白，像被燒過一樣白，像露卡莎一樣白。他臉上有一道道像耙出來的紋路，那是沒有流血的爪痕。他走來走去，頭抬得高高的，用力跺腳，唱著一首低俗的歌，水手歌：

「艦長問下士：

兄弟，你老媽可好？

下士回艦長：

我操。

向左又向右，再行一哩路，

向左又向右，在此先停住，

放下行囊，告訴艦長：我操……」

一遍又一遍，用他燒灼的嗓音喘咻咻地唱著，就連妮阿塔涅里也沒聽過這個。而且這首歌有好多段。如果他停下來，哪怕只鬆懈一回，它們就會攻擊他——噢，不是用爪子和牙齒，雖然它們的外表讓人如此認為，而是用眼神、嗓音、甜膩油滑的笑聲，用昔日的羞恥、背叛和腐爛的祕密攻擊他。它們能扭曲人的記憶，將好夢扭成異常又真實到難以忍受的形狀。它們能在轉瞬間讓人的靈魂像緞帶般一條條懸垂著，我知道是這樣。

魔法師他們從來不鎖門。我推開門，走進去，留一道縫以防萬一。別的地方都很熱，但這房間冷得像刀。快活的爺爺人形四處看看，拍了一下魔法師肩膀，大聲說：「喂，你這混蛋，怎麼沒跟大家說你在開派對？」跟馬車車輪一樣大的眼睛，一團團黑乎乎濕漉漉的眼睛，長在尾巴和觸手尖端的眼睛——全都望向人形。這個眼睛亮晶晶的爺爺不該在那裡的，不該看得見它們的。只有魔法師始終沒抬頭，只是繼續吃力地來回行走，啞聲唱歌：

「艦長問下士：

我們午茶怎麼辦？

下士回艦長：

往你帽子撒泡尿看看。

向左又向右，再行一哩路……」

好累，好累，他好累，人形那一拍差點把他打倒在地。露卡莎要哭了。我可不。我對老空無說：**在房間裡動來動去的就這東西啦，沒什麼大不了的**。**謝謝，再見，狐狸可以退下了**。但老空無總是讓人捉摸不透。「留下來看，這裡有太多力量了，野蠻又不對勁的力量。留下來看。」

你說說，**這**叫公平嗎，**這**叫天理嗎——身為狐狸沒有更好的事可幹，只能在討厭的妄念間等待天亮或是魔法師死掉。我得跟它們在床上、在窗台上擠在一起，整夜聽著艦長和下士的對話，全都是因為老空無認為某個魔法師有特別之處？不不不，這次不行，這隻狐狸不行，我才不怕。有太多雞在別的地方等我了。

但是怎麼辦呢？人形總不能直接走出去，老空無絕對不准的。好吧，就如同露卡莎的請求，那些傳送物必須離開，因為這才能讓我過得舒坦——是為了**我**，不是別人。思考，狐狸。人形再度拍打魔法師肩膀，陪他一起唱副歌：

「向左又向右，再行一哩路，

向左又向右，在此先停住，

放下行囊，告訴艦長：我操……」

真是首好歌。魔法師不停跺腳、唱歌，目光始終往下看——不看傳送物就算了，連善良的爺爺人形也不看。但爺爺什麼都不放過，眼睛跟我的牙齒一樣亮。爺爺對傳送物大叫，用它們的名字向它們打招呼，那些名字在嘴巴裡的感覺有如夜晚，有如碎玻璃，有如滾燙的油、死水，有如風。惡地之風。

它們不喜歡有人叫它們的名字。並不會尖叫亂竄，並不會變成石頭，但就是不喜歡。有意思。就算我想，我也傷不了它們（它們也傷不了我），但仍然很有意思。爺爺人形喊得更大聲，拿名字開愚蠢的玩笑，甚至編進走不停的魔法師的歌裡。現在它們發出嘶聲、喃喃自語，跟他相比，它們對我的怒氣更多三分。它們愈來愈亮，全都因同樣的黑火而沸騰，那黑火是派它們來對付老魔法師的那股力量的印記。它們令人聽了耳朵痛的細小聲音在室內湧升，淹沒了「向左又向右」，甚至淹沒了人形的大嗓門。魔法師雙腿一軟，踉蹌跪地，兩手摀住耳朵、摀住臉，歌聲停了。它們馬上就會一擁而上，嘻笑、嘲弄、啃咬，他再站起來時不會是原本的他。太可惜了，露卡莎——老空無，你滿意了沒？少了一個魔法師，多了一個**格厲加斯**，誰在乎？這隻狐狸可不在乎。

但這時仍跪在地上的魔法師轉過來，瞪大眼睛，雙眼散發著像日落之後天空的熾亮綠光。他用力揮出一手，講了三個詞，像乾燥的草枝沙沙響——然後它們便全部**消失**了，同時消失，有如蠟燭被吹熄、房門被甩上、露水蟲被**史達里克**一口吞掉。什麼都沒剩下，沒有回音，沒有一縷煙，只有一個因為空蕩蕩而顯得巨大的冰冷窄室。這個魔法師慢慢站起來，很慢很慢地微笑。

「謝謝。」他說，而爺爺人形眨眨眼，縮成坐在床上的紅狐狸。「那檔事變得相當累人呢。」

「我不想要你的感謝。」我告訴他。我一頭霧水，痛恨這樣，痛恨一頭霧水。我說：「這才不是為了幫你。」

微笑愈咧愈開，不管有沒有牙。「這我知道，不過我一樣感激。它們的名字對它們來說很刺耳，就像我們聽到自己的名字一樣，你能想到這一點真是太聰明了。很快又會有別的出現，不過至少我能休息一下子，或許還能想出一首新歌來擋住它們。艦長和下士開始失去魅力了。」

他像拍灰塵一樣把我拂下床，嘆著氣躺下。我的一口好牙用力磨了磨，但有太多關於狐狸咬了魔法師的故事了。「彈彈手指，叨唸兩句，趕走它們。」我說，「何必唱什麼歌？」

他已經半夢半醒了，每呼吸一下看起來都變得更小。「太累了，」他低聲說，「必須面對它們，聽它們的聲音，太累了，它們會贏過我的。累到只能唱歌而已。謝謝你，老朋友。」

最後三個字與鼾聲融為一體。我站在那裡望著他良久，身不由己地望著。他的朋友，這隻狐狸會是任何魔法師的朋友嗎？他是睜眼說瞎話，這邪惡疲憊的老頭。然而我確實去找他了，雖然我不想——我幫了他，雖然那不是我的本意，我的本意只是幫這隻狐狸。誰叫露卡莎求我，親我鼻子。我討厭這樣。魔法師繼續打呼，八字鬍末梢在風中飄動。有別人在這裡，跟我一起看——不是老空無，而是一種死亡，一個死去的地方，與窗戶一般高，就在床後頭，沒比我兩隻前腳掌併在一起來得大。它所在之處沒有空氣。這房間不適合狐狸待。多虧了爺爺人形，把門留了一道小縫。

所以我沿著走廊回去，**咔嗒**、**咔嗒**，經過更多鼾聲，經過嘆氣、嗚咽，進到屋裡的狐狸，游過人類聲響、人類氣味構成的水流。我聽到魔法師一如往常地在睡夢中嘟囔：

「向左又向右，再行一哩路，
向左又向右，在此先停住……」

我的腳步應和著歌曲節奏，身不由己。

提卡特

我當然知道他病了。我通常是早上最先見到他的人，甚至比那些女人還早，而我能清楚辨認出病人的房間有什麼樣的氣息。但我對疾病的定義是大瘟疫，是產褥熱，是腸絞痛、流黑血、骨頭腐蝕，以及村民們的各種病痛，而我們一概都用治療生病家畜的方式去治療他們。我的**塔菲亞**顯然睡不好覺，他每天都在變瘦，氣色愈來愈差，嗓音經常是沙啞的耳語，我聽了難受，他在說出口時也勢必痛苦萬分。然而我想在他房間過夜時，他卻竭力用那破鑼嗓子禁止我這麼做，還命令我以後天黑之後都不准去找他。當時我怎麼會知道，每天日落後到雞啼前，他都被逼著奔向瘋狂再回到半瘋狂狀態？我可沒接觸過這種氣息。

因為照顧他，莫名地拉近了露卡莎和我的距離，彷彿我再次一步步悄悄爬上我的米爾戴西馬小兔的馬背，祈禱不要浮現一絲捕捉的念頭而嚇到牠。我們極少交談，重點是她似乎不怕與我共處一室，不過若是老人不在場又會如何，我就不敢說了。我們默默達成分工的共識：她幫老人擦澡和刮鬍子，不論他願不願意，並且每天換掉他被汗浸濕的床單。我始終沒搞清楚她是從哪拿來乾淨床單的，那可是卡石最剋扣的備品之一。她曾向我開口一兩次，要我幫忙把老人的床墊翻面，我也從她手中接過夜壺好幾次，自己拿去倒掉。她每次都客氣地道謝，不過從未喊我的名字。

至於我，我為老人送餐、掃地、收走前一天的碗盤，在他談興來時聽他說話。他從不在露卡莎在場的時候說——仔細想想，也包括另外那兩人。你要知道，她們愛他，我不愛。你不需要愛**塔菲亞**，甚至你也可以恨他，就像你可以恨任何人。我認為他是我認識的人中最有智慧的，除了我家鄉的老師以外，不過這種智慧戲謔到讓我不舒服，而且那種戲謔往往很快變得尖銳而傷人。然而我知道，他特別喜歡我，也許是因為我不欠他什麼，也不怎麼在乎他的評價。以他反骨的個性而言，或許就是如此。

有時候他會聊自己的人生，那是很漫長的故事。我始終不知道他的年齡，但哪怕他跟我說的事只有一半是真的——追尋祕藏知識之旅、各種考驗和恐怖的事和魔法奇遇——勢必都要花上普通人的兩輩子才能全部塞進去。巫師一定跟其他人一樣會說謊，而且說得更天花亂墜，可是事實上，那些冒險的部分他都快速地含糊帶過，反而一再重提最平凡的人性悲傷與挫敗。「有一個女人，」他曾說，「我們一同旅行了很多很多年。後來她死了。」我在他淡綠色的眼睛裡沒看到淚光，但對巫師的判斷標準可能跟一般人不同。

「我很遺憾。」我說。剛才他的視線從我臉上移開，現在驀地掃回來，我的肉體都能感受到那股力道。「為什麼？你以為你為露卡莎憂鬱痛苦，就有資格體會別人的失落感了？這是無法相提並論的。你什麼都不懂。」那天剩下的時間，他一個字都沒再說了。

另一回，他正挑剔沙德利的麵包，說到一半，很突兀地問我：「提卡特，你有害怕什麼東西嗎？」語氣很輕鬆，但他的嗓音像被風扯散的茅草屋頂。「告訴我你害怕什麼。」

我在吸一口氣的時間內就已經有了答案。「沒有。之前……之前我什麼都害怕，因為世上一切都有一絲可能拆散露卡莎和我。現在最糟的事已經發生，再也沒什麼讓我害怕的了。」他開始微笑，於是我頓了一下，補充道：「我真心希望有。我覺得沒有害怕的東西應該不正常。」

他的笑容咧得更開，露出萎縮的牙齦和殘缺的牙根。我心想若我彈一下手指就能把這些小缺陷修好，絕不會讓自己淪落到這種狀態。他幾乎像做夢般輕聲說：「對，是不正常，但我還是很羨慕你。我跟你說，人最怕的事總是會發生——總是。」最後兩個字燒過我們之間的空氣。「是我們讓它發生的，每個人都是，不管是巫師還是織布工，然而我說不出為什麼會這樣。但你在這裡，坐在我身旁，你最大的恐懼已經成真，木已成舟，而你沒有死。我真的羨慕你啊，提卡特。」

我覺得他在嘲弄我。我說：「我撐下來了。我不知道這跟沒死算不算同一回事。」

「以一個鄉下男孩來說，你還真是較真。」這次他的語氣絕對有打趣的意思，「我記得我在不同時期害怕過很多很多東西，但我似乎都戰勝它們活到現在，就像我也超越了愛與恨。諷刺的是，由於我的身分以及我擁有的知識，那麼多年來我從未害怕死亡。現在我卻怕了。正如同你恐懼沒有露卡莎的人生，我也活在對死亡的徹底恐慌中。這對魔法師而言真是莫大的恥辱。」

他語氣中所有的嘲弄都不見了，不論是針對我或他自己的嘲弄。他抬起手扳住我肩膀，我感覺到他的手指變得多麼細瘦且顫抖。「提卡特，我不敢死，我不能死，還不能。別讓我死。」

在那當下，慌亂與困惑灌滿我全身，彷彿由他的指尖注入我的手臂。我說：「為什麼找我？我能怎麼幫你？」

但我說話時他看著我後方，看向唯一的窗戶。他大聲說：「啊，你來了。我正開始以為你拋棄我了呢。」

房內沒有別人。他在對窗台下方一抹舞動的陽光說話。「不，不，當然不是，我對你的了解應該比那更深。」他的嗓音有種戲謔的語氣，近似笑聲。

在我開始聽到陽光回應他之前，我就離開了。梅琳奈莎在走廊掃地，她抬頭看我一眼又別開視線，速度太快了。我知道她剛才在門外偷聽——梅琳奈莎很不會說謊，即使她根本沒開口。我說：「他沒有惡化。沒有比昨天好，但也沒有惡化。」

我本來打算繼續往前走，但她過來站在我面前，比平常離得更近。梅琳奈莎有一雙深灰色大眼睛，豐滿的嘴唇，以及竟然沒有因為工作而變粗的皮膚，我沒說過她滿漂亮的原因，是她的外貌對我來說完全沒有意義，不論是美是醜。她太聒噪了，不過她對我一向很溫柔，卻會找各種藉口對羅賽斯出言不遜。現在她焦急但遲疑地說：「提卡特——提卡特，他有沒有對——對房裡的**別人**說話？」

「有，」我說，「是他的老朋友，長得剛好很像牆壁。就我所知，巫師有很多這一類的朋友。」事實上，我一心想離開，想獨自琢磨**塔菲亞**剛才說的話。但梅琳奈莎仍擋在我面前。她咬住嘴唇，目光又飄向別處，低聲說：「提卡特，世界上不是只有露卡莎一個女人。」

我幾乎聽不到她在說什麼。她臉紅到就連黃褐色頭髮似乎都因為充血變深。我回答時口氣很凶，現在我似乎動不動就用這種口氣說話：「就算她是唯一的女人，我也不會跟她在一起，也不會用任何人取代她。我誰都不要，梅琳奈莎。我不想再碰那種事了，永遠不要。」

梅琳奈莎怯怯地伸手撫著我的臉頰。我握住她手腕，搖搖頭，什麼也沒說。我自認並不粗暴，但是我看向她時，她將手腕用力壓在嘴唇上，好像我讓她瘀青了似的。她那副模樣至今仍讓我有陰影。我不該傷害梅琳奈莎的。

日子艱難地朝秋天邁進，感覺不出白晝在變短或變涼。我覺得自己好像已經在那間旅店做了一輩子苦工，就和羅賽斯一樣，並且經常納悶我有什麼理由再多待一小時。家鄉仍可能有人在盼著我，而春天裡已很致命的北荒，等到下雪時更是不可能通行。這地方沒有任何事物值得我眷戀，從來就沒有。一切都是白費工夫，全都是，該是開口承認、作個了結的時候了。然而我仍繼續埋頭苦幹。

有一天下午，卡石命令羅賽斯和我將燻製房裡幾根腐朽的屋梁換新。不管在什麼氣候下，這都是很累人的工作，而現在這既累人又危險，因為木材不斷從我們汗濕的手指中滑脫，有兩次差點就砸到我們的腿。我們總算拼湊出堪用的起吊裝置，我正站在底下引導一根木梁送到屋頂上的羅賽斯那兒，就看到妮阿塔涅里站在門口。狐狸端坐在她身旁。

我們把木梁穩當地放好了，羅賽斯拿榔頭開始用力且狂猛地敲打，始終不看妮阿塔涅里。她是個帥氣的女人，有點像軍人，和我一樣高，眼睛顏色會不斷變化，有一頭短而濃密的灰棕色頭髮。一點都不美，也不像梅琳奈莎會讓人突然驚覺她很漂亮——但即使在我的村子裡，她走過時也會讓人看得目不轉睛，而且會比那些美女還讓人記憶深刻。我從沒見過她和狐狸在一起。狐狸直視我，一耳向後貼，明亮的黃眼睛充滿笑意。

妮阿塔涅里說：「我有話要跟你們兩個說。下來吧，羅賽斯。」她並沒有提高嗓門，但羅賽斯抬起頭，猶豫了一下，便靈巧地從屋頂落在我身旁的乾草堆上。「蘇克揚。」他幾乎像在說悄悄話。我當時並不知道這三個字代表什麼意思。

「他快死了，」妮阿塔涅里說，「我們束手無策。」她棕色的臉龐沒顯露任何情緒，不過她的嗓音很緩慢，我了解這種語氣，就好像每個詞都被絕望拖回喉嚨裡似的。她說：「就是明天晚上了。」

「妳怎麼知道？」羅賽斯握住我的手，像孩子般盲目地緊抓著，他鬆手後許久我仍感覺得到。「妳不知道，他很堅強的。我根本沒想到他能撐過剛來的第一晚，但他撐過來了，他做到了，他也會熬過這一次的。妳才不知道呢。」他快速眨著眼睛。

妮阿塔涅里看著他的目光，流露出我沒想到這傲慢女人具備的溫柔。「但他知道，羅賽斯。他知道。」羅賽斯盯著她看了許久，然後很緩慢地點頭。妮阿塔涅里說：「他要我們過去。你、我、菈兒、露卡莎——提卡特。」她停頓了恰好夠久的時間，讓我知道找我去是誰的主意。「他要我們都到場。」

「為什麼是明天晚上？」現在羅賽斯的黑眼睛毫無淚光，且有種倔強的憤怒，這是他的特色。「他怎麼能——為什麼是明天晚上？」

「因為朔月[4]的關係啊。」妮阿塔涅里似乎真心感到訝異，「巫師只能在朔月的夜晚去世。」顯然她認為就連我們這種笨蛋也一定知道這麼簡單的事，因此對自己的自以為是有些懊惱。她沒再說什麼便轉身離開，但狐狸坐在原地，黃色目光始終沒離開我身上。我在腦中

4 朔月是指月球在繞行地球時，位置介於太陽與地球之間時所呈現的月相，由於此時從地球看不到月亮，又有「黑月」之稱。日食都是發生在有朔月的這一天，但仍須滿足其他條件。值得一提的是，朔月的英文為 new moon，因此亦有「新月」的譯法，但由於古籍中的新月指的是朔之後第一次能看見月亮的「眉月」，為了避免混淆，此書採用朔月的譯法。

聽到牠的嗓音，那種刺耳的、嘲弄的吠聲我絕不會認錯：**嗯，小子，哎呀，偷馬賊夥伴，你不是比世上任何人都離家更遠嗎？**我無法動彈，直到牠依依不捨地從頭到尾伸個懶腰，就像任何狗或貓一樣，然後悠哉地跑去跟在妮阿塔涅里後頭。一隻被塵土弄髒羽毛的小鳥幾乎從牠鼻子底下飛過，牠動作僵硬地撲了一下，但沒撲到。

羅賽斯看我的眼神，跟我剛才看狐狸的眼神一樣。他說：「你又交了個新朋友。」

「應該不算，」我說，「我只是偶爾會留點吃的在外面，想勸牠放過卡石的雞。我猜牠大概是認得我的氣味了吧。」

「你什麼時候關心起卡石的雞了？」羅賽斯的嗓音尖細而緊繃。我聳聳肩，伸手去拿剩下的最後一根木梁，但羅賽斯又抓住我的手，叫道：「提卡特，大家都不告訴我現在是什麼狀況。巫師快死掉的真正原因是什麼？他怎麼能確定自己會在明天這個朔月的晚上死掉？有可怕的事正在發生，卻沒人肯告訴我是什麼事。客人在他們房間裡打架，馬兒踢倒牠們隔間的門，毫無理由地像惡魔一樣互相攻擊，連可憐的老譚吉也不例外。梅琳奈莎說沙德利每天晚上都尖叫說自己快被活埋了，把所有人吵醒。昨天加提．吉尼為什麼要朝那個街頭歌手丟酒瓶？井水為什麼聞起來像壞疽一樣有噁心的甜味，還有風為什麼一直一直吹個不停？卡石努力想對我說什麼——而且為什麼是現在，為什麼是現在？你為什麼會跟一隻狐狸有祕密？還有提卡特、提卡特，是什麼在**監視**？是什麼東西藉著風和井和馬的眼睛，在監視我們所有人？」

我用手臂攬住他肩膀。這舉動看起來讓他吃了一驚，正如同我的感受。羅賽斯總是從我身上召喚出一股——一股什麼，一股**企求**，除了露卡莎之外，任何人都不會讓我有這種反應。每次我都因此而害怕，不過每一次恐懼都逐漸減少。我說：「我不知道。我很肯定那是我在幻想。」

羅賽斯猛力搖頭。「不，那全都是真的。提卡特，跟我說，讓我們一起研究各自知道的事。我會告訴你我幾乎看到的什麼——你告訴我你想像了什麼。我會告訴你我開始猜測的——你說出你——」

「我害怕什麼。」我說，想到巫師的話。羅賽斯不解地眨著眼。我說：「沒什麼啦。繼續說，羅賽斯，那我們就來討論吧。」

因此我們討論了很久，這是我們聊得最久的一次，同時用大釘子把最後一根木梁固定好，然後用乾草與馬糞的混合物塗抹在屋頂上來封住裂縫。我們家鄉就是這麼做的。我說出狐狸就是紅外套的事，還有我的露卡莎溺死後又被菈兒的歌從河床召喚出來。說到這兩件事時，羅賽斯都深吸一口氣，想要說我在鬼扯，但最後沒說。當他告訴我妮阿塔涅里不是女人，而是個名叫蘇克揚的男人，還在澡堂裡殺了另外兩個男人——邪惡的、可怕的男人，我的反應也不遑多讓。（就是這樣的男人在巫師房間外走廊碰了我一下讓我昏迷的嗎？我始終不知道。）在講這部分時他大多都漲紅臉、吞吞吐吐，不過我能心領神會，只是拍拍他肩膀，微微頷首。在我的村子裡，有個教士說男人之間的愛情是莫大的罪孽——另外那個教士則反駁：除了不夠純的麥芽酒、煮太老的肉以及不照他的方法生火之外，世界上根本沒有什麼罪惡之事。至於我，我對這類事情的見解是我的隱私。

「所以總結起來，我們知道什麼？」最後我問道，「我們知道菈兒和蘇克揚是來這裡尋找他們的朋友、他們的師父，結果他們發現他被一個叫阿夏丁的巫師追殺，那個巫師比他更強大。到目前為止你都同意嗎？」

羅賽斯反對。「我們並不知道阿夏丁是不是比較強。如果這一個巫師健康狀態良好，獲得充足的休息，有了體力，也許又不一樣了。」羅賽斯可是很忠誠的。

「也許是這樣沒錯，」我說，「但如果梅琳奈莎的說詞可信的話，正是阿夏丁不讓他休息，每晚傳送聲音和苦難來折磨他。照我看來，這就等於阿夏丁是**他的**主人了。」羅賽斯咬著下嘴唇，一臉冥頑不靈的樣子。我說：「而且既然這個阿夏丁能做出這種邪惡的奇妙之事，那麼整個夏天都纏著『距鐵與彎刀』的其他壞事，很可能也是他在搞鬼。」我發現打從我來到這裡以後，還沒講過旅店的名字，而我突然間生出一股說不出的渴望，想回到我從未聽過這家店的世界裡。

羅賽斯點頭如搗蒜，正準備說話，但我盡可能冷淡地截斷他的話頭。「不過我根本不關心這些事。這座堆肥山是你的家，可不是我的家，而現在我的家鄉才是我人生中唯一的喜悅。不論會不會發生什麼事，不論你那兩個鬥嘴的小巫師最後如何，我都會回到我歸屬的地方，不知道後續的事。」我站起身。「說完了──我該去儲藏室幫忙加提．吉尼幹活兒了。」

羅賽斯等我走到門邊才說：「露卡莎會在這裡。」我正準備回應，他卻像我剛才對待他一樣粗魯地打斷我。「我也會在，梅琳奈莎也在，她對你可是好得很。提卡特，你真的都不想知道我們怎麼樣了嗎？」

他比我小兩歲，卻已經像飢餓的**謝克納斯**那樣直取人要害了。我們默默互瞪，直到我先垂下目光。我說：「我會等到她去了安全的地方再走，如果有這樣的地方。之後──嗯，之後我和小兔要回家或去任何地方都行。」羅賽斯不發一語。我繼續說。「你們其他人得自求多福了。我一次只能愛一個人，光是這樣都已經夠難了。現在我要去儲藏室了。」

我走出燻製房，閉眼抵擋迎面而來的強烈陽光，這時他又喊我。「提卡特？我在這裡住了一輩子，從沒稱它為家，一次都沒有。但你說得對，它畢竟是我的家，我會盡全力守護它，也會守護我的朋友。提卡特，謝謝你給我上了一課。」我沒轉身，只是繼續朝旅店走去，在炙人的陽光中爬上山坡。

酒館小廝

那是那地方有史以來最好的一段時光，因為沙德利到了中午就會睡著，整個人趴在他的大切肉板上，簡直就像他平常處理的那種又厚又髒的生肉。等他開始打呼，不到該準備晚餐的時間他是不會動一下的，雖說其實大家也都提不起勁吃晚餐。儘管如此，其他人都不敢跟著我一起溜出廚房，哪怕只是去偷看客人一眼，或是摸摸羅賽斯的老驢子。他們全都蜷縮在他們能找到的最陰暗角落裡，學我們的老闆把整個白天都睡掉。有些人連打呼聲都像他。

我可不是。每天，沙德利那張濕黏蠕動的嘴在他手腕上一咧開，我就穿過洗滌間、走出側門，早晨的空氣尚未整個撲面而來，我已經張開自己的嘴喘氣。我從沒見過這麼熱的天氣：太陽才剛升起不久，你已經感覺皮膚上有汗水在嘶嘶作響，像是平底鍋裡煎著的肥肉。我也沒見過這樣的天空——先是像骨頭一樣白，然後到了下午，又變得像灰燼一樣白。到了晚上，天空轉為某種有白紋的薰衣草色，但它最暗也就到這個程度了。不論白天黑夜，室內室外，我們都一直在平底鍋裡翻來覆去地煎著。所有地方都像鍋底一樣燙。

本來洗滌間應該會涼快一點的——洗滌間是最棒的避難所，唯一的例外是酒窖，在每天最難受的時段，胖卡石都會在酒窖裡打盹來消磨時間。但我不願意把自由時光的任何一秒花在那間廚房裡，拿世界上任何珍寶跟我換我都不要，而我們之中除了沙德利以外，沒人獲准去「距鐵與彎刀」廚房之外的區域。因此我通常都先偷溜到馬廄，幫忙羅賽斯照顧馬匹。

羅賽斯是我的朋友。當然，他比我大好多歲，已經是大人了，而且經常有做不完的工作，或是在想什麼心事，那時候我們就不能像以前一樣東拉西扯。但他從來不對我發脾氣，還有兩次讓我躲在廄樓上，對著氣急敗壞、揮著長胳膊來找我的沙德利撒謊。不管沙德利做了什麼，羅賽斯從不怕他。我跟羅賽斯在一起總是很安全。

有一天，馬兒都趴在乾草上，連站起來讓人幫牠們刷身體或照料蹄子都不願意。羅賽斯盡他所能地打理牠們，我負責送水進去，並從廄樓把新鮮的乾草推下來。然後我們在一間空的馬房隔間裡休息，從馬廄門口看不到我們，我們聊了一下。我記得我問，為什麼一直這麼熱，就連晚上都是，而羅賽斯告訴我，是因為有兩個厲害的巫師在天空中打架。他為我細數從頭，但我聽到一半，就枕著他的手臂睡著了。

我沒能睡很久，因為提卡特進來叫醒我，他好像也叫醒羅賽斯了，說不管天氣熱不熱，卡石都要把從市場買回來的一車蔬菜卸下來。我從來就不喜歡提卡特，倒不是說他有對我做什麼不好的事，我只是看他不順眼。有時候因為他的南方腔調，我聽不懂他在說什麼，而我聽懂的時候，又發現他在叫我讓開，別妨礙大家做事。不過他和羅賽斯走出去時，他倒是指著他的午餐，意思是給我吃；那是一顆冬天留下來的蘋果和兩個完整的**黑許提**，因為沾滿乳酪而結了一層棕色的硬皮。所以我想他也不是太差勁吧，以南方人而言。

那天剩下的時間裡，我在「距鐵與彎刀」的各個角落東竄西閃，不時溜回廚房確保沙德利還在呼呼大睡。我躲在燻製房、食品室、澡堂，甚至是山坡上那個難聞的小聖壇，努力隨著太陽移動而跟著陰影跑。但是過了一陣子後我發現，太陽根本沒動。我從指縫間不停地看，而它甚至沒移出我拇指指甲的範圍之外。它從正午時分就掛在馬廄上方，每分鐘都變得更成熟也更沉甸甸，也更耀眼了，直到它的外部幾乎成了白色，像雛菊一樣的白。但是它的內部是黑的——堅硬而腫脹的黑，像是壞掉的蛋黃。它變成那樣時我便不再看了，可是接下來我卻開始聽到它在**跳動**，像是一顆鐵做的心臟怦怦作響——在任何時候、在所有地方，你都能感覺到那緩慢的金屬敲打聲，在你的骨頭裡，在你的眼睛裡。而那顆噹噹響的太陽始終沒有移動。

我不知道該怎麼辦。我想去找羅賽斯，讓他看看太陽怪怪的，但他還在跟提卡特忙什麼工作。濁眼加提出來了，我跟他聊了一下，因為他痛恨沙德利，絕不會向他打小報告，說我從廚房跑出來。但他就只會反反覆覆地說他很害怕當天晚上的朔月。一遍又一遍，翻著混濁的白眼：「我**不喜歡**天上沒有月亮，不，我不喜歡。永遠都應該要有月亮才對，有一小部分也好，這樣你才能找到路走。看到沒有月亮的晚上不是好事情。」所以跟他在一起沒得到任何安慰。

後來那個穿紅外套的老人來了，那倒是令人安慰。他是在接近傍晚的時候來的，換作別的日子，這時間天色已經轉為黃昏了。這是他平常從寇寇拉出來散步的時辰，他的孫子住在寇寇拉，他來了以後會在酒吧坐一會兒，聊天喝酒。這都是羅賽斯告訴我的——我只進過酒吧一次，是有人打完架我去收拾殘局——也因為老人會跟所有人聊天，我才會知道。他認識每個人，連酒館小廝也不例外。他的嗓音很怪，聽了讓人耳朵痛，好像會一直敲打你腦袋裡某根和手肘末端一樣敏感的骨頭。但大家都喜歡他，除了胖卡石。

老人看到我在院子樹木的大片陰影下打混時，喊了聲我的名字，說：「小傢伙，你怎麼沒待在你的水壺和大鍋子旁邊？你知不知道，太陽看到你出來曬太陽太驚訝了，所以它不肯下山休息？」他從外套口袋拿出一顆沾了灰塵的硬糖給我。

「才怪咧。」我說。他看起來一點都不在意可怕的高溫，這就像是一個平凡的傍晚，只不過在其他日子裡我應該待在廚房，跑腿遞東西、攪拌擦拭，努力早一步跳開好閃過沙德利掄過來的長手臂。我說：「我不知道太陽或天氣或大家是怎麼搞的，但不是我弄的。我只想要它停下來。」

他舉起我，讓我在空中轉圈。以一頭白髮、雙手細瘦的老人來說，他可真強壯。他說：「哎，我可以讓它停下來，孩子，如果這是你要的。我該這麼做嗎？我該不該跟太陽吵一架，叫它去睡覺，好讓你可以休息？只要你開口，我就為你做到。」我點頭，他說：「那好吧。」然後把我放下，我們兩人都在笑。

我走開幾步，又轉回身。我也不知道為什麼。他已經蹣跚地走向旅店門——不是通往酒吧的那扇門，而是給住宿旅客走的那扇雕花大門。我喊了他一聲，想提醒他別忘了答應我的事，他卻悶著頭走。他也沒敲門，而是直接推開門走進去，就像卡石本人一樣大搖大擺。門在他身後重重關上，卻沒發出半點聲音。我親眼看到了。

接著天空馬上開始變暗，太陽也停止發出可怕的緩慢噹噹聲。鳥兒全都同時開始恢復夜晚正常的聲響。要是我回頭，我知道我會看見太陽滑下天空，有如平底鍋中的奶油，但我沒回頭。我只是閉著眼站在那兒，感覺星星都出來了。

菈兒

太尷尬了。我還不曾這麼羞愧過。蘇克揚、露卡莎、羅賽斯和我，我們都圍在**吾友**的床邊，彷彿他準備對我們唸完遺言後，就要將兩手疊放在胸前，優雅地飄入下一個世界。事實上，我們五個朋友正在盡己所能進行一場絕望又駭人的道別儀式，但我記得最清楚的是，為了不發出小女生的咯咯狂笑，我還很脆弱的肋骨陣陣發痛。沒有藉口，我完全找不到藉口。**我覺得**只有蘇克揚察覺異狀，但就算他們全都注意到了，也是我活該。

從前一天晚上到當天整個白天，他都離我們很遠：並不是死了，也不是在他自己的心智內遊蕩，而是在我們甚至無從想像的遙遠邊疆對抗朔月。當然，這是徒勞的掙扎，即使是他也不例外。不過他還是奮勇戰鬥，流著口水昏迷不醒，衰弱到他本身就像是人類版的朔月，躺在一間破落小房間的床墊上，拚命想爭取日光，結果輸了。

太陽從視線中消失的瞬間，他快速地輕輕倒抽一口氣，睜開眼睛。他彷彿只是被一聲咳嗽或無腦的提問打斷一樣，說：「嗯，你們必須這樣應付**格厲加斯**。」在那不久之後發生的所有事，與在那之後發生在我身上的所有事，都比不上那個平靜而沙啞的嗓音所說的這句話那麼令我驚恐。

吾友說：「我們時間很有限，所以就注意聽一回吧。**格厲加斯**是無法擊敗或摧毀的——菈兒，妳在聽吧？不過，暫時引開它的注意力倒是可行，如果你們全都完全聽從我的吩咐，或許還能逃掉。」他環視漸漸變暗的房間。「提卡特呢？」

羅賽斯回答他，嗓音沙啞而破碎。「他應該正在趕過來——卡石叫他去聖壇清理獻祭石。他馬上就到，我保證。」

吾友伸出顫抖的手，按在羅賽斯手上。他柔聲說：「**格厲加斯**會毀滅這個地方以及屋內的所有人。你或許能救兩三個人，我不確定。我幫不了你。」

蘇克揚默默在哭泣，他挺著肩膀站著，淚珠一次一顆從他鼻梁某一側滑下來。令人驚嘆的是，露卡莎的臉紅通通的，她的嘴巴抿得很緊，同時**吾友**又繼續說下去。「如你們所知，有些生物只能走直線——最單純的屏障就能攔截它們最猛烈的攻勢；還有一些生物無法跨越流動的水。**格厲加斯**並沒有這類的弱點。」他朝桌上一瓶銀白色的「甜美遺憾」花點點頭。「露卡莎，把那個拿給我。快。」

這花是當天早上梅琳奈莎放的，在她採摘之前就已經枯萎變乾了，不過在這邪惡夏季已持續這麼久的情況下，能找到就很不錯了。這種花在南方長得更高，顏色也更深，稱為「風之影」。除了「甜美遺憾」，她還在花瓶裡插了兩三朵**舒麗花**。**舒麗花**總是呈現與頂上天空一模一樣的顏色，這幾朵花完全沒有顏色，即使插在水裡，摸起來還是熱熱的。**吾友**從露卡莎手中接過花瓶，不過他看起來幾乎無法讓花瓶保持直立。那些花在他雙手之間無力地顫動著。

「這些救不了你們，」他說，「**格厲加斯**看到它們不會畏縮退後，在牆角發抖。但它也許會在一瞬間想起花朵是什麼。它或許會想起自己曾經是人類。」

他始終沒給我們崩潰的機會。我想我們誰也不敢看別人——至少我絕對不敢，而就我而言，我覺得自己身體裡所有血液都變成淚水了。他說：「它看起來會跟我一樣。為了保住你們的命，你們**一定要**記住這一點。它會長得跟我一模一樣，而且它會很餓。現在聽好。把這些花連同花瓶什麼的整個丟在它面前——蘇克揚，最好由你來做這件事，然後你們就轉身跑。別回頭看，甚至別互相幫忙。別看**格厲加斯**的眼睛。你們聽懂我說的話了嗎？」

我們沒人開得了口。我聽到他不耐煩地輕嘆一聲，這聲音對我來說就像自己的呼吸一樣熟悉，也一樣親切，於是我再次莫名地被露卡莎那沒有眼淚的憤怒和堅決的表情給震撼。**吾友**說：「我離開時你們不能哭——沒那個時間。」就在此時，門開了，那個穿紅外套的老人悠哉地晃進來。

我現在知道狐狸的事了。我知道牠是什麼，也知道牠和蘇克揚是怎麼認識的，也知道他們對彼此有什麼意義和不具備什麼意義。不過在當時，我並沒有聯想到狐狸與儒雅又過度開朗的紅外套老人有什麼關聯，所以我很訝異蘇克揚火冒三丈地轉向他，用一種嘶嘶作響的語言大叫，我應該要聽出那就是我們相識的第一晚，他對狐狸說話的語言才對。紅外套完全沒把他放在眼裡，只是對我們所有人露出親切的笑容，並朝著床鋪走去。我攔住他，自己也不知道為什麼。

「讓我過去，愚蠢的女人。」他命令我，他的嗓音剛開始是紅外套的狐狸吠叫，後來卻變成別的，變成另一種我也聽過的嗓音。**吾友**在我身後輕聲說：「讓他過來，菈兒。」然後我知道他是誰了，我讓到一邊。

他等到站在床邊，用狐狸的黃眼睛俯視**吾友**，才終於變形。那雙眼睛是最先出現變化的部位，變成我記憶中沒有瞳孔的失焦藍色。剩餘的形變似乎發生得很緩慢，慢得可憎而令人倦怠，然而當變身結束時，你很難相信除了阿夏丁之外還有別人曾站在那裡，他用自己平板而單調的嗓音說：「我老早就跟你說過，最後我們會這樣相逢。你不能說我沒告訴過你。」

吾友回應他的語氣平靜得令人火大。「你先別得意得太早，阿夏丁。雖然你很強，雖然我很弱，你還是花了好長好長時間才把太陽從我手裡撬出來，逼它墜入黑暗中。而且即使是現在你也殺不死我，必須等待朔月出來。如果我是你的話，我會帶本書或是一些針線活來打發時間。」

可是阿夏丁不上勾，這次騙不了他。他陰鬱而沉著地回答：「我可以等。你比任何人都清楚我的耐性。是其他人迫不及待。」

「那麼它們就得學著等待了。」**吾友**回嗆，「我比你更熟悉那群『其他人』，它們沒有一個敢趁我躺在這裡時試著把我解決掉。來吧，拉張椅子，我們再聊最後一次天。還就一下老師父吧。」他補上一句，我屏住呼吸，心想：**他有計畫，噢，他有計畫，我得做好準備。**即使到了那時候，我仍願意相信他知道死亡叔叔不知道的事情。

房裡有張凳子，但阿夏丁沒朝它看一眼，也沒看在場的其他人一眼。他繼續站著，就像一塊等體積的乳酪一樣沉重、潮濕、沒有表情，但他的注意力太有存在感了，彷彿是一頭看得見的野獸，咧著血紅的嘴蹲伏在**吾友**的床頭。他冷淡地說：「你和我有什麼好聊的？你知道的事我都知道，而你想必也終於明白打從我第一天成為你的學生，就一直想告訴你的事。」「學生」二字鏗鏘有力地掙脫他緊繃的平坦嘴唇，**吾友**舉起一手像是要阻擋。「你的學生，」阿夏丁重申，「你的門徒，你的助手，你冊封的王儲，你的繼承者。我寧可歡歡喜喜地把自己賣給西方最卑鄙的奴隸販子，也要永久擺脫這些美妙的天生權利。我的師父，你現在是否終於聽見我的心聲了？你現在聽見了嗎？」

吾友沒有回答。蘇克揚很輕地低吼一聲，朝阿夏丁跨出一步。我握住他手臂。羅賽斯不停瞄向門口，顯然很需要提卡特出現。至於露卡莎，她的目光始終盯緊阿夏丁：她的眼神極度著迷，彷彿凝視著自己的情人，如果你不去看她緊抿的嘴唇。她看起來遠比實際年齡成熟。

阿夏丁沒注意到她。窗外最後一抹晚霞已經消融，化作詭異的淡色黑暗：不是北方清透的夏夜，而是水氣很重的偽黎明，像水銀一樣呈現滑溜的灰色。有一道光線從這物質中折射出來，雖然沒有點蠟燭，室內卻被這光線微微照亮。羅賽斯全身僵硬，眼睛睜得太大，眼神發直。我伸出一臂摟住他，讓他能靠在我身上發抖。

吾友在床上嘟囔道：「我能教你的東西很少，阿夏丁，但你最終從別人那裡學會那一點教訓時，會付出慘痛代價。」他的嗓音變得破碎，語句開始模糊。他說：「你從來就不是我的學生——那就是錯誤所在。我應該嘲弄你、嚇唬你，不停出謎語給你，侮辱你，從早到晚挑戰你，就像我對待菈兒和蘇克揚和其他所有人的方式一樣。但**他們**是學生，**你**和我平起平坐，從第一天起就是，我還讓你知道了。這就是錯誤所在。」他連搖頭的力氣都沒有，只能勉強把頭從一側轉向另一側。「然而對待地位相等的人還能怎麼辦呢？我沒有經驗——也許輪到你時，你會處理得更有智慧。」最後幾個字說得像雨滴落在乾樹葉上。

那時候我以為他死了，但阿夏丁知道還沒有。阿夏丁俯向他，朝著他緊閉的雙眼大喊：「既然你認為我和你平起平坐，為什麼從來就不放心告訴我，我需要知道的事情？你憑什麼那麼肯定我就會拿它來做壞事？當時我還年輕，還有很多選擇——還有別的路，別的旅程，**本來**還有的！」在那瞬間，我又看到他呆滯的大臉因為昔日傷痛而幾乎熾亮，因怨懟而幾乎美麗。然後他控制住自己，生硬地說下去：「很多事原本都可以有不同的發展，我們並不是注定非要在這裡結束。」

吾友睜開眼睛。這次他說話的聲音不一樣了：儘管疲憊得無以復加，卻平靜、清晰且異常年輕，人在瀕死之際，嗓音往往會出現這種變化。他說：「噢，是的，是的，我們就是注定要在這裡結束，阿夏丁。因為你是你，對你來說從來就沒有第二條路可走。而因為我是我，我就愛這樣的你。這下你懂了吧，我們注定會走到這一步，事情確實必須這麼發展。」他突然抬起手，無力地握著阿夏丁的右手。他說：「雖然知道，我還是愛過你。」

阿夏丁迅速抽走他的手，彷彿老人的碰觸燙穿他的皮膚。「誰在乎？」他質問，「你的愛是你自己的事，但我有權博取你的信任。你若是否認，就會帶著謊言死去。」他現在在尖叫，怒火和暴躁讓他顯露出超乎我想像的人性。「以所有可鄙的神祇與惡魔之名，我有權博取你的信任！」

「對，」**吾友**輕聲回應他，「對，你有這個權利。對。我很抱歉。」我從沒聽他說過這樣的話。「但即使如此，我也得告訴你，你拿你心之血液去換取你心之所欲太愚蠢了。這是很古老的交易，也是很糟糕的交易。我以為你會作更聰明的選擇。」

阿夏丁沒有回答。**吾友**示意蘇克揚和我靠近，我們過去，並肩站在床邊，與阿夏丁隔著床面對面。我能聞到蘇克揚的頭髮以及**吾友**漸漸死去時散發的一股確切冷香。阿夏丁流了很多汗，可是卻完全沒有汗味。

吾友望向窗戶，點點頭，向朔月打招呼。他只對蘇克揚說了句：「別忘記花的事。」對我則更加嚴厲地說：「**查瑪塔**，不管妳在動什麼歪腦筋，馬上打消念頭。」露卡莎和羅賽斯擠到我們之間，盲目地想抓住他的手。他耗盡最後一絲俗世的力量推開他們，悄聲說：「不不不，別靠近我，不要。」我們從他床邊退開，連阿夏丁都是，他唸出一個我不知道的名字，然後就死了。

對於那一刻，我很清楚地記得幾件事。我記得我們四個立刻盯著阿夏丁（而不是屍體），彷彿他才是必定會變成惡魔的人，而這種反應倒也合理。一開始，他本人看起來異常驚愕和遲疑，不過接著他便匆匆在床鋪上方畫了兩個記號，並嘰哩咕嚕說了一串讓我的皮膚發麻、耳道內部發痛的話，這種事似乎總有這種效果。羅賽斯用手捂著耳朵，可憐的孩子。我把他再往我後頭推。

在阿夏丁肩膀後方，可以見到窗口有發光的眼睛開始從暗淡的夜色中出現：先是兩隻，然後是四隻，然後是許多許多隻，有如玻璃上結的霜。除了目光中閃耀的惡意之外，沒有任何一對相同。阿夏丁轉身對它們說話——除了對它們，也對別的東西說話，那東西在它們更遠處、更深的底層湧動著，是把這些邪惡小泡沫噴在窗戶上的巨浪。他喊道：「看哪，他是你們的了，他永遠都受你們控制了！我履行了我的承諾，我們的契約結束了。履行你們的承諾，把我的血還給我吧！」就算對方回答了，我也沒聽到，因為就在此時，已經死掉的**吾友**

動了動身體，喃喃自語，慢慢睜開眼睛。

由於早已受到提醒，我們馬上移開視線。我不知道別人如何，不過我自己馬上又斜瞥著他，因為我忍不住。他——不對，是「它」，我到現在仍很難說出口——它在床上站起來，伸了個懶腰，發出若有所思的細微聲響。簡直就像穿著睡衣的孩子甦醒後準備迎接新的一天。

接著它跨到地上，走向阿夏丁。它還微微笑了一下，剛好足以讓我看見它黑色牙齒後頭有火。

阿夏丁看起來有點慌亂，但並不害怕——這我願意承認，而且很佩服他。就算他原本預期在窗外那些眼睛後方移動的東西會現身，殷勤地向他道謝，並從他可怕的創造物手中解救他，他也沒顯露出任何不安。他傲慢地對**格厲加斯**講話——這次用的是巫師交談的語言，而我能大致聽懂；他命令**格厲加斯**認得他、尊崇他。即使是如此平凡的言詞，由他口中說出來仍搖撼整個房間，彷彿連牆壁本身都努力想服從。

牆壁會聽從巫師，但**格厲加斯**不會。它繼續往前，隨著巫師不斷倒退，它也拖著腳步突破一道又一道能震裂天空的咒語。它看起來仍如同我們認識的那個人：沒有長高幾公分或是變大，也沒有冒出好幾排多餘的頭和手臂，在我的家鄉總是把惡魔畫成那副模樣。但它微笑時吐出火焰，眼裡流出燃燒的惡臭黃色眼淚，它伸出雙手表示召喚，默默地朝阿夏丁走去。

儘管如此，阿夏丁仍挺身面對，所召喚來的力量使得整個可憐的「距鐵與彎刀」連酒窖都在搖晃——我們聽到上方的木梁咔啦迸裂，其他房間的窗戶炸開，好多扇門猛然自己震成碎片。勇氣勢必與擁有血液或靈魂不相干，因為阿夏丁勇敢得要命。但就算他再勇敢十倍，就算他的巫術再高強一百倍，對那個曾是**吾友**的東西而言都沒有意義。它就是一直朝阿夏丁走去。

那我們四個呢？蘇克揚完全沒看那瓶野花一眼，而我既沒逃跑，甚至也沒想到要催羅賽斯和露卡莎逃命。有個巫師在我們身上白白浪費了他臨死前絕望的諄諄教誨：我們就像被隔在不同的時空中，各自與**格厲加斯**永久地單獨待在一個孤寂的地方。以我來說，我心裡沒有空間容納任何事，只能專注在那不可能的現實上：有個生物正亦步亦趨跟著阿夏丁，它淡淡的笑容在顫動的牆面上投射出閃爍的火光。因此我只知道我不停喘氣，目瞪口呆地站在原地，再多的我也說不上來了。

阿夏丁不但勇敢，自尊心也很強，因為他一直沒有再次求援，直到**格厲加斯**把他堵到窗邊。這時候他才霍地轉身，背對**格厲加斯**，背對我們，背對夜晚之外的一切，然後仍然用巫師的正式語言大叫：「你們竟敢這樣把我利用完就丟下？哼，但這樣的生物我也自有用處。快點把我的血還來，否則我會給他找點消遣，到時候你們可能寧願信守當初對我的承諾。這是我的忠告啊，各位大人。」

虛張聲勢？或許吧。即使**格厲加斯**的手都快放到他身上了，他還是堅持不從窗前轉回身。我覺得**格厲加斯**已經碰到他了，但我永遠都不確定答案。夜晚踏進房間，不光是從被砸破的窗戶，也從牆上的每道裂縫、破口與釘孔滲進來，穿過木材已枯槁的管孔。當初阿夏丁在高塔上召喚它時勢必也是如此，現在它蓄積在一個角落裡，緩慢地構成一個形狀，頂部是圓的，下面破裂成參差不齊的扭曲影子，整體高度還不到羅賽斯的下巴。如同在高塔時，它成為一條通往他處的渠道，一條黑暗的拱道，我的視線被它吸過去，而且再也無法抽離。拱門底下開始拂起一陣風：那是他處吹來的風，聞起來像燃燒的血。

黑暗對我們說話。不是用口語表達，而是在我的髮根歌唱，用玻璃碎片在我的皮膚內側寫字：「**來我這裡。與我一起。變成我。**」我沒有片刻遲疑，立刻就服從，我不覺得我有選擇餘地，也不想有選擇餘地。蘇克揚在我左側，羅賽斯牽著我的右手。露卡莎叫了一聲，但那聲音似乎來自很遠很遠的地方。我們行軍般直直走向那黑色通道，在那瞬間我看見，或感覺到，或知道另一邊是什麼了。那不是你所想的地方。

不過在這裡不能談那件事，因為黑暗畢竟遵守了它對阿夏丁的承諾。黑暗來此的目標不是我們，而是**吾友**，因為化作這種狀態的**吾友**能像榔頭一樣敲向世界的根基。它對我們失去興趣，停止召喚。你知道那是什麼感覺嗎？那就像你溺水後，正開始感覺很睏、很安詳時，卻被人救起來；那就像你掛在高處，正當惡魔的呢喃終於說服你事情一定會發生，所以你不如早點鬆開手，就有人一把將你撈回安全處。至少以我來說，只要再過一下子，我就會真正迷失。我很感恩。我知道我應該比實際上更加感恩才對。

現在黑暗在召喚**格厲加斯**了：「**與我一起，變成我，變成我。**」**格厲加斯**快速從阿夏丁身後轉身，發出一個我能感覺到但聽不到的聲音，有如地震來臨前空氣的低鳴。蘇克揚、露卡莎和羅賽斯別開臉，但這次我沒有。這與勇氣或叛逆無關——我純粹是僵住了，太昏眩又太困惑，無法不去看**格厲加斯**的眼睛。

那不是**吾友**的眼睛。它們是綠的沒錯，卻是最深的北方海域的綠色，是從那些世界肇始至今都暗無天日的未癒合海底，被你的船錨勾出水面的海藻冰冷黏滑的綠色。那雙眼睛在獵捕太陽，想要吃掉太陽，但更加駭人的是，他除了眼睛之外，其他部分全都沒變。「**它看起來會跟我一樣。**」他警告過我們，而果真如此——跟他完全一樣，只不過比本尊還像，就像是我的夢境變成噩夢時，原本信任的對象經常看起來熟悉到令人發毛。或許包括巫師在內，我們全都只是淡淡地反映出內在的良善，以及想做而未做的壞事：如果是的話，現在在我面前的就是原始的**吾友**，是他本性的加總。他完全是他自己，是他所有可能的自我，而他完全就是一股毀滅力量。不，看見他並沒有使我變成石頭，老故事裡的情節沒有發生在我身上，但我也沒有全身而退。這部分就言盡於此。

格厲加斯沒注意我。它從我身邊經過，仍穿戴著我愛的人的面孔與形體，甚至是氣味，像太陽下舊船的氣味。它的身體剛開始滲出火來，在肋骨間與腋窩下隱隱閃爍。**格厲加斯**的火焰能夠永恆燃燒，過不了多久，它們會像是披著人類外皮的星辰，擊碎與吞噬它們靠近的所有東西。它走到離黑暗還剩一步時停住，將**吾友**的身體左右轉動：奇異地猶豫著，甚至回頭看了一眼。我像其他人一樣別開臉。

有人在猛力敲打真實房間的真實房門。那聲響彷彿突然打破了平衡，**格厲加斯**往前跨出一大步，離開這世界。感覺在接下來很長的時間內，我都還能看見它，隨著身影愈來愈小，也愈來愈明亮，沿著那道黑色拱道緩緩離開，那條拱道連通我們已知與我們禁不起了解的世界。我好像朝著它的背影大叫一聲，即使我叫了，我的聲音也被卡石破門而入的聲音蓋過。提卡特緊跟在他後頭。

旅店主人

我想我應該要感恩，酒吧架子上的酒瓶掉下來時，砸中的是那個奇納里奇運貨馬車夫，而不是我。當時那個奇納里奇人正在付房錢：他的手疊在我手上，很有禮貌地把找零留給我，然後便突然瞪大眼睛，一聲不吭倒在地上。難道眾神指望我因此感激涕零嗎？那好吧，真是謝謝啊。

在我的餘生中，眾神從我這裡得到的也就這一聲謝謝了，如果你習慣跟祂們聊天的話，儘管這麼跟祂們說。就在一眨眼之間，我住了三十年的家「距鐵與彎刀」就在我周圍崩塌毀壞，其實我讓那三個女人走進我店門的那一天，早就有預感會發生這種事。在酒瓶之後掉落的是我擁有的所有馬克杯和酒杯，再來是吊燈。一開始我以為是**賈瓦克**侵襲，雖然上一回出現這種螺旋狀風暴時，羅賽斯還是個小娃兒。但是當那兩扇窗戶向外爆開（並不是向內喔，是向外），彷彿從未存在，吧檯後頭的架子也開始鬆脫，舊釘子在舊木板中刮出長長的唧唧聲，我就知道這才不是**賈瓦克**。啤酒泵在我手底下呻吟彈跳，想要脫槽而出，我釘在牆上展示、以免被人順手牽羊的幾件生鏽盔甲零件，現在像十字弓的箭弩一樣飛過房間。這次有個德瓦拉提來的獸皮代理商被打中了，不過他後來好像沒大礙。

是地震嗎？**地震**？那片地板抖都沒抖一下——我的客人，我是說還沒被打昏的客人，都趴在地上，指甲摳著地面，活像攀在牆上的壁虎，同時長椅和碎玻璃和翻倒的桌子就從他們頭上不斷飛過。才過不到三十秒，我已經是酒吧裡唯一還站著的物體，全憑熊熊怒火支撐著。因為我從未懷疑這場災難的源頭。去他的什麼風暴和火山和神明在鬧家庭糾紛——亂源，該死的**亂源**就在我頭頂幾公分的距離，雖然看起來我並沒有在動，但其實已經在朝樓上衝了。我只是在等著我的腳跟上我的憤怒而已。

就在此時，提卡特踉踉蹌蹌地從外門進來，伏低身體好保持平衡。我走出吧檯去找他時，感覺自己像一艘很小的船，要從岸邊開進怒吼的急流。提卡特對我叫嚷著什麼，並指向上方。在混亂中我聽不到他的聲音，但我知道他一定在關心他那個瘋狂的白女人露卡莎。我搖頭，大叫回應：「那小子在哪裡？你有看到那臭小子嗎？」

他懶得用說的，只是從我身邊蹣跚走過去，大剌剌地踩過客人和盔甲碎片，在麥芽酒和葡萄酒混成的水窪中打滑，朝著樓梯前進。我手忙腳亂地跟著他，搶在我們抵達樓梯平台前把他推開。除了我之外，沒人能突破**那**扇門。

提卡特

樓下的酒吧就已經夠糟了。即使窗戶已經沒了，我周圍的壓力仍然大到感覺像在水下，而我一直下潛一直下潛去找露卡莎。我發現自己害怕溺水而憋住氣，一邊掙扎前進一邊張開雙臂撥著空氣。但是踩上樓梯後，有一股惡臭的熱風直直往下吹來，將卡石和我颳得在牆壁和扶手間左右踉蹌，同時梯階本身也在我們腳下分崩離析。我們似乎完全沒在前進：現在我們是逆著風暴硬闖的小鳥，緩慢地向後飛，減少被逼退的距離就是有所進展。我無法說清這種情況持續了多久。

到現在我都覺得（我要強調是「覺得」），要不是有卡石在，當時我可能會放棄。雖說他把我推到一邊後連看都沒看我一眼，更別說用任何方式鼓勵我。說真的，他還一度沒踩穩，整個人歪靠到我身上，要不是我及時抓住他並撐住自己，我們兩人應該都會一路滾下那些崩裂的樓梯。但是那個大吼大叫的肥胖男人從頭到尾都沒有退縮或是回頭看。他彎下肉乎乎的脖子，拱起肩膀，喘著大氣咒罵著向前衝，在風中殺出一條路來。我很感激地跟在他後頭搭順風車，無法想像是什麼力量驅動他如此野蠻地猛衝。你要了解，因為這是卡石。若換作別人，我絕對能理解，但這可是卡石啊。

到了樓梯平台上，他暫停片刻，重重地甩了甩身子，於是我看到他的臉，他的大臉上滿是那種所有事都令他無法忍受時，便會顯露的蒼白憤怒表情。那雙藍眼睛就在我眼前變深，幾乎成了薰衣草紫；他的牙齒惡狠狠地咬著下唇，都咬流血了。接著他又發動了，沿著走廊向前衝刺，走廊上滿是障礙物，包括掉落的灰泥、飛揚的灰塵，以及衣衫不整的尖叫房客，他們互相踐踏，急著要從樓梯逃生。我自己幾乎是馬上就被撞倒了，不過勉強設法滾向旁邊，然後拿一個穿紫色睡袍的人當墊背才又爬起身。走廊隆隆作響且波動著，就像是那些戲子用來製造雷聲音效的金屬薄板。我用手臂護著臉跌跌撞撞通過走廊，前往**塔菲亞**的房間。

卡石已經在那裡了，他大力搥門，然後抓著門把弄得咔啦響，又再搥門，接著開始用整個身體撞門：發出一下又一下緩慢而模糊的悶響。他這次難得沒有多餘的肺活量可以吼叫——我聽到他每撞向那片厚重的老木門一回，都會發出咻咻的喘氣聲。在我趕到前一秒，門終於被他撞開，我們雙雙跌進去。

房間另一頭什麼都沒有。應該說那裡有個空洞。不，聽我說，別打岔，聽我說。那個空洞是張嘴：你能看到它的邊緣像嘴唇一樣蠕動和開合，它已經開始閉上了，那股邪風就從嘴裡流出來。在遠方，或是在裡面，或是在底下，有個很亮很亮的光點不停地滾動，在空洞中勇敢地燃燒著。我知道那是什麼。

露卡莎背對著我站在空床邊。室內還有其他人，但我眼裡只有她。卡石和我破門而入時，她沒有被噪音吸引而轉身，卻開始走向那個現在加速閉合的黑色嘴巴。她的腳步一如昔日來找我時那般輕盈，不算是奔跑，但她的心和眼神是焦急的。我還沒能喊出聲，她已消失在空洞裡，而我自己還來不及趕到空洞前，它已啪地閉合消失，沒留下任何東西，只剩下殘破的小房間裡一堵凹陷粉碎的牆，以及滿室迴蕩呼喚她名字的聲音。

露卡莎

我不是露卡莎。

我誰都不是。

沒人可以通過死亡之門兩次，而我誰都不是。所以我走過去了，它們在等我。它們不想等，但我會逼它們等。

好冷、好冷、好冷，像河水一樣。有人曾經呼喚，正在呼喚我，在遠遠後方的露卡莎邊緣。但我那時候不是露卡莎。我是一幅畫，被刮花了、又被亂塗亂畫過、又再度被抹去。在前面遙遠的地方，有一顆星辰在歌唱，承諾如果我能及時追上它，就告訴我我的名字。那就是為什麼現在我會在這裡，以及來過這裡的原因嗎？我應該加快腳步。我有加快腳步嗎？

死亡是一個籠罩閃電的無名之地。我記得。我腳下踩著冰冷的無名之地，但我走得很快，因為我還記得路。現在出現一些臉孔了，之前也有臉孔，從我與那顆星辰之間的黑暗中悠悠掠過。我第一次死的時候，會看到同樣的這些面孔。

在河床這下面，安靜得不得了。在我上方，在水面之上，河水咆哮撕扯，當我落入它的大口中時，它也會如此撕扯我。但是在河床裡，我隔著靜水仰望，看著那些臉孔漂過，好多沉重、疲憊的村民臉孔，他們不該帶著溫柔的理解對我微笑。他們不該這麼做的。我誰都不是。

在他們後方，是我的星辰。我將那些臉孔拂開，爬過河水，越過豆田和茅草屋頂，跟著星辰的歌聲。如果我不知疲勞、不加思考、不抱期待地一直走下去，那顆星辰就會逐漸慢慢靠近了。我記得。

這次不一樣。為什麼這次不一樣？死亡**就是**死亡，但有某種東西不同，是黑暗。我能看到巨大的黃色爪子從另一側突刺過來，不斷地撕扯，更遠處則有微綠的光芒。爪子收回去，再攻擊，在黑暗上留下腫脹的傷痕，就像他偷水果時被叔叔拿棍子打，而在背上留下的傷痕。誰被打了？那些臉孔嘶嘶作響地掠過時，開始作勢要咬人。臉孔多到有時候都把星辰遮住了。

我為什麼還得繼續聽到他說話？這裡與河床不同，這裡很吵，現在那些臉孔像長矛般朝我射來，黑暗另一頭的東西則一邊不斷地攻擊，一邊自顧自地發笑，黑暗發出痛苦的低吼聲，黃色爪子每多劃下一次，它都吼得更大聲一點。即使如此，我還是聽到他在遠方的呼喚聲，在比任何東西都要遙遠的距離，用他叫我的那個名字呼喚著我。那不是，從來就不是我的名字，不是我。

我必須聽從星辰的聲音，別的都不聽。那顆星辰擁有女性的嗓音，聲音低沉，有城市人的無禮，以及異鄉人的歡快。我經常跟丟那顆星辰，因為黑暗在我四面八方拍打和震動，但我總是能聽到它的歌聲，就像早晨的風一樣清晰。只要它繼續唱，總有一天我會追上它，然後它就會告訴我我叫什麼名字。

這一次，死亡的經驗非常不同。這次死亡之中有太多動靜和色彩和世俗的騷亂在沸騰、在奔忙。這幾乎像是另一座市場，只不過照管攤位的人以及販售的商品不太一樣罷了。那種生物和那些物體不會說話也不會思考，但那無關緊要，因為它們不是真的。河床卻是真的。

我經過時，它們會來追我，那些由火和穢物形成的野獸嘰哩咕嚕、喃喃低語、撕扯我的影子，因為它們自己沒有影子。沒差。這個死亡全都是影子；這個死亡就像是某人以前表演的手影戲，是為誰表演的呢？細細的手指扭來扭去，讓煙灰色的怪物沿著汙漬斑斑的灰泥牆大步行走，不過這片位於掃具櫃附近、有一條長長裂痕的牆壁，是哪冒出來的？這個死亡是個虛假又破敗的地域，在黃色爪子的撕扯下一層一層地向後翻開、剝落。就連外頭那東西，當我最終在黑暗的碎石堆中面對它時，也發現只不過是嘈雜的影子。那些爪子就像腐壞的蔬菜一樣柔軟發皺，原本含著血的輕笑也成了老邁的咳嗽。沒差，我繼續走。

那顆星辰也只是影子嗎？影子被刮成碎片後，剩下一片低垂而濃郁的天空，顏色與爪子一樣。星辰看似變大了，變近了，遲緩地移動著，與黏稠的天空對抗著。那顆星辰是男的，不是女的。他燃燒得好亮，難怪我從那麼遠就能清楚看見唱著歌、在請求的他。我到達他那裡之後該怎麼做？我想不起來了，但我知道。

有東西在這裡。有不是影子的東西在這裡。在所有愚蠢的喧鬧與景象後頭，有一種等待，有個東西在我靠近時，便迅速丟下它的傀儡並溜開了。我後來有找到它嗎？它想要那顆星辰，它和我一樣朝著星辰移動。它與河床一樣真實，悄悄朝著星辰前進。

「現身吧。」我說，但它不肯。我說：「現身吧，怕什麼？這是你的遊戲，不是我的。」但它只肯讓我靠近到特定距離，讓我在木板條與灰泥嘎吱作響的碎片範圍間小步挪移，然後我又能感覺到它一溜煙跑去追那顆星辰了。這讓我很生氣，因為雖然它始終沒抓到星辰，卻會把星辰驅趕到我永遠無法觸及之處。我有永恆的時間可以耗，但星辰沒有。我怎麼會知道這件事呢？

河床會比這裡更好。腳下的一個個世界有如兒童的玩具，任何一個世界裡的東西都不是真的，唯有星辰與我例外，我前方那個狡詐油滑的另一個東西也是例外。而「他」仍然扯著嗓門呼喚，隔著無數虛假的天堂與地獄，一直驢叫般喊著那個不屬於我的名字。那噪音喚醒了用濕掉的枯葉做成的灰色生物，長著細長魚牙的金色與深紅色蝴蝶會繞著我的臉兜圈，並發出抽鼻子的聲音，類似搖搖晃晃山坡的東西會默默靠近我背後。看起來像由暮光構成的男男女女環繞在我周圍，不斷地跳舞，我沒有跟著他們走，他們就回頭觀望並哭泣。接著窒人的凝滯霧氣像一波波潮水掩住他們，阻擋我的去路。但是星辰召喚我，於是我繼續前進。

繼續前進幹嘛？去哪裡？這一切都已經發生過了嗎？星辰極其緩慢地向後飄向我，另外那個東西橫向挪移到一旁，在看不見的地方呼吸。突然間就沒有臉孔了，沒有狂歡的食人魔了，沒有彩繪出來的景觀了：眼前可見的所有色彩都像雨水一樣流掉，只留下微弱的蠟白色星光照耀在細長的無名之地上，而我就在兩者之間。在這最後的空無之中，有三種細微的聲響：前方憤怒的歌聲、遙遠後方的呼喚，以及應和著我的步伐的輕柔沙啞呼吸聲。一千年，一萬年，一千萬年。

他怎麼能一直呼喚個不停，我又怎麼會聽得到他？我躺回河床上，只是躺一下，好再看看其他臉孔，但它們也消失了。即使如此，我也很難起身繼續朝著星辰走去，雖然我無法感到疲憊。我想我倒希望自己能感到累，能感覺熱或冷或生氣或害怕。能感到害怕有多好啊。但我有事情要做，而只有星辰能告訴我是什麼事。**他為什麼一直呼喚那個名字？**

我在唱歌嗎？莫非幾百年來唱著歌的人其實是我，而我跟在我自己的歌後頭長途跋涉？

「有人說『否』，

有人說『是』，

世事本該如此。

有人說『否』，

有人說『是』，

這就是諸神賜福的方式。

有人多一點，有人少一些，

有人說『是』，有人說『非』，

長日無盡，天地無界……」

這是一首兒歌，可是哪來的兒童？堂弟，某人愚蠢的堂弟，他們以前常唱誦這類無厘頭的歌謠。但那顆星辰呢？難道那顆星辰從未唱過歌？從來沒有？莫非一直都是我藉著唱歌的方式把他帶回我這裡，就像某個人會藉著歌聲讓我從河床中站起來？**蔬菜。她唱的是蔬菜。**

現在我已離得很近，能夠看見哪有什麼星辰，只有一個男人，一個老人，沿著這片好古老好古老的天空墜落。他會微笑著舉起雙手，讓我看從他指甲底下滲出的火焰。火焰也看到我了——它們召喚、笑鬧，伸向我的手。那男人的臉龐很美，睿智又熱切。他對我說話，但我始終聽不到他說什麼，因為他舌頭底下的火阻礙了聲音。不過我不需要聽到他的話。現在我知道自己的任務是什麼了。

當我碰到他的手時，他將同時脫離天空和火而獲得自由，也不再受限於這個蒼白的地方想從他身上取得的東西。到時候我們就能一起回去，回到河床上。那裡很安靜，河水將治癒他的燒傷。我踮起腳尖去摸他燃著火焰的手。

這時候。出現了。

它站在老人和我之間，它的嗓音，它的嗓音成為僅剩的一切。它說：**我的。**

我不能看，我無法思考。**我的。**我的眼睛必定在流血，我的耳朵，我的腦袋裡有血液在奔流。那個嗓音一下下地刺著我——**我的。我的。我的。我的**——直到我頹然倒地，抱著頭，試著尖叫：「你的，好，好，他是你的，我是你的！」但這些話拒絕從我嘴裡說出來。我有事情要做，這些話也知道。**我的，我的，**但我不能妥協，我沒有獲得允許。我站起來。

這是我看到的東西。

一開始，它看起來幾乎像人類。它很高，全身赤裸，胸膛中空，肩膀粗大而突出，兩端向上翹起。幾抹稀疏、沒有顏色的頭髮。巨大的眼睛，長在與過粗的脖子不成比例的過小頭顱上：沒有形狀的漂亮眼睛像花，像陽光下池塘的水花。修長的雙手各有三根手指，沒有耳朵，完全沒有。膚色白得像蛆，在濕潤的藍色嘴巴周圍繃得很緊，還微微抽搐著。嘴巴裡長滿粗糙的小牙齒，一圈一圈地延伸到喉嚨裡，顏色有藍有綠。就連嘴唇上都鑲著牙齒，就連像是發霉的舌頭上也有。那個華麗的圓形嘴巴無法說話，然而卻有兩個字像刀子一般朝我切過來，一遍又一遍，長日無盡，天地無界。**我的**。**我的**。

我用手捂住耳朵，但那聲音永無休止。我說：「不。」

我的。我的骨髓像被插進一根滾燙的針，但我沒再倒地。我的骨頭回答：「不，他屬於我。」沒人屬於我，因為我誰都不是，但我的骨頭這麼說：「你不能得到他。我來帶他回去他自己的地方。你，讓開。」

我再次朝燃燒的老人伸出手——他再次主動將指甲冒火的手伸給我，而那兩個字再次刮破我的心智，有如被那根舌頭舔了一下。**我的**！不過就在片刻之間，那個嗓音本身有點變化——幾乎有點困惑，幾乎有點猶豫，那聲要求幾乎像是疑問。接下來我聽到另一個詞，它在我的骨頭裡發出新的尖叫。**交易**。

有人回答。「**他沒作交易，你無權擁有他。**」那是我自己的聲音，在一切事物的盡頭脆弱地顫抖著。我再次伸手去牽老人的手。我腦中聽得到有東西在貪婪地盯著，不過沒再出現任何話語了，還沒有。

那隻手在我手中熊熊燃燒，但沒有燒到我。兩隻手相觸的部位冒出淡淡黑煙，不過我只感覺到某種活的東西在我們掌心之間輕輕移動。老人看著我們交握的手，然後低下頭，嚴肅地快速吻一下我的手。那帶來燒灼的痛楚，我試著把手抽走，但他也跟著我的手一起來了，他咧嘴而笑，已成為我的一部分。他與我想像中不一樣，完全不一樣。然而我仍然有事情要做，為他而做的事，跟他一起做的事——不過如果不是再次找到安靜的河床，會是什麼事呢？

我必須表現出胸有成竹的模樣，我必須行動。這裡沒有上下左右之分，我搞不好原地兜圈或是倒立而不自知，但離開空無的任何路都勢必是對的路。我握牢那隻手，感覺火像小鳥的心臟在薄薄的皮膚後頭跳動，我轉身沿著原路折返，開始漫長的回程。

燃燒的手指會握住我的手腕，仍然不會傷到我，但它拉我停下來。老人繼續咧嘴笑，揶揄我，等待著。在他後方，「它」也在等待，藍色的圓嘴像另一種心臟般搏動著，收縮舒張，收縮舒張。我直視它的時候，會感覺自己的心跳變慢，血液涓涓地逆流。它們想嚇唬我，但我誰都不是，我已經死了——它們憑什麼嚇唬我？我用力拉扯老人的手臂。

「你現在該回家了。」我說，彷彿他是一隻迷途的動物——或是誰喝醉酒的好脾氣父親？我說：「我們要去河床，你和我。」

他默默地跟著我走了幾步，與此同時，「它」動也不動地冷眼旁觀，然後他轉身對著我張開雙臂，把我當作孩子一樣任意甩開我的手。他又露出一次笑容，嘴裡含著火焰，然後便身形暴漲，超出人類的尺寸，迅速拔高到我們上方的霧靄中，高到幾乎要突破霧氣的極限，要超出我目力所能及的範圍。他向外擴張、溢出，用自身將夜晚填滿，還發出無聲而洶湧的嗥叫，像河流一般將我吞噬。他穿過蒼白而古老的天空時，我身不由己地在他無邊無際的憤怒中翻滾。

但他傷不了我。我已兩度通過死亡之門，其中一次是出於我自己的選擇，這裡沒有什麼東西能傷害我。所以我再度朝上方伸手去牽他篝火般的手，我對著那雙有如霞雲的耳朵大喊：「你要跟我走。我會帶你回家。」

一年後，或是一個月後，或是僅僅幾分鐘後，他已回復成普通人類大小，以好奇又可怕的眼神首次看著我，那眼睛像超級風暴來臨前的空氣一樣綠。他發出某種怪聲，低沉的斷聲，粗啞又悲傷，帶著警告意味。我說：「你不屬於這裡，我也不再屬於這裡了。你知道是這樣。」

現在「它」會移動。現在「它」以長長的鳥腿滑行，那雙腿既能向前彎也能向後折，跨站在我們的去路上，藍嘴在不時抽搐的白臉上突出，彷彿有自己的生命，直直朝我依偎過來，逼得我想要躲在燃燒的老人後頭。但我記得自己堅守陣地，只在心裡畏縮不迭。你必須這麼做，否則那些孩子會很殘忍。我再次重申：「你沒有權利要求，讓我們通過。」

交易。我們的交易。每個字都自動烙印在我的頭骨裡，永遠不會癒合。我發話回應道：「我們的交易？去跟他談啊，另外那個他——那才是你們的交易。」我不明白這些話，但老人看著我，發出泛紅光且無聲的笑。他沒再看「它」一眼，也沒有等我，便逕自從「它」身旁走過。

有三根手指的手伸出來往下，抓向我的肩膀。我不能讓它碰我，不能讓那隻手碰我，因為我看到那修長蒼白的手心有什麼緩慢而黏稠的東西。我向後躲，但那隻手越過我指著，指向前方應該要有地平線的地方，不過現在那裡只是空無與空無交會處一點無色的擾動。「它」的意思是叫我們走。我是這麼認為的。我回頭看了一眼，然後跟在老人身後。

它們全部一起出現，同時出現，像星圖一樣升上黑暗中。每一個都不同，也沒有任何一個像「它」，然而它們其實都一樣，全都是同一個本質的不同碎片。有一個體型跟我差不多，形狀像人類，盲眼，邊緣綴著小小的人類手臂和腿，像昆蟲一樣。有一個從頭到中間都像一大團直立起來的雷雨雲，下半身則是會鼓動的紅色黏液；還有一個就其而言就像一條漂亮的魚一樣美麗，可是很薄又很透明，我能看到許多忙碌的小黑影在它裡面跳來跳去。另一個像堆積成山的珠寶，許多閃著幽光的眼睛散落在寶石之間；另一個只不過是空氣中明亮的一抹痕跡，像是用金箔和血做成的星圖。然後是另一個、另一個、另一個，老人和我無法繞過它們。它們在這裡，它們也在河床裡等待，也在我的骨頭裡，永遠都在。**我們的交易。我們的交易。**

奇怪的是，對我來說，當它們都聚在一起時所發出的可怕叫聲，竟沒有比它們只是單一個體時來得更糟。它勢必是由單一本質、單一欲念幻化而成的。至於剩下的，我只知道它們渴望邪惡（不過我已無法確認邪惡的定義是什麼，也不確定它們自己知不知道答案），以及我知道它們是真實的，不論我是否真能看見它們。我還知道它們對燃燒的老人勢在必得。

「嗯，」我對老人說，「我們有很長的旅程要走，而它們擋住我們的去路了。」

這次是他牽起我的手。我們朝它們走去，它們為了迎接我們而變密，但不是因為移動，受驚嚇的動物就是有辦法讓自己看起來大一點。站在我身旁的老人舉起另外那隻手，五根手指都平平地指向它們。他指甲底下的火在我們周圍向外擴散，呈現藍色和綠色，火焰擁有各種動物的狂暴頭顱——**謝克納斯**、**尼休魯**、岩**塔格**，我們每跨出一步，它們都變得更大。等著我們的連一步都不肯後退，不過它們一樣害怕。「它」很怕老人。

老人為它們微笑，讓他火爐般臉孔上的爐門稍微敞開，秀出門後的東西。我像被教導似的彬彬有禮地說：「請別見怪。」它們就乖乖分開，寬度恰好足以讓我們走進它們中間。接著它們將我們圍住，一同拔高到看不見的高度，同時在我骨頭裡熱烈發言。但是那些火焰動物也圍繞著我們，它們說著自己的語言，用嘶聲與咆哮傳達出自己的「請別見怪」。我們要走的地方，總是恰好有足夠空間能讓我們通過。

突然間，這一切對死掉的人來說都太過分了。太詭異了，太孤單了，太瘋狂了。要不是為了那個老人，我可能會直接在永無的這一側躺下來，在這些有明亮眼睛的石頭以及一對對窸窣作響的昆蟲腿以及摺疊的翅膀尖端之間躺下來，任憑「它」處置。但「它」只想要老人——我不知道為什麼，也不知道為什麼不能容許這件事發生。我只知道我不容許這件事發生。我握牢老人火光搖曳的手，他低頭看我，露出他破壞力十足的笑容，於是我們繼續前進。

交易，交易。我們的交易。「它」或許邪惡，但邪惡也可能遭受不公平的對待。在「它」停止跟隨後許久，在我們通過並踏上返回河床的歸程後許久，含冤的哭號聲仍縈繞我心頭。抑或是我們回到了死亡之門，甚至穿過死亡之門，呼喚聲才終於停止？老人除了不該跟「它」在一起之外，具體來說應該要在什麼地方呢？他想在什麼地方？每當我斜眼瞄他，他都會看著我，雖然每次他都一臉嚴肅，他皮膚後頭的火卻在笑。笑聲聽起來像紙，像某人在包禮物。我怎麼知道這比喻的？誰會為誰也不是的人包禮物？

在回程的路上——還是去程？是前往還是折返？——我們不跟隨任何歌曲，不遇見任何飢餓的影子，不經過化為各種世界再化為鋸木屑與破罐子的野獸市場。就只有我們兩人，在黑暗中永恆地默默跋涉，但我已經不再有永恆的時間了。現在我累了，這是先前的我辦不到的事，我們走得愈久，我愈不知道我們要去哪裡。之前我也不知道，但那時我有歌聲可以跟隨，還有星辰。現在我幾乎希望有人仍在吼叫我的名字，雖然那不是我的名字。我可以跟隨那個，不論它引導我去哪裡，然後老人就會跟著我。但黑暗愈來愈深，我能感覺到它在推擠我的肩膀；它也在笑，現在我開始害怕了。彷彿我還活著一樣。

即使如此，他變身時我已有所準備。我說：「不行，我們要去河床。不行。如果你想找到平靜，就需要我幫忙。」但他在我面前直立起來，火從一手奔竄到另一手，然後在他身後噴發成一件藍白色披風，同時他張開嘴呵呵笑，燃燒的毒液從他口中直直射入我的眼睛。我徒勞地抬起手擋在面前，並呼叫某人，因為我在無盡夜晚的盡頭，也在我自己的盡頭。可是誰也不是的人呼喊時，誰會來呢？

狐狸

人形！他偷了人形！

感覺到它不見了，**感覺到**它不見了——像冰冷的耳語，像刀子從傷口中滑出。從來、從來、從來沒有發生過，沒人敢這樣動手動腳，這樣竊取。漂亮的爺爺人形，漂亮的白色八字鬍，紅色軍裝外套，笑吟吟的臉頰，善於傾聽的明亮雙眼，能夠站立、坐下、說話、笑、唱歌、喝紅麥芽酒的美好自由——全都沒了，全都被一把撈走，連內裡都一同被帶走。敲敲我的肚皮，聽那空洞的回音，那原本就是爺爺人形。沒了，沒了。

另外那個傢伙。不是邪惡的老魔法師，是另外那一個，是他的師父、囚禁住他的人。先是抓走太陽，現在又抓走人形，**呵呵，面對這樣的力量，可憐的狐狸又能做什麼？**呵呵，能做的超乎他樂見的程度呢，愚蠢的魔法師。就連老空無也沒亂碰過人形，它在這世上來來去去辦過那麼多事，一次都沒動過人形。噢，愚蠢的、魯莽的、虛榮的魔法師，這可不是你可以隨意欺負的狐狸。

但這是一隻坐在梅琳奈莎的**奈羅**樹下，在短短時間內飛快動腦筋的狐狸。太陽終於落下了，天氣仍然熱得像狐狸慘遭劫掠的心，完全沒有風，至少在樹底下沒有。我坐在那兒觀望，直到旅店的窗戶朝外飄向我，有如雪花一樣明亮而堅硬。

煙囪沿著屋頂往下流，屋頂輕快地波動著——太不幸了，對可口的溫熱鴿子來說太不幸了，屋簷像眉毛一樣扭動。屋內傳出撞擊、碎裂、尖叫聲，胖旅店主人吼得像在物色**謝克納斯**夫人的**謝克納斯**。一道道閃電由天空射下來，直朝魔法師的房間而去——全都在裡面，在那個房間裡面，風啊火啊黑暗啊，對對對。人形也在。

所以，狐狸（現在永遠都是狐狸了，除非動作很快、很聰明）要回到那個房間去嗎？對，不過……沒時間了，沒時間「不過」了——可是這是什麼？有個燃燒的白色瘋狂小東西。是露卡莎。在遠遠的風裡，比風更遠，比朋友、旅店主人、寵物狐狸都更遠得多，露卡莎身在人類不可以去的地方。她跑去那個地方，因為她在追邪惡老魔法師變成的**格厲加斯**。露卡莎啊。

不干我的事，這只不過是魔法師的戰爭。我一心只想拿回人形，僅此而已。讓他們互噴咒語吧，讓他們砸壞對方的玩具吧，用魔法將彼此在這世界上掃過來掃過去，只要別用有魔法的手碰屬於老空無和我的東西就好。老空無說：「去找他，去找那個賊，解釋給他聽。」所以。現在露卡莎是露卡莎自己的問題了。

儘管如此。

老空無和我沒有朋友。協議的對象嘛，有——各取所需的對象嘛，有——朋友嘛，沒有，不可能。要分辨不同的人類已經夠難了，更別提還要留意他們的情緒和疑惑。妮阿塔涅里、露卡莎，他們是很舒服的鞍袋，夜裡暖乎乎的臂彎，只不過這樣罷了。他們儘管親鼻子，誰在乎？不可能。

「去找。」老空無說。更多撞擊聲，更多尖叫聲，更多窗戶變成雪花。胖旅店主人的旅店在土地上扭轉和磨擦。受到巨大驚嚇的人們湧入院子，奔跑、推擠、跌倒。在樓上魔法師的房間裡，倚靠在裂開的空窗框上。是他，另外那傢伙。表情在說**我贏了，我贏了**，肩膀的姿勢則沒那麼有把握。老空無說：「在那裡，就是現在。」

露卡莎是露卡莎自己的問題了。

幫她，幫邪惡魔法師。絕不。

關心人類，只要一個人類，就沒完沒了。不可能的。我就是我。

老空無說：「你是我的小手指，我的小腳趾，我的鬍鬚，我的疣。現在就帶我去他那裡，快點。就是他，就是這個人的飢渴干擾我的睡眠。你可以拿回人形，我會順便接收他的力量。我會將他變成我的左手。」

又要鑽爐子後頭的腐朽牆板嗎？還是像客人一樣從正門走進去，咬加提．吉尼的屁股一口，從胖旅店主人的兩腿中間穿過，暫停腳步往他鞋子上撒泡尿——今晚又有誰會注意到這種事？我朝旅店走去。我停下來。老空無說：「又怎麼了？」我沒回答。

「又怎麼了，指甲？鬍鬚？」老空無在我體內說話的聲音好輕，簡直就像勉強拂動我毛皮的晚風。「一個人類對你來說比人形還重要嗎？那你選吧。這可真有意思。」老空無醒來的時候，看什麼東西都有意思——所有東西，同時也沒有任何東西入得了它的眼。

每天晚上臨睡前，露卡莎總會問：「**狐狸，狐狸，你叫什麼名字？**」我沒有名字，她則失去了她的名字。在這方面，我們有一點相似。老空無說：「選啊。」我往左跨了兩步，往上直直跨了四步。再往左？往左，對對，跨四步轉一個彎，一步接一步。到了。魔法師總是把旅行搞得太複雜。

同樣的黑暗，怎麼會以為有什麼不同呢？我腳下是同一條細窄的黑路，同樣惡劣的天空。我總是忘記這地方有多無聊。我有時候會來這裡，因為老空無從來不來。是不能來嗎？不知道耶。這裡的事很難懂，太迂迴了，太滑溜了。坐定別動，狐狸，放空坐著，用力聽。這地方本來就沒什麼可看的。仔細聽她在哪裡。

我先嗅到了**格厲加斯**。它們的氣味很冷，一點也不熱，在火焰下有股遙遠而甜美的寒意，像夏天時逐漸逼近的冬天氣味。絕對沒錯。耳朵向後貼平，毛髮豎立，不知不覺中已經站起身來。不是害怕**格厲加斯**，我才不怕，只是身體的反應。然後我聽到露卡莎。

在這裡不一樣，在轉角的這一邊，時間不具意義，終點與開端完全相同，空間不是真實存在的。露卡莎與**格厲加斯**——或許在我後面，或許在旁邊，任何地方，甚至可能在底下。我搞不好與他們面對面卻不自知。但我聽到露卡莎，因為我在留意聽她的聲音。曾經裝著人形的位置聽得到她。

她發出短促的輕喊——在孤立無援的情況下，又有一個**格厲加斯**在變身，多叫幾聲又有什麼用呢？我回應她——只是狐狸的吠叫，話語已隨人形被奪走。片刻之後，就在我上方的黑暗中，露卡莎在那裡，幾乎被她周圍的火影給遮蔽。**格厲加斯**想把她吞沒，使她成為自身火焰活生生的一部分。並非所有**格厲加斯**都能做到這樣的事，但這一個可以，如果我稍不留神，它也能吃掉漂亮的我。所以。狐狸小心翼翼地坐回去，再次吠叫。

露卡莎轉身。因為身處此地，棕色眼睛變成朦朧的灰色。人類在這裡是錯的，就像骨頭長在身體外面一樣不對勁。她看不到我，那雙眼睛看不到我，除了**格厲加斯**什麼都看不到。該死的邪惡魔法師應該要告訴她會發生什麼事。終究是太遲了。

但露卡莎說：「我的狐狸！」我不想要這個，但這四個字像冷鐵一樣刺穿我。「我的狐狸！」她離開**格厲加斯**來找我，跪下來，伸手越過空無之地來抱我。她是個大災難，又哭又笑，是恐懼、疲憊、喜悅、瘋狂、無知、愛的混亂綜合體。我為了這個放棄了人形。鴿子們，這是給你們的大恩惠啊。來吃我吧。

格厲加斯在我們上方，彷彿自成一片熾亮的白色天空。放我下來，笨露卡莎，但我不會說話，再也不會說話了。我別無辦法，只能用力啃她的手腕，她痛叫一聲，鬆開手，一臉受傷，不好意思啊。慢慢退後。那裡頭的老魔法師，是否多少認得我們？不。冷冷的綠眼睛滲過火焰，他伸手想拎起我們，將我們兩個吞下，餵食他的爐心。他能這麼做。就算我還能化成人形，他仍然能這麼做。

只剩一個方法。一個。

那是多久以前了？好久、好久、好久了，上回我以真身行動時，連邪惡魔法師都還沒出生呢。不需要，沒用處，太麻煩了，狐狸就行了。狐狸不行的話，人形也就夠了。現在呢，別無選擇了。老空無不會喜歡這樣的。老空無又不在這裡。我也沒別的辦法了。

露卡莎的手臂又摟住我，不在乎我會不會再咬她。發抖，顫慄，抱得太緊了，想在**格厲加斯**面前保護我。這女孩真是個災難。我凝視她的眼睛——放手，露卡莎，不能在妳的懷中變身，絕對不能，相信我。朋友，我的朋友，放開我。

於是她直直回望著我，鬆開手，同時**格厲加斯**的手接近她。我朝下、朝內、再朝下探去，把我自己搖醒，在深處的那個我不是借來的，沒有形體，甚至不屬於老空無的一部分。我。真抱歉打擾了，希望你這一覺睡得很香。我需要你：也就是我。

我對我的模樣毫無概念，但我看到露卡莎眼神的變化。先前**格厲加斯**抓住她時她都沒叫，都沒在它手裡掙扎——可是現在卻滿臉驚恐，慘遭背叛的表情，幾乎讓我心痛，只不過那是不可能的。露卡莎，真有這麼可怕嗎？看不到我嗎？即使在我這古老的存在中，也沒有剩下一點點妳的狐狸的殘渣嗎？換作是我就會認得出妳。

現在輪到**格厲加斯**退後了，它將露卡莎舉在我們之間，好像她是一盞提燈。猶豫不決——要害怕，還是不要害怕？輪到我伸出手，我擁有長長的灰色手臂和手，邊緣會發光，隆起的灰色手指能折彎空氣。我說：「放下她。」我的嗓音是石破天驚的灰色力量。露卡莎捂住耳朵，捂住臉。我說：「放下她。」

我內心有東西升起，想起某件事。當我剛降生時，這個世界，有水和天——水和天和可怕的樹和老空無。狐狸，對，很多狐狸，但沒有人類，所以也沒有**格厲加斯**。沒有魔法師，一個都沒有，沒有魔法師跑來跑去，想要當神、魔鬼、凡人的綜合體。有像我這樣的生物，還有別的東西，在水裡，在樹上。狐狸忘記了，人形忘記了。我記得。

格厲加斯想起了什麼。慢慢放下露卡莎，女孩看看這個又看看那個：誰更可怕？我說：「露卡莎，來我這裡。」但她受不了我的聲音。我朝她移動，伸出手，她閃身躲開，現在跑到我後頭去了，很好。**格厲加斯**發出嘶嘶聲，對我們齜牙咧嘴，仍未下定決心。我用狐狸和人形都不會的初語對它說話。我說：「看我，離開吧。乾樹枝，枯樹葉，不管等著你的是什麼，去找它。」說完我就背過身去。

對我來說，事情到這裡就結束了。剩下的只有帶露卡莎回到另外那個世界，她的世界。

那個世界與這個世界只隔著一層皮，甚至更薄的距離，只是一聲耳語，但卻無法自由通行，只有亡者、瘋子和狐狸例外。露卡莎不是瘋子。這勢必是老魔法師幹的好事了——笨蛋，笨蛋，我怎麼會沒有察覺？露卡莎，可憐的人兒。

回頭看最後一眼。**格厲加斯**蹲伏在地，動也不動，不會再攻擊了。現在在這液態的、游移的黑暗底下，那團火變小了——**格厲加斯**不但沒有吞噬我們，反而黑暗已經在納入它，將它喝進肚子裡。你活該，邪惡魔法師，誰叫你喚醒死人來當你的崇拜者。即使你是魔法師，這麼做也太可恥了。你現在變成的這副模樣，其實正是你一直以來的形象。把你留在這裡算是難得伸張了一回正義，同時也大快人心。

但露卡莎不肯走。

往右踏四步，轉彎再往下，就這麼簡單——但她就是不肯走。她還很害怕，驅趕她前進吧，利用她的恐懼，沒時間也沒有選擇餘地了。她避開我，左閃右閃，像母雞一樣愚笨而固執，一直一直想回到**格厲加斯**身邊。這可是瘋了，是怎樣啦？我叫她別鬧了，跟我走，但我的嗓音讓她整個人抓狂，要是她敢的話，她會躲到**格厲加斯**背後去。她說：「我是為了他來的。」

每次都這樣。每次都這樣。只要對人類有一點關心，產生任何情感，你就得提醒自己，你根本就不懂自己以為懂的事。現在她直接從你旁邊走過去——不管是你還是**格厲加斯**，都沒有差別了，全都是為了一個邪惡的、迷失的老頭。不論死後還是生前，都是個白痴，蠢到骨子裡了。**你也是活該，笨狐狸。**真傻，我想抓住她，把她抱到她該去的地方，就這麼辦。她手忙腳亂地爬離我搆得到的範圍——「不要，不要，我是為了他來的！狐狸，你在哪裡？幫我啊，狐狸！」她在叫喊的時候看著我。

要縮回狐狸形態安撫她嗎？可是到這時候我已經跟她一樣被沖昏頭了。人類就是有辦法對你造成這種影響。再一次，我身不由己。我轉向**格厲加斯**，緩慢而謹慎地對它說話。「那就一起走吧。跟我們走。」噢，再也不做這種事了，再也不做這種事了。老空無一定要笑到內傷了。

「跟我們走。」**格厲加斯**跨出一步。露卡莎倒抽一口氣表達她的驚訝——另一步，另一聲吸氣。**格厲加斯**停下來，看著我們，眼睛像綠色餘燼。它不認得我們，但它能知道自己是誰嗎？它能選擇嗎？要待在這個世界還是那個世界？「來吧，那就來吧。」一聲藍色炙熱的咆哮，跨一步。露卡莎拍手，唱出希望。下不為例。「那就來吧。」

羅賽斯

我的記憶裡有一個洞，就在那裡。我記得風，記得不可思議的巨大噪音，人們在走廊上尖叫，整棟「距鐵與彎刀」都在劇烈搖晃，像一匹嚇得半死的馬。我記得牽著菈兒的手，與她和蘇克揚一同走向原本是牆面的黑暗，那黑暗很誘人地在邀請我們走進去。它給我們看了一些畫面，我是說黑暗。現在我無法說明它給我們看了什麼，不過我很樂意走進去。關於這部分，我的記憶就和對**格厲加斯**的印象一樣清晰。

然後什麼都沒有了——不，連什麼都沒有都不是，不是個洞，而像打了個嗝。接下來，連最短暫的停頓都沒有，就是卡石在用力搖我，並且用他最大的音量大叫。我能認得他在喊什麼，那些話拼成一整句我卻聽不懂。我像抹布一樣在卡石手裡前後晃蕩，提卡特則在他後方對著一面牆尖叫：「露卡莎！露卡莎！」另外那個巫師也在場，帶著詭異的疏離笑容看著他，笑意在薄得像沒有嘴唇的嘴上逐漸加深。這就像一場夢，而且似乎總是持續了很久。

蘇克揚出手阻止。他把我推到身後，一手按著卡石的胸膛抵住他。他說話的聲音很低沉沙啞，卡石勢必能看穿他的真實身分。我記得他這麼說：「待在那裡別動，胖子。」我聽得懂他的話。他對我說：「羅賽斯，你還好嗎？」

我還來不及回答（如果我能回答的話），卡石已吼道：「哼，蠢女人，妳天殺的以為我剛才在問他什麼？」我聽了忍不住咯咯笑個不停。主要倒不是因為我知道真相，而是因為我從沒聽卡石對花錢的客人這樣說話。這下換蘇克揚抓著我搖晃一番了。我說：「對，好啦，我沒事。」我從蘇克揚手裡掙開，轉身看看四周。

房間已經毀了，窗戶不見了，房門只靠一個鉸鏈掛著——這是卡石的傑作，但當時我還不知道。不過那個房間像個骯髒的小盒子，主要是準備給駁船船夫睡一覺等待酒醒用的，想破壞它都沒有太多可以下手的地方，可是牆壁都向內傾，彷彿整個房間曾被巨大的拇指和食指捏過一樣。地板有一半都燒黑了，**格厲加斯**走過的地方，高溫使地板向上翹，尖尖地隆起。我看到梅琳奈莎採的野花散落在遠處的角落裡。說也奇怪，那些花絲毫無損，不過花瓶已經破了。

菈兒在提卡特旁邊，努力安撫他令人心碎的無盡呼喚。我能用眼角餘光看到蘇克揚極其緩慢地朝那個叫阿夏丁的巫師移動，臉上帶著殺氣。阿夏丁繼續自顧自地微笑，摸著自己的臉和身體，表情有種驚悚的讚嘆。他似乎對其他事都渾然未覺，但我卻想向蘇克揚大喊示警。可是這時卡石又衝到我面前，用同樣口氣質問我是不是真的沒事，還有我他媽的怎麼會出現在這該死巫師的房間裡。他的臉一陣紅一陣白，本身也像馬一樣發著抖。我想是因為旅店的關係，這世界上他唯一愛的東西被毀掉了。我替他感到難過。

蘇克揚跨出躍起之前的最後一步，我確實對他喊出聲，但阿夏丁已經轉過身來。一隻厚厚的白手朝蘇克揚的方向做了個意味不明的手勢，接著蘇克揚便倒在地上。他的嘴巴張開，卻不能呼吸——看得出他眼珠鼓脹，胸腔繃緊，就在阿夏丁腳邊被勒到快要窒息。他左右翻滾，雙手抓向脖子，瘋狂地想撕開喉嚨讓空氣進去。阿夏丁低頭看著他，若有所思地點點頭。

我正要衝向阿夏丁，但卡石用力抓住我的雙臂，用力到留下好多天才消的黑色瘀青。菈兒像擲出的匕首一樣飛過房間，瞇起冷酷的金色雙眼。阿夏丁斜睨她一眼，於是她驀然停住，狂亂地瞪視著四周，姿態半守半攻，舉起雙臂阻擋我們都看不見的攻擊者。她顯然誰都不認得了，甚至是在地上扭動的蘇克揚。這部分也持續了很久很久，不過感覺不像做夢。

阿夏丁說話了。「都結束了，」他用那輕盈、不男不女、平靜得可怕的嗓音說，「這裡現在有個新的師父了。」蘇克揚用劇烈的抽搐打斷他，先是用他快要消逝的僅剩力氣踢向阿夏丁，然後又試著讓兩人的腿纏在一起，要將阿夏丁拽倒。阿夏丁往旁邊跨，蘇克揚的努力最後變成腳跟無力的輕敲，就像藍眼殺手掐著我的脖子把我摁在牆上時我的模樣。我忍無可忍了。我設法用一隻手肘頂卡石的肚子，他悶哼一聲放開我。我再度衝向阿夏丁。

他對菈兒點點頭，於是菈兒轉身攔截我，蹲低身體、怒目而視。阿夏丁往下指，說：「以他為戒——」但他沒說完，因為就在此時，露卡莎和**格厲加斯**又出現了。

他們是從空氣裡的一個夾層出來的，我只在瞬間瞄到空氣快速皺起又攤平，為他們分開。露卡莎先出來，她轉回身，顯然是在誘哄**格厲加斯**繼續往前穿出來，而在他們後面……在他們後面是某個當下我就知道我不可能看到的東西。它是灰色的，很大，它也看到我了，但它不可能看到我才對，我只願意這麼說。在我喘一口氣時，那道開口已經閉合消失，蘇克揚的狐狸跳到地上，冷淡地直挺挺坐著，看著阿夏丁臉色的變化。阿夏丁也發出了一些聲音，不過相較之下沒什麼詳細形容的價值。

接下來發生的事速度太快，我得很小心地描述才行。露卡莎向前跨了兩步，沒有跌進提卡特等著她的懷抱，反而跌進我的臂彎。她把我撞倒了，她的腦袋重重敲向我的嘴巴，害我嘴唇破了，還有一顆牙鬆了。**格厲加斯**抖了抖身體，打了個噴嚏，恢復成老巫師——如果你好奇我怎麼能如此肯定，那是因為他做的第一件事就是對著蘇克揚厲聲喊出兩個詞，蘇克揚深吸一口氣，在我看來簡直像一百年來的第一口氣，然後試著再吸一口，接著便慢慢坐起身，立刻朝菈兒伸出手。菈兒將他拽起來，兩人擁抱了一下。然後他們都轉身尋找阿夏丁。

阿夏丁當然是個瘋子（非要當師父的那種人都是瘋子），但那表示他的勇氣也都出於瘋狂嗎？我個人不認為是這樣。他一如往常大膽且輕蔑地迎向老巫師，說：「看來我們又對上了。接下來你想要我把你送去什麼地方？」但他在吐出這些話時嘴唇動得很僵硬，他的臉看起來像正在融化的冰。

老人自己看起來也無比地疲憊，不過他身上死亡與絕望的氣味已經消失了。他的綠眼睛比原本清澈許多，而且像嫩葉一樣青翠，他的笑聲有如從石縫間迸出來的泉水。他說：「我可憐的阿夏丁，你不用為我操心。趁你站在這裡，我們趕快想一個夠遠的地點，把你運過去吧。因為事情永遠都不會結束，而你辜負的那些傢伙也不懂什麼叫失敗。」潛藏在笑聲底下的語氣其實嚴厲而急切。

我懷裡的露卡莎動了動身體。我盡可能溫柔地把她交給提卡特。我和提卡特的眼神短暫交會，然後他低下頭，撫摸露卡莎的頭髮。我移開視線。阿夏丁反唇相譏：「我履行了我的交易條件。既然它們弱到抓不牢**你**，又能把我怎麼樣？一切都沒有改變。」

我身後的卡石在嘟囔：「我要宰了他。只要讓我動手，我就要宰了他。」我以為他指的是阿夏丁；我以為他醒悟到摧毀「距鐵與彎刀」的罪魁禍首是誰了。可是他殺氣騰騰地瞪著狐狸，狐狸則繼續端坐著，垂著舌頭旁觀一切，表情看起來平靜又輕蔑。聽到卡石的話，牠轉過頭來，如同第一天在蘇克揚的鞍袋中一樣望著我，眼底深處閃爍、翻轉著我的真名。

老人說：「阿夏丁，沒時間了。你想要什麼我都答應你，但我們必須立刻把你弄走。阿夏丁，聽我的，我求你了。」

阿夏丁笑了。這笑聲出乎意料，緩慢且突然間顯得十分真誠，感覺開心不已，到現在我仍然能聽到，仍然覺得驚奇。他笑是因為自命不凡，是確信好不容易博得的新力量會為他擋掉任何對象、不論是人類或非人類的報復嗎？抑或這是沒東西可失去、也沒有任何生路的人所發出的笑聲？我當然不知道，不過以一個惡人來說，他給人留下的印象並不是最壞的。

「一切都沒有改變，」他重複一遍，「只有你才會從那種地方回來，卻仍然嘮嘮叨叨要我守規矩。」空氣再次變皺，在他旁邊很近的位置。皺褶裡頭出現一道波紋，就像是往平靜無波的水面丟一顆小石子時，不斷向外擴散的圓圈。那個圓圈變黑、變緊，然後變成一個藍色嘴巴，它的嘴唇上有小小的紅色和藍色牙齒，閃著濕亮的光澤。阿夏丁轉身打它，叫喊的語詞聽起來像被暴風吹斷的樹木一樣，一聲接一聲。那個圓圓的嘴巴向前努，彷彿要送出可怕的吻。它在阿夏丁周圍嘶起，將他吸進去，然後消失了。

在靜默中，我聽到提卡特在唱歌。他始終沒抬起頭，只是輕輕搖著懷裡的露卡莎，他淺色的長髮半掩住露卡莎的臉，與露卡莎自己凌亂的黑髮交雜在一起，而他隨著動作輕輕哼唱著。我知道這首歌——這是在講拜恩納里克灣的那首搖籃曲。他的歌詞都唱錯了，也可能錯的人是我。

提卡特

她動也不動地睡了幾乎三天。我沒有先徵求許可，就把她安置在樓上最好的一間客房裡，羅賽斯說有時候這個房間會閒置一整年，因為卡石堅持要保留給鮮少造訪寇寇拉的那種貴賓。當卡石對此有意見時，**塔菲亞**頗為和顏悅色地對他說：「好心的旅店主人，露卡莎在這張床上醒來的當天，我就會將你的屋子恢復原貌，還附贈幫你除掉牆壁裡的臭蟲。但假如從現在到那一天之間，你再多廢話一個字——」他朝周圍的廢墟比了一下，這全是巫師阿夏丁把「距鐵與彎刀」蹂躪成的慘狀，「我向你保證，你永遠都會把『這幅景象』當作美好的舊時光來回味。」卡石氣沖沖地走去察看附屬建物，**塔菲亞**嘆口氣，坐下來望著露卡莎，守了一整夜。

事實上，他做得比他承諾的還要好，第三天早晨我們醒來時，發現旅店的屋頂已回到原位，一扇扇完整的窗戶整齊地嵌在新的窗框裡，牆壁也重建過了；地板絕對跟原本一樣平，兩根石造煙囪也一樣直，地基很可能比原本還穩固，而啤酒泵、水槽和水管都運作正常，好像從來不曾像雜草般被連根拔起。臭蟲確實不見了，大門上方的招牌也重新油漆過，不知為何，這讓卡石火冒三丈。那天他跺著腳走來走去，咕噥著說原本的招牌沒什麼不好，天底下沒有半個巫師懂得不要畫蛇添足的道理。這話確實中肯，我現在有資格這麼說了。

露卡莎等到那天傍晚才醒來。狐狸在她床上沉睡，**塔菲亞**自己也睡著了，至少我認為他睡著了——在某些方面他是個狡詐的老人，而且樂在其中。露卡莎突然就清醒過來，眼神充滿驚恐。我冒著嚇到她的風險，將雙手輕輕按在她手臂上，說：「露卡莎。」

要是這次她還不認得我，我不確定自己能不能承受。但她還沒開口，我就看出她認得我了。她輕柔但清晰地說：「提卡特。你在這裡啊，提卡特。」

「我在這裡。」我說，「妳跟我在一起，**他也是**。」我朝坐在椅子上認真打呼的**塔菲亞**點點頭。我說：「妳救了他。我想妳救了我們所有人。」

她沒有回答，不過默默望著我良久。她的臉像陌生人，本來就該如此。即便我們從出生那一天就相愛，直到我們死去那一天，我們每分每秒都仍然是陌生人，誰都不該忘記這點，雖然我們必須忘記。梅琳奈莎在臥室門口朝內張望，羞怯地微笑，又離開了。露卡莎說：「我在那裡時，在那個地方時，聽到你叫我。」

我仍然因為當時喊得太用力而喉嚨痛。我把頭俯向她的手。她絮絮叨叨地說下去，經常會停頓。「提卡特，我不記得——墜河之前的你。**他**說我永遠不會想起來，想不起你，想不起我自己，想不起任何人。」她眼中泛淚，但沒有落下。「可是我知道你是我的朋友，真心在乎我。也知道我傷害了你。」一隻手在我手心翻轉，握住我的手指。

「妳也是身不由己。」我說，「就像我忍不住要一直叫妳，我沒想到妳會聽見。」

「我聽見了呢。」她第一次微笑了，她總是想忍住這樣的笑容，因為要是她的喜悅漫出左側嘴角，就會不小心露出一顆長歪的牙齒。「我覺得你的叫聲很煩，直到我需要靠它找到回家的路。可是那時候又聽不到了。」

「我沒辦法再喊了。」我說。露卡莎望進我的眼睛，點點頭。她更用力握住我的手。我說：「我做不到，露卡莎。」她又點頭。我轉頭看狐狸：斜斜的眼睛緊閉，毛茸茸的尾巴捲在鼻子前，末端帶一點黑色的毛隨著牠秀氣的鼾聲而被吹開。露卡莎用空著的手撫摸牠，牠在睡夢中磨蹭露卡莎的手。「妳知道嗎，牠就是穿紅外套的男人。」我說，「我在來這裡的路上認識牠，在跟蹤妳和菈兒的時候。」

「牠還是別的東西，」露卡莎悄聲說，「別的東西，獨一無二的東西。」我幾乎聽不到她的聲音，她也沒說下去。我們沉默了一會兒，就只是牽著手互望，偶爾別開目光。我想問她的所有問題，都和我們一起坐在床上：床墊彷彿都被那些問題壓凹了。最後露卡莎說：「我想告訴你那個地方的事，我在那裡的經過。我想說給某個人聽。」

我剛開口說：「我沒有資格——」就被她打斷。她說：「我想告訴你，但我不能。能夠告訴你來龍去脈的那個人已經死了。」我呆呆地盯著她，完全聽不懂。露卡莎說：「她根本沒回來——她死在那道黑色柵門的另一邊了，就跟你所認識的女孩死在河裡一樣。而我在這裡，我在這裡跟你說話，我是誰？提卡特，我是死是活，你能告訴我嗎？如果我是活的，我是誰？」她想把手從我手裡抽走，但我用力握住，即使她的綠寶石戒指磨痛了我的手指。狐狸醒了，裝模作樣地打了個呵欠，伸了伸前爪，望著我們。

「妳跟我一樣活生生的，」我說，「而妳就是妳自己。如果妳不是我一路跟到這裡的那個露卡莎，也許從一開始就沒有那麼一個人吧。就我自己而言，我無法再成為原本的提卡特了，而我也很滿意這個結果，只要妳和我認得彼此就好。」說到這裡我張開手，她把手抽走，卻又伸回來，讓我們指尖相觸。我說：「露卡莎，我們現在該怎麼辦？我原本以為我們可以回家，回歸原本那兩個人的身分，但我們絕對辦不到的。」

「對。」她很輕地說，「如果我要求，菈兒會帶我一起走，但那只是因為我要求她。至於蘇克揚——」她攤開雙手，我看到了先前摸到的傷疤，她蒼白右掌心有兩條長長的雲狀斑點，手背上則有深色的鞭痕，就在戒指下方。她說：「如果菈兒要求，蘇克揚會帶我一起走。就是這樣啦。」她臉上不是我所熟悉的笑容。

我握住她的手，親吻有疤的掌心。她握起手心一會兒，才又攤開。我說：「我願意帶妳去任何地方，但我不知道能去哪裡。」我們沉默了一下，然後我補上一句：「再不濟我們也能留在這裡，在旅店工作。跟卡石一起變老。」

我是在開玩笑，但她的臉色一沉，我才發現她當真了。我正準備解釋時，**塔菲亞**在我們後頭客氣地輕咳。他說：「你們不介意我提個建議吧？」

他已經醒了多久，一直在偷聽？我們完全不知道。他這人總是讓人摸不透。我們同時轉身，他就坐在那裡，綠眼睛和狐狸的黃眼睛一樣滿是嘲弄意味。他可真是得意洋洋，跟狐狸一模一樣。

「看來我的**拉米塞塔**可以等久一點了。」他說，「我帶妳一起走。」他看著露卡莎時，他的眼神變了。他對露卡莎說：「我自己曾通過死亡之門，但我那時比死更慘。若不是有妳，我本來會永遠處於比死更慘的狀態。所以我的命是妳的了，這個恩情我用餘生都還不完。況且——」

露卡莎猛烈地搖頭。她說：「我做的事，是在別無選擇之下做的，做的時候也根本不懂那代表什麼。沒有人的命是我的。」她的語氣疲憊又單調。

「別打岔。」老人嚴厲地說，「有一次我把蘇克揚變成石頭十分鐘，因為他打斷我太多次了。」但他對露卡莎露出近乎崇拜的微笑。他說：「況且。顯然我好為人師的習慣，隨著我一起從黑門內回來了。如果妳頭腦夠清醒，願意跟我走，我或許能夠——」

露卡莎再度插嘴：「我不想成為巫師，我不要，永遠不要。」她又用力握住我的手。

老人嘆氣。「菈兒是巫師嗎？蘇克揚是巫師嗎？安靜，注意聽。如果妳跟我回家，過一段時間我有可能想起某個方法，讓這個露卡莎和**那個**露卡莎——還在河床上的露卡莎——互相拜訪、一起交談，甚至共同生活。話說回來，或許沒有辦法，我不保證任何事。不過我家的屋頂不會漏水，伙食大致而言還不錯，而且房子裡很平靜。」說到這他咧嘴一笑，一種快樂、調侃的歪嘴笑容，於是我想起紅外套的話，也就是狐狸的話——**骨頭充滿黑暗，血液因為古老的謎題而又稠又冷**。他補上一句：「偶爾會有點令人發毛啦，不過很平靜。」

露卡莎堅定地說：「提卡特也要一起去才行。沒有他我就不去。」**塔菲亞**看著我，微微揚起他毛毛蟲似的眉毛。我說：「你知道吧，我能做事。而且在你家能學到什麼，我都會盡量學。」這樣跟他講話讓我緊張，我不斷旋轉露卡莎手指上的戒指，幾乎是無意識的動作。

塔菲亞沉默了很久。他似乎不是看著我們，而是看著狐狸，現在狐狸對著他打了個呵欠，跳下床，神氣活現地踏著小碎步離開，尾巴豎得高高的。最後他終於開口了，他的語氣莫名地哀傷：「提卡特，你和露卡莎一樣受到歡迎，不過如果我是你，我會慎重考慮，因為你可能會發現自己學到的東西超出你想學的。你潛藏的天賦、夢想和聲音，可能會在我家被喚醒，這在別的地方是沒法做到的。所以我會很謹慎。」

我不知道該怎麼回應他。我一直把玩露卡莎的戒指，直到它滑過指節，幾乎由她的手指脫落，掉進我的手心。露卡莎馬上按住它，說：「不要，別這樣，我絕對不能拿下它。菈兒喚起我時給了我這個——要是我弄掉了，我會永遠死去，歸於我早該化為的塵土。」她的手在出汗且顫抖，表情因恐懼而顯得蒼老。

塔菲亞非常關切、非常溫柔地凝視著她，有一瞬間他的臉變得和露卡莎一樣——他**看起來**就像露卡莎，我還能怎麼形容呢？就只是一瞬間的事，但就算我忘了他展現過的所有偉大巫術，我仍會記得這件事。他很溫柔很溫柔地對露卡莎說：「露卡莎，不是這樣的。那個戒指是我給菈兒的，我最清楚了。它的作用是撫慰和鎮靜某些傷痛，就只是這樣而已。妳的生命是妳的，不是戒指的。賦予露卡莎生命的是露卡莎的心和靈魂和精神，不是鑲在死掉金屬裡的一顆死掉的綠石頭。把戒指給我，讓我證明給妳看。」

露卡莎過了很久才停止發抖、聽進他的話，即使如此，即使老人和我說破了嘴，她還是不肯拿下戒指。一開始她只是把嘴貼在拳頭上，反覆地說「不」；但最後她轉向老人，告訴他：「我會把它交給菈兒。當我們……提卡特和我，離開這裡跟你走的時候，我會把戒指還給菈兒，如果她想的話，她可以還給你。或是不還。」

對此她毫不退讓。**塔菲亞**搖搖頭，從鬍子裡呼出一口氣，嘟噥道：「如果我們的師生關係是這樣開始的，結束時會變成怎樣？我是**格厲加斯**的時候，妳對我還比較禮遇。」不過他還是得接受露卡莎的決定，而且我認為他確實還算滿意。

旅店主人

從此之後就一直不對勁了，我才不管他是怎麼說的，或他是多麼偉大的巫師。對啦，所有東西都管用，如果你是從這個角度來定義正常的話，有些東西還比原本更好用呢——我並沒有笨到看不出來。可是一切都跟以前不一樣了。東西可以換新、可以修理得完美無瑕，但無法恢復原狀。被修好不表示「對勁」。

算了、算了，這不值得花力氣探討，何況我也講得差不多了。接下來兩星期是不折不扣的大混亂。旅店得交由梅琳奈莎和羅賽斯掌管——諸神垂憐啊！而我則把時間花在向憤怒的客人、受傷的客人（謝天謝地，人數不多，至於那個奇納里奇運貨馬車夫，我們沒再見過他），以及受到極度驚嚇的客人卑躬屈膝道歉，後者有些人甚至不願意回來取走行李，更別說結清帳單了。我不光是流失了數量不明的寶貴老顧客，而且這故事當然不脛而走，從那天起直到今天，我都在努力恢復昔日的來客數。我可以向你保證，可沒有巫師在這方面提供協助啊！

那個叫菈兒的女人通知我，一旦巫師和小露卡莎的狀況適合上路，她和她的同伴就終於要離開了。她也表達了遺憾之意（我得說這毫無意義，但話說得挺漂亮），因為他們為「距鐵與彎刀」帶來了各種麻煩。「各種麻煩」，好像她能夠體會她那夥人對我的人生做了什麼，哪怕只是體會到其中一半。不過有人請求**我**的原諒總是個不錯的轉變，所以我跟她說這事就別再提了，讓它過去吧。妮阿塔涅里小姐始終沒拉下臉道歉，不過那也好。在那當下我實在也無力應付更多驚嚇了。

那陣子，羅賽斯對我敬而遠之到了令人讚嘆的程度。倒不是說在正常情況下，他沒有盡可能躲著我，可是在正常情況下，頂多捱過一個漫長的下午，我就勢必會為了某種事而對他大吼。說實話，那陣子我也沒有刻意要遇見他。我衝上一道快垮掉的樓梯，突破一群尖叫的白痴，再撞壞一扇完好的門，全都只因為我無法忍受要再訓練另一個馬廄工。誰知道別人會怎麼看這種事情，事後氣氛有可能很尷尬，就只是這樣罷了。

我漸漸確定，他又在計畫要跟著那些女人和巫師跑掉，而他知道我只消瞄他一眼就會看穿真相，所以不想面對我。有一天晚上我跟自己商討，在我的房間向兩瓶酒諮詢意見，那是山脈東邊的人釀的那種發酵的馬具亮光劑——當地人叫它「**謝克納斯的腎**」。最後我們一致的結論是，既然他這麼想走，就讓他走吧，管他去了會怎麼樣。我和他都比較年輕時，我已經攔阻過他十幾次了，現在他夠機靈，就算不是今天，明後天也能從我手底下溜掉。好吧，就讓他走吧，走了也好，走了最好——但他溜之大吉之前，我有一兩樣東西要先給他看。

想到這件事就讓長夜漫漫，也讓「**謝克納斯**的臀」消耗得太快，隔天早上我去找他時，動作都必須小心翼翼。他正把他自己做的一種難聞藥膏抹在一匹棗紅色閹馬的側腹，那匹馬的主人顯然喜歡使用馬刺。羅賽斯一邊幹活兒一邊對馬說話——不是說人話，只是低聲呢喃，將他的嗓音搭配藥膏一起揉進受傷的部位。我等著，一直盯著他，直到他感覺有人，快速扭回身，就像那些女人會做的動作。他說：「我快弄好了。我馬上就去豬圈。」

是這樣，因為豬圈有一根護欄鬆了，我已經唸他唸了一星期，叫他去換根新的。他抹完藥膏，用乾草叉往馬槽裡填了些乾草，然後靠在馬身上一會兒，就像馬匹會挨在彼此身上那樣，接著才走出隔間。我們站在那兒對看，他繃緊神經等我下命令，眼睛留意著我的手部動作，我則打量著他自己粗短的手有多大，還有他上唇上方那兩撇細毛。他絕不會長得像我一樣魁梧，不過他可能變得更健壯。

「我想跟你談談。」我說。噢，這讓他眼神一凜，在我和馬廄門之間瞄來瞄去。他說：「呃，那根護欄，豬可能會——」我朝一捆乾草點點頭，說：「坐下。」

他坐下來。我想繼續站著，但我的腦袋裡像有鑼在敲，所以我把一個水桶倒過來，面向他坐著。「如果你想跟那個老巫師還有其他人走，」我說，「你不需要偷偷摸摸。就去吧。我不會揍你，也不會阻止你。你就把你的東西帶走吧。嘴巴閉起來。」他的下巴像那根鬆掉的豬圈護欄一樣垮下來，「你聽懂了沒？」

羅賽斯點頭。我看不出他是高興、安心、生氣，還是有點失望——我未必總能判斷。我說：「不過有件事你得聽一聽。我提出的唯一條件就是你得乖乖坐在那裡聽我說這件事，全部聽完。把你的**嘴巴**閉上——你用不著**看起來**像個白痴！羅賽斯，你有沒有聽到我在說什麼？」

「有。」他說。當你不想再聽他多說一個字的時候，他廢話個沒完沒了，等你真的需要他答腔，他又跟魚一樣裝聾作啞。光是直視他那雙茫然又警覺的眼睛，就讓我的頭痛得更厲害。我何苦在這個節骨眼挑起這件該死的事？應該要等一等的。反正都憋了這麼久，再等一天，或一星期，或我的後半輩子，又有什麼差別呢？我說：「那好吧。很久以前，我得去一趟切斯那德卡，原因不重要。去程很遠，回程更糟，你知道為什麼嗎？」

「有土匪？」這不算什麼聰明的猜測，畢竟切斯那德卡差不多就是土匪的代名詞，一向如此。「有土匪，」我說，「或者有戰爭——在那裡這兩者差別不大，頂多是服裝不同。我始終不知道當時通過那座村子的是哪一幫人馬。」

羅賽斯在聽。我站起來，將水桶踢往右邊一點，繞過去再坐下來。「回程時我是一個人用走的，不是我要這樣，而是因為花再多錢都雇不到馬車或嚮導。據我所知，現在這種情況仍然沒變。我唯一拿來防身的就是我父親的手杖，末端有一大塊鐵的那種。我趁夜裡趕路，刻意避開大馬路，在第三天傍晚，我看到遠方有煙。黑煙，房屋燃燒時會有的那種煙。」

他的目光動也不動，像蓄水池一樣平坦無波，不過他身體微微前傾，雙手緊摳住乾草捆的邊緣。「當天晚上我沒再往前走，」我告訴他，「我聽到馬的聲音，很多匹馬，從很近的距離經過，我甚至能聽到男人的笑聲。直到隔天中午我才又出發，我在路邊的樹林裡躲了很久，下午三、四點才走到村子裡。躡手躡腳會嚴重拖慢你的速度。」我不想讓他誤以為我把自己吹噓為英雄。事實就已經夠糟了。

「它叫什麼名字？」他的嗓音好低沉，說第一次時我都沒聽清楚。「那座村子叫什麼名字？」

「我怎麼知道呢？那裡沒有半個活人能告訴我。就只有一具具屍體，散布在唯一的街道上，倒在自家門口，被推入水井，漂在馬的飲水槽裡，癱在廣場的桌子上。有一具屍體被塞在麵包師傅的烤爐裡——是他的老婆或女兒，誰知道？她就和其他人一樣，像一袋穀粉似的被割開。」我盡可能用平板的語氣冷血而快速地講述這些話，想速戰速決。有些細節被我省略了。

「沒有半個人嗎？」他清了清喉嚨，「沒有半個人還活著。」這不是疑問句。我們就像在廟裡，僧人先唸出禱詞，信徒再盡責地複誦給他聽。我說：「我以為沒有。直到我聽見嬰兒哭聲。」

嗯，他好歹為我省了一點唇舌。他小聲說：「我，那是我。」

我又站起來。我考慮認真試著描述給他聽：那種死寂，那緩慢的嗡鳴，血和糞便和燃燒的氣味，還有那個隨著最後幾縷煙向上飄起的、憤怒又飢餓的細微哭聲。然而我只是背對他站著，雙手插在圍裙口袋裡，盯著提卡特那匹壞脾氣的小黑馬，暗自罵自己蠢，沒想到要把喝剩的「謝克納斯的臀」帶過來。

「我沒能立刻找到哭聲的來源，」我說，「除了街道以外的地方，遍地都是轍痕和坑洞，一不小心就會扭斷腳踝。那是個只有一個房間的小木屋，有陶土牆和泥炭屋頂，跟其他間一樣。前門台階旁有幾朵『甜美遺憾』花，我記得。門上還掛著一小束迪卡荊棘。」

那個地區的人用這種方式避邪。他沒說話。我說：「門上了閂，還用什麼東西抵住。我敲門又推門，然後我大喊。」我轉回身。「我喊了，羅賽斯。我喊了四遍、五遍、六遍。」我不知道自己為什麼這麼希望他相信我。他相不相信又有什麼差呢？當時似乎很重要。「我喊說：『喂，裡面有人嗎？裡面有人嗎？你們聽得到嗎？』但是沒有回應，完全沒有——就只有哭聲。」

他想再說「我」，卻沒發出聲音，只有做出嘴形。我聽到外頭有腳步聲以及人聲，於是我等著，希望被打斷，哪怕來的人是沙德利，甚至是那隻該死的狐狸也好。打從天下大亂那一夜起，狐狸就沒在旅店露過面了，不過現在我在每個陰影裡和每個樹叢下都彷彿看見牠，而在那當下我也樂於看到牠神氣活現地走進馬廄。可是這裡只有我，還有我的頭，還有我愈來愈乾的喉嚨，我繼續說的嗓音。還有羅賽斯炯炯的目光。

「我走到窗邊，」我說，「用手杖把窗閂硬敲開，越過窗台爬進去。屋裡好暗，羅賽斯，因為門窗緊閉，我又從陽光下進去。我能聽到嬰兒，也就是你的聲音，但我看不到你，什麼都看不到。我只能站著不動，等自己適應黑暗。」

現在他知道接下來會發生什麼事了。不是像我一樣確實知道，不過看得出來他有所感應。他不肯看我，只是一直潤嘴唇，低頭盯著馬廄地板。我的臉和手都在發冷。我說：「有人打我，打得很用力，打在這裡，太陽穴。我覺得用的是一把劍。我立刻倒地，對方撲上來。他們沒發出半點聲響——感覺像十幾個人同時對我拳打腳踢，像把**提阿梨**根搗成泥一樣搥我。有十幾個人在要我的命，我卻連一個都看不到。我發誓，當時的感覺就是這樣。」

「可是其實只有兩個人。」羅賽斯說。他的臉變得跟露卡莎一樣白，而且好小。他說：「只有兩個人。」

「嗯，我不知道呀，對吧？我跟你說了，他們沒說半句話。我只知道我他媽的正遭到謀殺。」直到兩匹馬被嚇得嘶鳴，我才意識到自己在大叫。「羅賽斯，我被血糊住眼睛了，他們好像打破我的頭了。你看，就在這裡，都過了十五年了，還是一碰就痛。我以為自己跟烤爐裡那具屍體一樣死定了，你懂嗎？」

他沒回答。他從乾草捆站起來，轉了一圈，垂著雙臂，眼神迷離，仍然不願意看我。過了一會兒，他晃回剛才塗藥的那匹馬旁邊，不過又轉過身來，就只是站在原地。我說：「我的手杖還握在手裡。我設法站起來，直接往外揮，往左、往右，在黑暗中盲目地掃來掃去，試著擋開他們。我的目的就只是阻止他們攻擊我。」

我又得坐下了。我渾身滴著臭汗，而且開始咻咻喘氣，好像又快步衝上樓梯似的。羅賽斯待在原位，低頭看我。他說：「那是我的父母。」

我點點頭，等著下一個問題，我大多數夜裡都會在夢中聽到這個問題，直到現在仍是。但他問不出口，他無法吐出那些字句。別為難他了，我得自己全盤托出，而我的胸中也像有一包正在凝固的灰泥。「我殺了他們。」我說，「我不是有意的。我不知道。」，在夢中通常是他來找我，一邊尖叫，一邊試著徒手將我撕碎。我作好那種準備了，或是準備好他會哭，但他兩件事都沒做。他慢慢屈膝，跪到地上，就維持這個姿勢，雙臂緊緊抱住自己，低垂著頭。他發出細微而乾啞的聲音。若是在那座被燒空的村子裡，我是聽不到這樣的聲音的。

「他們一定以為我是其中一個殺人凶手，又折回來了。」我說，「士兵、歹徒，不管是什麼人。」我跟他說我將他的父母安葬，我沒有任由他們與其他被害者一起腐爛，如果他想的話，我可以帶他去那座村子、去他們的墳。這是實話——就算那可怕的地方被海水淹沒，我都找得到。

他跪在地上，微微前後搖晃身體。他沒有抬起頭，輕聲說：「然後你把我帶走。你把他們埋了，然後帶我一起走。」

「不然我還能怎麼辦？感謝諸神，你已經斷奶了。我在下一座城鎮買了頭山羊，拿小塊麵包蘸牠的熱羊奶餵你吃，一路撐到回來。」我試著說個笑話，讓他別再搖晃身體。我說：「你重得像個小鐵砧似的。我一手抱著你，另一手拽著山羊——真不知道那些女人家都是怎麼辦到的。假如你再重上幾克，我就只能把你留在原地了。」

嗯，這話確實讓他站起來了，不是蓋的。他拱起肩膀，渾身發抖，滿臉扭曲，齜牙咧嘴，握緊雙手，不是對著我，而是朝著他自己。「我真希望你那麼做！噢，我真希望你把我留在那裡陪他們，只管走你自己可悲的臭路，從此再也不要想起我們！你腸穿肚爛吧，真希望你讓我跟家人一起死掉，我的家人！」

還不止這些，他已經累積了十五年了。我讓他一吐為快。他有一度確實開始打我，不過他其實不知道怎麼打人，而我的身體能吸收這種攻擊。等他終於喘不過氣，像我一樣發出咻咻聲，我說：「很抱歉我殺了他們，你的父母。從我在那間破碎的屋子裡站起來，抹掉眼睛裡的血開始，這件事就發生了。自從那時候起，不論醒著或睡著，我當時看到的畫面都時時刻刻跟著我，比你承受了更久的折磨。這是我的問題，到我死之前都會是我的問題。不過把你從那間屋子帶走，我不覺得抱歉，我不會向你或向任何人道歉，永遠不會。不用懷疑，這是我畢生做過最愚蠢的事，卻也可能是唯一的好事。也許還有另外一兩件好事吧，但你很可能是我唯一能拿出來炫耀的成果——當我的大限到了的時候。」

我們站在那兒對望了多長時間？我說不準，但我發誓，我的頸背感覺到日出日落，以及四季更迭，我知道我看見羅賽斯就在我眼前變成熟了。我很好奇他是否也有同樣的感覺，看著我，看見我，看見他的童年大步離開？而經過這麼多年，糾結了這麼久，我只是嘟噥道：「你是我唯一能炫耀的成果，而我表現得還不算太差。」我們又互瞪了一陣，我說：「遠遠不算太差。」

羅賽斯終於說：「我沒有要跟菈兒和蘇克揚一起走。」他的嗓音很輕，裡頭不帶淚水也沒有憤怒，就只有本身的澄澈。「但我要走的。不是今天，不過也快了。」

「隨你高興吧，」我說，「你自己決定時間。現在是我去踹沙德利還有吼梅琳奈莎的時間了，旅店主人的工作永遠做不完。」他只是眨著眼——他總是聽不出我在開玩笑，一向如此。我轉身準備走開。

他用兩個字讓我停在馬廄門口。「卡石？」我受到的震撼完全是肉體性的——那根本不像聲音，而像你以為旁邊沒人時，肩膀卻被點了一下。我想不起他上次喊我的名字是什麼時候的事了。他說：「有一首歌，以前有人會唱一首歌給我聽，內容在講要去拜恩納里克灣，要去拜恩納里克灣玩一整天。我的印象就只有這樣了。我在想，你覺得……你覺得是他們，是我父母以前會唱這首歌嗎？」

我長這麼大隻是有作用的，除了拳頭之外，脂肪還能軟化及吸收其他東西。「只有做父母的會唱那種歌，」我說，「一定是他們沒錯。」然後我逃離馬廄，爬上山坡走到院子。要不了多久，他會唱〈拜恩納里克灣〉給他自己的小蘿蔔頭聽，而且每次唱的時候眼角都會濕濕的，下巴線條都會變得柔和，我很樂意讓他唱。這首歌就跟同類型的其他歌一樣愚蠢，但我只知道這一首。我一路唱著這首歌給他聽，一遍又一遍，就這麼從那個土匪之邦將他帶回我的家鄉，帶到「距鐵與彎刀」。

菈兒

我說：「什麼？我沒聽錯吧？你要做什麼？」

「我得回去，」蘇克揚重複一遍，「實在別無選擇了。」

我們單獨待在旅人用的聖壇裡。由於明天就要啟程了，蘇克揚想進行離開前的禱告。他一直都沒提自己有什麼計畫，我以為我們會愉快地一路結伴同行直到阿拉克里，那裡是四通八達的道路交會之處。現在他小心翼翼地將幾團微綠的焚香放進兩個錫製香爐，然後說：「我厭倦逃亡了，菈兒。我也有點老到受不了這種事了。如果我不想將短暫人生的最後幾年，耗費在應付源源不絕的新殺手團隊，我就得回到他們出發的源頭。也就是我出發的源頭。」

我說：「這太瘋狂了。你自己說過，他們是不會寬恕的，在你死之前他們都不會罷休。你還不如直接在這裡自盡，至少能確保你會有場體面的葬禮，也能省下長途跋涉。」

蘇克揚緩緩搖頭。「我不想要他們寬恕我。我想要他們不再跟著我。」他在香爐上方快速比了個祈福的手勢，然後點燃焚香。「我只是想了結這件事，不管是以哪種方式。」

「噢，這事會了結的，」我說，「這你不用擔心。還記得嗎，我跟其中一人交過手呢。」

蘇克揚背對著我，朝著聞起來隱約像沼澤水的輕煙喃喃唸著聽不清楚的話。我火冒三丈。我說：「所以你要同時跟他們所有人一決死戰，然後確實作個了結。這無疑是一場英雄式的犧牲。早知道我就該讓你淹死的。」

蘇克揚聽了笑出來。他的笑很含蓄，即使是讓人聽見的時候：那笑聲總是有所保留。「我有說要跟他們所有人決戰嗎？有嗎？我以為妳應該更了解我呢，菈兒。」他轉身面向我。「我有個計畫。我在那裡甚至有一兩個盟友，還有一些昔日的妙計和祕密可以用來談條件。相信我，我會像跟妳一起在河上時一樣安全。」他用雙手扶著我的肩膀，輕聲補上一句：「不過沒有那麼快樂。很可能再也不會了。」

「愚蠢，」我說，「我這人無法忍受愚蠢。」我的口氣簡直像卡石。我從來沒這麼氣他過，連我發現被他欺騙時都沒這麼氣，而且因為我根本沒資格發火，而使我更加怒不可遏。我說：「什麼計畫？讓我聽聽你美妙的計畫。」

他又搖頭。「也許晚點再說吧，說來話長。」

「所有事都說來話長。」我說。我覺得好累，突然間提不起半點勁去進行任何新冒險、去任何地方展開任何旅程。我撥開他的手，在那個沒有窗戶的小房間裡躁動地繞圈。這地方的設計和用途，就和世界這半邊任何一座旅人用的聖壇差不多：總是白色的，總是新粉刷過（這是法律規定的，顯然就連卡石也不敢不遵守），總是供應十幾種主要宗教的儀式用布、蠟燭和雕像。所謂的主要宗教是哪些，按聖壇所在地區，或多或少有些差異，但我從小接觸的宗教從來就不在裡頭。多數時候我覺得這也沒差，不過在那當下我不這麼認為。

蘇克揚在我背後說：「菈兒，這與妳無關。這是我的人生、我的過去、我自己渺小的宿命。我決定不要等著讓命運再一次把我逼到絕境。這次我要主動去找它——不是在澡堂裡或是在河岸邊，而是在我選擇的場地。除此之外也真的沒什麼好說的了。」

有半晌工夫，確實誰也沒說話。他不嫌囉嗦地逐一將他的弓、劍和匕首在焚香飄出的兩縷細煙中來回移動，同時還喃喃自語。我走出聖壇坐在乾草地上，惡狠狠地嚼著野草，看一群**托里克**鳥圍毆一隻膽敢靠牠們鳥巢太近的雪隼。後來我回到聖壇中，雖然中途離開儀式的人其實不應該再進去才對。蘇克揚跪在地上，低著頭，武器整齊地排放在身前。我說：「冬天沒辦法穿越北荒。」

他頭也不抬地回答：「我知道，我會先去海岸邊，到了雷夏再轉朝南走。這是繞遠路，不過比較安全，至少其中一段路是。」等最後一點悶燒的焚香也燒光了，他動作僵硬地站起來，對著空氣行了最後一禮。他說：「那妳呢？」

我聳肩。「大概去阿拉克里吧。我曾在那裡過冬。」焚香的沼澤味還留在我鼻孔裡不散，惱人地盈滿根本不屬於我的記憶。蘇克揚說：「阿拉克里的下一站呢？」我沒回答他。他說：「說嘛，我都告訴妳我的目的地了。能夠知道妳在哪裡，對我是很大的安慰。」

「我是菈兒，」我說，「那就是我所在的地方。」蘇克揚又望了我一會兒，點點頭，大步走向聖壇門口。他打開門時，我們都聽到附近傳來露卡莎的笑聲，我們兩人都沒想像過會聽到這個聲音：它就像拂過草地的微風掠過我們身旁。蘇克揚抵著門，但我說：「我要在這裡多待一下。」然後我轉回身，面向裝滿別人神明的白色神龕。

羅賽斯

我騎著馬一路送他們到我們第一次相見的彎道，在梅琳奈莎的蜜蜂樹旁。這次我不是坐在菈兒背後，而是騎在卡石的白色老馬譚吉背上，牠顯然覺得能參與這支隊伍相當光榮。巫師打頭陣，騎著一匹昨天晚上憑空出現在馬廄裡的高大栗色駿馬，那匹馬泰然自若地與客人的馬一起嚼食燕麥和大麥，好像牠在那裡是天經地義的事。提卡特與露卡莎騎著那兩匹眼睛像山羊的米爾戴西小馬跟在他旁邊，而我夾在菈兒和蘇克揚之間，走在後面。我必須牢牢記住當時的細節，因為我再也沒見過他們任何一人。

那是個有風的微寒清晨，太早死去的枯葉沙沙地掠過路面，一陣狂風就帶起幾百片葉子。兩個魔法師製造的可怕夏天一結束，秋天便似乎太心急地到來，收割田地裡的乾樹枝，剝掉樹上那些鳥兒不吃的乾硬棕色果實。我看在眼裡著實難過，因為我覺得我人生中的同伴情誼、興奮刺激以及幻夢理想，也都以類似的模式被剝奪了。蘇克揚必定從我的表情看穿一切，因為他從馬鞍上傾身向我，像先前一樣將手按在我脖子上。我們遠離旅店看得到的範圍後，他就讓他的女性偽裝像霧一樣升起，在朝陽中消散。他灰中帶棕的頭髮長出來了一些，生硬的修道院髮型也不明顯了，不過那雙暮光色的眼睛與不情願展現溫柔的口氣，仍屬於妮阿塔涅里。

「大自然總喜歡清除一切、重新來過。」他說，「記住我的話：下一個春天會是大家久違的豐饒。你絕對看不出曾經有兩個巫師在這裡開戰。」

「對，我是看不出來。」我回答，「因為下一個春天我已經不在這裡了。」菈兒摟著我，我吸入她那股遙遠以及奇異又溫暖的星辰氣味。她說：「有好多美麗的東西還沒有機會成熟，就被燒掉了。你一定不能讓自己發生這種事。」這時她的手擦過蘇克揚的手，結果她猛然把手抽走，又藉著揉亂我的頭髮來掩飾她的舉動。她開始用她獨特的起起伏伏方式，輕聲半吟唱起來。我也吸入那個，就像我吸入蘇克揚惱怒的嘆氣聲，以及提卡特對老人和露卡莎低調到幾乎看不出的關注。我想往前騎到提卡特身邊，好好向他道別，因為我們朋友一場，但他已經離開我的世界，就像巫師阿夏丁一樣確切且決絕地離開了。

噢，騎到那棵樹和那處泉水和那個彎道的路程，從未像那天一樣短暫。不管我做什麼或說什麼或想什麼，都不可能使它延續久一點。我能做的只有專心記住一切：被吹著跑的樹葉、路邊一隻碎步奔跑又拱背朝我們吐口水的**舒克里**、山上突然颳下交錯的冷空氣、老巫師鬍鬚裡纏的六條緞帶的顏色。菈兒的歌、露卡莎白色頭巾飄動的末端、讓我尷尬不已一直放屁的譚吉。我確實都記住了，到現在我仍伴著這些記憶入睡。

在繞過彎道之前是看不到的，但剛過了彎道，路就岔成兩條，一條繞著山腳通往阿拉克里，另一條朝東邊斜過去，接到通往德瑞多、雷夏和大海的幹道。巫師在蜜蜂樹旁勒馬停下，讓馬轉過身面向我們其他人。在我看來，他現在仍很虛弱，我知道蘇克揚認為他永遠不會真正健壯如昔了，不過他在馬鞍上坐得跟提卡特一樣直，那雙綠眼睛充滿渴望，彷彿所有的一切，無論好事壞事，都等著第一次發生。我這個年齡的人應該有那種感覺，但我絕對沒有，至少那天早上沒有。我感覺所有事都結束了。

「我們就在此分道揚鑣吧，」他宣布，「我們不會再相遇了。」不知怎的，他把這話說得喜氣洋洋，甚至是充滿希望，不過我現在是絕對解釋不清楚的。他說：「提卡特、露卡莎和我要一起往西走，在我看來，我在佛斯納沙欽附近似乎有一棟房子，也可能我指的是卡拉寇斯克。巫師的房子經常會亂跑，就跟巫師本人一樣，不過我相信我們遲早會碰見，而就算我忘了它，它也會認得我。」他望向菈兒和蘇克揚。「你們兩個翅膀早就長硬了，我這愚蠢又沒用的老頭管不動你們啦，這回可真是多謝你們了。今天過後，我該認為你們在哪裡？」

菈兒沒回答。蘇克揚說：「我要往南走。這趟路會很艱辛，我需要你的意見。比以往任何時候都需要。」

「胡說八道。」巫師說，不過他看起來還是很得意。「那好吧。不過務實的做法是，你要懂禮數，過了畢塔伐以後就別走在女王大道上，並且想都別想使用祕密樓梯。從你那次之後，它就受到嚴密看守——他們不會再犯同樣的錯了。」蘇克揚點點頭。巫師比了個小手勢，可能是祝福的意思，也可能不是。他對菈兒說：「妳呢，**查瑪塔**？」

菈兒開口時，說話的對象不是巫師，而是蘇克揚，她的嗓音低到像在自言自語。她說：「既然你要經過雷夏，我乾脆跟你同路到那裡為止好了。我離開船太久了——難怪我都無法清醒地思考。我需要待在船上。」

蘇克揚伸手按在她手上，說：「我會送妳上船。」他正吸了口氣，準備再說什麼，狐狸的黑鼻頭和亮眼珠就鑽出蘇克揚的鞍袋，正如同初春時那個下午牠做過的事。蘇克揚對牠說：「啊，看來你還是選擇了露卡莎。我就猜你會選她。」他又對露卡莎說：「我沒有權利把牠留下或送妳——牠要去哪就去哪，一向如此。」他很快摸了一下狐狸的脖子，然後湊在一隻尖耳朵旁說：「去吧，夥伴。」

可是露卡莎笑著搖頭，騎馬靠近，直視狐狸的眼睛。「跟我和巫師一起走？不太可能吧？你才不會呢。」她用雙手捧起尖尖的狐狸嘴，彎下身低語我聽不見的話。然後她快速親了一下狐狸，就親在像眼罩的紅褐色毛下方的位置，狐狸憤慨地哀叫一聲，往下鑽進鞍袋裡去了。露卡莎輕聲說：「牠只是想說聲再見。」

在那之後大家都在說再見，我被再見聲圍繞，讓我措手不及。提卡特突然羞赧起來，他跟我握手，嘟囔著他曾在大瘟疫中失去一個弟弟什麼的。露卡莎用剛才親狐狸的方式親我，動作可愛又笨拙，我始終不知道她記得什麼、不記得什麼。菈兒吻我的方式就不同了，她說：「不論你身在何方，遇到何事，都有人愛著你。」蘇克揚從脖子上取下一塊銀牌——瞧，就是這個——掛在我脖子上。「這東西不值幾文錢，也完全沒有魔法力量，不過至少能在某個地方為你換來一頓飯，或是幫你交個朋友，如果有人認出它的話。」那塊銀牌其中一面是八角形圖案，另一面是我不認得的浮雕文字。

我抗議道：「但我沒東西可以給你。」蘇克揚微笑，從他腰帶間的小囊袋裡取出某個東西。我過了一會兒才會過意來，才認出那塊濺了鏽棕色汙漬的破布。蘇克揚溫柔地說：「你覺得曾經有很多人為了保護我而流血嗎？我會把這個視同我擁有的任何物品一樣珍惜。」然後他也吻了我，我的三個吻都湊齊了。

至於巫師，他幾乎心不在焉似的說：「轉告梅琳奈莎我不會忘了她的好心的。再會，再會。」他顯然急著出發，都已經讓馬調頭了，露卡莎才突然想起要把綠寶石戒指還給菈兒。菈兒猶豫了一下，有些留戀地看著戒指，然後交給巫師。他草率地將戒指塞進口袋，用鞋跟一夾馬肚。駿馬立刻飛奔而出，提卡特和露卡莎沒再回頭看一眼便跟上去。不過他們要繞過彎道時，老人在馬鞍上扭回身，朝我高聲喊道：「你的名字是凡德！要記得我們喔，凡德！」

所以那裡就只剩下菈兒、蘇克揚和我，還有我的真名了。蘇克揚說：「幸好他及時想到。他對這方面的記憶完全不行了。」

不過菈兒回答：「並不是，他一向喜歡來這套。他一直到最後都是個徹底的戲精。」在那之後再也沒什麼好說的了，他們向我道了最後一聲再見，便策馬小跑上路，已經鬥起嘴來。兩人脫離我視線之前都回頭看，不過我很難看清楚他們。

譚吉一點也不想回旅店去。牠在我屁股底下嘶鳴、暴衝，想跟著其他人走，我拉扯韁繩讓牠調頭時，牠在馬路上表演起笨重版的半迴旋跳躍馬術動作，甚至還一度人立起來，把我們兩個都累個半死。最後牠還是心不甘情不願地轉過身，以可恥的速度無精打采地走回家——我還不如牽著牠用走的算了。但我那時候在哭，而且花了比我估計更久的時間才哭夠，所以我想這也好吧。

卡石來十字路口接我，這幾乎跟譚吉造反一樣令人吃驚。我看到他的時候，他慢條斯理地在走路，不過聲音聽來像是不久前才跑過步。「我以為你終究還是跟他們走了。臨時決定之類的。」

「我走的時候會跟你說。」我說。卡石點點頭，握住譚吉的馬勒，但譚吉噴了口氣，扭開頭，還是想往回走。我說：「不過**牠**差點就開開心心地跑了。我這輩子還沒看過牠這樣。」

「嗯。」卡石說。他用力聳聳肩，開始拉著譚吉走上通往「距鐵與彎刀」的小路。「就連又胖又老的白色閹馬都有夢想。有時候真令人訝異。」

過了不久我就下馬了，因為我騎著馬，卡石卻在旁邊走路，感覺很奇怪。我們一直沒交談，直到離旅店很近了，能聽到公雞在叫，屋外的泵浦唧唧響，還有加提・吉尼對著老天爺哀號著不知道什麼事。我說：「我的真名是凡德。」卡石面無表情地試著唸了一兩次。我說：「如果你想的話，在我走之前，你就繼續叫我羅賽斯吧。其實也沒差。」

卡石搖頭。「有差。」他粗聲說，「凡德。既然這是你的名字，我就這麼喊你。凡德。」譚吉聞到早餐了，於是加快腳步。

主要名詞對照表

Arshadin	阿夏丁
ak'Shaban-dariyal	阿克沙班—達里亞爾
Bay of Byrnarik	拜恩納里克灣
Bismaya	碧絲瑪雅
Chamata	查瑪塔
Corcorua	寇寇拉
Dharis	達瑞斯
Dirvic	德維語
Dragon's Daughter	龍的女兒
Fasska	法斯卡
Gaff and Slasher	距鐵與彎刀
Gatti Jinni	加提・吉尼
Griga'ath	格厲加斯
Hakai	哈凱
Inbarati	印巴拉提
Karsh	卡石
Khaidun	凱敦
Kumbii	康比
Lal	菈兒
Lalkhamsin-khamsolal	菈坎辛—坎索菈
Lal-after-dark	夜行菈兒
Lal-Alone	獨行俠菈兒
Lamisetha	拉米塞塔
Limbri	林波里
Lisonje	麗松潔
Lomadis	蘿瑪狄絲
Lukassa	露卡莎
Man Who Laughs	會笑的人
Marinesha	梅琳奈莎
Mildasi	米爾戴西人
Naril	奈羅
Nikos	尼可斯
Nishoru	尼休魯
Nyateneri	妮阿塔涅里
Rabbit	小兔
River Susathi	蘇薩提河
Rock-targ	岩塔格
Rosseth	羅賽斯
Sailor Lal	水手菈兒
Shadry	沙德利
Sheknath	謝克納斯
Shukri	舒克里
Sona	松娜
Soukyan	蘇克揚
Swordcane Lal	劍杖菈兒
Tafiya	塔菲亞
Tharakki	塔拉奇
Tikat	提卡特
Tunzi	譚吉
Tyrrin	泰琳
Vand	凡德
Vraji	瓦拉吉

旅店主人之歌
The Innkeeper's Song

作　　者　彼得・畢格（Peter S. Beagle）
譯　　者　聞若婷
封面插畫　Agathe Xu
封面設計　遍路文化視覺設計部
內文排版　高巧怡
行銷企畫　蕭浩仰、陳慧敏
行銷統籌　駱漢琪
業務發行　邱紹溢
營運顧問　郭其彬
責任編輯　吳佳珍
總 編 輯　李亞南
出　　版　漫遊者文化事業股份有限公司
地　　址　台北市105松山區復興北路331號4樓
電　　話　（02）27152022
傳　　真　（02）27152021
服務信箱　service@azothbooks.com
營運統籌　大雁文化事業股份有限公司
地　　址　台北市105松山區復興北路333號11樓之4
劃撥帳號　50022001
戶　　名　漫遊者文化事業股份有限公司
初　　版　2023 年04月
定　　價　新台幣490元
I S B N　978-986-489-772-8

國家圖書館出版品預行編目(CIP)資料

旅店主人之歌/ 彼得・畢格（Peter S. Beagle）著 ; 聞若婷譯. -- 初版. -- 臺北市 : 漫遊者文化事業股份有限公司, 2023.04
408面 ; 14.8×21公分
譯自 : The Innkeeper's Song
ISBN 978-986-489-772-8(平裝)

874.57　　112003263